Wer war das?
33 Menschen der Geschichte, die jeder kennen sollte

Christine Schulz-Reiss

WER WAR DAS?

33 Menschen der Geschichte, die jeder kennen sollte

Loewe

FSC
www.fsc.org
MIX
Papier aus verantwortungsvollen Quellen
FSC® C083411

ISBN 978-3-7855-8226-8
1. Auflage 2016 als Loewe-Taschenbuch
Erschienen in der Serie *Wer war das?* unter den Titeln
Wer war das? Abenteurer und Entdecker (© 2006 Loewe Verlag GmbH, Bindlach)
Wer war das? Menschen der Geschichte (© 2007 Loewe Verlag GmbH, Bindlach)
Wer war das? Forscher und Erfinder (© 2008 Loewe Verlag GmbH, Bindlach)
Wer war das? Dichter und Denker (© 2009 Loewe Verlag GmbH, Bindlach)
Vignetten: Beate Mizdalski
Umschlagfotos: © SoRad/shutterstock.com, © DrObjektiff/shutterstock.com, © iStockphoto.com /ferlistockphoto, © iStockphoto.com/duncan1890
Umschlaggestaltung: Tobias Laxy
Printed in Germany

www.loewe-verlag.de

Dichter und Denker

Die breiten Schultern der Philosophie

Den Namen, unter dem wir ihn kennen, verdankt er einem Lehrer. Der nannte ihn so, weil er als Schüler breite Schultern hatte, was ihm beim Ringkampf zugutekam. Der Name blieb ihm – und auch gerungen hat er sein Leben lang: allerdings in der Arena der Gedanken. Er wollte herausfinden, was die Seele des Menschen ausmacht. Und wie alle Philosophen seit Sokrates war er unterwegs auf der Suche nach dem Weg zu einem gelingenden Leben. Auf seinen Schultern ruht ein Gedankengebäude, das auch späteren Kirchenlehrern gefiel. Der Begriff Politik stammt von ihm. Und er meinte, Philosophen seien die einzig geeigneten Staatsführer. Trotz seiner kräftigen Statur hatte er eine schmächtige Stimme. Er sprach leise und es hieß über ihn, man habe ihn nie lachen gesehen. Ein Dichter beschrieb ihn als „Breitling" mit „zärtlicher Sprache wie das Zirpen der Grille".

Seinen Namen kennen wir auch als Adjektiv für eine besondere Art der Liebe. Wobei wir unter der nach ihm benannten Zuneigung etwas anderes verstehen als er. Für uns ist diese Liebe ein stilles Schwärmen, das sich in der Sehnsucht nach einer Person verzehrt. „Seine" Liebe war weit mehr. Zu ihr gehört, dass sich eine Seele aus der Verwandtschaft zu einer anderen nährt, aber auch, dass zwei Menschen und ihre Seelen sich dadurch vermählen, dass sie gemeinsam nach der Wahrheit und dem Guten streben. Durch diese Art der Liebe wurde zu seiner Zeit die durchaus auch körperliche Anziehung zwischen einem Lehrer und seinem Schüler verbrämt. Ihn hat eine solche Liebe zur Suche nach der Idee des wahrhaft Guten verführt. Sein Lehrer Sokrates ging für seine Liebe zum wahrhaftigen Leben in den Tod. Sein „Sohn" schenkte ihm dafür in seinen Schriften ein ewiges Leben.

Wer war das?

Platon

und die ewigen Ideen

Geboren 428/427 v. Chr.
vermutlich in Athen
Gestorben 347 v. Chr. in Athen

Das hätte böse enden können! Platon wusste doch, dass dem Herrscher von Syrakus die Freundschaft seines Schwagers Dion mit ihm ein Dorn im Auge war. Dionysios I. befürchtete, der Philosoph könne Dion und das Volk zum Aufruhr verführen. Warum musste Platon ihn noch zusätzlich provozieren? Er hatte mit dem Tyrannen ein Gespräch über Macht geführt. Als er sagte, die stehe nur Leuten zu, die sie nutzten, um der Tugend zu dienen, schnaubte Dionysios vor Wut. Er antwortete seinem vierzigjährigen Gegenüber, aus ihm spreche ein Greis, denn das Alter habe seinen Geist getrübt. Platon gab zurück: „Und aus deinen Worten spricht die Willkür des Tyrannen!" Nur mit Mühe konnte Dion seinen Verwandten davon abhalten, Platon auf der Stelle an den Hals zu gehen. Stattdessen wurde der nun festgenommen und zu einem Sklavenhändler geführt. Der lud ihn auf sein Schiff und nahm ihn mit nach Ägina. Dort wartete der Sklavenmarkt auf ihn. Auf der Insel aber war gerade ein Gesetz in Kraft getreten, das vorschrieb, jeden Athener ohne Prozess hinzurichten, der ungebeten die Insel betrat. Und Platon stammte aus Athen. Nur die Fürsprache eines Bürgers von Ägina, er sei doch „nur ein Philosoph", rettete ihm das Leben. Statt sterben zu müssen, wurde Platon nun für ein halbes Talent, rund 13 Kilo Silber, verkauft. Der Käufer entpuppte sich als Freund und brachte ihn zurück nach Athen.

So erzählte Diogenes Laertios rund 600 Jahre später die dramatischste Episode aus Platons Leben. Diogenes war ein Schriftsteller, der im zweiten Jahrhundert nach Christus Biografien der griechischen Denker verfasste. Einzelheiten über Platons Leben zu finden fiel ihm dabei schwer. Denn dieser Philosoph hinterließ zwar eine ganze Menge Werke, aber wenig über sein Leben. Auch die Erinnerungen seiner Zeitgenossen waren spärlich und das meiste davon vage.

Zu Platons erhaltenen Werken zählen vor allem die Apologie, die Verteidigungsrede seines Lehrers Sokrates vor Gericht, sowie 34 Dialoge und einige Briefe.

Als sicher gilt, dass Platon einer vermögenden Adelsfamilie entstammte. Geboren wurde er im Jahr 428 oder 427 v. Chr. in einem vornehmen Vorort von Athen. Andere Quellen nennen Ägina seine Heimat, jene Insel, auf der er vierzig Jahre später als Sklave landete. Seine Eltern gaben ihm den Namen Aristokles. Erst ein Sportlehrer nannte ihn später Platon, weil der Junge dank seiner breiten Schultern (altgriechisch: platon = breitschultrig) ein guter Ringer war. Platons Vater Ariston starb früh. Deshalb wuchs sein jüngster Sohn im Haus des Pyrilampes auf. Der war ein Onkel von Platons Mutter Periktione und nahm die Witwe zur Frau. Platon hatte zwei Brüder, Glaukon und Adeimnatos, und eine Schwester namens Potone. Der Bruder seiner Mutter, Charmides, und ihr Cousin, Kritias, hatten Staatsämter inne und weckten in dem jungen Mann das Interesse an Politik.

Wie alle Aristokratensöhne besuchte Platon das Gymnasium. Dort lernte er Lesen, Schreiben, Rechnen und wurde in die Werke des größten griechischen Dichters Homer, die Illias und die Odyssee, eingeführt. Vor allem aber trieben die Schüler Sport. Denn das Gymnasium war die Talentschmiede für die Olympischen Spiele. Wahrscheinlich war Platon schon zu dieser Zeit – wie so viele junge Männer – oft mit Sokrates auf den Marktplätzen und in den Straßen Athens unterwegs: Dieser Philosoph war stadtbekannt, weil er jeden, der sich auf ihn einließ, in endlose, kuriose Gespräche verwickelte.

Wehe, einer redete auf anfangs meist belanglose Fragen neunmalklug daher oder wagte gar, große Worte wie Tapferkeit oder Tugend in den Mund zu nehmen! Der wurde dann, ehe er sich's versah, von Sokrates mit weiteren Fragen in die Enge getrieben. Manchmal blieb dieser merkwürdige Denker auch plötzlich unbeweglich auf der Straße stehen und dachte stundenlang nach. Einige Burschen trieben dann gern Schabernack mit ihm, rempelten ihn an oder zogen ihn an den Haaren. Doch davon ließ sich Sokrates nicht stören. Die Gymnasiasten kannten ihn aus der Schule, wo er mit ihnen philosophische Gespräche führte. Platon bewunderte den Mann so sehr, dass er eines Tages seine eigenen schriftstellerischen Versuche verbrannte, weil er sich angesichts Sokrates' Weisheit dafür schämte. Mit zwanzig schloss sich Platon ganz dem von ihm verehrten Philosophen an. Dessen Schüler blieb er die nächsten neun Jahre, bis Sokrates starb. Der wurde, weil er alles und jedes, auch den Staat, infrage stellte, wegen Verführung der Jugend und wegen Gottlosigkeit angeklagt und im Jahr 399 zum Tode verurteilt. Für Platon war das ein Schock. Vergeblich hatten Schüler und Freunde den Denker bedrängt, er solle doch fliehen. Doch Sokrates lehnte dies mit der Begründung ab, sein Gewissen verbiete es ihm, gegen die Gesetze zu verstoßen.

Nach Sokrates' Tod fürchtete auch Platon um sein Leben und floh mit Freunden aus Athen. Erst ging er nach Megara, dann reiste er angeblich nach Ägypten, sicher aber nach Unteritalien und Sizilien. Das war damals eine griechische Kolonie. Seine Absicht, in die Politik zu gehen, hatte Platon inzwischen aufgegeben: Er hatte miterlebt, wie im Jahr 404 die dreißig Tyrannen die Macht an sich rissen – darunter seine Verwandten Charmides und Kritias –, ihre Gegner verfolgten und 1500 Athener umbringen ließen. Nach dem Todesurteil gegen Sokrates hatte er den Glauben an den Staat, so wie er jetzt existierte, ohnehin verloren. Stattdessen widmete sich

Platon nun ganz der Philosophie, wobei die Suche nach einem gerechten Staat eine wichtige Rolle spielte. Platon wollte den im Verborgenen liegenden Sinn finden, der hinter allem und jedem stecken musste. Dabei entwickelte er die Idee von den ewigen Ideen: Er war davon überzeugt, dass alles, was ist, nur ein Abbild von Urformen darstellt, die als „Ideal", also als Prototyp der Idee, seit Ewigkeiten und für die Ewigkeit außerhalb des für den Menschen Sichtbaren abgelegt sind.

Platon formulierte seine Ideenlehre im „Höhlengleichnis": Danach sitzen die Menschen in einer Höhle. Die Dinge, die sie sehen, sind nur die Schattenrisse der Urformen, die das Licht an die Wände wirft. Wer die Dinge an sich erkennen will, muss nach oben klettern – wie die Philosophen, die den Weg des Erkennens gehen.

388 reiste Platon nach Sizilien zu den Pythagoreern. Das war eine religiös-politische Gemeinschaft mit strengen Regeln. Sie suchten nach der göttlichen Ordnung für die Welt und das Leben und waren Anhänger der Demokratie und Gegner der Tyrannei in Syrakus. Auf Sizilien freundete sich Platon mit dem damals 21-jährigen Dion an – und brachte Dionysios I. gegen sich auf. Wie bereits erwähnt, kehrte Platon als freigekaufter Sklave über Ägina nach Athen zurück. In seiner Heimatstadt lehrte er nun selbst am Gymnasium und gründete seine eigene philosophische Akademie.

Platons Unterricht bestand aus dem Gespräch mit den Schülern: Er redete stets frei. Geschriebene Texte, so meinte er, könne man nichts fragen und deshalb daraus auch nichts lernen. Gleichwohl schrieb Platon seine Lehren, meist in Form von Zwiegesprächen, nieder. In seiner Apologie schilderte er Sokrates' Verteidigungsrede vor Gericht. Von Platon stammen die berühmtesten philosophischen Dokumente über Politik und Staat. Sokrates machte er zur Hauptfigur in seinen „Dialogen". In ihnen verwickelte er fiktive Figuren mit oft prominenten Namen in kontroverse Gespräche über seine Ideen von den Tugenden, der Seele, über den Staat, die Gesetze und vieles mehr.

Auf Platons Akademie geht unser Begriff vom akademischen Studium zurück. Platons „Universität" lag im heiligen Hain des Helden Hekademos.

Zwanzig Jahre nach seiner ersten Sizilien-Reise fuhr Platon ein zweites Mal nach Syrakus: Dionysios I. war inzwischen tot und Dion hoffte, dessen Sohn und Nachfolger Dionysios II. mit Platons Hilfe von der Tyrannei abzubringen. Doch das ging schief. Dionysios II. verbannte Dion wegen Hochverrats. Nur mit Mühen konnte Platon Sizilien wieder verlassen. 361 fuhr er ein drittes Mal nach Syrakus. Doch er hoffte vergebens, zwischen Dionysios und Dion vermitteln zu können, und kehrte erneut zurück nach Athen. Dort widmete er sich nun ausschließlich seiner Akademie, in der er bis zu seinem Tod im Jahr 347 lehrte.

Von Gleichheit und Liebe

Aus Platons Theorie, alle Dinge, auch der Mensch, seien nur ein Abbild einer in der Ewigkeit hinterlegten Idee, ließe sich die Gleichheit aller Menschen ableiten. In seinen Ideen eines gerechten Staates teilte Platon die Menschen (und meinte damit die Männer) allerdings in drei Kasten ein: Als Herrscher setzte er oben die Philosophen ein, darunter die Soldaten als Wächter des Staates und unten die anderen, die als Handwerker und Bauern alle mit dem versorgen sollten, was der Mensch zum Leben braucht. Noch weniger als von den Handwerkern und Bauern hielt er von den Frauen: Sie bezeichnete er als Fluch der Götter und meinte, sie seien nur gut für die Zeugung und Aufzucht der Kinder. Deshalb sei es das Beste, der Staat suche für jeden Mann die für ihn geeignete Frau aus. Kein Wunder, dass Platon selbst keine hatte. Unter Liebe verstand er denn auch etwas anderes, als Menschen dies für gewöhnlich tun, nämlich die gemeinsame Suche nach der wahren Seele, dem Guten. Die Seele war für Platon dreigeteilt: in Vernunft, Gefühle und Triebe. Und nur wenn die Vernunft über die beiden anderen Teile regiere, könne der Mensch ein gelingendes Leben führen, das im wahrhaft Guten münde. Diese Ethik Platons ist bis heute aktuell.

Seins oder nicht seins?

„Sein oder nicht sein …“ ist eines der berühmtesten Zitate aus einem seiner Dramen. Seins oder nicht seins? Das ist die Frage, die seit Jahrhunderten die literarische Welt bewegt: Stammen all die großartigen Werke, die seinen Namen tragen, tatsächlich von ihm? Oder hat er den Namen jemand anderem geliehen? So viel ist sicher: Es gab ihn, er hat gelebt! Davon zeugen seine Taufurkunde, Dokumente über seine Ehefrau und den Kauf von Häusern. Handschriftliches aber gibt es nicht von ihm – außer seinem mit schon zittrigen Fingern aufs Papier geworfenen Namenszug unter seinem letzten Willen. Kaum war er tot, begann der Streit, ob dieser Mann wirklich der Urheber der weltbekannten Dramen war. Schon zu Lebzeiten hatten ihn Neider einen Betrüger geschimpft, der sich mit fremden Federn schmücke. Jahrhundertelang prüften Literaten, Historiker und Sprachforscher seine Dramen und Sonette, um Klarheit zu schaffen. Ganz gelungen ist das bis heute nicht. Selbst Sigmund Freud ließ sich auf Spekulationen ein. Der Wiener Erfinder der Psychoanalyse riskierte im 20. Jahrhundert einen Blick in die Seele des toten Dichters und sagte, er habe nirgends dessen Geist in seinen Worten entdeckt. Ebenso wenig konnte aber jemand klären, wozu diese Namensmaskerade hätte gut sein können. Schließlich hätte zu einem solchen Spiel mindestens ein Zweiter gehört.

Heute gehen wir davon aus, dass dort, wo sein Name draufsteht, auch sein Genie dahintersteckt. Seine Stücke sind noch immer die meistgespielten der Welt. Kaum ein Schauspieler, der nicht wenigstens einmal in eine seiner Rollen schlüpfen, kaum ein Regisseur, der seine Figuren nicht auf die Bühne stellen will. Auch 400 Jahre nach seinem Tod erkennen wir uns in Hamlet, Othello, Julia oder Macbeth selbst, hat seine Sprache nichts von ihrem Zauber verloren.

Wer war das?

William Shakespeare –

die Welt als Bühne

Geboren vermutlich am 23.4.1564
in Stratford-upon-Avon
Gestorben am 23.4.1616 ebenda

Gerade mal zwanzig Jahre alt und schon Frau und drei Kinder – war das der Grund, warum William Shakespeare im Jahr 1585 so sang- und klanglos aus Stratford-upon-Avon verschwand? Oder floh er vor Sir Thomas Lucy? Der lebenslustige William soll dem Landherrn Hasen und Rehe gestohlen haben. Einmal wurde er ausgepeitscht deswegen. Doch er wilderte weiter, erlegte sogar einen Hirschen. Verdrückte er sich deshalb bei Nacht und Nebel vor „lousy Lucy", dem „lausigen Lucy"? Vielleicht aber fühlte sich William einfach zum fahrenden Volk hingezogen. Und davon gab es in der Stadt genug, darunter viele Theaterleute, die in den Hinterhöfen der Gasthäuser ihre Stücke aufführten. Eine dieser Truppen soll just in der Zeit, in der Shakespeare verschwand, einen ihrer Schauspieler verloren haben. Folgte er vielleicht einer Einladung der Truppe, mit ihr weiterzuziehen? Wir wissen es nicht – und werden es nie erfahren. Sicher ist nur, dass William Shakespeare nach der Geburt seiner zweiten Tochter und seines ersten Sohnes (es waren Zwillinge) im Jahr 1585 Stratford-upon-Avon mit unbekanntem Ziel verließ. Erst sieben Jahre später tauchen Nachrichten aus London über ihn auf. Auch die Überlieferungen aus seinem sonstigen Leben sind spärlich. Ganz anders steht es um den literarischen Schatz, den William Shakespeare nach 52 Lebensjahren hinterließ: Dieser machte ihn zum bedeutendsten Dramatiker der Weltgeschichte.

Shakespeare Forscher nennen die Zeit zwischen 1585 und 1592 „lost years", „verlorene Jahre", weil niemand weiß, wo er sich aufhielt, wie er lebte und was er trieb.

Geboren wurde William Shakespeare als drittes von acht Kindern und erster Sohn des Gerbers, Handschuhmachers und -händlers John Shakespeare und dessen Frau Mary Arden in Stratford-upon-Avon. Die Mutter entstammte der Gentry, dem niederen Landadel. John Shakespeare war in der Stadt rund 160 Kilometer nordwestlich von London sehr angesehen: In deren Chronik wird er als Polizeimeister, Ratsherr und schließlich Bürgermeister erwähnt. William wurde laut Register der protestantischen Pfarrkirche am 26. April 1564 getauft. Den damaligen Gebräuchen zufolge dürfte das drei Tage nach seiner Geburt gewesen sein. Die Shakespeares besaßen ein Haus in der Henley Street. Als Bürgersohn besuchte William die Grammar-School. Dort lernten die Schüler nicht nur Rechnen, Schreiben und Lesen, sondern vor allem Latein und wurden in altrömischer Literatur und Geschichte unterwiesen. Shakespeare bediente sich später in seinen Stücken oft historischer Ereignisse und Figuren.

Gegen Ende des 16. Jahrhunderts führten undurchsichtige Geschäfte Williams Vater in den Bankrott, woraufhin er seine öffentlichen Ämter verlor. William wiederum machte mit Trinkgelagen, Raufereien und Burschenstreichen von sich reden. Der folgenreichste war die Affäre mit einer um acht Jahre älteren Frau. Die Eltern der Bäuerin Anne Hathaway bestanden darauf, dass er sie heiratete. Sechs Monate später wurde Tochter Susanna geboren. 1585 folgten die Zwillinge Judith und Hamnet. Unklar ist, wovon William seine Familie ernährte. Mal heißt es, er habe als Schreiber bei einem Anwalt Geld verdient, ein andermal, er sei Schulmeister gewesen. 1585 jedenfalls suchte er das Weite.

Erst sieben Jahre später nahmen seine Biografen in London wieder eine Spur von ihm auf. Da war er bereits erfolgreich als Schauspieler und Stückeschreiber. Er wurde sogar von einem Konkurrenten, dem Bühnenautor Robert Greene, mit einer gehässigen Schrift geschmäht. Greene hatte in Oxford und Cambridge studiert und schimpfte, Shakespeare sei ein dahergelaufener „Allerweltskünstler" aus der Provinz. Er schreibe seine Stücke bei anderen ab und sei eine „Krähe, die sich mit unseren Federn schmückt". Greene nannte Shakespeare „shake-scene", einen „Bühnenerschütterer". Als Greene kurz darauf starb und sein Nachlass mitsamt den boshaften Worten als Buch erscheinen sollte, schämte sich der Drucker so sehr, dass er ein eigenes Vorwort schrieb, in dem er Shakespeare um Verzeihung bat. Der Mann mit der kahlen Stirn, dem Fusselbart und dem goldenen Ring im Ohr war in London offenbar bekannt und beliebt.

Shakespeare hatte sich der Theatertruppe „Chamberlain's Men" angeschlossen. Die war benannt nach dem Lordkämmerer des Königs. Am Ende des 16. Jahrhunderts waren Schauspieler auf Schutz und Unterstützung angesehener Leute angewiesen. Denn nicht überall waren sie gerne gesehen. Mit großem Erfolg war Shakespeares Drama um König Heinrich VI. aufgeführt worden. Es folgten weitere Stücke um historische Ereignisse bis zurück in die Antike, am Ende waren es 37 Tragödien und Komödien. Vordergründig zog Shakespeare sie häufig an Konflikten der Mächtigen auf. In Wirklichkeit sahen die Zuschauer ihre eigenen inneren Kämpfe auf der Bühne: eigene Lieben, Lust und Leid, alles, was den Menschen in seinem Innersten bewegt. Die Truppe um Londons besten Schauspieler Richard Burbadge, der Shakespeare angehörte, war so angesehen, dass Jakob I., der Königin Elisabeth auf den englischen Thron folgte, sie 1603 unter seine Fittiche nahm. Jetzt durfte sie sich „King's Men" nennen. Der König wies alle Behörden an, sie zu unterstützen. Ihr Spiel solle der „Erholung unserer lieben Untertanen und zu unserem eigenen Trost und Vergnügen" dienen.

Am Hof Elisabeths I. hatten die „Chamberlain's Men" bereits vierzig Mal gespielt, Jakob I. lud sie zu 130 Aufführungen ein. Unter Elisabeth hatte Shakespeare allerdings Kopf und Kragen riskiert: Der

Earl of Essex, einst ein Günstling der Queen, hatte ihn zu einem Stück über Hochverrat überredet. Das Drama „Richard II." steckte voller Anspielungen auf die Königin. Obendrein siegte der Verräter. Kurz nach der Aufführung wurde der Graf verhaftet und hingerichtet. Shakespeare wurde verhört, kam aber ungeschoren davon.

Das Theater machte Shakespeare reich: Zusammen mit seinem Freund Burbadge war er Teilhaber des 1599 für die „King's Men" gebauten „Globe"- und, nachdem dieses abgebrannt war, des Blackfriars-Theaters. Er wurde in den niederen Adelsstand erhoben und damit zum Gentleman mit Familienwappen. Sein Bruder kaufte in Stratford-upon-Avon Grundstücke und Häuser für ihn, darunter das größte am Ort: „New Place" glich einem kleinen Palast. Ob und wie oft er selbst die zwei Tage dauernde Reise in seine Heimatstadt auf sich nahm, wissen wir nicht. Wohl aber, dass er um seinen einzigen Sohn Hamnet trauerte, als der mit elf Jahren starb: Literaturforscher lesen die Worte „grief fills the room up of my absent child ..." seines „King John" im gleichnamigen Drama als väterliche Todesklage.

Shakespeares Komödien spiegeln das pralle Leben seiner Tage: Seinen Figuren ist nichts Menschliches fremd, er scherte sich nicht um Tabus, die er auf der Bühne mit Worten darstellte. Ob er selbst so wild lebte, wissen wir nicht. Anzunehmen ist es durchaus. Hinweise liefern Anekdoten wie diese: Einmal soll er seinen Freund Burbadge und dessen Geliebte belauscht haben, die ihn nachts im Kostüm Richard II. empfangen wollte. Die beiden machten ein Stichwort aus, das die Schlafkammer öffnen sollte. Als Burbadge erschien, war das Bett der Lady bereits besetzt – und Shakespeare rief spöttisch: William der Eroberer sei vor King Richard da gewesen.

Vermutlich 1612 kehrte Shakespeare London den Rücken. Als schwerreicher Mann kam er nach Hause, auch weil er zu Wucherzinsen Geld verlieh. Das Einzige, was er jetzt noch schrieb, war vier

Jahre später sein Testament: Zur Haupterbin erklärte er die älteste Tochter Susanna, die zweite, Judith, bekam 300 Pfund, da Shakespeare ihren Mann nicht mochte. Den Armen des Ortes vermachte er zehn Pfund. Ehefrau Anne aber musste sich mit dem „zweitbesten Bett" zufriedengeben … William Shakespeare starb an seinem 52. Geburtstag, dem 23. April 1616.

Ein Mann mit tausend Seelen

Deutschlands Dichterfürst Goethe nannte Shakespeare einen „Mann mit tausend Seelen". Nicht nur seine Kollegen des „Sturm und Drang" und der Weimarer Klassik bedienten sich bei ihm – auch moderne Schriftsteller der Gegenwart tun das oft und gerne. Shakespeare gilt nach wie vor als das größte Sprach- und Theatergenie der Welt. Aus seinen Dramen wurden Opern wie Giuseppe Verdis „Falstaff" oder „Macbeth" und Musicals wie Cole Porters „Kiss me Kate" oder Leonard Bernsteins „West Side Story": Für beide stand das berühmteste Liebespaar der Welt, Romeo und Julia, Pate. Shakespeare wurde zum Kinoheld – nicht zuletzt in der Lebens- und Liebesgeschichte über ihn selbst, „Shakespeare in love", die mit dem Filmpreis „Oscar" ausgezeichnet wurde. Das Besondere an Shakespeare waren seine Sprache und die Art, wie er die ewigen Menschheitskonflikte tragisch oder komisch in Szene setzte. Seine Bühne war bunt und düster, wild und still. Es sind Spiele zwischen Menschen und Geistern. Bei ihm belohnen oder strafen nicht mehr die Götter, sondern die Menschen gewinnen oder scheitern an sich selbst.

Die wandelnde Uhr

Jeden Tag, sommers wie winters, spazierte pünktlich zur gleichen Stunde ein 1,57 Meter kleiner schmächtiger Mann die Lindenallee in Königsberg entlang. Exakt achtmal ging dieser stets gut gekleidete Herr mit dem spanischen Stöckchen in der Hand die Straße auf und ab, immer darauf bedacht, dass ihm kein Bekannter begegnete oder ihn irgendwer ansprach. Denn dann, so befürchtete der Spaziergänger mit dem eingefallenen Brustkorb und den leicht verschobenen Schultern, könnte ihm die Luft ausgehen oder er ins Schwitzen geraten. Dann nämlich, wenn er, um nicht unhöflich zu erscheinen, seine Schrittgeschwindigkeit einem vielleicht schnelleren Begleiter anpassen müsste. Nur einen duldete er an seiner Seite: seinen Diener. Der hastete, wenn Regen drohte, hinter ihm her, um möglichst gleich beim ersten Tropfen den Schirm über seinem Herrn aufzuspannen. Schließlich sollte der sich nicht verkühlen.

Die Königsberger schmunzelten manchmal über dieses seltsame Paar. Nach der Pünktlichkeit des prominenten Pedanten konnten sie ihre Uhr stellen. Nur einmal wartete die Lindenallee vergeblich auf ihn: An diesem Tag war ihm in seiner Studierstube eine Schrift des in Frankreich lebenden Denkers Jean-Jacques Rousseau in die Hände gefallen. In dem Werk mit dem Titel „Émile" ging es um die der Natur und Ursprünglichkeit eines Kindes angemessene Erziehung. Die Ausführungen des Kollegen fesselten ihn so sehr, dass er darüber sogar seine tägliche Promenade vergaß. Er legte das Buch erst wieder aus der Hand, nachdem er es ausgelesen hatte. Seine eigenen Erkenntnisse machten ihn zu einem der berühmtesten Philosophen und bereiteten nicht nur seinen gelehrten Zeitgenossen Kopfzerbrechen. Auch heute stehen wir ehrfürchtig vor seinem gewaltigen Gedankengebirge.

Wer war das?

Immanuel Kant

und die Ehrfurcht vor den Sternen

Geboren am 22.4.1724
in Königsberg/heute Kaliningrad
Gestorben am 12.2.1804 ebenda

So geregelt wie der Spaziergang war Immanuel Kants gesamter Tagesablauf: Pünktlich um Viertel vor fünf in der Früh weckte ihn sein Diener Martin Lampe mit dem Ruf „Es ist Zeit!". Nach dem Frühstück – immer zwei Tassen Tee und eine Pfeife – bereitete sich der Gelehrte auf den zweistündigen Unterricht für seine Studenten vor. Um sieben Uhr versammelten sich bis zu einhundert junge Menschen im Hörsaal im Erdgeschoss seines Hauses zwischen Prinzessinstraße und Schlossgraben von Königsberg. Danach, um neun Uhr, zog er sich zum Nachdenken in seine Studierstube im ersten Stock des Hauses zurück. Dort blickte ihm Jean-Jacques Rousseau über die Schulter: Kant hatte an der Wand ein Porträt des Schriftstellers und Denkers aufgehängt. Es war das Geschenk eines Freundes und das einzige Bild, das sein spartanisch eingerichtetes Haus schmückte. Exakt um 15 Minuten vor eins rief Kant seiner Köchin „Es ist dreiviertel!" zu und erwartete nebenan einen gedeckten Tisch. Nach dem Mittagsmahl vertiefte er sich in Bücher, um dann, pünktlich um vier Uhr nachmittags (einige Quellen nennen sieben Uhr abends) die Lindenallee auf und ab zu gehen. Danach widmete sich Kant erneut der Lektüre oder traf sich mit Freunden. Schlag zehn Uhr abends lag der Professor im Bett. Eine Anekdote erzählt, Immanuel Kant habe die Fenster seiner Schlafstube stets, auch tagsüber, geschlossen gehalten. Angeblich, weil einmal nach ausgiebigem Lüften seine Kissen voller Wanzen waren. Die Invasion der lästigen Tierchen ging wohl eher auf die mangelnde Reinlichkeit seines Dieners Martin Lampe zurück. Der wurde mit zunehmendem Alter so nachlässig, dass sich Kant nach über vierzig Jahren schweren Herzens von ihm trennte. Wie vielen Genies wurden dem Philosophen zahlreiche Schrullen angedichtet. Dabei war der große Denker alles andere als ein verknöcherter Stubengelehrter.

Als Kind hatte Kant die harte Seite des Daseins kennengelernt. Die Familie galt als arm. Immanuel war das vierte von elf Geschwistern, von denen sechs früh starben. Geboren wurde er am 22. April 1724 im ostpreußischen Königsberg. Sein Vater Georg Cant war Riemenschneider, die Mutter Anna Regina eine bildungsbeflissene Frau.

Die Cants schrieben sich ursprünglich mit „C". Zum „K" wechselte der Gelehrte später, um zu verhindern, dass er „Zant" ausgesprochen wurde.

Ihr und einem befreundeten Pfarrer verdankte Immanuel, dass ihn 1732 das Friedrichsgymnasium als Schüler aufnahm. Der Unterricht begann dort jeden Morgen mit einer Andacht und jede Stunde mit Beten, was dem Zögling allerdings nicht schmeckte: Später erinnerte er sich „mit Schrecken und Bangigkeit" an diese acht Jahre währende „Jugendsklaverei". Das Erlernen der lateinischen Sprache und die Lektüre ihrer Autoren gefielen ihm dagegen so gut, dass er sich eine Zeit lang „Kantius" nannte. 1740, im Jahr der Krönung Friedrichs des Großen, begann der nun 16-Jährige das Studium der Philosophie, Mathematik und Naturwissenschaften. Seine Mutter hatte einen Pfarrer aus ihm machen wollen, doch Anna Regina Cant war seit zwei Jahren tot und die frömmelnde Erziehung am Fridericianum hatte ihrem Sohn die Freude an der Theologie ausgetrieben.

Der Student teilte sich ein Zimmer mit einem Kollegen und verdiente sich den Unterhalt mit Privatstunden selbst. Besser füllte seinen Beutel das Billardspielen: Das konnte er allerdings bald so gut, dass sich kaum noch wer mit ihm messen wollte. Der junge Mann war ein begeisterter Zecher und fand oft nur mit Mühe den Weg zurück in das „Loch in der Magistergasse“. So sprach er von seiner Studentenbude.

Als Immanuel 1746 das Studium abschloss, starb sein Vater. Kants Traum war eine Professur in Königsberg. Doch die ließ lange auf sich warten. Die nächsten neun Jahre verdiente er seine Brötchen als Hauslehrer wohlhabender Familien in und um Königsberg. Der Aufenthalt als Erzieher in gehobenen Kreisen brachte ihm gute Manieren und Zugang zur feinen Gesellschaft ein. Vor allem die Damen lagen dem stets elegant gekleideten charmanten Plauderer mit den blauen Augen zu Füßen – während er selbst von Frauen wenig und vom Heiraten schon gleich gar nichts hielt. Seine Definition der Gemeinschaft von Mann und Frau war diese: „Die Ehe ist der wechselseitige Gebrauch, den ein Mensch von eines anderen Geschlechtsorganen und Vermögen macht.“ Nur eine Frau verehrte er tief: Gräfin Karoline Charlotte Amalie Kayserlingk. Er unterrichtete ihre Zöglinge. Sie war Mitglied der Königlichen Akademie der Künste in Berlin und führte in Königsberg ein angesehenes Haus. Auch sie schätzte ihn: Lud die Gräfin zu Tisch, durfte Kant zu ihrer Rechten sitzen.

Kant verließ seine Heimatstadt nie weiter als hundert Kilometer, kannte sich aber auf der ganzen Welt aus: Er las mit Begeisterung Reisebeschreibungen.

Mit 31 Jahren gab Kant seine Hauslehrer-Tätigkeit auf, um mit einer Doktorarbeit „Über das Feuer“ zu promovieren. Mit seiner Schrift „Die Grundprinzipien der metaphysischen Erkenntnis“ und einer weiteren Abhandlung in lateinischer Sprache erschrieb er sich im selben Jahr die Zulassung als Privatdozent. Die Augen für die Metaphysik, die Lehre über die Dinge, die mit dem Verstand nicht zu erfassen sind, habe ihm, so sagte er, seine Mutter geöffnet: Sie habe ihm als Kind den Sternenhimmel gezeigt und erklärt. Seitdem erfüllten zwei Dinge „mein Gemüt mit immer neuer und zunehmender Bewunderung und Ehrfurcht, je öfter und anhaltender sich das Nachdenken damit beschäftigt: der bestirnte Himmel über mir und das moralische Gesetz in mir".

Die Studenten liebten Kants kurzweilige Vorträge über Mathematik, Naturwissenschaften, Geografie und auch Pyrotechnik, über Theologie, Pädagogik und Philosophie. Er las ihnen nicht vorgefasste Erkenntnisse und Ansichten vor, sondern ermunterte sie zum eigenständigen Denken. Mit diesem „Denk selber nach!" zündete er später sein berühmtes philosophisches Feuerwerk. Doch das lag noch in weiter Ferne. Das Stundengeld der Studenten reichte aber hinten und vorne nicht zum Leben. Endlich, als mittlerweile 41-Jähriger, bekam er 1765 seine erste, zwar schlecht bezahlte, aber wenigstens feste Stelle: Kant wurde Unterbibliothekar an der Königlichen Schlossbücherei – und hoffte noch immer auf akademische Ehren in Königsberg. Deshalb sagte er 1769 den Ruf an die Universitäten von Erlangen und Jena ab. Ein Jahr später, nach 15 Jahren des Wartens, erhielt er endlich die Professur am Lehrstuhl für Logik und Metaphysik in Königsberg. 1780 wurde er in den akademischen Senat aufgenommen und sechs Jahre später zum Rektor der Universität ernannt, 1788 sogar ein zweites Mal. Da war er längst ein wohlhabender Mann: 1783 hatte sich Kant das Haus in der Prinzessinstraße gekauft. Wobei ihm dort anfangs etwas gewaltig missfiel: dass jeden Abend von dem nahe gelegenen Gefängnis das laute Absingen kirchlicher Lieder durch die Häftlinge seine Ruhe störte. Er beschwerte sich über diese „Heuchelei".

Inzwischen war Immanuel Kant weit über Königsberg hinaus berühmt: 1781 hatte er seine „Kritik der reinen Vernunft" veröffentlicht, danach ein Werk über die „Metaphysik" und die „Metaphysik der Sitten" geschrieben. Es folgten die „Kritik der praktischen Vernunft" und 1790 die der „Urteilskraft". In diesen Werken hatte er neues gedankliches Handwerkszeug an die großen Menschheitsfragen nach Sein, Wissen und Sinn angelegt. Dabei zog er den Schluss, dass es Dinge gibt, die der Mensch nicht erfassen kann, dass er darüber aber nicht verzweifeln müsse. Die Welt sei die Welt, aber jeder Mensch sehe sie mit anderen Augen. Diese sinnliche Wahrnehmung und Erfahrung müsse der aufgeklärte Mensch mit dem Verstand ergründen und überprüfen. Denn dieser Verstand sei das dem Menschen angemessene Handwerkszeug, um sich die Welt zu erschließen. Erst diese Arbeit mache den Mensch zu dem, was er sei – zum Menschen.

Mit vier grundlegenden Fragen gab Kant den Weg dazu vor: Zu klären „Was kann ich wissen?“ sei Aufgabe der Metaphysik, also der Wissenschaft der außerhalb der mit den Sinnen erfassbaren Welt. „Was soll ich tun?“ sei Frage der Ethik, der Sittenlehre. Für „Was darf ich hoffen?“ gab er die Zuständigkeit der Religion. All dies führe zu der Frage „Was ist der Mensch?“. Sie wies er der philosophischen Anthropologie zu. Deren Aufgabe sei es herauszufinden, welche Rolle die Natur dem Menschen gibt und was der Mensch daraus und aus sich machen kann. Zur Grundlage der Sittenlehre wurde Kants berühmter „kategorischer Imperativ“: „Handle so, dass die Maxime deines Willens jederzeit als Prinzip einer allgemeinen Gesetzgebung gelten könnte.“ Salopp formuliert besagt dies so viel wie: „Was du nicht willst, das man dir tu, das füg auch keinem anderen zu!“

Der Mensch ist ein krummes Holz, aus dem nichts ganz Gerades gezimmert werden kann, sagte Kant einmal und meinte damit, dass er nie absolutes Wissen erreichen kann, aber danach streben solle.

Trotz seines geistigen Höhenflugs stand Kant mit beiden Beinen fest auf der Erde. Wenn er nicht arbeitete, umgab er sich statt mit Professoren lieber mit bodenständigen Leuten. Sein bester Freund war der englische Kaufmann Joseph Green, dem er seine „Kritik der reinen Vernunft“ zum Gegenlesen gab. Bat Kant zu Tisch, dann kamen Honoratioren wie der Kriminalrat Jensch, der Bankdirektor Ruffmann, der Kaufmann Jacobi oder Regierungs- und Stadträte wie die Herren Vigilantius oder Buch. Diese Einladungen bei Kant waren höchst begehrt, auch wenn seine Tischgesellschaften genauso streng geregelt waren wie sein Tagesablauf – es mussten mindestens drei, durften aber nicht mehr als neun Gäste sein. Für die Unterhaltungen schrieb er drei Stufen vor: „Erstens: Erzählen. Zweitens: Räsonieren. Drittens: Scherzen." Dabei waren alle Themen erlaubt – nur Philosophieren war verboten. Besonderen Wert legte Kant auf Punkt drei, weil das Lachen, „wenn es laut und gutmütig ist, die Natur durch Bewegung des Zwerchfells und der Eingeweide ganz eigentlich für den Magen zur Verdauung, als zum körperlichen Wohlbefinden bestimmt hat".

Häufig ließ Kant sein Leibgericht auftischen: Kabeljau, dicke Erbsen, Teltower Rübchen, Göttinger Wurst, Kaviar und für jeden Gast eine halbe Flasche Wein. Und er gab buchstäblich seinen eigenen Senf dazu: Die Gewürzpaste rührte der Philosoph stets eigenhändig an, was ihm den Spitznamen „Senfstöpsler" einbrachte. Kant legte viel Wert auf gutes Essen. Königsbergs Bürgermeister Theodor Hippel fragte ihn deshalb im Scherz, ob und wann seine geneigten Leser nach seinen anderen „Kritiken" mit einer „Kritik der Kochkunst" rechnen dürften …

Die schrieb er nicht – stattdessen zog er sich als 70-Jähriger mit seiner Schrift „Religion innerhalb der Grenzen der bloßen Vernunft" die Kritik der Obrigkeit zu: Nach dem Tod Friedrichs des Großen war in Preußen wieder Frömmelei angesagt – und Königsbergs berühmtestem Sohn wurden „bei fortgesetzter Renitenz" „unangenehme Verfügungen" angedroht. Drei Jahre später gab er seine Lehrtätigkeit freiwillig auf. Nicht, weil er resignierte, sondern weil seine Kraft und die Schärfe seines Geistes nachließen. Einige seiner Schüler besuchten ihn weiterhin – und waren erschüttert, wie seine Auffassungsgabe und sein Erinnerungsvermögen nachließen. Einer weinte fast nach einem solchen Besuch: „Mein Kant kannte mich nicht mehr." Schritt für Schritt versagte ihm sein Körper die Dienste: Erst wurde Kant blind, dann schmeckte ihm das Essen nicht mehr, schließlich konnte er gar keine Nahrung mehr zu sich nehmen. Am 12. Februar 1804, vormittags um elf Uhr, machte Immanuel Kant für immer die Augen zu. In Königsberg herrschte bitterer Frost, was das Ausheben eines Grabes erschwerte. Deshalb wurde seine Bestattung auf das Ende des Monats verschoben. Die Behörden genehmigten die lange Wartezeit: Kants Körper war völlig ausgetrocknet und damit schon so gut wie mumifiziert.

„Denk selber nach!“

Vermutlich hat die eiserne Disziplin, mit der Kant sein Leben lebte, den Aufbau seines gigantischen Gedankengebäudes überhaupt erst möglich gemacht. Noch heute scheitert so mancher daran, ihm auf den Gipfel seines Geistes zu folgen. Über Kant lässt sich leicht irrewerden. Mit dem Satz „Sapere aude!“ – „Wage, dich deines *eigenen* Verstandes zu bedienen!“ oder kurz gesagt: „Denk selber nach!“ – hat er die Vernunft in den Mittelpunkt des Denkens gerückt und damit die Menschen ermutigt, sich ihrer selbst bewusst und im wahrsten Sinn des Wortes aufgeklärt zu werden. Deshalb gilt Kant als wichtigster Denker der Epoche der Aufklärung. Er selbst definierte sie so: „Aufklärung ist der Ausgang des Menschen aus seiner selbst verschuldeten Unmündigkeit. Unmündigkeit ist das Unvermögen, sich seines Verstandes ohne Leitung eines anderen zu bedienen.“ Der Mensch sei, so Kant, von Natur aus träge und faul. Der aufgeklärte Mensch aber müsse sein Schicksal selbst in die Hand nehmen. Dieser Satz beflügelte die politische Aufbruchstimmung des beginnenden 19. Jahrhunderts – und hat bis heute nichts von seiner Gültigkeit verloren.

Von Höhen und Tiefen

Hatten den jungen Mann alle guten Geister verlassen? Oder fühlte er, der davon träumte, über Helden zu schreiben, sich selbst zum Helden berufen? Er wusste nur zu gut, dass er nicht schwindelfrei war und ihm, sobald er aus großer Höhe nach unten blickte, Hören und Sehen vergingen und es ihm die Füße unter dem Leib wegzog. Trotzdem, nein, gerade deshalb stieg der 21-Jährige die 332 Stufen des Straßburger Münsters hoch. Oben ruhte er sich ein Viertelstündchen aus, holte tief Luft – und wagte sich dann Schritt für Schritt auf die schmale Aussichtsplattform des Turmes. Mit zitternden Knien fiel sein Blick 142 Meter in die Tiefe. Der Schwindel aber blieb aus – er hatte ihn besiegt! Auch andere Schwächen kurierte er mit ähnlicher Härte, so zum Beispiel seine düsteren Fantasien im Dunkeln oder beim Gedanken an Tote. Die vertrieb er, indem er sich zu nächtlichen Streifzügen auf Friedhöfen zwang oder Ärzten über die Schulter sah, wenn sie Leichen sezierten. Das half. Später entdeckte er in einem Totenschädel einen bis dahin unbekannten menschlichen Knochen.

Herausforderungen scheute er nie – und schon gar nicht die seiner Gefühle. Er brach zahlreiche Herzen und litt danach oft selbst wie ein Hund. Von der Gefahr, darüber den guten Ruf zu verlieren oder sich zum Gespött der Leute zu machen, ließ er sich nicht schrecken. Als 73-Jähriger hat er sich noch einmal in ein 19-jähriges Mädchen verliebt. Wie so oft legte er sein ganzes Herz in bezaubernde Lyrik. In seinen Werken inszenierte er die Höhen und Tiefen des Lebens und der Welt. Ein tragischer Liebesroman machte ihn schon als jungen Mann berühmt, sein gewaltigstes Drama, an dem er sein Leben lang schrieb, als Dichter unsterblich. Aus den über 12 000 Versen spricht seine ganze Genialität.

Wer war das?

Johann Wolfgang von Goethe –

Dichter und Genie

Geboren am 28.8.1749 in Frankfurt am Main
Gestorben am 22.3.1832 in Weimar

Nein, was andere von ihm dachten, darum scherte sich Johann Wolfgang von Goethe nie: weder in Herzensdingen noch in sonstigen Sachen. Als er 1771 seine Dissertation vorlegte, wurde seine wissenschaftliche Arbeit zwar anerkannt, der angestrebte Titel eines Doktors der Rechte aber blieb ihm versagt. Der Druck des Werkes „de legislatoribus" wurde sogar verboten, weil die Allmacht der Kirche darin nicht die Rolle spielte, die ihr nach Ansicht der protestantischen Universität von Straßburg gebührte. Dafür war der junge Goethe in Professoren-Kreisen Tagesgespräch. Der Student, so hieß es abfällig, habe „in seinem Obergebäude einen Sparren zu wenig oder zu viel". Oh heiliger Akademiker-Dünkel! Was sollten sich die Sparren in deren eigenen Oberstübchen noch aus Ehrfurcht vor Goethe verbiegen! Wenig später applaudierte ihm ein begeistertes Publikum für sein erstes Drama, den „Götz von Berlichingen". Dabei hatte er sich darin deftiger Sprache bedient. (Im Alter war ihm das berühmte Zitat mit dem A… allerdings peinlich.) Nur drei Jahre später lagen ihm die Leser wegen seines ersten Romans über die „Leiden des jungen Werther" zu Füßen. Einige von Liebeskummer geplagte junge Männer folgten dem tragischen Helden sogar in den selbst gewählten Tod. Andere kleideten sich wie „Werther" in gelbe Weste und Hose, blauen Frack und Stulpenstiefel.

Mit dem Briefroman um die unglückliche Liebe eines jungen Mannes zu einer verheirateten Frau hatte sich Goethe eigenen Kummer von der Seele geschrieben – und damit einen Freund und Kollegen verprellt: Dessen Braut Charlotte Buff war Vorbild für die weibliche Hauptfigur – und selbst etwas beleidigt, weil Goethe der „Lotte" im „Werther" die braunen Augen seiner neuen Liebe verlieh. Ihr Verlobter, der Wetzlarer Legationssekretär Johann Christian Kestner, hatte dem Vorbild für den „Werther", Karl Wilhelm Jerusalem, die Pistole geliehen, mit der dieser sich dann die tödliche Kugel gab. Als Goethe Wetzlar verließ, schickte Kestner ihm ein „Er tut, was ihm einfällt, ohne sich darum zu bekümmern, ob es anderen gefällt! Aller Zwang ist ihm verhasst!" hinterher. Ja, genau so war Goethe. Drückte ihn die Seele zu sehr, befreite er sich durch Schreiben – oder floh. Materielle Not litt er nie: Erst lebte er bequem vom Vermögen des Vaters, dann sicherte ihm die Gunst des Herzogs Karl August von Sachsen-Weimar ein gutes Salär. Und schließlich verdiente er an seinen Werken. Was braucht so jemand Konventionen?

„Die Leiden des jungen Werther" des erst 25-jährigen Goethe war der erste moderne deutsche Roman.

Geboren wurde Johann Wolfgang als Sohn des Kaiserlichen Rates Johann Caspar Goethe und dessen Frau, der Patriziertochter Elisabeth Textor, am 28. August 1749 in Frankfurt am Main. Er war eins von sechs Geschwistern, von denen ihm nur die heiß geliebte Schwester Cornelia blieb. Bis zum neunten Lebensjahr besuchte er eine öffentliche Schule, lernte Latein, Griechisch, Englisch, Französisch, vom Vater Italienisch und sogar Hebräisch. Goethe war ein artiger Junge. In seinen Lebenserinnerungen „Dichtung und Wahrheit" hat er sich einer einzigen Prügelei gerühmt: Zwar ließen die Mitschüler ihre Peitschen auf ihm tanzen, doch am Ende besiegte er sie. Und kündigte großspurig an, er werde jedem, der ihn künftig beleidige, „die Augen auskratzen, die Ohren abreißen" oder ihn „erdrosseln". Daraufhin ließ ihn der Vater von Hauslehrern erziehen.

Goethe machte „Auerbachs Keller" in Leipzig berühmt. Die Wände dort zieren Gemälde mit Faust'schen Szenen.

In Goethes Kindheit lagen Österreich und Frankreich, Russland und Schweden in wechselnden Koalitionen mit Preußen im Siebenjährigen Krieg. In Frankfurt und auch im Hirschgraben bei den Goethes quartierten sich französische Soldaten ein. Mit den Truppen kamen Schauspieler in die Stadt. Johann Wolfgang kannte bis dahin nur Puppentheater. Die gebildete Mutter steckte ihn nun mit ihrer Begeisterung für die belebte Bühne an. Den 16-Jährigen schickte der Vater dann zum Jurastudium nach Leipzig. Dort markierte Goethe den Stenz, ihm wurde eine gewisse Arroganz nachgesagt. Gern kehrte er zu Wein und Bier in „Auerbachs Keller" ein. Böse Zungen behaupteten, Goethe habe auch Umgang mit „gewissen" Mädchen gepflegt. Wenn das überhaupt stimmte, so war es sicher nur halb so wild: Denn in die Freuden der körperlichen Liebe weihte ihn, seinen Werken nach zu schließen, erst zwanzig Jahre später in Rom eine Italienerin ein, die er „Faustina" nannte. Liebeleien gab es in Leipzig aber durchaus. Vor allem Käthchen Rotschopf, deren Mutter einen Mittagstisch für Studenten unterhielt, schrieb er zärtliche Verse. Auch Friederike Oser, die Tochter seines Zeichenlehrers, sah er gern. Neben dem Zeichnen lernte Goethe Radieren und Kupferstechen. Im dritten Studienjahr packte ihn eine tiefe Krise und er reiste nach einem Blutsturz an seinem 19. Geburtstag nach Frankfurt zurück. Sein Zustand war so miserabel, dass er, der so gar nicht religiös war, sich in pietistische Schriften und Gedanken über das Sterben vertiefte.

Nach zwei Jahren setzte er sein Studium in Straßburg fort und interessierte sich zusätzlich für Chemie und Medizin. Das mächtige mittelalterliche Münster weckte seine Begeisterung für Geometrie und Architektur. Und er machte eine Bekanntschaft, die er noch im Alter eine der wichtigsten seines Lebens hieß: Er freundete sich mit dem Theologen, Philosophen und Schriftsteller Johann Gottfried Herder an. Der brachte ihm die Werke von Shakespeare, Homer und

Ossian nahe und machte ihn auf die Volksdichtung aufmerksam, der Herder den Namen „Volkslieder“ gab. Der große Gelehrte galt als schwieriger Mann. Auch Goethe wurde von ihm einmal als „spatzenmäßig“ beschimpft. Doch Herder rechnete ihm hoch an, dass er ihn nach einer Augenoperation täglich besuchte. Herder lehrte Goethe, seiner gefühligen Poesie Handfestes hinzuzufügen, was sich dann im „Götz von Berlichingen“ niederschlug. Mit Herder diskutierte Goethe über die historische Figur des Dr. Faustus, aus der später „sein“ Faust erwuchs.

Noch eine andere Begegnung aus der Straßburger Zeit hinterließ Spuren bei Goethe. Während einer Landpartie war er in Sesenheim beim dortigen Pfarrer Johann Jacob Brion eingekehrt. Er verliebte sich in dessen 19-jährige Tochter Friederike – und die sich in ihn. Bald war Goethe häufig und gern gesehener Gast der Familie, die ihn schon für den künftigen Schwiegersohn hielt. Doch als Goethe im Sommer 1771 sein Studium beendete, machte er sich heimlich, still und leise davon. Friederike bekam von ihm nur einen Abschiedsbrief. Es war nicht das letzte Mal, dass Goethe (s)ein Mädchen sitzen ließ, ein Thema, das er immer wieder auch dichterisch verarbeitete.

Von der Liebe zu Friederike erzählen Goethes „Sesenheimer Lieder“.

Mit der Zulassung als Anwalt kehrte er nach Frankfurt zurück. In den nächsten vier Jahren riskierte der junge Jurist bei der Verteidigung von Bauern, Händlern und Handwerkern oft eine so freche Lippe, dass ihn das Gericht dafür rügte. Er begann mit den Arbeiten am „Urfaust“ und vollendete die Geschichte des Ritters „Götz von Berlichingen“. In Frankfurt inspirierten ihn Prozess und Hinrichtung der Kindsmörderin Susanna Margaretha Brandt zur Figur seines Faust'schen „Gretchen“: Ein Durchreisender hatte Susanna verführt, geschwängert und dann im Stich gelassen. Aus Verzweiflung tötete die junge Mutter ihr Kind. Seine eigene unglückliche Liebe zu Charlotte Buff während eines Praktikums in Wetzlar verarbeitete

Mit dem „Werther" wurde Goethe zum führenden Dichter der von Natur und Gefühlen beherrschten literarischen Epoche des Sturm und Drang – und läutete zugleich ihre Totenglocke: Schließlich zerbricht der Held an seinen Gefühlen.

Goethe zu seinem ersten Roman, „Die Leiden des jungen Werther". Der machte ihn nach Erscheinen im Jahr 1774 über Nacht berühmt. Dann fand sein „Götz" viel Applaus auf der Berliner Bühne, während Goethe unermüdlich an immer neuen Gedichten und Hymnen schrieb. 1775 verliebte er sich in Lili Schönmann. Doch schon bald nach der Verlobung bekam er bei der Aussicht auf „häusliche Glückseligkeit" kalte Füße und reiste in die Schweiz. Nach der Rückkehr löste er die Verlobung, vergaß Lili aber nie – noch im Alter sprach er gern von dieser seiner jungen Liebe. Eine Einladung vom acht Jahre jüngeren Herzog Karl August nach Weimar half dem inzwischen bekannten Dichter über die unglückliche Geschichte hinweg. Karl Augusts Mutter war die kunstsinnige Herzogin Anna Amalia. Als Gast kam Goethe 1776 in Sachsen an. Es wurde ihm für den Rest seines Lebens zur Heimat.

Nach seiner Ankunft begann für Goethe erst mal eine wilde Zeit: Er, der Herzog und Dichterfreunde wie Jacob Michael Reinhold Lenz und Friedrich Maximilian Klinger tobten sich bei Feiern und Fahrten, Ausritten und Jagden rund um Weimar aus. „Wir waren oft sehr nahe am Halsbrechen", erinnerte sich der alte Goethe fröhlich. Dem jungen Regenten Karl August wurde der 26-Jährige zum wichtigsten Vertrauten und Berater – und von ihm als „Geheimer Legationsrat" in staatliche Dienste gestellt. Drei Jahre später wurde Goethe zum Geheimen Rat und 1782 zum Kammerpräsidenten befördert, ein Amt, das dem eines Regierungschefs glich, und obendrein geadelt. Als Wohnsitz hatte ihm der Herzog ein Gartenhäuschen an der Ilm geschenkt und Gemächer am Weimarer Frauenplan zur Verfügung gestellt. Goethe leitete die Weimarer Kriegs- und Wegebaukommission, begleitete Karl August 1792 beim Feldzug nach Frankreich und war beteiligt an der Belagerung von Mainz. In Ilmenau ließ er einen stillgelegten Bergbau wiederbeleben. Eigentlich war er gut ausgelastet, was ihn aber nicht vom

Schreiben abhielt. Mit seinen Gedichten, Epen und Dramen (er saß stets an mehreren gleichzeitig), die allein bis 1790 acht Bände füllten, begründete Goethe die sogenannte „Weimarer Klassik". 1791 wurde er Leiter des Weimarer Hoftheaters. Obendrein betrieb der geniale Mann naturwissenschaftliche Studien, beschäftigte sich mit Gesteinskunde – Mineralogie – und hielt Vorträge über Anatomie, also den Körperbau des Menschen. Er entdeckte den Zwischenkieferknochen beim Menschen, den die Wissenschaft bis dahin für eine Besonderheit der Tiere hielt, und stellte daraufhin Überlegungen über Entwicklungsgeschichte und Verwandtschaft von Menschen und Tieren an. In der Botanik versuchte er sich an einer „Metamorphose der Pflanzen", wobei er der Idee einer Urpflanze nachging, nach der er dann auf Sizilien suchte. 1786 hatte er sich nämlich – wieder einmal – davongemacht: Zwei Jahre dauerte seine „Italienische Reise", die er in einem Tagebuch beschrieb.

Und wieder war es die Flucht vor einer Krise – und einer Frau, die er liebte und die für ihn unerreichbar war: Charlotte von Stein. Sie war Hofdame der Herzogin Anna Amalia, sieben Jahre älter als er, verheiratet mit dem Stallmeister des Herzogs Josias von Stein und Mutter von sieben Kindern. Zehn Jahre waren er und Charlotte sich innig zugetan. Sie beherrschte sein Denken, war seine wichtigste Gesprächspartnerin, Goethes „Madonna" und „Engel", der er schrieb: „Ich liege zu deinen Füßen, ich küsse deine Hände" – und die ihn dennoch immer wieder in die Schranken wies. Im Herbst 1786 hielt Goethe das nicht mehr aus. Von einem Kuraufenthalt in Karlsbad kehrte er nicht nach Weimar zurück, sondern reiste über Venedig nach Rom und später weiter nach Neapel und Sizilien. Beim Herzog hatte er um unbefristeten Urlaub nachgesucht, Charlotte aber überhaupt nicht über seine Pläne informiert. In Rom quartierte sich Goethe unter falschem Namen bei deutschen Künstlern ein. Er nahm Zeichenunterricht und wurde selbst von Johann Heinrich Wilhelm Tischbein in dem berühmten Bild „Goethe in der Campagna“ porträtiert. Die italienische Reise nannte Goethe später seine „Wiedergeburt“. Er wandelte auf den Spuren der Antike, suchte nach den Stätten Homers – und machte sich Notizen über ein Drama zur Nausikaa-Szene aus der Odyssee, die auf Sizilien spielte: Die Verse Homers erzählen eine der anrührendsten Liebesgeschichten der Weltliteratur über die unerwiderte und unziemliche Zuneigung einer jungen Königstochter zum gestrandeten, alternden Odysseus. Die unschuldige Liebe junger Mädchen war eins von Goethes Lebensthemen, „seine“ Nausikaa aber hat er nie zu Ende geführt. Goethes Landschaftszeichnungen lassen ahnen, wonach er in Italien suchte: nach „Arkadien“, dem Paradies, in dem der Mensch endlich in Einklang steht mit sich und der Natur.

1788 kam er zurück nach Weimar. Die Flucht nach Italien verzieh Charlotte ihm nie – und noch weniger, dass bei ihm seine neue Liebe, die erst 23-jährige, einfache, ungebildete Christiane Vulpius einzog. Sie wurde seine einzige wirkliche Lebensgefährtin, wenn vorerst auch nicht seine Frau, obwohl sie fünf Kinder bekamen. Es überlebte nur der 1789 geborene August. Das höfische Weimar war empört – was den Geheimen Rat nicht störte. Er konterte schroff: „Ich bin verheiratet, nur nicht durch Zeremonie!“ Diese „Ehe“ hielt Goethe nicht davon ab, sein Herz auch anderen Frauen zu schenken, was Christiane tapfer ertrug. Er reiste weiterhin gern und viel, kam aber jedes Mal mit Freuden zurück in die Wohnung am Frauenplan. 1806, als französische Truppen nach dem Sieg über die Preußen in Jena Weimar besetzten und plünderten, verteidigte Christiane erfolgreich ihr Zuhause. Am 14. Oktober 1806 ließ Goethe sich dann doch noch mit ihr trauen – und trauerte aufrichtig, als die so viel Jüngere zehn Jahre später die Welt verließ.

1805 hatte Goethe den Verlust seines engen Freundes und literarischen Gefährten Friedrich Schiller verkraften müssen. Schiller war neben Goethe der zweite Stern am Weimarer Dichterhimmel. Erst mochten sich die beiden Herren gar nicht, auch weil sie in vielen Dingen anderer Ansichten waren. Goethe etwa hielt, anders als Schiller und die meisten seiner Kollegen, nichts von der Französischen Revolution. (Wobei Schiller dann über die folgende Gewalt erschrak und seine Meinung korrigierte.) Goethe meinte, Geschichte müsse sich wie die Natur langsam entwickeln und nicht abrupt. Auch war er eher ein Augenmensch, Schiller ein Mann der Ideen. Schließlich aber arbeiteten beide zehn Jahre eng und fruchtbar zusammen. Der jüngere Schiller hielt den Älteren unermüdlich dazu an, endlich seinen „Faust" fertigzustellen, dessen erster Teil dann 1808 erschien.

Goethes „Faust", Erster Teil, war zwar 1808 fertig, wurde aber erst 21 Jahre später in Braunschweig uraufgeführt.

Sich dem Zeitgeist nicht zu beugen, war bei Goethe Methode. So auch, als er sich 1810 mit seiner Farbenlehre gegen die Entdeckung Isaac Newtons stellte, dass weißes Licht aus den gebündelten Spektralfarben besteht. 1809 hatte Goethe mit den „Wahlverwandtschaften" die zwischenmenschlichen Beziehungen dargestellt – wie die „Wahlverwandtschaften" in der Chemie, in der es einem dritten Element gelingt, zwei eng verwandte andere zu trennen, was in dem Roman um ein Dreiecksverhältnis tragisch endet. Eine letzte „Nausikaa" fand der 73-Jährige in der 19-jährigen Ulrike Leventzow. Er überlegte sogar, sie zu heiraten, und widmete ihr seine „Marienbader Elegien".

Fast alles über sein Leben verriet Goethe in seinen vierteiligen Erinnerungen „Dichtung und Wahrheit", an deren letztem Buch er bis 1831 schrieb. Im gleichen Jahr vollendete er Teil zwei seines „Faust", der ein Jahr nach seinem Tod erschien. Johann Wolfgang von Goethe starb am 22. März 1832 im 83. Lebensjahr. Er wurde in der Weimarer Fürstengruft bestattet.

Was die Welt im Innersten zusammenhält ...

Goethes Werk ist unsterblich. Nicht nur sein „Faust“ wird noch immer und jedes Mal neu auf die Bühnen der Welt gestellt. Dieses großartige Drama ist und bleibt aktuell, egal wohin sich die Welt entwickelt und was die Menschen bewegt. Sein „Faust“ sucht Antwort auf die ewigen Fragen. Irgendwas von Goethe kennt jeder – selbst der, der noch nie eines seiner Werke in Händen hielt: Schon mal nach „Pudels Kern“ gesucht? Gescherzt: „Hier steh ich nun, ich armer Tor, und bin so klug als wie zuvor“? oder „Die Botschaft hör ich wohl, allein mir fehlt der Glaube“? Alles Faust. Unzählige Lebensweisheiten, Gedanken, Aphorismen, ernste, zarte, witzige, weise, schnoddrige oder scharfe vermeintliche Alltagssprüche stammen aus Goethes Feder. Er hat in jeder Richtung danach gesucht, was die Welt im Innersten zusammenhält: als Dichter und Denker, als Forscher und Naturwissenschaftler, als Praktiker und Poet. Das macht ihn so genial.

Dramatische Düfte

Was stank denn da so entsetzlich? Dem Besucher wurde übel, er stürzte zum Fenster und riss es auf. Wo kam dieser Geruch bloß her? Etwa aus dem Schreibtisch des Freundes, auf den er hier wartete? Es gehörte sich nicht, deshalb zögerte er kurz, riss dann aber doch die Schublade auf – und traute seinen Augen kaum: Sie war bis zum Rand gefüllt mit verfaulenden Äpfeln. Just da ging die Tür auf und die Frau des Freundes stand neben ihm. Statt sich zu empören, stammelte sie eine Entschuldigung: Ihr Mann könne ohne diesen „Duft" nicht dichten. Ohne dieses Aroma bringe er kein Wort zu Papier. Den Vorfall hat der berühmte Besucher erst nach dem Tod des ihm ebenbürtigen Freundes seinem Schreiber in die Feder diktiert. Sein Bruder in Geist und Genie war zwar dafür bekannt, dass er von Ordnung und Sauberkeit nicht allzu viel hielt: Als junger Mann hatte er in Schwaden von Tabaksrauch, den beißenden Odeur abgestandenen Weines in der Nase, im wilden Durcheinander seiner Bude gehaust. Doch jetzt war er ein angesehener Weimarer Bürger, bedeutender Geschichtsprofessor und Dramatiker, hatte Kinder und eine Frau, die seinen Haushalt in Ordnung hielt!

Später wurde spekuliert, mit dem faulenden Obst habe er sich den „Duft" der Kindheit zurückgeholt oder sich berauscht. Sein Vater züchtete Äpfel. Er selbst war dem Elternhaus auf Befehl des Herzogs entrissen worden, um auf dessen militärischer „Pflanzschule" einen Akademiker und gehorsamen Untertan aus ihm zu machen. Vor dem Herzog floh er und landete schließlich in Weimar, wo sich die Schubladen-Episode zutrug. In einem seiner großen Dramen spielt ein Apfel eine entscheidende Rolle. Es geht dabei um Leben und Tod – und um die Freiheit, die sein Lebensthema war.

Wer war das?

Friedrich von Schiller –
berauscht von der Freiheit

Geboren am 10.11.1759 in Marbach am Neckar
Gestorben am 9.5.1805 in Weimar

Da saß dieser junge Mann am Bettrand und schnaubte, bebte, stampfte wütend mit dem Fuß auf. Dem Kranken wurde angst und bange, der werdende Mediziner „möchte in Wahnsinn und Tobsucht verfallen". Statt – wie ihm geheißen – die Genesung der Kranken zu überwachen, wurde Friedrich Schiller mitten im Dienst vom Dichten überfallen. Dann war der künftige Regimentsarzt der Stuttgarter Militärakademie kaum ansprechbar. Manchmal, wenn sein Mitbewohner in die gemeinsame heimische Bude kam, lief Schiller mit wehenden Haaren und offenem Hemd auf und ab und hielt Selbstgespräche. Das Fenster hatte er geschlossen, selbst am helllichten Tag. Das Chaos in der kahlen Stube, wo die Kleider an den nackten Wänden hingen, sich in der Ecke Kartoffeln auftürmten, leere Weinflaschen herumlagen und es nach kaltem Rauch stank, war beleuchtet von einer Kerze, deren Flamme in der Unruhe flackerte, die Schiller verbreitete. Manchmal zitterte und zuckte der ganze Kerl, gepeitscht von seinen Gefühlen, manchmal wälzte er sich auf dem Boden, wenn er nicht zuvor erschöpft zusammenbrach. Wenn Schiller dichtete, war er im Rausch wie sonst oft von Wein und Tabak. Dann freilich mimte er den Draufgänger, war berüchtigt für seine „Sprünge mit Soldatenweibern". Die Freunde nannten den Rotschopf „Feuerkopf", auch weil es in ihm brodelte und kochte. Seit seinem 14. Lebensjahr hatten sich Wut und Hass in ihm aufgestaut, die sich in wilden Gelagen, dann in Gedichten und Dramen entluden. „Gebt Gedankenfreiheit!" – dieser Satz des Marquis Posa im 1783 von Schiller fertiggestellten „Don Carlos" war Schillers Aufschrei gegen die Unterdrückung der Menschen am Ende des Absolutismus. Sein Publikum feierte seine Botschaft.

Das zeigten die Szenen, die sich bei der Uraufführung seines ersten Dramas „Die Räuber" am Abend des 13. Januar 1782 in Mannheim vor der Bühne abspielten. „Das Theater glich einem Irrenhaus. Rollende Augen, geballte Fäuste, heisere Aufschreie im Zuschauerraum. Fremde Menschen fielen einander schluchzend in die Arme, Frauen wankten, einer Ohnmacht nahe, zur Tür", schrieb einer, der dabei war. Über Nacht wurde der 23-Jährige berühmt – und wenig später in Stuttgart von seinem Landesherrn für zwei Wochen eingesperrt.

Einige Theater nahmen Schillers „Räuber" schnell wieder vom Spielplan, weil in den Städten Jugendliche nach deren Vorbild in Banden durch die Straßen zogen.

Nicht wegen des Stückes, sondern weil er zweimal von Württemberg unerlaubt ins kurpfälzische „Ausland" gereist war. Obendrein verbot ihm Herzog Carl Eugen das Schreiben. Das war zu viel – Schiller floh.

Eigentlich stammte Friedrich aus einer braven Bürgerfamilie. Geboren wurde er am 10. November 1759 im schwäbischen Marbach am Neckar. Er war das zweite von sechs Kindern des Wundarztes, Hauptmanns und späteren Intendanten der herzoglichen Hofgärtnerei Johan Kaspar Schiller und dessen Frau, der Gastwirtstochter Elisabeth Dorothea. Als er fünf Jahre alt war, zog die Familie nach Lorch bei Schwäbisch Gmünd, wo Fritz die Dorfschule besuchte. Dort weckte der Pfarrer Philipp Ulrich Moser in ihm den Wunsch, später selbst geistlicher Seelsorger zu werden. Zwei Jahre später siedelten die Schillers in die Residenzstadt Ludwigsburg um. Zu Fritzens Verhängnis wurde dort Herzog Carl Eugen auf den Lateinschüler aufmerksam – und steckte den frisch konfirmierten 13-Jährigen in seine Carlsakademie. In diese militärische „Pflanzschule"

Die Stuttgarter „Solitude" war Jagdschloss, Sommerresidenz und Sitz der Militärakademie von Herzog Carl Eugen. Schillers Vater legte dort eine Baumschule an.

wanderten begabte Kinder auch gegen den Willen ihrer Eltern, damit aus ihnen Akademiker und gehorsame Untertanen würden. Von da an war's aus mit dem Traum von der Theologie. Friedrich musste Jura studieren. Wie glücklich war er, als er 1775 nach dem Umzug der Schule auf die Stuttgarter „Solitude" wenigstens ins medizinische Fach wechseln durfte!

Die Schüler wurden hart gedrillt. Fünfzig Knaben schliefen in einem Saal. Jeder ihrer Schritte wurde überwacht, selbst selten erlaubte Spaziergänge mit den Eltern. Ferien gab es nie. Über sieben Jahre lang hatte Schiller keinen einzigen freien Tag. Mehrfach wurde er wegen mangelnder Reinlichkeit erst gerügt, dann bestraft. Seine roten Haare musste er weiß pudern. Nur die Sommersprossen des großen, schlaksigen Kerls ließen sich nicht vertuschen. Heimlich las Schiller die Werke Lessings, Shakespeares Dramen und Goethes Roman „Die Leiden des jungen Werther" – und beschloss, selbst Dichter zu werden. Nach dem Studium wurde der 1 Meter 80 große Arzt in eine Uniform gesteckt und sah aus „wie ein Storch", wie seine Freunde spotteten. Er musste Dienst tun im berüchtigten Grenadierregiment „General Augé". Diese Truppe bestand aus ausgedienten, häufig invaliden Soldaten, die sich oft in zerlumpten Kleidern als Bettler in der Stadt herumtrieben. Schiller fluchte – und suchte Ablenkung beim Zechen, bei Kartenspielen und Frauen – und er schrieb. Seine „Laura"-Liebesgedichte erzählen, was er mit seiner Zimmerwirtin, der acht Jahre älteren Hauptmannswitwe Luise Dorothea Vischer, erlebte: „Wollustfunken" und „selige Augenblicke" von „in einander zuckenden Naturen". Nicht weniger wild, wenn auch mit anderem Thema, ging es in seinem ersten Drama „Die Räuber" zu, die er anonym auf eigene Kosten drucken ließ und sich damit hoch verschuldete.

Als er die zwei Wochen im Kerker saß, kam Schiller die Idee, ein Sittendrama zu schreiben, um Machtmissbrauch, Intrigen und Heuchelei der Mächtigen auf die Bühne zu stellen. Daraus wurde die Geschichte der „Luise Millerin“, später umbenannt in „Kabale und Liebe“, in der sich eine Bürgerstochter und ein Adelsspross lieben. Von dessen Vater wird das Mädchen als Hure beschimpft, Landeskinder werden verschachert und Intrigen inszeniert. Am Ende finden die beiden Verliebten den Tod. Jeder wusste zu Schillers Zeit, dass die absolutistischen Fürsten sich Mätressen hielten, Mädchen aus dem Volk verführten und dann in die Gosse stießen. Für die Kriege in den Kolonialgebieten wurden Soldaten verkauft. Schiller beschrieb das. Ahnte Carl Eugen, was sich im Kopf des Regimentsarztes zusammenbraute?

Der jedenfalls nutzte am Abend des 22. September 1782 die Aufregung, die wegen eines im Schloss bevorstehenden Balles in der Stadt herrschte: Schiller und sein Freund Andreas Streicher, der zum Musikstudium bei Emmanuel Bach nach Hamburg wollte, passierten in einer Kutsche, getarnt als „Dr. Ritter“ und „Dr. Wolf“, zwei Koffer und ein Klavier als Gepäck, die Wachen am Esslinger Tor. Endlich frei! Am übernächsten Morgen erreichten sie Mannheim. Schiller hoffte nach dem Erfolg der „Räuber“ auf einen Vorschuss vom Intendanten des dortigen Hoftheaters Heribert von Dalberg für sein fast fertiggestelltes Drama „Fiesko“. Vergeblich: Er erntete Schweigen, als er vor Schauspielern einige Verse rezitierte. Die Zuhörer ertrugen seinen schwäbischen Dialekt nicht.

Was nun? Es hieß, der Herzog habe Häscher auf Schiller angesetzt. Die beiden jungen Leute zogen weiter nach Frankfurt. Als Dalberg Schiller anbot, er solle den „Fiesko“ überarbeiten, kehrten sie wenig später über Worms wieder zurück. Im eine Stunde von Mannheim entfernten Oggersheim teilten sich Schiller und Streicher ein Zimmer und das einzige Bett. Und Schiller schrieb: Neben den Korrekturen am „Fiesko“ arbeitete er an der „Luise Millerin“. Sie lebten von dem Geld, das Streicher von seiner Mutter fürs Musikstudium bekommen hatte. Wieder wurde der „Fiesko“ zum Fiasko – und wieder hieß es, ein Offizier Carl Eugens sei hinter ihm her. Schiller bat die Mutter eines ehemaligen Mitschülers um Hilfe. Die, Henriette von Wolzogen, schätzte ihn und bot ihm Unterschlupf in ihrem Gutshaus im thüringischen Bauerbach. Dort verliebte er sich in die Tochter des Hauses, doch Frau von Wolzogen hatte mit ihrer Charlotte anderes vor. Dalberg hatte inzwischen erfahren, dass Schiller ein Sittendrama schrieb, und bot dem 23-Jährigen an, für ein Jahr als Hofdichter nach Mannheim zurückzukommen. Für 300 Taler sollte er drei Stücke schreiben. Das war besser als gar nichts. Schiller sagte zu. Mannheim wurde in diesem heißen Sommer von einer Seuche heimgesucht. Die Hitze war unerträglich, das Wasser in Gräben und Brunnen faulte – und Schiller steckte sich an. „Ich lebe erbärmlich genug, um das Fieber vom Hals zu schütteln. Wassersuppe heute, Wassersuppe morgen. Fieberrinde esse ich wie Brot“, beklagte er das „kalte Fieber“, das ihn bis in den November schüttelte, aber nicht vom Arbeiten abhielt. Einmal besuchte ihn besorgt der Verleger Christian Friedrich Schwan, der seine Dramen drucken wollte. Statt brav im Bett liegend, fand er ihn im Zimmer auf und ab hetzend, krakeelend und wild mit den Armen um sich schlagend vor. Wieder bei sich, erklärte der Dichter, er habe soeben den Mohren gepackt, der „Fiesko“ ermorden wollte …

Im Januar war die überarbeitete Fassung fertig und wurde in Mannheim aufgeführt. Doch der erhoffte Erfolg blieb aus. Mehr Applaus brachten die „Kabale und Liebe“, auch wenn es Proteste gegen die derbe Sprache in dem Drama gab. Der Dichter wurde nun aufgenommen in die „Kurfürstliche Deutsche Gesellschaft“. Zum Antritt hielt er eine leidenschaftliche Rede über „Die Schaubühne als moralische Anstalt“ und erklärte, das Theater bringe den Zuschauer dazu, sich als das zu empfinden, was er sei – ein Mensch.

Das Leben des Menschen Schiller wurde zu dieser Zeit von einer Frau versüßt, die eigentlich in Weimar zu Hause war: Charlotte von Kalb. Sie war ein Jahr jünger als er und verheiratet. Was störte die beiden das? Später sollte ihm ihre Beziehung noch zugutekommen, ihr die zu ihm weniger. Sie blieb nicht die letzte Charlotte in seinem Leben. Trotz des Bühnenerfolgs von „Kabale und Liebe" wurde Schillers Vertrag nicht verlängert und er stand wieder vor dem Nichts. Immerhin gewann er einen Leipziger Verleger für seine Zeitschrift „Rheinische Thalia", die er dem sächsischen Herzog Karl August widmete. Der bedankte sich bei dem hoch geschätzten Dichter mit dem Ehrentitel eines Weimarer Rates. In Sachsen hatte Schiller noch andere Gönner: Der Dresdner Konsistorialrat Gottfried Körner lud ihn ein, ein Jahr lang auf seine Kosten bei ihm zu leben, um unbeschwert zu dichten. Schiller fasste sein Glück kaum – und schrieb im Überschwang die berühmte „Ode an die Freude". Erst bezog er im Herbst 1784 Körners Weinberghäuschen an der Elbe, dann eine Wohnung in Dresden. Er schrieb Erzählungen, stellte den „Don Carlos" fertig und betrieb historische Studien. 1788 reiste er nach Hamburg, um Kontakte zum dortigen Theater zu knüpfen, blieb aber in Weimar hängen. Dort führte ihn Charlotte von Kalb in die feine Gesellschaft ein, die ihn aufnahm, obwohl er sich schändlicherweise offen mit ihr auf den Straßen zeigte. Schiller lernte die Kreise kennen, in denen sich sonst der große Goethe aufhielt. Der war zu dieser Zeit in Italien. Gut zu sprechen waren die beiden aufeinander nicht: Goethe hatte sich „angewidert" über „Die Räuber" geäußert und über Schiller gesagt: „Ich hasse ihn." Schiller wiederum ließ seiner Abneigung freien Lauf, indem er sagte, der Geheime Rat komme ihm vor „wie eine stolze Prüde, der man ein Kind machen muss, um sie zu demütigen". Als Goethe von seiner Reise zurück war, verschaffte er Schiller eine Stelle als Geschichtsprofessor in Jena, um ihn in Weimar vom Hals zu haben. Als

Schiller seine Antrittsvorlesung hielt, war die ganze Stadt auf den Beinen. 500 statt der erwarteten achtzig Studenten wollten hören, was er zu der Frage sagte: „Was heißt und zu welchem Ende studiert man Universalgeschichte?"

Schiller ging nun auf die dreißig zu. In diesem Alter, hatte er Freunden eröffnet, wolle er verheiratet sein. Leider fehlte es ihm an Geld – er bekam nur die Vorlesungsgebühren seiner Studenten. Das änderte sich erst ab Januar 1790 durch eine kleine herzogliche Jahrespension. Allerdings hatte er für die Ehe eine Kandidatin zu viel. Die eine war Charlotte von Lengefeld, die andere ihre drei Jahre ältere Schwester Caroline. Die jungen Damen hatte er bei einem Sommeraufenthalt bei ihrer Familie in Rudolstadt kennengelernt und beiden anschließend feurige Liebesbriefe geschrieben. Schließlich entschied er sich für Charlotte. Im Februar 1790 wurden die beiden getraut. Charlotte von Kalb verzieh ihm das nie.

Charlotte von Lengefeld entsprach Schillers Frauenbild in seiner Ballade „Die Glocke", in der die Frau züchtig im Hause waltet.

Ein Jahr später warf den Dichter eine schwere Lungen- und Rippenfellentzündung aufs Krankenbett. Ihn schüttelten Krämpfe und Atemnot. Im fernen Kopenhagen wurde gar vermeldet, er sei tot – und eine Trauerfeier für ihn arrangiert.

Nach Aufklärung dieses Irrtums schenkten ihm der dänische Staat und ein Herzog für die nächsten drei Jahre jeweils 1000 Taler. Schiller konnte davon eine Kur in Karlsbad bezahlen, von der er nach Hause schrieb: „Der Geist ist heiter." Im Oktober 1792 verbeugten sich die Franzosen vor dem Dichter der „Räuber": Die Nationalversammlung verlieh ihm drei Jahre nach der Revolution das Bürgerrecht. Eine Ehre, die dem inzwischen gereiften Mann gar nicht recht schmeckte – Freiheit ja, aber nicht zum Preis der Gewalt. Als König Ludwig XVI. hingerichtet wurde, beschimpfte er die Franzosen als „elende Schinderknechte".

Inzwischen hatte er eine „Geschichte des 30-jährigen Krieges" geschrieben, Vorlesungen über Ästhetik gehalten und sich in die

Kant'sche Philosophie vertieft. 1793 reiste Schiller – nun auch Vater des ersten von vier Kindern – nach Stuttgart, wo ihn die einst so verhasste Carlsschule begeistert empfing. Carl Eugen war tot – und die Akademie stolz auf ihren berühmtesten Sohn. Im Juli 1794 schließlich begegnete er bei einer Tagung der „Naturforschenden Gesellschaft" in Jena dem großen Goethe persönlich. Es war der Beginn der wichtigsten Freundschaft in Schillers Leben – und für die deutsche Literaturgeschichte. Die beiden kamen über Goethes Idee einer Urpflanze ins Gespräch, schrieben sich danach Briefe und schließlich lud Goethe den zehn Jahre Jüngeren nach Weimar ein. Sie lasen sich aus ihren Werken vor, tauschten Ideen aus und Schiller trieb das lebende Denkmal an, sein Drama „Faust" fertig zu schreiben. Dann kam Goethe nach Jena. Schiller veröffentlichte Schriften von ihm in seiner Zeitschrift „Horen". Einen Spaß machten sich die beiden mit ihren „Xenien", was „Gastgeschenke" heißt. Dort spießten sie mit beißendem Spott in Versen schlechte Autoren, Kritiker, Geistliche und Schwätzer auf. Für die feine Gesellschaft war dieses „Geschenk" ein Sudelbuch. 1797 lieferten sich Schiller und Goethe einen Dichter-Wettstreit mit Balladen. Ein Jahr später schrieb Schiller seinen „Wallenstein", mit dem Goethe das umgebaute Weimarer Hoftheater wieder eröffnete. Nach dem Erfolg holte er den Freund als Dramaturgen. 1799 zogen die Schillers nach Weimar um.

Als Schiller den „Wilhelm Tell" schrieb, hingen überall in seinem Zimmer Karten und Bilder von der Schweiz. Schließlich war er dort nie gewesen.

In den nächsten Jahren arbeitete Schiller wie wild. Dabei quälten ihn Bauchschmerzen und Koliken. Er schrieb nächtelang an „Maria Stuart", der „Jungfrau von Orleans" und seinem populärsten Stück über den Freiheitskampf der Schweizer, „Wilhelm Tell". Im November 1802 wurde Schiller geadelt und schrieb sich nun „von". Er hatte sich geschworen, er müsse wenigstens fünfzig Jahre alt werden, um all seine Ideen zu Papier zu bringen. Doch die Zeit bekam er nicht: Sein kranker und seit der Jugend mit Wein und

Tabak malträtierter Körper arbeitete gegen ihn. Am 1. Mai 1805 besuchte Schiller ein letztes Mal das Weimarer Theater. Als ihn sein Freund Heinrich Voß nach Ende des Stückes abholen wollte, fand er ihn mit klappernden Zähnen und Schüttelfrost in seiner Loge vor und half ihm nach Haus. Acht Tage später, am 9. Mai 1805, war Schiller tot.

Europa schillert

Nach seinem Tod wurde Schiller seziert – noch heute rätseln Ärzte, wie er überhaupt so lange überleben konnte: Das Herz war zum leeren Beutel geschrumpft, die Nieren fast zersetzt, ein Lungenflügel zerstört … Das Einzige, was noch funktioniert hatte, war offenbar das Gehirn.

„Der kluge Mann baut vor." „Früh übt sich, was ein Meister werden will." Wie der andere Stern am Weimarer Dichterhimmel, Goethe, sind Schillers Werke eine Fundgrube geflügelter Worte (die zitierten sind aus dem „Tell"). Goethe lobte ihn: „Es ist bei Schiller jedes Wort praktisch und man kann ihn im Leben überall anwenden." Das galt und gilt auch politisch: Schiller war anfangs ein echter „Stürmer und Dränger" und beflügelte den Freiheitsdrang der Menschen im zu Ende gehenden Absolutismus. Dann entdeckte er die Freiheit des Menschen, die in ihm selbst liegt, ihm angeboren ist, das, was wir das uns innewohnende Menschenrecht nennen. Schiller war auch ein „politischer" Europäer. In seiner berühmten Jenaer Antrittsrede zeichnete er bereits das Bild einer Staatengemeinschaft Europas als das einer Familie: „Die Hausgenossen können einander anfeinden, aber hoffentlich nicht mehr zerfleischen." Beethovens Vertonung seiner „Ode an die Freude" („Freude schöner Götterfunken") ist deshalb zu Recht die europäische Hymne.

Eine gefledderte Familie

Wie staunte der kleine Junge, wenn die Leute auf der Straße vor dem Vater den Hut zogen und ihn mit „Euer Wohlweisheit" ansprachen! Als Schüler genierte er sich manchmal, wenn ein Freund seines größeren Bruders schwärmte, seine Mutter sei die „schönste Frau der Stadt". Als 18-Jähriger musste er sich kurz nach dem plötzlichen Tod des Vaters von einem Pastor anhören, er entstamme einer „verrotteten Familie". Kein Wunder, dass er froh war, als die Mutter mit ihm und den Geschwistern wenig später nach München zog. Dort ließ es sich freier atmen als in der ihm ohnehin längst zu eng und langweilig gewordenen Backstein-Stadt im Norden. Diese gab ihm aber die passende Kulisse für seinen ersten Roman. Vorbilder für die Hauptfiguren lieferte ihm die eigene Familie: Er begleitete eine Kaufmannsdynastie über vier Generationen bis hin zu ihrem Verfall. Dass nicht alle Verwandten begeistert waren, sich im Roman wiederzufinden, versteht sich von selbst. Auch die Lübecker tobten. Dafür wurde der fast 800 Seiten dicke Schmöker ein Riesenerfolg – und er mit 26 Jahren berühmt.

All seine Werke speisten sich aus der eigenen Biografie und der der Menschen, mit denen er zusammen war. Selbst seine Ehefrau blieb davon nicht verschont, worüber sich der Schwiegervater maßlos empörte. Er befürchtete einen Skandal. Schließlich ging es in einer Erzählung um das Tabu einer Liebesbeziehung zwischen Geschwistern. Zum Eklat kam es dann wirklich, aber aus einem anderen Grund. In sein letztes Buch nahm er den Selbstmord einer seiner Schwestern auf. Stoff und Thema hatte er Goethe entliehen. Er selbst wird manchmal als Nachfolger des Weimarer Dichterfürsten in der deutschen Literaturgeschichte gesehen. Das war genau der Rang, den er mit seinem Schreiben erreichen wollte.

Wer war das?

Thomas Mann:

„Es geht um mich!"

Geboren am 6.6.1875 in Lübeck
Gestorben am 12.8.1955 in Zürich

Der frühe Tod des Vaters – der Herr Senator starb mit gerade mal fünfzig Jahren – war nicht der einzige Schicksalsschlag für Thomas Manns Familie. Seine zwei Schwestern brachten sich um: eine mit dem Strick, die andere schluckte Gift. Zwei der eigenen Kinder sorgten für Drogen- und andere Skandale. In der Nazizeit musste er emigrieren. Sein ältester Sohn Klaus verabschiedete sich mit einer Überdosis Schlaftabletten aus dem Leben. Den Freitod des jüngsten, Michael, genannt Bibi, erlebte der größte deutsche Schriftsteller des 20. Jahrhunderts nicht mehr. Bibi sei, so wurde gemutmaßt, an herzlosen Bemerkungen des Vaters in dessen Tagebuch verzweifelt, die sein Letztgeborener zwanzig Jahre nach Thomas Manns Tod herausgegeben hat. Dessen Leben kreiste vor allem ums eigene Ich. „Es geht um mich!", hielt er denn auch denen entgegen, die ihn nach Erscheinen der „Buddenbrooks" beschimpften, weil sie sich in seinem ersten Erfolgsroman wiedererkannten.

Sein eigenes Leben fing am 6. Juni 1875 in Lübeck an. Dort wurde Paul Thomas Mann als zweiter Sohn und zweites von fünf Kindern des Getreidehändlers Thomas Johann Heinrich Mann und dessen Frau Julia geboren. Zwei Jahre später wurde sein Vater zum Senator gewählt. Seine Mutter fand Thomas selbst berauschend schön, „mit dem Elfenbeinteint des Südens, einer edel geschnittenen Nase und dem reizendsten Munde, der mir vorgekommen".

Julia Silva-Bruhns sorgte für Aufsehen in der Hansestadt schon ihrer Herkunft wegen: Sie war die Tochter eines deutschen Plantagenbesitzers und einer Brasilianerin und in Rio de Janeiro geboren. Ihr südamerikanisches Temperament war wohl mit Grund für die hässlichen Worte des Pastors von der „verrotteten Familie“. Denn eigentlich waren die Manns in Lübeck seit Generationen hoch angesehen.

Thomas Mann nannte seine Kindheit „gehegt und glücklich“. Im Spielzimmer stand ein Kaufmannsladen mit Getreidespeicher, der en miniature genau dem des Vaters entsprach, es gab eine Ritterrüstung und Bleisoldaten. Die ließ Thomas aber nur ungern aufmarschieren. Er spielte lieber mit dem Puppentheater, träumte sich als Prinz durch den Tag oder ließ sich von der Mutter plattdeutsche Geschichten vorlesen. Die Liebste unter den Geschwistern war ihm die sechs Jahre jüngere Carla. In der danach geborenen Julia entdeckte er sein „Neben-Ich“. Mit dem älteren Bruder Heinrich konkurrierte er später als Schriftsteller und lieferte sich hässliche Wortgefechte.

Heinrich und Thomas Mann wurden zum berühmtesten Brüderpaar der Literaturgeschichte.

Als Kinder und junge Männer aber hielten sie zusammen.

In der Grundschule und im „Katharineum“ glänzte der zweitälteste Mann-Sohn vor allem durch Faulheit: Er blieb einmal sitzen und gab 1894 die Gymnasialkarriere vorzeitig auf. Als beste Note prangte im Abgangszeugnis eine Drei – in Religion. Fleißig war er zu Hause: Er studierte die Werke von Schiller und Goethe, las Heinrich Heine, französische und philosophische Literatur. Besonders liebte er Nietzsche, Schopenhauer und Richard Wagners Musik. Die drei Herren erklärte er zum „Dreigestirn ewig verbundener Geister“. Nach den ersten eigenen Versen und kleinen Dramen unterzeichnete er seine Briefe selbstbewusst mit „Thomas Mann. Lyrisch-dramatischer Dichter“.

Im Jahr seines Schulabgangs befreite Mutter Julia Thomas und ihre jüngeren Kinder aus der Enge der Stadt an der Trave und zog nach München. Heinrich übte sich da bereits als werdender Schriftsteller in Berlin – und Thomas bewunderte ihn. Geldsorgen gab es keine: Der Vater hatte erkannt, dass seine großen Söhne (Nesthäkchen Viktor war beim Tod des Seniors 1891 erst ein Jahr alt) nicht fürs Geschäftliche taugten, und hatte in seinem Testament den Verkauf des Mann'schen Handelshauses verfügt. Julia Mann erlöste damit ein Vermögen und führte fortan in München ein ausschweifendes Leben. Die Söhne bekamen regelmäßig die Zinsen ihres Erbteils ausbezahlt und waren vorerst nicht aufs Geldverdienen angewiesen. Auf Wunsch des Vormunds trat der nun 19-jährige Thomas trotzdem eine Lehre bei der Süddeutschen Feuerversicherungsbank an, gab sie aber bald wieder auf. Er wollte lieber Journalist werden und ging als Gasthörer an die Technische Hochschule. Vor allem aber genoss er sein Leben. Oft geruhte der junge Herr Mann nicht vor drei Uhr nachmittags aufzustehen …

Im November 1894 veröffentlichte die Zeitschrift „Die Gesellschaft“ seine erste Novelle, bald darauf drehte man sich in den Salons nach ihm um: Selbst angesehene „Kollegen“ gratulierten ihm. Als das Satire-Wochenblatt „Simplicissimus“ erstmals erschien, war Thomas Mann mit einer Erzählung vertreten. Im Herbst 1896 reiste er mit Heinrich nach Italien. Die Brüder quartierten sich für eineinhalb Jahre in Palestrina nahe Rom ein. Sie verfassten gemeinsam für ihre Geschwister ein „Bilderbuch für artige Kinder“. Und Thomas begann mit der Arbeit an den „Buddenbrooks“ über den Aufstieg und Verfall einer Händlerfamilie. Er beschrieb darin den Niedergang des Bürgertums. 250 Seiten sollten es werden, am Ende waren es fast 800, über denen er drei Jahre brütete. Zurück in München, arbeitete er außerdem am „Simplicissimus“ mit. Im August 1900 brachte er endlich einen dicken Packen beidseits von Hand beschriebenen Papiers zur Post: Er schickte die „Buddenbrooks“ an den Berliner Verleger Samuel Fischer. Eine Abschrift gab es nicht. Seinem Bruder kündigte er an, wenn er keinen Verleger dafür finde, wolle er Bankbeamter werden. Dazu kam es nicht, auch wenn Fischer meinte, kein Mensch würde ein so dickes Buch lesen. Deshalb sollte der Autor das Manuskript auf die Hälfte kürzen. Mann überredete den Verlag dann doch zum Abdruck in voller Länge. Im Herbst 1901 erschien „Die Buddenbrooks“, wurde ein riesiger Erfolg – und Thomas Mann zum „Nationalschriftsteller“ der Deutschen.

Die Weltauflage der „Buddenbrooks“ wird inzwischen auf über zehn Millionen geschätzt.

Lübecks Bürgersleute waren allerdings wütend auf den nun berühmten Sohn ihrer Stadt. Denn nicht nur Familie Mann fand sich in dem Roman wieder, auch viele Bewohner konnten sich deutlich erkennen. Besonders empörte sich der Bruder von Thomas' Vater, des „Senators Buddenbrook“. Onkel Friedrich schimpfte: „Ein trauriger Vogel, der sein Nest beschmutzt!“

Thomas Manns Onkel Friedrich erkannte sich in Christian Buddenbrook wieder – und warnte die Lübecker in einem Zeitungsartikel noch zwölf Jahre nach dem ersten Erscheinen vor dem Buch.

Mann keifte zurück Richtung Trave: „Ich verzeihe es Mittelstadt-Advokaten und alten Jungfern, wenn sie ein Kunstwerk nicht losgelöst aus bürgerlichen Beziehungen zu würdigen vermögen.“ Genau diese „bürgerlichen Beziehungen“ gefielen ihm für sich selbst ganz gut: Thomas strebte in Münchens bessere Gesellschaft. Bald hatte er auch die passende Frau dafür gefunden – Katja Pringsheim.

Die Tochter einer der angesehensten Münchner Familien hatte er schon mal als 15-Jähriger gesehen: 1888 war in einer Zeitung ein Foto des Ölgemäldes „Kinderkarneval“ von Friedrich August Kaulbach abgedruckt. Das gefiel ihm so gut, dass er es ausschnitt und über seinen Schreibtisch hängte. 16 Jahre später stand er der attraktiven 21-Jährigen gegenüber, die als Kind für das Bild Modell gestanden hatte: Er war im Februar 1904 Gast im Palais ihres Vaters, des Universitätsprofessors Pringsheim, in der Schwabinger Arcisstraße. Dort fand er das „im Geiste kaufmännischer Kultureleganz Vertraute“, notierte er nach dem Besuch. Auf einem Hausball kam er der Mathematikstudentin wenig später näher. Thomas schwärmte, Katja sei „ein Wunder, etwas unbeschreiblich Seltenes und Kostbares“, und machte seiner „Königin“ einen Heiratsantrag, womit er anfangs auf wenig Gegenliebe stieß. Katjas Zwillingsbruder Klaus nannte ihn einen „leberleidenden Rittmeister“. Dennoch war bereits im Oktober Verlobung und im Februar 1905 wurde geheiratet.

Wenige Monate später bekam Thomas Mann riesigen Ärger mit Professor Pringsheim wegen seiner Erzählung „Wälsungenblut“: Darin schilderte er die Liebe eines Zwillingspaares aus ehrbarem Hause, die die Geschwister ausgerechnet auf einem Eisbärenfell vollzogen. Ein genau solches lag im Palais des Schwiegervaters – und Katja und ihr Bruder Klaus waren Zwillinge. Katja störte das nicht, ihr Vater aber verlangte, dass Mann das Ende der Geschichte umschrieb. Doch das Original gelangte an die Öffentlichkeit. Die empörte sich allerdings nicht über das Tabuthema, sondern über etwas ganz anderes: Der Autor hatte seinen Personen jiddische Ausdrücke in den Mund gelegt. Man warf ihm Antisemitismus vor. Es war ein Sturm, der sich bald wieder legte.

Mann genoss unterdessen sein hochherrschaftliches Leben: Er trage fast ausschließlich Lackstiefel, spöttelte er und schrieb ins Tagebuch: „Mein Hausstand ist reich bestellt, ich befehle drei stattlichen Dienstmädchen und einem schottischen Schäferhund.“ Bald sprangen auch Kinder in seiner Acht-Zimmer-Wohnung herum: 1905 kam Erika zur Welt, ein Jahr später Klaus. 1909 gesellten sich Golo und 1910 Monika dazu. Elisabeth (1918) und Michael im Jahr darauf kamen bereits in der 1914 bezogenen eigenen Villa in der vornehmen Poschinger Straße am Münchner Herzogpark zur Welt. Die Kinder hatten Mordsrespekt vor ihrem Vater: Wehe, sie störten ihn! Bei Tisch hatten sie mit der Gouvernante still am unteren Ende der Tafel zu sitzen und zu schweigen, es sei denn, Vater oder Mutter richteten eine Frage an sie. Bei aller Strenge ging es im Hause Mann aber für damalige Zeiten recht liberal zu: Während der zahlreichen Gesellschaften wurde der Nachwuchs nicht weggesperrt. Die Älteren nannten ihren Vater „Zauberer“, die Kleinen „Tommy“, bis man sich auf „Herr Papale“ einigte.

Allerdings war da etwas, worüber jeder schwieg: Thomas Mann zeigte deutlich Gefallen an jungen Männern. Katja wusste, dass sie für den Vater ihrer Kinder nicht das wahre Objekt der Begierde war. Im „Tod in Venedig“, der 1903 erschien, beschrieb Mann, wie sich ein alternder Herr in einen schönen Jungen verliebt. In seinem Tagebuch war der Schriftsteller ganz offen: 1920 notierte er über seinen damals 13-jährigen Sohn Klaus, genannt „Eissi“: „Entzücken an Eissi, der im Bade erschreckend hübsch“ und: „Finde es sehr natürlich, dass ich mich in meinen Sohn verliebe.“ Thomas Mann ließ sich immer wieder von jungen Männern verzaubern, genähert hat er sich aber vermutlich keinem. Als Sohn Klaus seine eigene Vorliebe fürs gleiche Geschlecht entdeckte und auslebte, ließen ihn die Eltern gewähren. „Kleinbürgerlich“ war für Katja dagegen dessen Drogensucht – und für beide Manns das Leben von Thomas' älterem Bruder: Heinrich lebte in Berlin zunächst in wilder Ehe, heiratete dann eine Schauspielerin, ließ sich wieder scheiden und hatte Bekanntschaften mit leichten Mädchen. Schließlich führte er Nelly, eine „ordinäre Person“, in die Familie ein.

Heinrich Mann wurde als Schriftsteller berühmt durch Werke wie „Schlaraffenland. Ein Roman unter feinen Leuten“ und „Professor Unrat“, das 1928 unter dem Titel „Der blaue Engel“ mit Marlene Dietrich verfilmt wurde.

Zum Zerwürfnis mit siebenjähriger Funkstille zwischen den Brüdern führte 1915 etwas anderes: Nach den „Buddenbrooks“ tat sich Thomas Mann lange mit dem Schreiben schwer, während Heinrich ein Buch nach dem anderen veröffentlichte.

Der Jüngere neidete ihm den Erfolg. Schon 1904 beschimpfte er Heinrich, dessen „künstlerische Persönlichkeit“ rufe Hass in ihm hervor, seine Bücher seien so außerordentlich schlecht, dass sie ihn „zu leidenschaftlichem Widerstand“ herausforderten. Zum Bruch kam es mit Beginn des Ersten Weltkriegs: Heinrichs Bücher waren, anders als die von Thomas, immer auch kritisch und politisch. Nun entsetzte er sich öffentlich über den Krieg. Thomas dagegen schloss sich dem „Hurra-Patriotismus“ vieler Schriftsteller-Kollegen an. Auch im Dritten Reich hielt sich Thomas Mann lange zurück, bevor er offen Stellung gegen die Nazis bezog. Seine Heimat hatte er da schon verloren. Davor schützte den „Nationaldichter“ auch nicht, dass er für die „Buddenbrooks“ 1929 mit dem Literaturnobelpreis geehrt worden war. (Allerdings hatte er sich damals empört, dass er die Ehre nur für dieses Buch und nicht für sein ganzes Werk erhielt und „Der Zauberberg“ nicht einmal erwähnt wurde.)

Im Februar 1933 brach Thomas Mann mit Katja zu einer Vortragsreise nach Holland, Belgien und Frankreich auf – und kehrte nicht mehr nach Nazi-Deutschland zurück. Er hatte sich mit einer Festrede zum 50. Todestag Richard Wagners in München den Hass der Nationalkonservativen zugezogen, weil er den von ihnen verehrten Komponisten als ängstlichen, nervenkranken Mann bezeichnete. Im April erschien deshalb in den Münchner Neuesten Nachrichten ein Protestschreiben gegen ihn. Die Manns entschieden, dem Hitler-Reich besser fernzubleiben, und siedelten nach Küsnacht bei Zürich über. Wie viele damals glaubten sie, der Nazi-Spuk werde bald vorübergehen. Thomas Mann trauerte vor allem seiner Villa in München nach, die von den Nationalsozialisten beschlagnahmt wurde. Ihm verweigerte man erst die Verlängerung des Passes, dann wurde ihm die Staatsangehörigkeit entzogen. Gedrängt vor allem von den Kindern Erika und Klaus, bezog Thomas Mann 1936 endlich in einem offenen Brief an die Neue Zürcher Zeitung Stellung gegen Hitler und Nazi-Deutschland, das nicht mehr sein Land sei. Er sagte: „Wo ich bin, da ist Deutschland.“ Schließlich stellte ihm das tschechoslowakische Konsulat in der Schweiz einen Pass dieses Landes aus. Dreimal reisten die Manns in dieser Zeit in die USA und zogen 1938 schließlich ganz in die Vereinigten Staaten. Die New Yorker Columbia-Universität verlieh Thomas Mann die Ehrendoktorwürde, von der Princeton-University bekam er einen

Lehrauftrag. 1941 zogen die Manns nach Kalifornien und bauten sich in Pacific Palisades bei Los Angeles ein eigenes Haus. Die Familie war auf teils abenteuerlichen Wegen nachgekommen.

1944 wurden Katja und Thomas Mann amerikanische Staatsbürger. In den USA beendete der Schriftsteller seinen biblischen Roman „Joseph und seine Brüder“, näherte sich mit „Lotte in Weimar“ Goethe an, dem er schließlich mit seinem „Doktor Faustus“ folgte. Bei seinen Landsleuten meldete er sich von 1940 an einmal im Monat mit Radiobeiträgen unter dem Titel „Deutsche Hörer“: Darin klärte er seine Landsleute über die Nazis auf, manchmal goss er auch beißenden Spott über Adolf Hitler. Die britische BBC sendete diese Botschaften durch den Äther nach Deutschland.

Nach Ende der NS-Herrschaft und des Zweiten Weltkriegs 1945 zögerten die Manns lange, nach Europa zurückzukehren. Gegen Deutschland, vor dem, wie Mann sagte, „die Menschheit sich schaudert“, hatten sie sich längst entschieden. Viele derer, die nicht ins Exil hatten gehen wollen oder können, warfen Thomas Mann damals Selbstgerechtigkeit vor. Vier Jahre später reiste der Schriftsteller zum 200. Geburtstag Goethes für Vorträge nach Frankfurt und Weimar. Für den Besuch im Osten wurde er im Westen kritisiert, wogegen Mann sich wehrte: „Ich kenne keine Zonen. Mein Besuch gilt Deutschland!“ Im britischen Oxford bekam er noch einen Doktorhut, den dritten im schwedischen Lund. In Skandinavien erreichte Katja und Thomas Mann die Nachricht vom Selbstmord ihres ältesten Sohnes im französischen Cannes – sie änderten deshalb nicht ihre Reiseroute. Im August bekam der Dichter den Frankfurter Goethepreis. 1952 schließlich kehrten die Manns ganz nach Europa zurück, und zwar wieder in die Schweiz. Die Amerikaner hatten den berühmten Schriftsteller mit ihrer Kommunistenhatz und dem Vorwurf, er sei ein Anhänger des Moskauer Diktators Stalin, vergrault. Im April 1954 bezogen Katja und Thomas Mann in

Kilchberg ihr letztes Domizil. Im Jahr darauf hielt er zu Friedrich Schillers 150. Todestag Reden in Stuttgart und wieder Weimar, bekam in Jena den vierten Ehrendoktor und in seiner Geburtsstadt die Ehrenbürgerwürde. Im Juli verbrachte das Ehepaar Mann ein paar Tage in Holland. Der Dichter hatte Schmerzen im Bein. Deshalb mussten sie vorzeitig zurück nach Zürich. Mit einer Thrombose kam Thomas Mann ins Kantonsspital. Dort starb er, 80-jährig, am 12. August 1955.

Goethe, Faust, Mephisto?

„Man wird später Bücher über uns schreiben!“, prophezeite Thomas Manns ältester Sohn Klaus 1936. Genau so kam es. Das Leben jedes Einzelnen dieser Familie, ob Frau oder Kind, bietet Stoff für noch viele Romane über die hinaus, die der größte deutsche Schriftsteller des 20. Jahrhunderts selbst schon schrieb. Über allem und allen thront freilich er, der Patriarch Thomas Mann, der sich in der Mitte seines Lebens selbst als etwas „einsam Ragendes“ bezeichnete und der sich für den „Überlebenden einer höheren Epoche“ hielt. Ganz so, als sei er Goethe und Faust zugleich – vielleicht aber auch ein bisschen Mephisto …

Angst!

Würde sie es heute tun? Würde diese trockene, magere, gelbliche Person ihre Ankündigung heute wahr machen? Jeden Morgen dasselbe Grauen: Kaum hatte der Sechsjährige das elterliche Haus verlassen und für den Schulweg die Straße betreten, kündigte die Frau an seiner Seite an, sie werde dem Lehrer gleich erzählen, wie unartig er war. Und die Angst schnürte ihm die Kehle zu. Nicht, dass er sich einer Schuld bewusst gewesen wäre. Aber irgendetwas würde sich schon finden lassen, das man einem kleinen Jungen wie ihm hätte als böse, trotzig oder ungezogen auslegen können. Andererseits: Würde diese niedere Hausangestellte, die ihn auf Geheiß der Eltern tagtäglich zur Schule begleiten musste, es überhaupt wagen, einer Respektsperson wie dem Lehrer gegenüberzutreten, geschweige denn, ihn anzusprechen? Sie gehörte doch nur zum Gesinde. Gott sei Dank lag noch eine gehörige Strecke vor ihnen. Zeit genug also, sie von ihrem Vorhaben abzubringen. Er fing an zu bitten, dann zu betteln, sie möge es nicht tun. Doch die spitznasige Frau schüttelte nur mit dem Kopf. Er blieb stehen und bat artig um Verzeihung, ohne zu wissen, wofür. Sie kannte kein Erbarmen. Er klammerte sich an ihren Rock, um sie zum Stehenbleiben zu zwingen und dazu, ihm zu vergeben. Woraufhin sie meinte: Nun, auch dieses werde sie dem Lehrer erzählen. Schließlich drohte er ihr, den Eltern zu berichten, was sie mit ihm trieb. Sie lachte nur höhnisch. Auf den letzten Metern vor der Lehranstalt hämmerte es in seinem kleinen Kopf: „Sie wird es sagen. Sie wird es nicht sagen.“ Die Glocke schrillte. Er rannte los, um nicht zu spät zu kommen. Die Köchin blieb stehen … Am nächsten Tag war die Pein umso größer: „Sie hat es gestern nicht getan. Dann tut sie es bestimmt heute …“, pochten die Gedanken in ihm.

Wer war das?

Franz Kafka

und die gläserne Wand

Geboren am 3.7.1883 in Prag
Gestorben am 3.6.1924 in Kierling bei Klosterneuburg

31 Jahre später schilderte Franz Kafka seiner angebeteten Freundin Milena diese Szenen. Er beschrieb in dem Brief, wie sich aus der täglichen Qual des Schulwegs allmählich „jene Ängstlichkeit und totenaugenhafte Ernsthaftigkeit“ entwickelte, die sich schon aus seinen Kindheitsfotos ablesen lässt. Diese Angst sollte ihn sein Leben lang begleiten, Angst, sich schuldig zu machen, ohne zu wissen, wodurch und woran. Nicht die Köchin allein, die tagtäglich auf dem Weg von der elterlichen Wohnung am Prager Altstädter Ring 2 in die Deutsche Knabenschule am Fleischmarkt ihre Macht über das Kind ausspielte, hatte diese Angst in Bauch, Herz und Kopf Franz Kafkas gepflanzt. Damit hatte bereits sein Vater begonnen, der seine Kinder „mit Kraft, Lärm und Jähzorn“ erzog. Das hielt ihm der Schriftsteller später in einem hundertseitigen Brief vor Augen, den er allerdings niemals abschickte. Der Vater hätte ihn ohnehin nicht verstanden. Nach Kafkas Tod wurde dieser Brief – neben denen an Milena – zum aufschlussreichsten und meistgelesenen Dokument seines Lebens. Die „Dohle“, das Wahrzeichen des väterlichen Galanteriewarenhandels („Dohle“ heißt auf Tschechisch „kavka“), saß friedlich nur als Geschäftsemblem auf ihrem Zweig. Die andere „Dohle“, der Vater, hackte mit dem spitzen Schnabel nach ihm. Leben hieß für Franz, sich in Acht zu nehmen, erst vor dem Vater, dann versuchte er, sich gänzlich unsichtbar zu machen. Das Auffälligste an

Franz sei seine Unauffälligkeit gewesen, erzählte ein Schulkamerad über ihn. Er selbst schrieb später von einer „gläsernen Wand", hinter der er lebte.

Franz war als erstes Kind des Ehepaares Hermann und Julie Kafka am 3. Juli 1883 in Prag zur Welt gekommen. Zwei Brüder starben früh. Von den drei Schwestern Elli, Valli und Ottla war ihm die jüngste die liebste. Die vier Kinder sahen ihre Eltern kaum: Vater und Mutter standen von früh bis spät in ihrem „Geschäft für Kurz- und Galanteriewaren, Modeartikel, Sonnenschirme, Spazierstöcke und Baumwolle", wie das Handelshaus Kafka hieß. Meist traf man nur beim abendlichen Mahl aufeinander. Dort hieß es, nicht den väterlichen Jähzorn auf sich zu ziehen. Dort erteilte Hermann Kafka seine dem Sohn meist unverständlichen Befehle.

Tagsüber waren Franz und seine Schwestern jener bösartigen Köchin ausgeliefert und einem freundlichen „Mädchen für alles". Später kam eine französische Gouvernante hinzu. Viermal im Jahr ging der Vater in die Synagoge und Franz begleitete ihn. Der Junge staunte, dass sein Erzeuger trotz der Franz fremden hebräischen Schrift immer genau auf die gerade verlesene Zeile in der Tora deuten konnte. Den jüdischen Glauben weckte der Alte in ihm aber nicht. Die Schule tat später ein Übriges, Franz die Religion zu verleiden. Hermann Kafka ging es einzig um gesellschaftliche Anerkennung. Deshalb war er in allem so beliebig: Als Franzens Bar Mizwa anstand, das Fest, das ihn zum vollwertigen Mitglied der jüdischen Gemeinde machte, schrieb das Familienoberhaupt auf die Einladungen „Confirmation". Der alte Kafka assimilierte sich – immer so, wie es gerade günstig erschien. „Bloß nicht auffallen!" war das Lebensmotto des gebürtigen Tschechen und Juden in der altösterreichischen Provinzhauptstadt Prag. Dort war die deutsch sprechende Bevölkerung zwar in der Minderheit, hatte aber das Sagen. Selbstverständlich kamen die Kafka-Kinder in eine deutsche Schule. Der Vater schimpfte mal über die Tschechen, dann auf die Deutschen, das nächste Mal bekamen die Juden seine Verachtung zu spüren. „Schließlich blieb niemand mehr übrig außer Dir. Du bekamst für mich das Rätselhafte, das alle Tyrannen haben", schrieb der Sohn in dem berühmten Brief. Wie sollte ein Kind da festen Boden unter die Füße bekommen?

Die Kafkas lebten im innersten Bezirk der Altstadt von Prag, direkt an der Grenze zum einstigen jüdischen Getto. Das bunte Durcheinander von Menschen verschiedener Völker, Regionen und Religionen, die Vergangenheit der „Goldenen Stadt" sorgten für diese ganz besondere Atmosphäre, die Franz Kafka liebte und zugleich hasste. Sie ließ ihn sein Leben lang nicht los. „Dieses Mütterchen hat Krallen", sagte er später zu seinem Freund und Schriftsteller-Kollegen Max Brod.

Nach der Deutschen Knabenschule kam der begabte Franz mit zehn Jahren in das altösterreichische humanistische Gymnasium im Kinsky-Palais. Im Erdgeschoss des Gebäudes residierte der Vater hinter seinen Galanteriewaren und Sonnenschirmen. Unter „humanistisch" verstanden die Lehrer, den Schülern lateinische und griechische Vokabeln einzupauken sowie das Auswendiglernen endloser Zeilen und Verse beliebiger Autoren. Da war nichts von Eintauchen in Geist, Werk und Werte der Antike, ganz zu schweigen von Verstandes- oder gar Herzensbildung. Und wieder war Franz beherrscht von Angst: Schon vor der Aufnahmeprüfung war er überzeugt von seinem Scheitern – und am Ende einer jeden Klasse träumte er, er habe das Ziel verfehlt. Wie bei dem Erlebnis mit der Köchin verstärkte jedes Gelingen in ihm das Gefühl, dann komme es sicher beim nächsten Mal umso schlimmer.

In dieser Zeit begann Kafka zu schreiben. Das taten auch seine Schulkameraden. Doch anders als sie trug der nun 14-Jährige nie etwas vor, um nicht im Mittelpunkt zu stehen. Später verbrannte er seine ersten Schriften. Ganz hielt er sich vom Leben aber nicht fern:

Mit 16 schloss sich der Gymnasiast dem „Klub der Jungen" an, ein Kreis, der den Ideen des Sozialismus anhing. Franz bestach daran vor allem die Forderung nach Solidarität. Im Juli 1901 machte Franz das Abitur. Die Eltern belohnten ihn mit einer Reise nach Norderney und Helgoland. Danach schrieb er sich als Student der Chemie an der Universität ein, wechselte aber nach nur zwei Wochen wie vom Vater erwünscht in die juristische Fakultät, dann zu Germanistik und Kunstgeschichte, um im Wintersemester doch zu Jura zurückzukehren, das, wie er meinte, „Gleichgültigkeit" erlaubte: Schließlich müsse er sich hier geistig nur von „Holzmehl" ernähren, das „überdies schon von tausend Mäulern vorgekaut war". Das „Holzmehl" sicherte ihm nach achtsemestrigem Studium die Existenz: Erst hatte er ein sicheres Einkommen bei der „Assicurazioni Generali", dann von 1908 bis zu seiner vorzeitigen Pensionierung 1922 bei der „Arbeiter-Unfall-Versicherungsanstalt für das Königreich Böhmen". Dort musste er Unternehmen in Schadensklassen einstufen und Vorschläge machen, wie die Betriebe das Unfallrisiko für ihre Arbeiter senken konnten. Das tat er mit so überzeugenden Ideen, dass er schnell vom Aushilfsbeamten zum Vize-, dann Anstalts- und schließlich Obersekretär aufstieg.

Der hölzerne, akribische Beamte hatte mit dem eigentlichen Kafka aber wenig zu tun: Der saß jeden Tag von acht bis 14 Uhr im Büro oder inspizierte Betriebe, schlief danach zu Hause drei, vier Stunden, um anschließend eine Stunde spazieren zu gehen. Dann nahm er das Abendessen zu sich und erwachte in der Nacht zum eigentlichen Leben: Sobald Eltern und Schwestern zu Bett gegangen waren, nutzte er die Ruhe im Wohnzimmer und schrieb – meist von 23 Uhr bis um zwei, drei Uhr morgens. Erst als 31-Jähriger bezog er eine eigene Wohnung.

In diesen Nachtstunden entstanden die verwirrenden, düsteren Geschichten über Menschen, die ausweglos undurchschaubaren Ereignissen und Mächten ausgesetzt waren. Wie im „Prozess“, wo ein Angeklagter nicht weiß, was man ihm vorwirft, und noch nicht einmal die Möglichkeit bekommt, mit seinen Anklägern zu sprechen. Wie in „Die Verwandlung“, in der die Hauptfigur eines Morgens in ihrem Bett als Käfer erwacht und schließlich, hilflos auf seinem Panzer liegend, stirbt. Wie im „Schloss“, das betreten zu dürfen sich ein vermeintlicher Landvermesser vergeblich bemüht.

Genauso vergeblich waren die Entscheidungen, die Franz Kafka für sein Leben zu treffen versuchte. Zum Hemmnis wurde ihm immer wieder, dass sich sein „Verlangen nach Menschen in Angst verwandelt, wenn es erfüllt wird“. Manchmal fühlte er sich wie „versteinert“. 1912 hatte er bei seinem Freund Max Brod Felice Bauer kennengelernt. Sie war die Tochter eines Berliner Versicherungsagenten und Prokuristin in einer Firma für Diktiergeräte, in deren Auftrag sie sich vorübergehend in Prag aufhielt. Kafka beschrieb sie in seinem Tagebuch wenig schmeichelhaft als Frau mit „knochigem leeren Gesicht, das seine Leere offen trug“. Trotzdem begann er mit ihr einen Briefwechsel, verliebte sich in sie und verlobte sich schließlich mit ihr. Und das zwei Mal. Beide Male nahm er sein Eheversprechen nach nur wenigen Wochen wieder zurück. Vor dem ersten, 1914, hatte er ein Verhältnis mit einer Freundin von Felice. Dieser, Grete Bloch, klagte er, er müsse die Augen senken, um Felicens Zähne nicht zu sehen. Alles halte ihn davon ab, ihr zu nahe an den Leib zu gehen.

Grete Bloch bekannte 1940, lange nach Kafkas Tod, dass sie 1914 einen Sohn von ihm bekommen habe. Das Kind sei siebenjährig in einer Pflegefamilie gestorben. Kafka erfuhr von beidem nie.

1913 hatte Kafka bei einem Aufenthalt in Riva am Gardasee eine Affäre mit einer 18-jährigen Schweizerin, deren Namen er in seinen Aufzeichnungen mit G.W. abkürzte und die ihn in einen Zustand der „friedlichen Betäubung“ versetzte. Schon verlobt, schrieb er Felice von seinem „Wunsch nach besinnungsloser Einsamkeit“, davon, dass er sich „von allem absperren, mit allen mich verfeinden, mit niemandem reden“ wolle.

Nach der zweiten Verlobung 1917 erkrankte Kafka an Lungentuberkulose. Nach einem Bluthusten schrieb er in sein Oktavheft: „Die Welt – F. (Felice) ist ihr Repräsentant – und mein Ich zerreißen in unlösbarem Widerstreit meinen Körper.“ Vier Monate danach hob er sein Heiratsversprechen wieder auf. Zwei Jahre später verlobte er sich mit der 28-jährigen Julie Wohryzek. Der Tochter eines Prager Synagogendieners war er im Jahr zuvor in einem schlesischen Kurort begegnet. Auch diese Verlobung scheiterte. In diesem Jahr schrieb Kafka den Brief an den Vater. Der war über die Hochzeitspläne des mittlerweile 34-Jährigen mit der gesellschaftlich so weit unter ihm stehenden Frau empört: Es gebe schließlich für einen erwachsenen Mann andere Möglichkeiten, als „gleich eine Beliebige zu heiraten“. Er bot dem Sohn allen Ernstes an, ihn, wenn er sich allein davor fürchte, ins Bordell zu begleiten.

Kafkas Gesundheitszustand zwang ihn zu dieser Zeit bereits häufig, die Arbeit zu unterbrechen. Immer wieder musste er in Kur. Anfang 1920 reiste er für drei Monate nach Meran, um „sich in einen Garten zu legen und aus der Krankheit so viel Süßigkeit zu ziehen, als nur möglich“. Das tat er in den Briefen an Milena: Die 25-jährige Journalistin lebte in unglücklicher Ehe in Wien. Kafka hatte sie in Prag kennengelernt. Sie wollte seine Bücher ins Tschechische übersetzen. Die beiden verliebten – und quälten sich. Immerhin verlebten sie vier glückliche Tage zusammen in Wien, von denen Milena erzählte: „Ich habe seine Angst eher gekannt, als ich ihn gekannt habe … In den vier Tagen, die er bei mir war, hat er sie verloren. Wir haben über sie gelacht …“ Trotzdem kamen sie nicht zueinander, auch wenn sie sich fast bis zu Kafkas Tod Briefe schrieben.

1922 musste der Schriftsteller seinen Büro-Beruf ganz aufgeben. Im Jahr darauf begegnete er an der Ostsee der letzten Frau seines Lebens, die vielleicht seine wirklich große Liebe war: Mit der 20-jährigen Dora Diamant schaffte es der nun 40-Jährige endlich, sich vom Elternhaus und von Prag zu lösen. Im September 1923 bezog Franz Kafka mit Dora eine kleine Wohnung in Berlin. Dora pflegte ihn, er musste fast ständig das Bett hüten. Dennoch fühlte er sich wie befreit. Euphorisch berichtete er Max Brod, wie gut ihm der Wechsel nach Berlin tue: „Ich bin den Dämonen entwischt, jetzt suchen sie mich, finden mich aber nicht, wenigstens vorläufig nicht." Sie bekamen ihn doch zu fassen. Anfang März 1924 holten Brod und ein Onkel Kafka nach Prag zurück. Erst kam der unheilbar Kranke in die Universitätsklinik nach Wien, dann in ein Sanatorium in Kierling bei Klosterneuburg. Dora saß Tag und Nacht bei ihm. Am 3. Juni 1924 starb Franz Kafka. Er wurde in Prag begraben.

Aus dem Feuer

Dass wir Kafka und sein Werk überhaupt kennen, ist Max Brod zu verdanken. Der hatte sich dem letzten Willen des Dichters widersetzt, nach dessen Tod alle Schriften zu verbrennen. Kafka selbst nannte sie verächtlich „Gekritzel". Seine schroffe, karge Sprache, in der er das Ausgeliefertsein, die Hilflosigkeit und Existenzangst des Menschen schildert, schreckt anfangs ab, um den Leser dann umso magischer in den Text zu ziehen. Seine Parabeln überzeichnete er so sehr ins Absurde und Groteske, dass sie keine einheitlichen, endgültigen Interpretationen zulassen, aber jeder etwas für sich darin finden kann. Das Schicksal seiner Hauptfiguren ist „kafkaesk": Dieser Begriff steht inzwischen für rational nicht nachvollziehbare, ausweglose Situationen.

Der Crashtest

Plötzlich tauchte auf der Gegenfahrbahn hinter einem Lastwagen ein Auto auf und raste direkt auf ihn zu. Seine Gedanken überschlugen sich: Was tun? Nach links ausweichen? Das hieße, auf den Lkw zu prallen. Nach rechts? Da standen Bäume – und dahinter fiel eine Böschung fünf Meter tief steil nach unten. Sein Cabriolet in die Mitte zwischen zwei Stämme zu steuern, würde bedeuten, dass er mit dem Auto über den Straßenrand ins Leere fahren, abstürzen und sich nach hartem Aufprall wohl mehrfach überschlagen würde. Die Chance, das zu überleben, wäre gleich null. Blieb nur ein Baum. Er stieg in die Bremsen, ließ los, trat noch mal ins Pedal, um den Wagen, so gut das auf die Schnelle ging, von den siebzig Stundenkilometern auf eine geringere Geschwindigkeit runterzustottern. Der Stamm kam näher. Achtung! Deckung und – Wumm! Es hatte geklappt! Er hatte, wie geplant, den Baum direkt mit der Mitte des Kühlers erwischt und so die Knautschzone der Blechschnauze optimal ausgenutzt. Der Kühler war zerbrochen, er aber kaum verletzt. Puh, gerade noch gut gegangen!

Dass das Chassis sich, wie er später behauptete, um den Baum gewickelt habe, war gelogen. Ein Foto des Wracks zeigte anderes. Für den detaillierten Bericht, in dem er den Unfall wenig später in einer Zeitschrift schilderte, bedankte sich der Autohersteller mit einem nagelneuen Wagen. War doch der Artikel über den unfreiwilligen Crashtest die beste Reklame für die Robustheit seiner Modelle. Schon den Unfallwagen hatte der Schriftsteller geschenkt bekommen. Damit hatte sich die Firma erkenntlich gezeigt, deren Namen er in seinem Gedicht „Singende Steyrwägen“ erwähnte. Die erste Strophe ließ sie allerdings weg: Darin hatte er auf die Verflechtung von Auto- und Waffenindustrie angespielt.

Wer war das?

Bertolt Brecht –

der Dichter als Marke

Geboren am 10.2.1898 in Augsburg
Gestorben am 14.8.1956 in Buckow

Die Schiebermütze auf dem Kopf, den schmächtigen Oberkörper in eine schmale Lederjacke gepresst, einen Zigarrenstumpen lässig im Mundwinkel: So ließ sich Bertolt Brecht dandyhaft an seinem neuen Steyr-Cabrio lehnend fotografieren. Bekannter sind Bilder, auf denen er in einem grauen Arbeiteranzug steckt und eine runde Sehhilfe – Modell Krankenkasse – auf der Nase trägt. Was man nicht sieht: Der Graumann war maßgeschneidert, das Brillengestell aus teurem Titan. Auch die Schiebermütze hatte er aus feinem Stoff nähen lassen. Manchmal tauschte er die Arbeiterkluft gegen eine sackartige Lederjacke im Stil „Mann von der Straße". Bert Brecht liebte die Pose, vor allem die des leicht verwahrlosten Proleten. Schließlich war es die Welt der Ausgebeuteten, Arbeiter, Armen, ihre Erniedrigung und ihr Elend, die er für seine Werke inszenierte – und sich, als sei er einer von ihnen. Eine Anekdote erzählt, der Philosoph Ernst Bloch habe über den versnobten Dramatiker gespottet: „Herr Brecht hat sich einen kostspieligen kosmetischen Apparat konstruieren lassen, der ihm den Schmutz unter die Fingernägel schiebt." Zur „Marke B.B." gehörte der Macho: Zehn Finger reichen nicht, um seine Frauen aufzuzählen. Meist liebte er mehrere zugleich und erwartete von ihnen, das hinzunehmen, selbst aber treu zu sein.

Dabei stammte Eugen Berthold Friedrich Brecht aus einer grundsoliden Familie. Geboren wurde er am 10. Februar 1898 in

Augsburg als erster von zwei Söhnen. Den Namen Eugen legte er später ab. Sein Vater Bertold Friedrich war vom kaufmännischen Angestellten zum Prokuristen und 1917 schließlich zum Direktor der Papierfabrik Haindl aufgestiegen.

Seine Frau Sophie war die Tochter eines Bahnhofsvorstehers. Die Brechts bewohnten sechs Zimmer in einem der Haindl'schen Stiftungshäuser, die der Vater verwaltete. „Beim Haindl", wie die Augsburger vom wichtigsten Arbeitgeber der Stadt sprachen, turnte der kleine Eugen auf Papiersäcken herum, lauschte den Gesprächen der Arbeiter und sah als Gast im Haus des Fabrikanten, wie es bei reichen Leuten zuging. In der evangelischen Schule mochte er besonders den Bibelunterricht: Noch als Erwachsener nannte Brecht das Buch der Bücher das von ihm meistgeliebte, das „unvergleichlich schön, stark", aber auch „böse" sei.

Mit zehn Jahren kam Brecht aufs Königlich Bayerische Realgymnasium und spitzte mit 15 für die Schülerzeitschrift „Die Ernte" die Feder. Ein Jahr später veröffentlichte er dort seinen ersten Einakter: „Die Bibel". Über Ideen und Formulierungen für seine literarischen Versuche brütete er daheim mit Freunden im „Zwinger". So nannte er seine Bude im Dachgeschoss. Dass ihn seit einem Herzanfall im Kindesalter Panikattacken und Todesängste quälten, vertraute er nur der Mutter und dem Tagebuch an.

Als Halbwüchsiger ließ sich Eugen von den Freudenmädchen der Augsburger Hasengasse in die Geheimnisse der Frauen einweihen und jagte bald jedem Rock hinterher: Da gab es die Buchhändlerinnen Käthe und Franziska, die Tochter der Milchfrau Sofie und die Friseurin Rosemarie, die ihn erst abblitzen ließ. Wütend jammerte er: „Was sind 100 Möglichkeiten gegen eine Unmöglichkeit?" Mehr Erfolg hatte er bei „bittersweet", kurz „Bi" genannt. Diese, Paula Banholzer, ließ er 1919 mit seinem Sohn Frank und der Bemerkung sitzen: „Die stärksten Männer haben Angst vor kleinen Kindern."

Als der Erste Weltkrieg begann, schrieb er unter dem Namen „Bertold Eugen“ für die „Augsburger Neueste Nachrichten“ und die „München-Augsburger Abendzeitung“ patriotische Aufsätze und Gedichte. Er feierte die Völkerschlacht als „Sturmsinfonie unserer Zeit“ und seinen Patriotismus mit Sätzen wie diesem: „Wir Deutschen fürchten Gott und sonst nichts auf der Welt.“ Im zweiten Kriegsjahr schlug seine Begeisterung jäh um. In einem Aufsatz bewertete der Schüler das Zitat des antiken Dichters Horaz „Dulce et decorum est pro patria mori“ („Es ist süß und ehrenvoll, für das Vaterland zu sterben“) als „Zweckpropaganda“ eitler „Hohlköpfe“ und wäre deshalb fast vom Gymnasium geflogen. Ein andermal verhinderte er mit einem Trick das Sitzenbleiben: Nachdem er die entscheidende Prüfungsarbeit vergeigt hatte, strich Brecht willkürlich weitere Stellen rot an und fragte frech, was da falsch sei. Der Lehrer gab ihm die bessere Note … So brachte es Brecht 1917 zum kriegsbedingten Notabitur. Danach schrieb er sich in München an der Universität für Germanistik und Medizin ein. Als Medizinstudent musste er nicht an die Front, sondern wurde im letzten Kriegsjahr als Sanitäter in ein Augsburger Reservelazarett eingezogen. Er verkündete, er wolle „lieber Füße sammeln als verlieren“. Aus den Erlebnissen dort entstand „Die Legende vom toten Soldaten“. Sie trug Brecht eine Anzeige des Landesjugendamts Karlsruhe ein. Keine zehn Jahre später stand er wegen dieser Ballade als „volkszersetzender Schriftsteller“ auf der schwarzen Liste der Nazis. 1933 verbrannten sie seine Bücher.

Baal ist ein lebenslüsterner Mensch, der alles tut, was sich nicht gehört: fressen, saufen, huren. Brechts Vater ließ seine Sekretärinnen das Manuskript ins Reine tippen. Denen waren manche Passagen so peinlich, dass sie sie wegließen.

Nach der Novemberrevolution wurde Bayern zur Republik. Vorübergehend gehörte Brecht dem Augsburger Arbeiter- und Soldatenrat an. Aber eigentlich scherte er sich nicht um Politik – und auch kaum mehr ums Studium. Stattdessen verfasste er Gedichte, Lieder, sein Drama „Baal“ und Theaterkritiken. Die waren so bissig, dass ihn eine Schauspielerin anzeigte und die Bühne seiner Heimatstadt ihm zeitweise den Zutritt verwehrte. Manchmal zog er mit der Klampfe in der Hand durch Münchner und Augsburger Kneipen und trug seine Verse vor. Auf dem Oktoberfest hatte er den Komiker Karl Valentin kennengelernt. Dessen „blutiger Witz" inspirierte ihn unter anderem zur „Kleinbürgerhochzeit". In diesem Einakter endet eine Hochzeitsfeier in einer Schlägerei zwischen zertrümmerten Möbeln. Als „Bi" 1919 mit seinem Sohn Frank niederkam, war für ihn selbst Heirat kein Thema. Um die „Schande" zu verstecken, schickten „Bis" Eltern ihre Tochter zur Entbindung aufs Land. Das Kind kam bei wechselnden Familien in Pflege.

1921 flog Brecht von der Uni, weil er die Vorlesungen schwänzte. Statt mit akademischen Arbeiten hatten sich seine Schubladen mittlerweile mit Gedichten und Dramen gefüllt. Anfang der Zwanzigerjahre reiste er mehrmals nach Berlin, um dort einen Verleger für seine Werke zu finden. In München legte er dem dramaturgischen Berater der Kammerspiele und Schriftsteller Lion Feuchtwanger seine Stücke „Baal" und „Spartakus" vor.

Brechts erster Sohn Frank fiel mit 24 Jahren beim Russlandfeldzug der Deutschen im Zweiten Weltkrieg.

Und tatsächlich führte das Theater drei Jahre später „Spartakus" auf, inzwischen umbenannt in „Trommeln in der Nacht". Die Parodie auf einen Kriegsheimkehrer, der seine Geliebte verlobt und schwanger vorfindet, sorgte für Aufsehen: auch, weil Plakate im Zuschauerraum das Publikum mit der Aufschrift „Glotzt nicht so romantisch!" anschimpften. Der Hauptdarsteller verglich Brechts Sprache mit „verwundetem, rohem Fleisch". Der Inhalt bürstete den Zeitgeist quer: Die „Trommeln" spielen vor dem Hintergrund des 1919 in Berlin blutig niedergeschlagenen Arbeiteraufstandes des kommunistischen „Spartakus"-Bundes. Brechts „Held" zieht nach kurzem Zögern das Ehebett der Revolution vor: „Mein Fleisch soll im Rinnstein verwesen, dass eure Idee in den Himmel kommt. Seid ihr besoffen?"

Für die „Trommeln" bekam der 24-Jährige den angesehenen

Kleist-Preis. Die Kammerspiele stellten ihn als Dramaturgen ein. Das feste Salär kam gerade recht – denn Brecht hatte seine neue Liebe, die Opernsängerin Marianne Zoff, geschwängert. Diesmal heiratete er, was ihn nicht hinderte, sein Verhältnis mit einer Medizinstudentin weiter zu pflegen. Marianne musste sich vor dem Jawort verpflichten, ihm derlei Freiheiten zu gewähren. Im März 1923 kam Tochter Hanne zur Welt. Auf ihren Vater wartete in Berlin schon die nächste Geliebte: Helene Weigel. Brecht hatte die Schauspielerin dort bei Proben für „Trommeln in der Nacht“ kennengelernt. Sie brachte am 3. November 1924 seinen zweiten Sohn Stefan zur Welt. Da wohnte Brecht schon bei ihr. Er hatte zum Deutschen Theater nach Berlin gewechselt. 1929 heiratete er Helene nach der Scheidung von Marianne. 1930 wurde er Vater von Barbara und war ein gut verdienender Stücke- und Gedichteschreiber. Er bewohnte eine große Wohnung am Kurfürstendamm und besaß ein Haus in Utting am Ammersee.

Mit und für Brecht zu arbeiten, ob am Schreibtisch oder auf der Bühne, war hart. Schon in München hatte er die Schauspieler angeschrien: „Was ihr macht, ist alles Scheiße!“ Selbst wenn ihm die Regie nicht oblag, schmiss er Szenen um oder änderte Texte fremder Autoren. Derer bediente er sich auch für die eigene Schreibarbeit. So verschärfte er ein Drama der Schriftstellerin und Geliebten Marieluise Fleißer, ohne sie vorher zu fragen. Seine eigenen Werke entstanden im Kollektiv – wie früher die Schülerzeitungsaufsätze im Augsburger „Zwinger“. Kritiker warfen und werfen Brecht noch heute vor, über manchem seiner Werke müsste ein anderer Name stehen. Besonders dreist trieb er es mit Elisabeth Hauptmann, die in Berlin seine engste Mitarbeiterin und, ja was wohl?, Geliebte war. Die berühmte „Dreigroschenoper“ stammt zu großen Teilen von ihr: Sie hatte den „Urstoff“ gefunden und aus dem Englischen übersetzt, dessen er nicht mächtig war. Die Musik komponierte

Kurt Weill. Kritiker schimpften das Werk „literarische Leichenschändung", das Publikum aber war begeistert. Sätze wie „Die Welt ist arm, der Mensch ist schlecht. Wir wären gut – anstatt so roh. Doch die Verhältnisse, sie sind nicht so" passten in die Zeit wachsender Arbeitslosigkeit und Armut. Brecht las zu dieser Zeit „Das Kapital" von Karl Marx, das ihn zum Kommunisten werden ließ. Die Nazis hatten ihn am Vorabend von Hitlers Machtübernahme schon längst im Auge und hetzten gegen ihn. In München verschwand eines seiner Stücke von der Bühne.

Am 27. Februar 1933 brannte der Reichstag in Berlin, am nächsten Tag war Brecht mit Frau und Kindern über Prag nach Wien geflohen, reiste weiter nach Zürich und Paris und schließlich nach Dänemark. Dort kaufte er sich im Dezember ein kleines Haus auf der Insel Fünen, wo er die nächsten fünf Jahre blieb. Seine Geliebten Margarete Steffin und Ruth Berlau siedelten sich in der Nähe an. Brecht reiste nach Moskau und Paris, wo er 1935 auf einem internationalen Schriftstellerkongress eine Rede zum „Kampf gegen die Barbarei" hielt. Im selben Jahr wurde ihm die deutsche Staatsbürgerschaft aberkannt. 1938 führte er in Paris sein Stück „Furcht und Elend des Dritten Reiches" auf. Nach dem Einmarsch der deutschen Wehrmacht in die Tschechei zog Brecht mit Familie und Frauen im April 1939 weiter nach Schweden und nach dem Überfall auf Dänemark und Norwegen 1940 nach Finnland. Im März 1941 bestiegen die Flüchtlinge die Transsibirische Eisenbahn nach Wladiwostok, um sich nach Amerika einzuschiffen.

Auf der Flucht in die USA musste Brecht seine an Tbc erkrankte Geliebte Margarete Steffin schweren Herzens bei einem Zwischenstopp in Moskau zurücklassen. Sie starb kurz danach.

In Skandinavien entstanden zwischen 1933 und 1941 Brechts berühmteste Dramen. Es folgten acht unergiebige Jahre in Amerika: Am 21. Juni 1941 war er in Los Angeles gelandet. Die Familie siedelte sich in Santa Monica an. Ruth Berlau zog weiter nach New York. Möbel, Kleider, alles, was die Brechts zum Leben brauchten, musste Helene Weigel bei der Heilsarmee besorgen. Ihr Mann litt.

„Ich kann in diesem Klima nicht atmen", schrieb er in sein Tagebuch und klagte über den „american way of life": Hier müsse man alles „verkaufen", „vom Achselzucken bis zu einer Idee", eigentlich sogar „dem Pissoir seinen Urin". Er versuchte es ohne Erfolg mit rund fünfzig Drehbuch-Entwürfen für Hollywood, bis ihm mit „Hangmen also die" („Auch Henker sterben") ein Treffer glückte, dessen Erlöse zum Leben reichten.

Im Februar 1943 reiste Brecht nach New York – und nistete sich bei Ruth Berlau ein. Er traf andere Exilanten wie George Grosz und Lion Feuchtwanger, einstige Mitarbeiter wie Elisabeth Hauptmann und Kurt Weill. In der Ablehnung Hitlers waren sich die zahlreichen aus Deutschland geflüchteten Dichter einig – nicht aber in der Einschätzung der Landsleute zu Hause und der Frage, wer schuld sei an der Nazi-Barbarei. Zu den von Brecht meistgehassten Exilanten gehörte Thomas Mann, dessen Einstellung, die Alliierten sollten Deutschland „zehn oder zwanzig Jahre züchtigen", er „jämmerlich" fand. Er schimpfte, die Deutschen hätten nicht nur Hitler, sondern auch „die Romane des Herrn Mann geduldet". Er selbst glaubte an einen Sieg der Russen. Was er anfangs wohl nicht ahnte: Wie andere in Amerika lebende Hitler-Gegner wurde er seit dem Eintritt der USA in den Zweiten Weltkrieg 1941 vom FBI beobachtet. Sein Telefon wurde abgehört, seine Briefe von der Bundespolizei geöffnet. Brechts Dossier füllte am Ende 1000 Seiten. Nach Kriegsende begann in den USA die Kommunistenhatz. Und Brecht wurde am 30. Oktober 1947 vor dem „Ausschuss zur Untersuchung unamerikanischer Umtriebe" verhört. Noch am selben Tag packte er die Koffer – und flog am 31. nach Paris. Die Familie brachte er vorerst in Zürich unter. Da ihm Westdeutschland die Einreise verweigerte, machte sich Brecht via Prag auf den Weg nach Ostberlin. Dort wurde er im Oktober 1948 wie ein Prominenter empfangen. Wenige Monate später inszenierte er am Deutschen Theater seine „Mutter Courage und ihre Kinder". Und Brecht begann, das berühmte „Berliner Ensemble" aufzubauen, das dann Helene Weigel leitete. Im März 1950 wurde er Mitglied der Deutschen Akademie der Künste. Obwohl er – wie viele nach Deutschland zurückgekehrte Künstler – in der sowjetisch besetzten Zone lebte, wollte Brecht künstlerisch im gesamten deutschen Sprachraum tätig sein. Dazu brauchte er einen nichtdeutschen Pass. Den verschaffte ihm 1950 ein Direktoriumsmitglied der Salzburger Festspiele. Brecht sollte eine Alternative zum „Jedermann" schreiben. Das Projekt „Salzburger Totentanz" wurde aber nicht zu Ende geführt, weil es in der Presse Proteste gab, einem „ostzonalen Hausdichter" die Festspielbühne zu geben. Wenigstens war er jetzt Österreicher.

1951 bekam Brecht von der DDR den Nationalpreis Erster Klasse, obwohl die herrschende Sozialistische Einheitspartei nicht mit allem zufrieden war, was er schrieb. Ihr missfiel vor allem, wenn er nicht die führende Rolle der SED in den Vordergrund stellte. Als sowjetische Panzer am 17. Juni 1953 den Volksaufstand niederwalzten, ermahnte er sein Ensemble, sich mit den Forderungen der Arbeiter auseinanderzusetzen. Dem Rundfunk bot er an, auf Sendung zu gehen, blitzte aber ab. Der Staats- und Parteispitze schrieb er einen Brief, in dem er sie zur „großen Aussprache mit den Massen" aufforderte – und war wütend, als die Parteizeitung „Neues Deutschland" daraus nur den letzten Satz abdruckte, in dem es hieß: „Es ist mir ein Bedürfnis, Ihnen in diesem Augenblick meine Verbundenheit mit der Sozialistischen Einheitspartei Deutschlands auszusprechen." Das las sich wie eine bedingungslose Ergebenheitsadresse. In seinem Tagebuch hielt er fest: „Der 17. Juni hat die ganze Existenz verfremdet." Zwei Jahre später nahm er in Moskau den Internationalen Stalin-Preis entgegen.

1956 warf eine Virusgrippe Bert Brecht aufs Krankenbett. Auch danach war er ständig erschöpft. Dennoch reiste er am 10. August nach London zu Theaterproben. Vier Tage später, zurück in seinem Buckower Sommerhaus östlich von Berlin, erlitt er einen Herzinfarkt. Am Abend des 14. August 1956 war Bert Brecht tot. Begraben wurde er in einem Sarg aus Zink. Das hatte er sich gewünscht, um nicht zum Fraß der Würmer zu werden …

Mitdenken!

Das Thema Tod zieht sich durch Brechts gesamtes Werk – vielleicht, weil ihn wegen seines schwachen Herzens schon als Kind die Angst davor quälte. Mitte zwanzig entwarf er erstmals eine Inschrift für seinen Grabstein: „Hier ruht BB, rein, sachlich, böse.“ Im Lauf seines Lebens folgten 25 andere Vorschläge. Am Ende blieb's bei seinem Namen. Als Kommunist wurde Bert Brecht geliebt und gehasst, als Schriftsteller verehrt und beachtet. Mit seinem „epischen Theater“ und den Verfremdungseffekten schrieb er Literaturgeschichte. Er revolutionierte das Geschehen auf der Bühne. Brecht wollte weder Illusionen noch Emotionen im Zuschauer auslösen. Statt zu träumen, sollte das Publikum denken, Theater nicht unterhalten, sondern belehren. Bei seinen Inszenierungen verzichtete er weitgehend auf Kulissen und Requisiten und ließ das Geschehen auf der Bühne von einem Spielleiter, Chor oder den Darstellern selbst kommentieren.

Verbotene Äpfel

Als kleines Mädchen sah sie hinter jedem Grashalm, jeder Blume, jedem Tautropfen und jeder Wolke Gott. Bei ihren Streifzügen durch die Natur fühlte sie sich von Tausenden von Engeln behütet, die am Himmel über sie wachten. Sie glaubte so inbrünstig an den überirdischen Schöpfer, dass sie eine Zeit lang mit dem Gedanken spielte, ins Kloster zu gehen. Bis ihr eines Abends Ungeheuerliches widerfuhr. Sie war damals 14 Jahre alt und verbrachte, wie so oft, die Ferien auf dem Landgut des Großvaters. Am offenen Fenster stehend, sprach sie das Nachtgebet. Doch diesmal brach ihr Dank an Gott kraftlos in sich zusammen und im gleichen Moment ihr Glaube an ihn. Sie hatte in der Stunde zuvor von einem „verbotenen Apfel" genascht, ein Buch über Leidenschaft und Liebe gelesen. Das hatte in ihr den Wunsch ausgelöst, sich vor dem Einschlafen selbst in „sonderbare Zustände" zu versetzen. Das war „Sünde". Wenn sie aber nicht bereit war, auf solch irdische Freuden zu verzichten, konnte das doch nur heißen: Sie glaubte nicht mehr an Gott. Denn andernfalls „wäre ich nicht freudigen Herzens bereit gewesen, ihn zu beleidigen".

Ohne diesen Glauben an ein allmächtiges höheres Wesen fühlte sie sich ungebunden. Später meinte sie, sie sei bestimmt zu einem Dasein in Freude und Freiheit. Die, zu der sie und ihr Lebensgefährte sich bekannten und die jeder für sich in vollen Zügen genoss, war skandalös. Einem Aufruf zum Umsturz kam die andere Freiheit gleich, zu der sie die Frauen ermunterte. Sie sollten sich von den Fesseln der Mutterrolle lösen, sich auf eigene Füße stellen und so die vermeintliche Überlegenheit des anderen Geschlechts Lügen strafen. Mit dem Satz „Man wird nicht als Frau geboren, man wird erst dazu" wurde sie berühmt und zur Mutter der modernen Frauenbewegung.

Wer war das?

Simone de Beauvoir – die Andere

Geboren am 9.1.1908 in Paris
Gestorben am 14.4.1986 ebenda

Mit 15 Jahren wünschte sich Simone de Beauvoir, „dass die Leute eines Tages meine Biografie mit gerührter Neugier lesen", und beschloss, „eine bekannte Autorin" zu werden. Das war ein Jahr nach ihrem Abschied von Gott und dem Bekenntnis zur „Sünde". Bis dahin deckte sich ihre Lebensgeschichte zwar weitgehend mit denen anderer Mädchen aus gutbürgerlichem Haus. Aber ihr schwante offenbar schon, dass ihr Weg sich von dem für sie als Frau vorgesehenen unterscheiden würde. Sie brachte den Mut auf, aus vermeintlich festen Bahnen auszubrechen, und den, darüber zu schreiben. Aus dem kleinen, gottgefälligen Mädchen wurde eine rebellische Frau, Skandal-Autorin und die aufsehenerregendste Intellektuelle des 20. Jahrhunderts. Dieser Mut war ihr nicht in die Wiege gelegt. Bis zu dem Erlebnis während des Nachtgebets war Simone ihrer streng katholischen Mutter brav und gern zu Messe, Beichte und Kommunion gefolgt. Sie wagte erst Jahre später, nach dem Abitur, ihr den Abfall vom Glauben zu gestehen. Für Françoise de Beauvoir muss es gewesen sein, als stürze ihr Kind aus der Welt.

Simone war die erste von zwei Töchtern des Juristen und Beamten Georges de Beauvoir und seiner Gemahlin Françoise. Sie wurde am 9. Januar 1908 am Boulevard Montparnasse im späteren Künstlerviertel von Paris geboren. Zwei Jahre danach gesellte sich Schwester Hélène dazu. Die Eltern pflegten einen gehobenen Lebensstil, bis sich der Vater nach dem Ersten Weltkrieg mit Aktien verspekulierte und sein Vermögen verlor. Plötzlich gehörten die Beauvoirs zu den „neuen Armen", Madame musste ihre Dienstboten entlassen, die Familie in eine kleinere Wohnung ziehen. Statt Schmuck und teurer Kleider gab's vom Vater jetzt bestenfalls Bücher, weil die billiger waren. Er selbst kannte sich gut aus in Politik und Literatur. Anders als seine tiefgläubige Frau war er Atheist, aber damit einverstanden, dass Françoise die Mädchen katholisch erzog. Nach dem finanziellen Absturz kündigte er den Töchtern an: „Heiraten, meine Kleinen, werdet ihr nicht. Ihr habt keine Mitgift, da heißt es arbeiten." Simone war das nicht unrecht: Sie wollte ohnehin lieber studieren und einen Beruf erlernen als in einer langweiligen Ehe enden.

Vom sechsten Lebensjahr an besuchte sie die katholische Mädchenschule „Cours Désir" und blieb dort bis zum Abitur. Ihre Mitschülerin Elizabeth Mabille, genannt „Zaza", wurde ihre Vertraute. Die beiden pflegten eine zärtliche Mädchenliebe. Die Ferien verbrachte Simone auf dem Land: meist auf dem großväterlichen Gut in Meyrinac, manchmal auf Schloss Grillère, wo die Schwester des Vaters seit ihrer Heirat residierte. Simone liebte es, stundenlang durch die Gegend zu spazieren. Wann immer sich die Gelegenheit bot, zog sie ihr Leben lang die Schnürstiefel an und wanderte. Auf den Pariser Boulevards und in den Cafés beobachtete sie fasziniert die Menschen, hier draußen konnte sie sich stundenlang in den Anblick eines Baumes, einer Wiese oder des Himmels vertiefen, als würde sie die Welt mit den Augen aufsaugen.

Zu Hause fühlte sie sich als umhegtes und behütetes Kind. Der Vater war stolz auf die gute Schülerin. Bald aber ließ er sie spüren, dass sie sein Versagen verkörperte. Bildung für Mädchen war in den „besseren Kreisen" en vogue, aber nur als schmückendes Beiwerk, um einen standesgemäßen Mann zu finden, nicht als Vorbereitung auf Selbstständigkeit, geschweige denn einen Beruf. Bei den Beauvoirs war das nun anders. Simone sagte: „Die Töchter seiner Freunde, seines Bruders, seiner Schwester würden einmal Damen sein. Ich nicht." Sie wiederum schüttelte es bei dem Gedanken, eines Tages wie ihre Mutter und die Frauen in der nun ganz und gar nicht mehr hochherrschaftlichen Umgebung Tag für Tag Gemüse putzen, Mittag- und Abendessen kochen und schmutziges Geschirr spülen zu müssen. Nein, ein solches Frauenleben wollte Simone nicht führen! Mit zwölf begann sie, gegen die Eltern zu rebellieren. Dennoch musste sie mangels Geld bis zum Ende ihres Studiums bei ihnen wohnen und sich fügen.

Ihre Fächer Philologie und Philosophie und den künftigen Beruf der Lehrerin hatte der Vater für sie ausgesucht. Weil den Eltern die Sitten der überwiegend männlichen Studenten auf der Sorbonne zu roh erschienen, musste sie ihre Ausbildung am Institut Saint-Marie in Neuilly und an der katholischen Universität beginnen. Sie wurde in jeder Hinsicht kontrolliert und abends in Begleitung eines Mannes auszugehen, war ihr verboten. Deshalb trieb sich Simone manchmal heimlich in den Pariser Nachtcafés herum. Sie liebte deren Atmosphäre, die Tabakschwaden, den Geruch von Alkohol. Nicht sattsehen konnte sie sich an den geschminkten Frauen, die auf den Barhockern ihre Beine in hauchdünnen Seidenstrümpfen präsentierten. Bald nahm auch sie dort Platz und fühlte sich wohl „wie als Kind vor dem Allerheiligsten". Was ihr früher die kirchliche Orgelmusik, war für sie jetzt der Jazz.

Aber Simone war auch eine eifrige Studentin. 1929 machte sie mit einer Arbeit über den deutschen Philosophen Gottfried Wilhelm Leibniz ihr Diplom. Danach bereitete sie sich an der Sorbonne und der École Normale Supérieure auf die „agrégation", die Zulassung zum Lehramt der Philosophie, vor. Zugelassen wurden nur die Besten und sie war erst die neunte Frau. Simone schaffte es bei der Prüfung auf den zweiten Platz. Auf dem ersten landete ein kleiner, unansehnlicher, rundlicher Kommilitone, der schrecklich schielte, dessen schneidende Intelligenz und philosophische Schärfe aber gefürchtet waren: Jean-Paul Sartre. Bei der gemeinsamen Vorbereitung auf die mündliche Prüfung hatte sie das „Zwillingszeichen auf unseren Stirnen“ entdeckt. Sie betrieben Philosophie mit dem gleichen Ziel: „Irrtum bekämpfen, Wahrheit finden, Welt aufklären.“

Wer wen beim Philosophieren mehr befruchtet hat – Sartre Beauvoir oder umgekehrt –, darüber streiten sich noch heute die Anhänger der beiden.

Beide waren Existenzialisten: Diese Denkrichtung sieht hinter dem menschlichen Dasein nicht ein übergeordnetes, metaphysisches, von einer höheren Macht bestimmtes Ziel oder Wesen, sondern hält den Menschen für absolut frei. Damit ist er aber auch ganz allein verantwortlich für sein Leben.

Simone und Jean-Paul kamen sich nicht nur als kluge Köpfe näher: Sie wurden zum ungewöhnlichsten Liebespaar ihrer Zeit. Sie lebten zusammen, ohne zusammenzuziehen. Später hatten sie im selben Haus zwei Wohnungen. Sie schlossen einen Pakt, mit dem jeder dem anderen die Freiheit zugestand, Liebe, Lust und Leidenschaft auch anderweitig auszuleben, der sie aber verpflichtete, dabei immer absolut ehrlich zu sein. Vor allem er machte davon reichlich Gebrauch. Seine Beziehungen schilderte er ihr bis ins Detail. Sie war da diskreter und gestand ein, dass sie durchaus nicht frei von Eifersucht war. Manchmal vergnügte man sich sogar zu dritt, denn Simone liebte auch Frauen, die sie ihm zuführte, wenn er Interesse zeigte. Sie hielt Frauen für „begehrenswerter als Männer“, attraktiver, weicher, schöner und charmanter. Sartre sah das ebenso … In einer ihrer Schülerinnen, der Russin Olga Kosakievicz, entdeckte sie allerdings eine „Höllenmaschine“, als sie die Geliebte mit Sartre teilte. In ihrem ersten, 1943 erschienenen Roman „Sie kam und blieb“ setzte sie Olga ein Denkmal – und ließ sie am Ende der Geschichte sterben. Dazu passte ihr Satz: „Die Literatur tritt in Erscheinung, wenn irgendetwas im Leben aus den Fugen gerät.“ Sartre und Beauvoir erregten bald Aufsehen in Paris: Als sie durch ihre

Veröffentlichungen berühmt geworden waren, drehten die Leute auf der Straße die Köpfe nach ihnen um oder flanierten an ihrem Stammcafé „Flore" vorbei, um das Paar zu sehen.

Nach bestandenem Lehrerexamen unterrichtete Simone in Marseille, Rouen und Paris. Als sie 1931 in Südfrankreich war, hatte Sartre im 800 Kilometer entfernten Le Havre eine Stelle. Er machte ihr einen Heiratsantrag: Als Ehepaar hätten sie Anspruch auf Einsatz in räumlicher Nähe gehabt. Sie lehnte ab, denn sie hielt die Ehe für eine „beschränkende Verbürgerlichung und institutionalisierte Einmischung des Staates in private Angelegenheiten". Anfang der Dreißigerjahre bereisten die beiden Europa. Simone lobte die „fette, deutsche Küche", sah in Hamburg fasziniert die Prostituierten in Schaufenstern sitzen, erlebte in Stralsund erschrocken einen Aufmarsch von Hitlers SA und musste sich in Dresden zurechtweisen lassen: „Die deutsche Frau schminkt sich nicht!" In München notierte sie: „Ich konnte die massigen Bayern, die ihre behaarten Schenkel zeigten, während sie Würste verzehrten, schwer ertragen."

Schon in Rouen war die Lehrerin Beauvoir bei Kollegen und Eltern wegen ihrer freizügigen Ansichten angeeckt. In Paris musste sie schließlich 1943 wegen „Verführung Minderjähriger" den Schuldienst verlassen. Die Stadt war zu dieser Zeit von Hitlers Wehrmacht besetzt. Ihre „Verführung" bestand darin, dass sie eine Schülerin ermuntert hatte, an ihrer Beziehung zu einem jungen jüdischen Mann festzuhalten. Die Eltern dieser Lise hatten sie um das Gegenteil gebeten und reichten nun eine offizielle Beschwerde über die Lehrerin ein. Der junge Mann wurde wenig später umgebracht. Beauvoir quälte sich mit Schuldgefühlen. Angesichts der Bilder aus anderen von den Nazis terrorisierten und vom Krieg zerstörten europäischen Städten schämte sie sich 1944 ihrer Freude über die Befreiung von Paris.

Über die Entlassung aber war sie nicht unglücklich: Eine Zeit lang arbeitete Simone als Programmgestalterin bei „Radio Nationale", vor allem aber hatte sie jetzt Zeit zum Schreiben. Sartre, zurückgekehrt aus kurzem Kriegseinsatz und aus der Gefangenschaft in Trier, ermunterte sie. 1944 veröffentlichte Beauvoir ihren ersten philosophischen Essay, 1945 ihren nach „Sie kam und blieb" zweiten Roman. In „Das Blut der anderen" beschäftigte sie sich mit der Frage des Widerstands gegen Besatzer. Von 1945 an schrieb sie für die von Sartre gegründete politisch-literarische Zeitschrift „Les Temps Modernes" – „Moderne Zeiten". Und sie reiste viel, mal mit, mal ohne Sartre. Sie fühlte sich der politischen Linken zugehörig und war als deren halboffizielle „Kulturbotschafterin" unterwegs. So kam sie nach Portugal, Tunesien, in die Schweiz und die USA. Sie war in der Sowjetunion, in China und auf Kuba, in Nordafrika, Südamerika, in den Ostblockländern und Israel unterwegs. Anfangs waren sie und Sartre vom Moskauer Kommunismus begeistert. Nach dem niedergeschlagenen Ungarn-Aufstand und mehr noch nach dem Einmarsch der Sowjets in die Tschechoslowakei 1968 gingen sie aber auf Distanz.

Über einige ihrer Reisen schrieb die Beauvoir Bücher, zum Beispiel über die USA. Das Land begeisterte und entsetzte sie. Sie war sprachlos über den dort herrschenden Luxus. Viele Amerikaner empfand sie als arrogant, unkritisch und angepasst. Einem Bürger dieses Landes aber war Simone de Beauvoir jahrelang nahezu verfallen: Mit dem Schriftsteller und bekennenden Macho Nelson Algren pflegte sie von 1947 bis 1951 eine transatlantische Beziehung. Mal war sie bei ihm in Amerika, mal er in Paris. Dazwischen schrieb sie ihm glühende Briefe. Als die nach ihrem Tod veröffentlicht wurden, sprachen sie allem Hohn, was Simone de Beauvoir zur gleichen Zeit in ihrem berühmtesten Buch und der späteren „Bibel des Feminismus", „Das andere Geschlecht", schrieb: Sie bot ihm an, ihm

„wie eine vorbildliche und herkömmliche Ehefrau“ zu Diensten zu sein, ihm Essen zu kochen, den Boden zu wischen und „zehnmal in der Nacht und ebenso oft am Tage mit Ihnen Liebe zu machen“. Sie beschwor ihn: „Kommen Sie und nehmen Sie mich in Ihre starken, sanften und gierigen Hände.“

Simone de Beauvoir und Jean-Paul Sartre siezten sich ihr Leben lang. So hielt sie es auch mit ihrem amerikanischen Geliebten Nelson Algren.

Algren stillte ihre weibliche Begierde, die ihr „kleiner Süßer“, wie sie Sartre nannte, nicht hatte befriedigen können. Dem Amerikaner verriet sie: „Er ist ein hitziger, quicklebendiger Mann – überall, außer im Bett.“ Nach dem Ende ihrer Beziehung schüttete Algren einen wahren Schmutzkübel über ihr aus. Er nahm der einstigen Geliebten übel, dass sie ihn in ihren Romanen „verwurstete“, nannte sie abfällig „Madame Quatsch-Quatsch“ und äußerte sich verächtlich über ihre Sexualität.

Das war schlimmer als alles, was sie für ihr Buch „Das andere Geschlecht“ einstecken musste. Sie hatte darin mit der Benachteiligung der Frauen durch die Männer abgerechnet. Dem vermeintlich „starken Geschlecht“ warf sie vor, den biologischen Unterschied – die Fähigkeit der Frau zum Kinderkriegen – über Jahrtausende dazu missbraucht zu haben, diese zu unterdrücken. Ihre Ausführungen gipfelten in dem berühmten Satz: „Man wird nicht als Frau geboren, man wird erst dazu.“ Sie forderte ihre Geschlechtsgenossinnen auf, sich wirtschaftlich unabhängig zu machen und ihr Leben nicht weiter in Küche und Kinderzimmer zu vergeuden. Das Buch wurde ein sensationeller Erfolg. Innerhalb von zwei Wochen wurden 22 000 Exemplare verkauft. Die Männer tobten, selbst Freunde. Der Schriftsteller Albert Camus warf ihr vor, sie habe „den französischen Mann lächerlich gemacht“. Ein anderer spottete, mit der Lektüre habe er in ihre weiblichste Stelle geschaut. Ihr nächstes Buch brachte ihr dagegen höchste literarische Ehre ein: Für „Die Mandarins von Paris“ erhielt sie 1954 den angesehenen „Prix Goncourt“. In dem Roman beschrieb sie Frankreichs Intellektuelle und Existenzialisten.

Ein Jahr später aber machte sie sich politisch unbeliebt: Die Französin protestierte gegen den kolonialistischen Krieg, den ihr Land gegen Algerien führte, und setzte sich für eine von Soldaten gefolterte Algerierin ein. Sie sagte, sie schäme sich ihrer Nationalität. Seit „Das andere Geschlecht" war Simone de Beauvoir weltberühmt. Sie nutzte ihre Prominenz für eine Kampagne gegen das Verbot der Abtreibung und provozierte 1971 zusammen mit anderen Frauen mit dem Geständnis: „Ich habe abgetrieben" – was vermutlich nicht stimmte. Die Aktion griff auf andere Länder über. Sie forderte die Einrichtung von Frauenhäusern zum Schutz Misshandelter und wurde Präsidentin der „Liga für Frauenrechte".

Beauvoir und Sartre nannten sich gegenseitig Castor und Pollux – nach der griechischen Sage Zwillingssöhne von Zeus, die sich über alles liebten. Als Castor starb, wollte Pollux aus Trauer die nur ihm selbst verliehene Unsterblichkeit verlieren.

Von 1952 bis 1972 erschienen ihre Memoiren. In vier Bänden gab sie detailliert Auskunft über ihr Leben und schrieb damit auch ein Stück Zeitgeschichte auf. In den Sechzigern kam Simone de Beauvoir ihrer Mutter wieder näher: Jahrzehntelang hatte sie alles, woraus das Frauenleben von Françoise de Beauvoir bestanden hatte, in Grund und Boden verdammt. Als die alte Dame 1963 mit einem Krebsleiden dem Tod entgegenging, stand die Tochter ihr bei. Wochenlang saß Simone am Krankenbett der Mutter und beschrieb anschließend in „Ein sanfter Tod" ihr Leiden. Die Gedanken der nun 55-Jährigen kreisten um Altern und Sterben. In dem Essayband „Das Alter" beschrieb sie 1970, was es heißt, nicht mehr jung zu sein, und wie die Gesellschaft mit dieser Generation umging. Zehn Jahre später begleitete „Castor" ihren „Pollux" beim Sterben, am 15. April 1980 war Jean-Paul Sartre tot.

Danach adoptierte Simone de Beauvoir Sylvie le Bon, damit diese ihre letzten Dinge regeln konnte. Die 34 Jahre Jüngere war schon lange ihre Freundin und ihre letzte Geliebte. Am 14. April 1986 starb Simone de Beauvoir in Paris. Sie wurde neben ihrem Lebensgefährten auf dem Pariser Friedhof Montparnasse zur letzten Ruhe gelegt.

Hexe und Heilige

Ihr Buch „Das andere Geschlecht“ machte Simone de Beauvoir nicht nur in Frankreich zur meistverteufelten und meistverehrten Autorin des 20. Jahrhunderts. Sie setzte damit die Frauenbewegung erst richtig in Gang. Andere Geschlechtsgenossinnen warfen ihr dagegen vor, sie wolle aus Frauen Männer machen. Manche Medien beschimpften sie als „verkommen“ und nannten sie ein „Brechmittel“. Die katholische Kirche setzte das Werk auf den Index der verbotenen Literatur, weil es „die Heiligkeit der Familie“ mit Füßen trete. In zahlreichen Ländern, darunter Spanien, die Sowjetunion, Griechenland, Bulgarien und die DDR, durfte das Buch nicht erscheinen und wurde bestenfalls unter dem Ladentisch verkauft. Dabei hatte sie in einem Interview 1982 nochmals betont, worum es ihr ging: ums Menschenrecht auf Gleichheit. „Da ich nicht denke, dass die Frau von Natur aus dem Mann unterlegen ist, denke ich auch nicht, dass sie ihm von Natur aus überlegen ist.“ Mit ihrem Buch „Das Alter“ war die Beauvoir der Zeit weit voraus: Wie wir mit den „Alten“ umgehen, ist heute ein noch viel brisanteres Thema.

Zwischen Gräbern

Für die Kinder im Dorf war er der Prügelknabe. Häufig lauerten ihm die Bauernjungen auf dem Schulweg auf. Um ihnen nicht unter die Fäuste zu kommen, musste er sich immer neue Schleichwege suchen. Und das alles nur, weil sein Vater der Dorfpfarrer war. Das zahlten sie ihm heim. Denn sie meinten, er sei „etwas anderes" als sie. Dabei war das Einzige, was an ihm „anders" war, dass er zwischen Gräbern spielte. Der Friedhof hinter Pfarrhaus und Kirche war sein Revier. Auch seine Eltern zogen sich dorthin zurück, wenn sie in Ruhe etwas besprechen wollten, und spazierten dann auf dem Gottesacker hin und her. War ein neues Grab ausgehoben und wartete auf den nächsten Sarg, richtete er sich in der Grube eine heimelige Höhle ein. Manchmal war er so ins Spiel vertieft, dass er erst durch das Läuten der Totenglocke merkte, dass der Trauerzug schon näher kam. Dann kletterte er geschwind die Erdwände hoch und rannte davon. Er hatte keine Angst vor Leichen, weil er, wie er sagte, als Pastorensohn ständig von welchen umgeben war. Der Anblick der aufgebahrten Großmutter faszinierte ihn besonders. Auch das Sterben war ihm vertraut: Hatte er doch oft genug dem Metzger beim Schlachten zugesehen. Der Tod war für ihn etwas Normales, die Angst davor fand er später „beinahe erotisch". Die hatte er als kleiner Junge kennengelernt, als er glaubte, er sei seinem letzten Stündchen ganz nah: Da war er auf dem Fahrrad einem Motorrad in die Quere gekommen und lag regungslos auf der Straße. Immer wieder murmelte er beschwörend vor sich hin: „Ich will nicht sterben."

Der berühmte Schriftsteller war auch ein Maler, in dessen Bildern es häufig um den Tod in Gestalt von Sintfluten, Schlachten und biblischen Szenen ging. Mit dem Schreiben befreite er sich von seinen düsteren Visionen.

Wer war das?

Friedrich Dürrenmatt –

der apokalyptische Wörter-Reiter

Geboren am 5.1.1921 in Konolfingen/Schweiz
Gestorben am 14.12.1990 in Neuchâtel

Als der kleine Fritz das erste Mal ein Skelett sah, ist er dann doch gewaltig erschrocken: Eines Tages stieß die Mutter beim Blättern in einem frommen Buch auf das Abbild eines knöchernen Sensenmanns. Als Fritzchen fragte, was das denn sei, sagte sie, um ihn nicht zu ängstigen: „Kaiser Wilhelm." Bei der nächsten Fahrt in die Stadt kündigte sie an, man wolle ins Warenhaus „Kaiser" gehen. Da schrie Fritz wie am Spieß. Diesem Klappermann wollte er auf keinen Fall begegnen! Später warfen Kritiker Friedrich Dürrenmatt vor, seine Stücke seien „eine Häufung von Leichen". Er hielt dem entgegen, es gebe bei ihm weit weniger Tote als bei Shakespeare. Nicht verleugnet hat Dürrenmatt aber, dass es der Tod war, der ihn zum Schriftsteller werden ließ: Das war Anfang 1945. Da war er als 24-jähriger Hilfssoldat in einem Schweizer Grenzbataillon. Die Welt lag in Trümmern. Jenseits der Alpen dröhnten die Bombeneinschläge. Nur seine Heimat blieb heil – und tat so, als sei dies das Verdienst ihrer Armee. Dabei habe, so Dürrenmatt, Hitler die Alpenrepublik verschont, weil er sie für Kohle und Stahl als Verbindungsweg nach Oberitalien brauchte. Statt ihre Chance dieses Verschont-Seins zu begreifen, hätten sich die Eidgenossen zu Helden stilisiert. Dieser Gedanke kam ihm eines Abends nach dem Genuss von reichlich Wein und Schnaps – und dabei das Essen wieder hoch: „Die übrige Welt war voller Leichen, aber ich hatte dem nichts entgegenzuhalten als mein Gekotze." In diesem Moment habe er sich vorgenommen, die Welt „schreibend in den Griff zu bekommen". Einige Versuche hatte er zuvor schon gewagt. Jetzt aber reichte er erstmals erfolgreich eine Erzählung bei einer Berner Tageszeitung ein. Fünf Jahre später wurde er mit der Kriminalgeschichte „Der Richter und sein Henker" zum Erfolgsautor und dann berühmt vor allem durch seine tragischen Komödien. Immer wieder ging es darin mit bissig-bitterem Humor auch um den Tod.

Den Hang zur Satire hat Friedrich Dürrenmatt wohl vom Großvater geerbt: Der, „Ueli" Ulrich Dürrenmatt, ein Bauernsohn, Lehrer und Nationalrat, hatte den Krämergeist seiner Landsleute in Gedichten verspottet. Einmal steckte er dafür in einer Zeitungsredaktion sogar Prügel ein. Friedrichs Eltern waren sanfterer Natur: Der Vater Reinhold Dürrenmatt sorgte sich als Pfarrer um das Seelenheil der Schweizer. Mutter Hulda war eine gottesfürchtige Bauerntochter, die dem Sohn mit ihrer Frömmigkeit manchmal auf die Nerven ging: „Wenn ich Erfolg hatte, sagte sie immer, das käme daher, dass sie gebetet hatte." Geboren wurde er am 5. Januar 1921 in Konolfingen im Kanton Bern. Dort, am Eingang zum Emmental, war der Vater Dorfpastor. Für Mutter Hulda war ihr erster Sohn ein Gottesgeschenk, hatte sie doch zwölf lange Ehejahre vergeblich auf Nachwuchs gewartet. 1924 kam Tochter Vroni zur Welt.

„Ich war ein kriegerisches Kind!", sagte Dürrenmatt über sich. Als Sechsjähriger sei er manchmal, bewaffnet mit einer Bohnenstange und einer Pfanne als Schild, durch den Garten gezogen und habe der Mutter anschließend gemeldet, er habe die Österreicher vertrieben. Schon als Schulkind verfertigte er mit Kohle, Pinsel und Buntstiften düstere Gemälde wie ein von Dämonen umtanztes Kreuz, Sintfluten und Schlachtengetümmel. Als diese Bilder immer blutrünstiger wurden, wandte sich die besorgte Mutter Hilfe suchend an den örtlichen Kunstmaler. Der prophezeite, aus dem Kind werde wohl mal ein Oberst, war aber so beeindruckt, dass er ihn das Zeichnen lehrte.

Im Dorf hatte es Fritz schwer: Pfarrers-, Lehrer- und Doktorskinder fanden sich auf dem Land schnell in der Außenseiterrolle, weil die Bauernburschen meinten, sie hielten sich für „etwas Besseres". Daran änderte auch nichts, dass Fritz sich in der Schule alle Mühe gab zu versagen und sich mit den Lehrern anlegte. Besonders hasste er den Schreib- und Französischmagister, der die Kinder schlug und an den Haaren zog. Für Dürrenmatt war seine gesamte Schulzeit „die übelste meines Lebens". Aus den Prügeln, die er bei jeder sich bietenden Gelegenheit von der Dorfjugend bezog, seien, so meinte er, seine Motive der Gerechtigkeit und Vergeltung entstanden, aus den Schulerlebnissen das der Rache. Mit dem einen Freund, den er hatte, verzapfte Friedrich den üblichen Lausbubenunfug: Sie hängten sich, auf den Fahrrädern sitzend, an die schweren Transportfahrzeuge, die die örtliche Milchsiederei versorgten, und ließen sich die Straße hochziehen. Oder schlichen sich in die Stadel der Bauern, gruben Tunnel und Höhlen ins Heu. Im Nachhinein fand Dürrenmatt sein Dorf hässlich, die ländliche Umgebung aber schön.

1935 zog die Familie nach Bern. Der Vater wurde Seelsorger am dortigen Spital und betreute ein Nonnenkloster. Zwischen den vielen Straßen und Häusern fühlte sich Friedrich nicht wohl. Hinter jeder Ecke dieses Labyrinths sah er den Minotaurus aus der griechischen Sagenwelt auf ihn warten: Beide Bilder griff er als Maler und Schriftsteller auf. Im Gymnasium weckten die langen, verwinkelten Gänge in ihm Fantasien von unterirdischen Höhlen und geheimnisvollen Gassen. Auch hier machte sich Fritz bei den Lehrern binnen Kurzem so unbeliebt, dass er die Schule verlassen musste. Er holte sich dann 1941 auf dem privaten Humboldtianium seine Matura, das Abitur. Dort weckte ein Lehrer in ihm das Interesse an der Astronomie – und prompt machte sich Friedrich eines Nachts einen Spaß: Er rief mehrmals im Meteorologischen Institut in Zürich an und erzählte den Mitarbeitern, jedes Mal in einem anderen Schweizer Dialekt, der Mond habe heute eine so seltsame Form. Dabei war der wegen dichten Nebels gar nicht zu sehen. Er stellte sich vor, welche Aufregung jetzt wohl in dem Institut herrschte, und amüsierte sich königlich …

Friedrichs Eltern wünschten natürlich, dass er Pfarrer würde. Doch der gutmütige Vater gab den Versuch, ihn dazu zu überreden, schnell auf. Stattdessen ging der junge Dürrenmatt nach Zürich und belegte an der Universität Philosophie, Naturwissenschaften und Literatur. Diese Stadt gefiel ihm aber noch weniger als Bern und er kehrte nach einem Semester dorthin zurück. An seine Zimmertür in der Mansarde des elterlichen Hauses hängte er einen Zettel: „Friedrich Dürrenmatt, nihilistischer Dichter". Die schrägen Wände drinnen hatte er bemalt – überm Bett mit einer Kreuzigung, in der Mitte des Raumes grüßte Salome mit dem abgeschlagenen Kopf Johannes des Täufers, von der Decke blickte die Medusa herab. Umgeben von diesen Bildern, schrieb Dürrenmatt seine ersten Texte. Weihnachten 1942 inspirierte ihn zu einer düsteren Vision: Er erzählte, er habe auf der Straße das Christkind gefunden. Es lag erfroren im Schnee. Als er ihm die Augenlider hochschob, waren die Höhlen dahinter leer. Vor Hunger habe er den Heiligenschein des göttlichen Kindes gegessen und ihm dann den Kopf abgerissen. In einer anderen Geschichte machte er Gott zum Folterknecht, in einer dritten beschrieb er Höllenfantasien mit Huren und Halunken. Die Manuskripte behielt er für sich.

Das ganze Studium über quälte sich Dürrenmatt mit der Frage, ob er Maler oder Schriftsteller werden sollte. Die Entscheidung fiel in jener Kriegsnacht Anfang 1945, in der ihm wegen der Selbstgefälligkeit der Schweiz das „Kotzen" kam. Was ihn antrieb, war dieses: „Ich wollte die Bilder weghaben. Und sie gingen nicht weg. So kam ich eigentlich zum Schreiben." Dabei hielt er es wie mit der Malerei: „Schöne Bilder" herzustellen interessierte ihn nicht, ebenso wenig wollte er nun „schönes Theater" schreiben. Wenige Monate später wurde in einer Berner Tageszeitung seine erste Erzählung abgedruckt. Gleich danach schrieb er sein erstes Drama: „Es steht geschrieben", ein wüstes, apokalyptisches Stück über die Wiedertäufer in Münster.

Im Sommer 1946 verliebte er sich in die Schauspielerin Lotti Geißler und heiratete sie im Oktober. Die jungen Leute zogen nach Basel, wo Dürrenmatt seine akademische Karriere abbrach. Dort kam 1947 Sohn Peter zur Welt, 1949 und 1951 folgten die Töchter Barbara und Ruth. Endlich, am 19. April 1947, kam im Zürcher Schauspielhaus sein erstes Stück auf die Bühne – und endete mit einem Skandal: Das Publikum tobte und buhte den 26-Jährigen aus. Trotzdem bekam Dürrenmatt für „Es steht geschrieben", über dessen „Narrheit, Völlerei und Unzucht" Kritiker schimpften, auf Antrag der Schweizerischen Schiller-Stiftung einen Preis. Damit war aber noch nicht genug Geld verdient, um die Familie zu ernähren. Freunde unterstützten ihn finanziell. 1948 fanden die Dürrenmatts Unterschlupf bei Lottis Mutter am Bieler See. Der Dichter versuchte, sich mit Theaterkritiken für Zeitungen über Wasser zu halten. Schließlich bot er 1950 einem Wochenblatt an, eine Kriminalgeschichte als Fortsetzungsroman zu schreiben. „Der Richter und sein Henker" wurde zum großen Erfolg. Als Buch erreichte das Stück Millionenauflage. Es wurde als Hörspiel inszeniert und bald in mehrere Sprachen übersetzt. 1952 zog Dürrenmatt mit Frau und Kindern ins eigene Haus in Neuchâtel.

1956 wurde im Zürcher Schauspielhaus „Der Besuch der alten Dame" inszeniert. In dem Drama kehrt eine Milliardärin nach 45

Jahren in ihren Heimatort zurück. Sie will der Kleinstadt eine Milliarde Franken schenken, verlangt dafür aber den Tod ihres früheren Liebhabers, der sie in der Jugend schwanger sitzen gelassen hat. Das Stück wurde weltweit beachtet, in Wien auch als Oper aufgeführt und 1964 verfilmt. Nach dem „Besuch der alten Dame" reihte sich ein Erfolg an den nächsten, Dramen wie „Die Physiker", „Die Ehe des Herrn Mississippi" oder „Der Meteor". Dürrenmatt reiste und inszenierte an verschiedenen Bühnen. In den nächsten Jahren wurde er mit Preisen überhäuft und 1981 Ehrendoktor der Universität Neuchâtel.

So wild Dürrenmatt es in seinen Bildern, Dramen und auf der Bühne trieb, als Mensch musste er Maß halten und Disziplin üben: Er war seit 1950 schwer zuckerkrank und musste höllisch aufpassen, dass er nicht das Falsche aß oder zu viel Wein trank. Sonst lief er Gefahr, ins Koma zu fallen oder auszurasten. Letzteres passierte ihm auf einem Flug nach New York: Er randalierte und stürmte die Pilotenkanzel. Als ihm Ärzte eine Spritze geben wollten, schmetterte er sie an die Wand. Er selbst bekam davon nichts mit. Lotti erzählte es ihm später. Als 60-Jähriger hatte er bereits drei Herzinfarkte hinter sich. Dürrenmatt meinte: „Wenn ich nicht krank wäre, würde ich vielleicht gar nicht schreiben. Man braucht eine Bremse, um den Motor in Gang zu halten." 1983 erlitt der Schriftsteller den schwersten Verlust: Lotti starb.

Ein Jahr später lernte Dürrenmatt Charlotte Kerr kennen. Die Journalistin, Schauspielerin und Regisseurin drehte einen Film über ihn. Am 8. Mai 1984 fiel die letzte Klappe für die vierstündige Dokumentation mit dem Titel „Portrait eines Planeten". Dürrenmatt holte eine Flasche Bordeaux aus dem Keller und führte Charlotte Kerr am nächsten Morgen zum Standesamt. Die nächsten fünfeinhalb Jahre lebten sie als Frau und Mann. Am 14. Dezember 1990 erlitt Dürrenmatt den nächsten Herzinfarkt. Er überlebte ihn nicht.

Der Dichter als Anarchist

Friedrich Dürrenmatt sah den Menschen als ein Wesen, „das nur durch paradoxe, komödiantische Mittel dargestellt werden kann". Und er meinte, ein Schriftsteller könne seiner moralischen Aufgabe nur nachkommen, wenn er Anarchist sei. Der „Anarchist" Dürrenmatt stellte den Menschen mit einer Art Humor auf die Bühne, bei der den Zuschauern oft das Lachen im Hals stecken blieb. Mit seiner Heimat verband den Dichter eine Hassliebe: Er bezeichnete die Schweiz als ein Gefängnis, in dem jeder Gefangene sein eigener Wärter sei. Trotzdem blieb er freiwillig hinter diesen „Gittern": „Ich muss mich einrichten", sagte er – auf Reisen könne er nicht schreiben. Und er fügte augenzwinkernd hinzu, da sei er „ganz wie Immanuel Kant", der große Philosoph, der ja auch sein Leben lang in Königsberg blieb. Zwiespältige Gefühle hegte er auch zu dem neben ihm berühmtesten Schweizer Schriftsteller des 20. Jahrhunderts, gegenüber Max Frisch. Fast vierzig Jahre lang schrieben sie einander Briefe, schickten sich ihre Manuskripte, tauschten Ideen aus – und beschimpften sich. Ende der Siebzigerjahre kam es zum endgültigen Bruch. Dürrenmatt hatte Frisch in ein neues Buch einen Gruß an den „alten Kumpanen" geschrieben. Der las es, stand vom Tisch auf und ging. Wenig später kam er wütend zurück: Er sei bei seinem Anwalt gewesen. Und der habe ihm erklärt, „Kumpan" sei ein Begriff aus der Verbrechersprache. Mit diesen Worten knallte er Dürrenmatt das Buch auf den Tisch und verschwand. Einige Tage später entschuldigte er sich, doch der Riss war nicht mehr zu kitten. Dürrenmatt fragte sich „warum eigentlich?" – und beklagte daraufhin seine „vollkommene Einsamkeit".

Menschen der Geschichte

Ein Fall für Scotland Yard

Hunderte von Verbrechen hat John Grieve schon für Scotland Yard aufgeklärt. Mord, Totschlag, Schießereien und Terror-Anschläge – dem Bösen auf die Spur zu kommen war für den Kommissar aus England täglich Brot. Dieses Mal aber wurde sein kriminalistischer Spürsinn auf eine besonders harte Probe gestellt. Dies war sein mit Abstand schwierigster Fall. Es gab keine Leiche. Noch nicht einmal eine Spur davon. Alle Zeugen waren zum Schweigen verdammt. Denn sie waren schon lange tot. Und da wollte Grieve noch herausfinden, wie der junge Mann gestorben war, damals, vor 2 300 Jahren in Babylon? Hatte die Malaria den 32-Jährigen dahingerafft? Oder war es das West-Nil-Fieber? Hatte er sich vielleicht zu Tode gesoffen? Oder hatte ihn gar jemand umgebracht? War etwa Gift im Spiel? Dem gut aussehenden jungen Mann etwas in den Wein zu tun wäre ein Leichtes gewesen. Trank er doch gern, zu viel und zügellos. Aber wer hätte das tun sollen – und vor allem warum? Nun gut, der Kerl war zum Fürchten, wenn er mal wieder in eine seiner jähzornigen Wutattacken ausbrach. Andererseits konnte er eine Seele von Mensch sein, freundlich, freigebig, großzügig und charmant. Warum aber interessierte sich 2 300 Jahre später ein Kommissar von Scotland Yard für ihn? Warum verfolgten nicht nur Kriminalisten gespannt, was bei Grieves Ermittlungen herauskommen würde? Weil der Tote ein großer Feldherr, Machthaber und Mythos zugleich war. In nur wenigen Jahren hatte er ein riesiges Reich geschaffen, wie es noch nie eines gegeben hatte. Er war der mächtigste Mann der damaligen Welt. Klar, dass so jemand nicht nur Freunde hatte. Aber wäre das allein ein Grund gewesen, den blonden Helden gleich aus der Welt zu schaffen? Er selbst hielt sich für einen Gottes-Sohn.

Wer war das?

Alexander der Große –

kleiner Mann mit großer Macht

Geboren vermutlich am 20.7.356 v. Chr.
im makedonischen Pella
Gestorben am 10.6.323 v. Chr. in Babylon

War ihr Zeus oder Ammon in den Schoß gefahren? Es war die Nacht vor der Heirat von Olympias. Am nächsten Tag sollte der makedonische König Philipp II. die Prinzessin aus Epeirus, dem heutigen Albanien, zu seiner Frau machen. Da träumte die Braut, ein Blitz sei in sie gefahren. Wild züngelten Flammen aus ihrem Körper. So beschreibt der griechische Schriftsteller Plutarch fast 400 Jahre später, wie es zur Zeugung Alexanders des Großen gekommen sein soll. Der Vater Alexanders sah sich im Schlaf ein Siegel auf den Leib der jungen Frau drücken. Es trug die Züge eines Löwen. Später, als ihr Sohn schon größer war, ermahnte Olympias Alexander, nie diesen Traum zu vergessen. Seitdem glaubte das Königskind, dass es göttlicher Abstammung war. Sein Vater dagegen wurde von einem Seher vor der Machtbesessenheit seiner Frau gewarnt. Ein anderer prophezeite ihm nach dem Traum einen Sohn von Löwenmut.

Aus dem Kind, das im Jahr 356 v. Chr. in Makedoniens Hauptstadt Pella zur Welt gekommen war, wurde Alexander der Große, der erfolgreichste Feldherr und mächtigste Herrscher der damaligen Welt. In nur zwölf Jahren schob er die Grenzen seines Landes bis ins ferne Indien hinaus. In zahllosen Schlachten hatte er dem Tod ein Schnippchen geschlagen. Und starb trotzdem jung: Mit noch nicht 33 Jahren, am 10. Juni 323 v. Chr., erlag er einem unerklärlichen

Fieber, dessen Ursache zu ergründen auch Scotland-Yard-Kommissar Grieve nicht gelang. Seitdem man von ihr weiß, heißt es sogar manchmal, dass es vielleicht die Vogelgrippe war …

Göttliche Zeichen begleiteten Alexander sein Leben lang. In Gordion in der heutigen Türkei löste Alexander 334 v. Chr., nach seiner ersten gewonnenen Schlacht gegen die Perser, den „Gordischen Knoten“: Mit diesem waren Joch und Deichsel eines Wagens vermeintlich untrennbar verbunden. Es hieß, dass der, der ihn lösen könne, Asien beherrschen werde. Mit dem Schwert hieb Alexander ihn kurzerhand durch. Danach setzte er zum erfolgreichen Feldzug gegen Persien und Syrien, zum Marsch nach Ägypten und Indien an. Von Zeichen ließ er sich seitdem immer wieder Mut machen für seine Feldzüge. Und er verstand, sie stets für sich zu deuten. Vor seinem Lebensende aber jagten sie ihm Todesängste ein und schüttelten ihn in seinen letzten 28 Tagen mindestens ebenso wie das Fieber: Als Alexander 323 v. Chr. auf Babylon zuritt, fielen tote Vögel vom Himmel. Acht Jahre zuvor hatte er diese damals größte Stadt der Welt erobert. Es nutzte ihm nichts, dass er sein Lager *vor* ihren Toren aufschlug …

Noch heute nennen wir eine schier unlösbare Aufgabe einen „Gordischen Knoten“.

Waren es wirklich die Götter, die diesen körperlich kleinen, aber zähen und gut aussehenden Mann mit der bleichen Haut, dem spärlichen Bartwuchs und dem gelockten Haar zum „Großen“ werden ließen? Oder trieb ihn etwas anderes an? Vielleicht war es der starke Vater, auf den er als junger Mann sogar neidisch war. Philipp II. war ein erfolgreicher Feldherr und geschickter Diplomat. Er hatte das einst zerstrittene Königreich Makedonien zu einem der mächtigsten Staaten Griechenlands gemacht. Sein Sohn beklagte sich: „Alles wird mein Vater noch erobern. Mir wird er nichts übrig lassen, womit ich noch eine Heldentat zeigen könnte.“

Vielleicht hatte ihm die machtgierige Mutter den Ehrgeiz ins Herz gepflanzt. Olympias war eine von Eifersucht und Hass zerfres-

Es war ganz normal, dass ein König mehrere Frauen hatte. Mit Ehen wurden Bündnisse geschlossen und Politik gemacht.

sene Frau. Sie konnte zur Furie werden, wenn jemand es wagte, ihre oder ihres Kindes Ansprüche anzutasten. Dem Sohn einer Nebenbuhlerin verabreichte sie ein vergiftetes Getränk, das ihn den Verstand verlieren ließ. Eine andere Frau ihres Mannes und deren Tochter ließ sie angeblich bei lebendigem Leibe rösten. Olympias war sogar der Mord am eigenen Gatten zuzutrauen. Als Alexander 20 Jahre alt war, musste er mit ansehen, wie der Leibwächter und ehemalige Geliebte seines Vaters, Pausanias, den König im Theater der Stadt Aigai inmitten einer Festgesellschaft erstach. Erst hieß es, er habe es aus enttäuschter Liebe getan. Doch bald schon munkelten die Leute, dass Olympias die Auftraggeberin für den Mord gewesen sein könnte. Auch ihr Sohn geriet in Verdacht. Gründe hätten sie beide gehabt: Hatte Philipp II. doch mit Kleopatra eine Frau aus hohem makedonischen Adel zu seiner vermutlich achten Frau gemacht. Alle anderen Frauen, auch Olympias, entstammten fremden Völkern. Hätte Kleopatra nun Philipp einen Sohn geboren, wäre der der echte Erbprinz gewesen. Denn sie war eine echte Makedonin. Das hätte alle Hoffnung Alexanders auf den Thron zunichtegemacht, schließlich hatte auch er nur gemischtes Blut in den Adern.

Später wurden alle ägyptischen Königinnen Kleopatra genannt.

Pausanias wurde nach dem Mord sofort getötet. Olympias aber ließ ihn mit allen Ehren bestatten und Alexander wurde umgehend zum neuen König ernannt.

Gut verstanden hatten sich Vater und Sohn nur selten. Als Philipp Kleopatra heiratete, beleidigte Alexander bei dem anschließenden Fest den Onkel der Braut. Daraufhin zog Philipp das Schwert gegen den Sohn. Weil er aber betrunken war, fiel der König zu Boden. Alexander verspottete ihn vor aller Augen und Ohren: „Das ist der Mann, der von Europa nach Asien marschieren will. Und hier stolpert er schon auf dem Weg von einem Tisch zum anderen!" Daraufhin wurde er mit seiner Mutter für einige Zeit aus der Stadt verbannt. Einmal allerdings rührte der Junge den Vater zu Tränen.

Philipp hatte sich ein wunderschönes Pferd namens Bukephalos gekauft. Doch der Hengst scheute, sobald ihm jemand nahe kam. Keiner konnte ihn zügeln. Mit spitzer Zunge provozierte Alexander die umstehenden Männer und seinen Vater: „Welch schönes Tier verliert man da, nur weil keiner aus Angst und Ungeschicklichkeit damit umgehen kann!" – „Als ob du das besser könntest!", wies ihn Philipp zurecht. Mit den Widerworten „Und ob ich das kann!" ging der Sohn auf Bukephalos zu, fasste die Zügel und drehte das Tier zur Sonne. Er hatte nämlich beobachtet, dass das Pferd vor dem Schatten scheute. Dann lief Alexander beruhigend neben Bukephalos her, sprang auf, fasste die Zügel erst kurz und ließ ihm dann Lauf. Schließlich wendete er den Hengst und kehrte stolz zurück. Der Vater und dessen Gefolge jubelten ihm begeistert zu und Philipp lobte seinen Sohn: „Mein Junge, such dir ein Königreich, das zu dir passt! Makedonien ist zu klein für dich geworden." Vielleicht hatte er damit den Ehrgeiz Alexanders geweckt, ein Reich zu erobern, das größer als das seines Vaters war. Vielleicht aber hat auch Aristoteles den Anstoß gegeben: Der damals berühmteste und angesehenste Naturforscher und Philosoph Griechenlands unterrichtete Alexander drei Jahre lang. Er lehrte ihn Rhetorik und Literatur, Wetterkunde und Geografie, Technik und Militärgeschichte. Er wies Alexander aber auch in die Werke des großen Dichters Homer ein. Vor allem die Geschichten über den Kampf um Troja faszinierten den jungen Mann. Für Alexander war die Ilias ein militärisches Lehrbuch, deren Text er bei seinen späteren Feldzügen jede Nacht unter dem Kopf liegen hatte.

Alexander fühlte sich als Sohn des großen Achilles, des tapfersten Helden im Kampf um Troja.

Bei der Schlacht von Chaironeia in Boötien bewies der 18-jährige Alexander seinem Vater, dass er ein würdiger Nachfolger war: Als Anführer der berittenen Soldaten besiegte er die gefürchtete Heilige Schar. Das war die Elitetruppe der Thebaner. Nach diesem Sieg schmiedete Philipp einen Bund gegen die Perser, deren Reich sich

Mit dem Sieg von Chaironeia verhinderte Philipp, dass sich Athen und Theben auf die Seite der Perser schlugen. Später ließ er Theben zerstören.

von der Türkei bis nach Indien erstreckte. Sie unterdrückten zahlreiche griechische Städte und hatten 150 Jahre zuvor die Akropolis, den griechischen Göttertempel in Athen, zerstört. Die Rache dafür sollte die Heldentat werden, die Philipp Alexander übrig ließ: Zwei Jahre nach dem Sieg von Chaironeia war der König tot, und Alexander rüstete für den Marsch gegen die Perser.

Auch davor suchte er ein Zeichen des Himmels. In Delphi sollte die Seherin Pythia das Orakel für ihn befragen. Doch die wies ihn ab: Es sei heute kein Tag für Zeichen. Da zerrte Alexander sie mit Gewalt zu dem heiligen Ort. Hilflos stammelte die Priesterin: „Dir kann niemand widerstehen!" Listig deutete Alexander ihre Worte als günstiges Omen und zog siegessicher mit 6 000 Reitern und 43 000 Fußsoldaten los. Zwei Jahre später überschritt Alexander den Hellespont, die Dardanellen, und setzte 334 v. Chr. seinen Fuß auf Kleinasiens Boden.

Die Dardanellen sind die Meerenge, die Europa von Asien trennt.

Hier kam er endlich nach Troja, der Heldenstätte seines geistigen Vaters Achilles. Alexanders großer Siegeszug begann. Am Granikos, einem Fluss im Nordosten Trojas, schlug Alexander erstmals die Truppen von Dareios III., obwohl die Soldaten des Perserkönigs in der Übermacht waren. Der Makedonenkönig war als Erster vorausgeritten, um seinen Soldaten Mut zu machen. Damit ihn jeder sehen konnte, trug er zwei große weiße Federn an seinem Helm, obwohl er sich so auch zur Zielscheibe des Gegners machte. Alexander wurde schwer verwundet, doch sein engster Freund Kleitos rettete ihm das Leben.

Die Perser flohen. Die Gefangenen wurden von Alexander versklavt. Nach der Schlacht ging der Feldherr zu seinen eigenen Verwundeten und tröstete Mann für Mann. 300 persische Rüstungen schickte er nach Griechenland. Sie wurden als Weihegabe für die Göttin Athene zu deren Tempel nach Athen gebracht. Dann befreite Alexander die griechischen Küstenstädte. Sie mussten sich jetzt allerdings seiner Herrschaft beugen. In Gordion löste Alexander den berühmten Knoten, bevor er weiter nach Issos ritt. Dort, in der Nähe der türkisch-syrischen Grenze, wartete die nächste Schlacht mit dem Perserkönig auf ihn, die erneut Alexander gewann. Wieder floh Dareios ins Hinterland. Sogar Mutter, Frau und Töchter ließ der Herrscher im Stich. Doch Alexander tat den Frauen nichts an. Er befahl seinen Leuten, sie wie Königinnen zu behandeln. Dafür machten die Makedonen üppige Beute: Dareios hatte all seine Reichtümer in seinen Zelten zurückgelassen. Auch der Schatz der Stadt Damaskus, die Alexander anschließend unterwarf, fiel in seine Hände. Der Feldherr verteilte Unmengen an Gold an seine Soldaten und machte manchen Söldner zum reichen Mann. Er selbst fand für sich einen anderen Schatz. Bis dahin hatte der 23-jährige Makedone nur Männer als Liebhaber gehabt. Selbst die Schönheit der persischen Frauen konnte ihn nicht reizen. Über sie sagte er: „Bei ihrem Anblick tun einem nur die Augen weh!“ Bei einer jungen persischen Witwe aber schien es ihm anders zu gehen. Er heiratete die 20-jährige Barsine. Sie begleitete ihn nach Ägypten und lernte den Ehemann auf dem Weg dorthin gleich von seiner grausamsten Seite kennen: In Tyros richteten die Makedonen ein unglaubliches Massaker an. 2 000 junge Männer ließ Alexander kreuzigen, 7 000 wurden totgeschlagen und 30 000 Tyrener versklavt.

„333 – bei Issos Keilerei“: Mit diesem Reim prägt sich die Jahreszahl der historischen Niederlage der Perser leicht ein.

Die Ägypter dagegen empfingen ihn nach 200 Jahren persischer Fron mit offenen Armen. Im Land der Pyramiden wurde Alexander als erster Europäer zum Pharao ernannt. Mehr noch: Als er zum griechisch-ägyptischen Zeus-Ammon-Tempel in der Oase Siwa kam, begrüßte ihn der oberste Priester dort als Gottessohn. Da war sie, die Bestätigung dessen, was er doch schon längst über sich wusste: Er war ein Gott und sah dies auch als günstiges Omen für den endgültigen Sieg über die Perser an. Der junge Pharao bedankte sich bei den Ägyptern mit dem Bau einer prächtigen Stadt, dem berühmten Alexandria. Zwar gab er auf dem weiteren Eroberungsmarsch bis zum indischen Hindukusch weiteren 24 Städten seinen Namen. An die Schönheit des ägyptischen Alexandria aber kam keine heran. Im Oktober 331 v. Chr. schließlich kam es bei Gaugamela, nördlich des heutigen Bagdad, zur entscheidenden Schlacht gegen die Perser. Dareios hatte zwar weit über 30 000 und damit allein fünfmal so viele Reiter wie Alexander in Stellung gebracht. Doch er wurde erneut geschlagen und floh gedemütigt zum dritten Mal. Alexander nahm das prächtige Babylon und die Stadt Susa ein. Ein Jahr später unterwarf er den heiligsten Ort der Perser, Persepolis, und bestieg dort Dareios' Thron. Als er sich daraufsetzen wollte, stellte sich allerdings heraus, dass der Königssitz viel zu groß für den klein gewachsenen Alexander war: Schnell mussten seine Bediensteten ihm einen Tisch unter die Füße schieben, damit nicht des Königs Beine wie bei einem Kind frei in der Luft baumelten. Alexanders Soldaten plünderten die heilige Stadt. Im Rausch zündeten sie die uralten, kostbaren Palastanlagen an, bis alles in Schutt und Asche lag. Die so lange überfällige Rache für die zerstörte Athener Akropolis war endlich vollbracht!

Jetzt war Alexander der Herrscher über Asien – und steigerte sich zusehends in Größenwahn: Er nahm persische Sitten an und zwang sein Gefolge, die Proskynese auszuüben. Nach diesem persischen Brauch müssen sich die Untertanen vor ihrem König auf den Boden werfen. Für Alexanders Leute war das eine Demütigung: Ein Grieche beugte nur vor den Göttern die Knie! Mit Murren senkten die Makedonen vor ihrem König das Haupt. Alexanders Kalkül ging nicht auf. Er glaubte, seine Macht noch vergrößern zu können, wenn er die Sitten der beiden Völker verschmolz. Doch das Gegenteil trat ein: Selbst Freunde wendeten sich von ihm ab. Auch die immer wilder werdenden Saufgelage des Königs stießen seine Vertrauten ab, zumal er selbst immer unberechenbarer wurde. Wer ihm widersprach, wurde hingerichtet. Das kostete sogar seinen engsten Freund und Lebensretter Kleitos den Kopf. Was nutzte es da, dass Alexander, als er wieder nüchtern war, in Tränen ausbrach? Aber auch das war Alexander: Bessos, ein abtrünniger persischer Satrape, hatte den geflohenen Perserkönig Dareios gefangen genommen und umgebracht. Als Alexander davon erfuhr, zog er los, um Dareios zu rächen, und brachte Bessos bestialisch um: Er ließ ihn nackt zwischen die heruntergebundenen Äste zweier Bäume binden. Dann wurden die Seile gekappt. Bei lebendigem Leib wurde Bessos in Stücke gerissen.

Die Provinzstatthalter des Königs wurden Satrapen genannt.

Seinen Machthunger hatte Alexander noch immer nicht gestillt. Oder wollte er nur seinem einstigen Lehrer Aristoteles beweisen, dass die Welt am Hindukusch noch längst nicht zu Ende war? Der hatte ihn gelehrt, dass dahinter nichts mehr war. Der Feldherr marschierte weiter nach Osten. Den Gegenbeweis zu Aristoteles' Meinung sollte er nicht finden. Dafür aber in Baktrien, dem heutigen Afghanistan, die schönste Frau, die er je gesehen hatte. Er heiratete Roxane, die ihm bis zu seinem Lebensende die liebste von allen Frauen war.

Am indischen Kaukasus meuterten seine Soldaten. Alexander blieb nichts anderes übrig, als umzukehren. Wenn dies kein schlechtes göttliches Zeichen war! Der Rückzug über Pakistan ans Arabische Meer und durch die Gedrosische Wüste wurde zum Höllenmarsch: Wassermangel, Sandstürme und dann wieder sintflutartige Regenfälle kosteten ein Viertel seiner Leute das Leben. Zurück in Susa, ordnete Alexander eine Massenheirat an, um die Völker aus Ost und West für die Zukunft miteinander zu verbinden. Er selbst nahm sich Stateira, eine Tochter des toten Dareios, und noch eine andere Perserin zur Frau und hielt 80 seiner besten Offiziere zur Heirat an. Es folgten endlose Gelage. Und Alexander fasste in diesem Jahr, 324 v. Chr., einen neuen Plan: Wenn er schon nicht die Welt hinter dem

Hindukusch hatte erobern können, dann wollte er nach Arabien, vielleicht sogar nach Karthago in Afrika. Sogar von Italien träumte er. Es kam anders. Vergeblich warnten ihn die Seher, noch einmal nach Babylon zu ziehen. Als er auf die Stadt zuritt, fielen die Vögel vom Himmel. Es packte ihn das rätselhafte Fieber, das ihn 28 Tage lang auf sein Bett im Feldlager zwang. Am 10. Juni 323 v. Chr. war Alexander der Große tot.

Krieg und Austausch der Kulturen

Das Reich Alexanders des Großen erstreckte sich über fünf Millionen Quadratkilometer – eine Fläche, in die Deutschland 16-mal hineinpassen würde. Er hat das erste Weltreich der Geschichte gegründet. Mit ihm fing auch die Hellenisierung des östlichen Mittelmeerraumes und des Orients an: Er brachte griechische Bildung und Kultur in den Osten und Sitten und Gebräuche von dort in den Westen zurück. Allerdings kostete dies Zigtausende Menschen das Leben. Wegen der Taktik, mit der der Feldherr die überlegenen Perser besiegte, gilt er noch heute als militärisches Genie. Da Alexander keinen Nachfolger hatte, teilten die Diadochen, seine Feldherren, sein Erbe untereinander auf und bekämpften sich dann. Das riesige Alexanderreich zerfiel in wenigen Jahren.

Von Elchen, Bäumen und Germanen

Mit Staunen lasen die Römer, was einer der Ihren da aus Germanien berichtete: Es gebe dort, so schrieb er, Tiere, die keine Gelenke in den Beinen hätten. Also könnten sie sich auch nicht hinlegen. Zum Schlafen suchten sie sich einen Baum im Hercynischen Wald, um sich anzulehnen. Die Jäger in dieser Gegend zwischen dem Schwarzwald und den Karpaten würden diese Tiere deshalb mit einer List erlegen: Tagsüber suchten sie Spuren, die ihnen den Weg zu den Schlafbäumen wiesen, und sägten diese an. Lehnten sich die Tiere dann abends, müde geworden, dort an, stürzten sie mitsamt dem Baum um und lagen hilflos am Boden. Mangels Gelenken konnten sie nicht mehr aufstehen – und wurden so zur leichten Beute der Germanen. Von denen würden diese Tiere Elche genannt.

Nein, es war kein Naturforscher, der den lateinisch sprechenden Menschen im ersten Jahrhundert vor Christus solches aus dem Land jenseits der Alpen erzählte. In seinem Buch ging es eigentlich um Krieg und Eroberungen. Aber auch was er sonst dort erlebte und vorfand, beschrieb der Römer Tag für Tag ganz genau. Manches diktierte er, auf dem Pferd sitzend, seinen Adlaten. Er vergaß dabei nicht, sich selbst zu erwähnen, war er doch die Hauptfigur in diesen Berichten. Allerdings sprach er von sich stets in der dritten Person. Das Buch wird noch heute gelesen – nicht nur von Menschen, die sich für Geschichte interessieren. Wer Latein lernt, kommt in der Schule auch über 2 000 Jahre später nicht drum herum, zumindest Teile des Originaltextes zu übersetzen. In der Weltgeschichte hat dieser Mann aber noch eine ganz andere Rolle gespielt. Weil mit ihm eine Zeitenwende begann.

Wer war das?

Gaius Julius Caesar – der Eroberer Roms

Geboren am 13.7.100 v. Chr. in Rom
Ermordet am 15.3.44 v. Chr. in Rom

Eingebildeter eitler Affe! Zu Hause, in Rom, lief er herum wie ein Geck – mit seinem „so künstlich zurechtgelegten Haar", Fransen an den Ärmeln, den Gürtel „leger gebunden". So ereiferte sich einer seiner Gegenspieler, der Redner, Politiker und Schriftsteller Marcus Tullius Cicero, über Gaius Julius Caesar. Und wie affektiert dieser sich „mit nur einem Finger den Kopf kratzt". Parfümiert war Caesar obendrein – und hatte alle naslang eine neue Geliebte. Selbst vor den Frauen seiner Freunde machte Caesar nicht halt. Auch von Männerbekanntschaften wurde gemunkelt. Das war im ersten Jahrhundert vor Christus in Rom nichts Ungewöhnliches – und doch ein gefundenes Fressen für die Lästermäuler der Stadt.

Ein Talent entsprach etwa dem Wert von zwei Kilo Gold.

Caesar hielt sich wirklich für wer weiß was! Man höre sich nur dieses an: Im Jahr 75 v. Chr. war er unterwegs nach Rhodos. Auf dem Meer fiel er in die Hände kilikischer Piraten. Sie wollten 20 Talente Lösegeld für seine Freilassung haben. Und was tat der 25-Jährige? Er lachte sie aus! „Was, so wenig?", soll er gespottet haben. Gemessen an seiner Person empfand er die Summe als Beleidigung – und erhöhte auf 50 Talente. Es dauerte 38 Tage, bis seine Boten das Geld bei den Statthaltern Roms zusammengetrommelt hatten. Caesar las den Entführern derweil Geschichten vor und schwang große Reden. Manchmal beschimpfte er sie als kulturlose Barbaren. Wenn er erst wieder frei sei, so drohte er, werde er sie alle ans Kreuz schlagen lassen – damals eine gängige Art der Hinrichtung. Das Lachen über den Prahlhans sollte den Piraten bald vergehen! Denn Caesar, kaum freigelassen, verfolgte die Seeräuber mit einer Privatarmee, überwältigte sie und machte die Ankündigung wahr. Das Lösegeld steckte er in die eigene Tasche.

So war Caesar in jungen Jahren. Als er über die germanischen Elche schrieb, war aus dem einstigen Schnösel längst ein strenger Feldherr geworden, ein kantiger, hagerer Mann, der sich zum Alleinherrscher und Rom zur Weltmacht machen sollte. In Gallien kämpfte er fast zehn Jahre lang Seite an Seite mit seinen Soldaten und unterwarf ein Volk nach dem andern, einige dieser Völker überlebten das nicht. Was zu Hause vor sich ging, verlor er dabei nie aus den Augen. Das hatte seinen Grund: Mit 55 Jahren erreichte Caesar sein Ziel und wurde Roms mächtigster Mann.

Gaius Julius Caesar entstammte der uralten Adelsfamilie der Julier. Sie sahen sich als Nachfahren des trojanischen Helden Aeneas, der nach dem Glauben der Römer ein Kind der Göttin Venus war. Aeneas' Sohn Julius gilt als der Urvater Roms. Caesars Geburtsstätte hatte nichts Göttliches an sich: Sein Elternhaus, in dem er am 13. Juli im Jahr 100 v. Chr. zur Welt kam, stand in der Subura. In dem eher schäbigen Stadtteil Roms wohnten viele Arme. Ein afrikanischer Arztsklave öffnete ihm mit dem Messer den Weg ins Leben. Noch heute wird eine solche Schnittentbindung „sectio caesarea", Kaiserschnitt, genannt.

Das Wort und der Titel „Kaiser" kommen von „Caesar". Das „C" in seinem Namen spricht man wie „K".

Reich waren Caesars Eltern Gaius Caesar und Aurelia nicht. Trotzdem führte ihr Sohn ein verschwenderisches Leben. Mit üppigen Gelagen und teuren Festen fürs Volk verschuldete er sich bis über beide Ohren. Später zog Caesar die Römer durch großzügige Getreidespenden auf Kosten des Staates auf seine Seite. Mit Unterricht in Griechisch, Literatur und Rhetorik bekam er eine standesgemäße Ausbildung. Um seine Redekunst zu verbessern, reiste

Caesar zu einem angesehenen Rhetorik-Lehrer nach Rhodos. Auf dem Weg dorthin kam es zu dem Zwischenfall mit den kilikischen Piraten. Erste schriftstellerische Versuche lagen da schon hinter ihm. Berühmt wurde sein Buch über den Gallischen Krieg *(De bello Gallico)*, aus dem die Erzählung über die Schlafgewohnheiten der Elche stammt.

Mit 15 bekam der Julier sein erstes Amt – dank seiner Tante. Diese, Julia, war die Frau des berühmten Konsuls und Generals Marius. Durch ihre Beziehungen wurde der junge Mann Opferpriester für den Gott Jupiter. Die Bande zu Marius sollten für Caesar aber nicht nur von Vorteil sein. In Rom stritten zwei Parteien um die Macht im Senat: die Optimaten und die Popularen. Die Optimaten entstammten dem alten Adel und wollten, dass im Staat alles so blieb, wie es war. Die Popularen dagegen standen auf Seiten des Volkes und machten sich für Reformen stark. Der Streit eskalierte zum Bürgerkrieg. Caesars Onkel Marius war ein Popular und wurde von dem Optimaten-Diktator Sulla kaltgestellt. Sulla war gefürchtet vor allem wegen seiner Proskriptionen, so hieß die Strafe der Ächtung. Wen die traf, der galt als Staatsfeind und war „vogelfrei“: Er verlor alle Ämter, Vermögen, mancher das Leben.

Auf Geächtete wurden Kopfprämien ausgesetzt: Wer einen ergriff, konnte sich einen Batzen Geld verdienen.

Auch Caesar wurde geächtet. Als er 16 war, hatte er Cornelia, die Tochter des Popularen-Führers Cinna, geheiratet. Sulla befahl, diese Ehe wieder aufzulösen. Caesar weigerte sich und floh aus Rom. Er versteckte sich in den Pontinischen Sümpfen. Doch zwei Priesterinnen und sogar Sullas Ehefrau setzten sich mit Erfolg bei dem Diktator für Caesar ein: Sulla hob die Ächtung wieder auf. Caesar aber war der Boden in Rom zu heiß geworden. Deshalb meldete er sich als Offizier in die Provinz Asia. Dort belagerten die Römer Mytilene, das sich nicht unterwerfen wollte. Beim Sturm auf die Stadt im Jahr 81 v. Chr. schlug sich der Julier so tapfer, dass er mit der „Bürgerkrone“ seine erste hohe militärische Auszeichnung bekam.

Die Provinz Asia umfasste einen Teil der heutigen Türkei, Syriens, des Libanon und Jordanien.

Aber er brachte nicht nur Rühmliches aus Kleinasien mit nach Hause, sondern auch den Spottnamen „Königin von Bithynien". Caesar hatte Bithyniens König Nikomedes um Waffenhilfe für Rom gebeten. Bei einem Besuch fand der Herrscher an dem jungen, gut aussehenden Mann Gefallen – jenseits einer militärischen Partnerschaft …

Erst nach Sullas Tod wagte sich Caesar zurück nach Rom. Das war drei Jahre später. Er trat nun als Redner vor Gericht auf. Die Römer horchten auf, weil der junge Mann dort so überaus geschickt argumentierte, auch wenn er zwei wichtige Prozesse verlor. Als Pontifex, einer von 15 Jupiter-Priestern, konnte er über Religion und Sitten mitbestimmen. Beim Volk erregte der nun 32-Jährige Aufsehen durch eine Rede, die er bei den Trauerzügen für seine Tante Julia und seine Frau Cornelia hielt. Die beiden waren im Jahr 68 v. Chr. gestorben. Caesar lobte seinen verstorbenen Onkel Marius. Das war ein Skandal. Schließlich war es verboten, über einen Geächteten öffentlich und dann auch noch gut zu sprechen. Die Menschen lagen Caesar dafür zu Füßen, weil Marius auf ihrer Seite gewesen war.

Wer in Rom etwas werden wollte, musste eine ganz bestimmte Ämterlaufbahn hinter sich bringen. Gezielt steuerte Caesar die nun an: Als Erstes wurde er Quästor. Diese Verwaltungsbeamten wurden automatisch Mitglied im Senat, einem Gremium, das die Gesetze machte. Nur die Volksversammlung konnte Senatsbeschlüsse verhindern. Das Quästorenamt führte Caesar als Statthalter in die Provinz Hispania (das heutige Spanien), was einen weiteren Vorteil für ihn hatte: Es verschaffte ihm ein sicheres Einkommen. Allerdings reichte es nicht, seinen auf inzwischen 1 300 Talare angewachsenen Schuldenberg zu bezahlen. Wovon er eigentlich träumte, zeigte sich, als er in Gades, dem heutigen Cadiz, vor einem Standbild Alexanders des Großen stand: Caesar weinte und jammerte, Alexander habe in seinem Alter bereits die Welt unterworfen, er dagegen sei zur Untätigkeit verdammt. Er musste schleunigst zurück nach Rom!

Ein Ädil hatte die Aufsicht über den Markt, die Getreideversorgung, das Bauwesen und öffentliche Spiele wie Gladiatorenkämpfe.

Dort kletterte er weiter die Beamtenleiter hoch: Als Ädil war es seine Aufgabe, Gladiatorenspiele auszurichten. Das kam ihn zwar teuer zu stehen, weil er die Kosten dafür aus eigener Tasche bezahlen musste. Dafür lag das Volk einem Ädil zu Füßen, wenn dessen Spiele nur prächtig genug waren. Nun fehlten noch das Prätorenamt, die Aufsicht über die Gerichte, und der Posten eines Obersten Priesters, des Pontifex Maximus, den sich Caesar „kaufte". Im selben Jahr, 63 v. Chr., versuchte der damalige Konsul Cicero, den Ehrgeizling aus dem Verkehr zu ziehen: In Rom war eine Verschwörung gegen den Senat aufgeflogen, und Cicero war überzeugt, dass der Julier dahintersteckte. Beweisen konnte er es ihm aber nicht. Dafür setzte sich Cicero mit dem Todesurteil gegen die Verschwörer durch. Caesar hatte vergeblich versucht, dies zu verhindern.

Nach der Rückkehr aus Spanien hatte Caesar wieder geheiratet. Seine Frau Pompeia war zwar eine Enkelin des verhassten Sulla, doch ihre üppige Mitgift wog diesen „Schönheitsfehler" auf. Nicht aber den Fehltritt, bei dem Caesars Mutter Aurelia ihre Schwiegertochter mit einem anderen Mann ertappte. Gegenüber Pompeias Geliebtem zeigte sich der Ehemann gnädig. Vielleicht konnte man ihn ja irgendwann noch brauchen … Er trennte sich aber von seiner Frau. Als Proprätor ging er 61 v. Chr. noch einmal nach Hispania. Das warf erneut ordentliche Gewinne ab, weil er mehrere Völker unter römische Vorherrschaft zwang. Den unterworfenen Soldaten schenkte er das römische Bürgerrecht, was absolut unüblich, aber ein kluger Schachzug Caesars war: Mit solcher Großzügigkeit baute er sich Schritt für Schritt eine Privatarmee und Anhängerschaft auf.

So erfolgreich war der Julier gewesen, dass Rom ihn bei der Rückkehr mit einem Triumphzug empfangen wollte. Das war die höchste Ehre, die ein Feldherr bekommen konnte. Für Caesar gab es da aber ein Problem: Er wollte bei der nächsten Konsulwahl antreten. Zur Bewerbung musste er nun just zu dieser Zeit persönlich in Rom anwesend sein. Ein Triumphator durfte die Stadt aber nicht vor der Zeremonie betreten. Schweren Herzens verzichtete er also auf den Triumph. Dafür hatte er jetzt genügend Zeit, noch vor der Wahl die richtigen Leute hinter sich zu bringen. Er fand sie in Crassus und Pompeius. Der eine, Crassus, gehörte (wenn auch durch zweifelhafte Methoden dazu geworden) zu den reichsten Bürgern der Stadt. Der andere, Pompeius, war ein erfolgreicher General, dem der Senat schon lange zu mächtig war. Caesar, Crassus und Pompeius schlossen das berühmte Triumvirat, ihren Drei-Männer-Bund, den sie durch Heiraten noch enger knüpften: Pompeius nahm Caesars Tochter Julia, und der wiederum die Tochter eines gemeinsamen Freundes, Calpurnia, zur Frau. Caesar gewann die Wahl. Mithilfe der Volksversammlung paukte das Triumvirat Gesetze durch, die ihnen von Nutzen waren. Pompeius ließ seine Soldaten mit Grund und Boden belohnen, Caesar setzte gegen den Protest des Senats durch, dass auch jede Familie mit mehr als drei Kindern eigenes Land bekam. Das Volk applaudierte. Was kümmerte es, dass der Konsul dreist Gesetze brach und den Senat entmachtet hatte?

Beim Triumphzug wurde der Geehrte in einer mit Gold bestickten Toga und einem Lorbeerkranz auf dem Haupt durch die Stadt gefahren.

Konsuln wurden nach ihrem Amtsjahr mit einer Provinz belohnt. Caesar genehmigte sich gleich drei, und das für fünf Jahre: Er wurde Prokonsul von Gallia cisalpina, Gallia transalpina und Illyricum – also von Oberitalien, Südfrankreich und Dalmatien. Er nutzte die Zeit für einen gewaltigen Feldzug in Richtung Norden, dem als Erstes die Helveter zum Opfer fielen. Das war der Beginn von Caesars Völkermord in Gallien. Im Jahr 56 v. Chr. ließ er sich die Statthalterschaft auf zehn Jahre verlängern. Er unterwarf die Menschen zwischen dem Rhein und den Pyrenäen. Am Ende hatte er zwei Drittel Galliens unter seine Kontrolle gebracht und die Germanen am Rhein gestoppt. Dies alles tat er auf eigene Faust. Kein Feldherr

Caesars Feldzüge kosteten eine Million Menschen das Leben. Er eroberte 800 Städte und unterwarf 300 Völker.

durfte ohne Erlaubnis aus Rom Legionen aufstellen – Caesar genehmigte sich gleich zehn und war damit Herr über rund 63 000 Soldaten. Im Alleingang dehnte er das Römische Reich gewaltig nach Norden aus.

Und was tat sich derweil in Rom? Crassus und Pompeius hatten im Jahr 55 v. Chr. das Konsulat übernommen und sich anschließend mit Provinzen belohnt. Crassus kam im Kampf gegen die Parther um. Ein Jahr später, 54 v. Chr., starb Pompeius' Frau Julia. Der hatte jetzt keinen Grund mehr, auf seinen Schwiegervater Rücksicht zu nehmen. Während der in Gallien kämpfte, ließ sich Pompeius zum alleinigen Konsul ernennen. Im Senat wechselte er zu den Optimaten. Caesar befahl er, sein Heer aufzulösen und nach Rom zurückzukehren. Wegen seiner Alleingänge wartete dort ein Prozess auf den Feldherrn. Caesar kam – im Gefolge seine Soldaten, was streng verboten war. Im Januar 49 v. Chr. rückte er über den Rubikon vor. Mit den berühmten Worten „alea iacta est" – der Würfel ist gefallen – betrat er römischen Boden. Damit begann der Bürgerkrieg.

Das Flüsschen Rubikon in Norditalien war die Grenze zwischen den Provinzen und der Römischen Republik.

Pompeius floh mit etlichen Optimaten nach Griechenland. Caesar jagte hinterher. Er setzte den Gefolgsleuten seines Gegners in Hispania nach, dann in Kleinasien und schließlich in Africa. Nach dem Sieg in Spanien ließ er sich in Rom zum Alleinherrscher ausrufen. In Notlagen war dies für ein halbes Jahr erlaubt. Nach elf Tagen im Amt eilte Caesar nach Griechenland. Pompeius entkam nach Ägypten, wo er sich Hilfe vom dortigen König Ptolemäus XIII. erhoffte. Doch der ließ ihn ermorden – und präsentierte Caesar Pompeius' abgeschlagenen Kopf. Bei diesem Anblick soll Caesar in Tränen ausgebrochen sein. Den Ring des Ermordeten aber ließ er als Zeichen für den Sieg nach Rom bringen. Ohnehin schon vor Ort, wollte er im Land der Pyramiden gleich den Thronstreit zwischen Ptolemäus und dessen Schwester Kleopatra schlichten. Das nahm mehr Zeit in Anspruch als geplant: nicht nur wegen der heftigen Kämpfe, an deren Ende Kleopatra Königin wurde. Vor allem, weil dort eine der berühmtesten Liebesgeschichten der Welt begann. Kleopatra schenkte Caesar schließlich einen Sohn.

Caesar siegte und siegte: Im Jahr 46 v. Chr. gegen die Anhänger des Pompeius in Nordafrika, ein Jahr später über dessen Söhne in Hispania. Nun bekam er endlich, worauf er vor Jahren aus Machtgier verzichtet hatte: einen jetzt sogar vierfachen Triumphzug in Rom! Er wurde zum Diktator auf zehn Jahre ernannt. Ein Jahr später schlug er einen letzten Aufstand der Pompeianer nieder und rief sich zum Alleinherrscher auf Lebenszeit aus. Das war der Anfang vom Ende der Republik von Rom. Caesar hatte die Verfassung außer Kraft gesetzt. Er war jetzt alleiniger Oberbefehlshaber aller Truppen. Im zivilen Leben ließ er als oberster Sittenwächter das Privatleben der Römer ausspionieren. Er allein hatte über alles und jeden das Sagen.

Der Senat hatte jegliche Macht verloren. Eine Gruppe von Senatoren aber nahm das so nicht hin. 60 Männer der einstigen Führungsschicht schmiedeten ein Mordkomplott gegen den Diktator. An den Iden des März, so wurde die Mitte dieses Monats genannt, schlugen sie zu. In der Nacht zuvor hatte Caesars Frau Calpurnia einen schlechten Traum. Sie flehte daraufhin ihren Mann an, das Haus nicht zu verlassen. Er hörte nicht auf sie. Als Caesar in der Sänfte durch die Stadt getragen wurde, steckte ihm ein Sklave eine Botschaft zu und drängte ihn, diese sofort zu lesen. Caesar hätte es besser getan: Jemand warnte ihn darin vor einem Mordanschlag. Gegen elf Uhr betrat der Diktator den Sitzungsraum. Sofort umzingelten ihn Männer. Einer riss Caesar die Toga vom Hals, andere zückten Dolche – und stachen 23-mal zu. Blutüberströmt sank Gaius Julius Caesar zu Boden und starb. Wenige Tage zuvor hatte er philosophiert, er wünsche sich einen unerwarteten Tod. Der hatte ihn nun ereilt, am 15. März 44 v. Chr. Caesar war noch keine 56 Jahre alt.

Der Fahrplan des Tyrannen

Caesar war ein begnadeter Schriftsteller und erfolgreicher Feldherr. Als Politiker hat er vorgeführt, wie ein Machtmensch Volk und Staat zu seinen Werkzeugen machen kann. Der geschickte Redner sprach den Leuten nach dem Mund und nahm sie so für sich ein. Mit Charme und Geschick verschleierte er seine wahren Absichten. Ursprünglich bedeutete Demagogie die Kunst, jemanden mit guten Argumenten überzeugen zu können. Caesar machte daraus Volksverführung. Die einfachen Bürger Roms brachte er mit Getreidespenden und Gladiatorenspielen auf seine Seite. Noch heute sprechen wir von „panem et circenses" (Brot und Spielen), wenn Politiker mit geschickt eingesetzten Geschenken den Blick der Massen auf Unangenehmes oder Unrechtes verstellen. Und Caesar baute sich klug eine Hausmacht auf: Im Triumvirat brachte er mit dem reichen Crassus einen Mann des Geldes, mit dem Feldherrn Pompeius das Militär hinter sich. Die Barbaren waren ihm zugetan, weil er mit der Vergabe des Bürgerrechts so großzügig war. So hat er sich Schritt für Schritt den Weg frei gemacht, an dessen Ende er zum anfangs unangefochtenen Alleinherrscher Roms geworden war.

Badespaß gegen Gliederschmerzen

Wie gut, dass er das Täfelchen unter seinem Kopfkissen hatte. Wieder einmal konnte er nicht schlafen, weil ihn die Glieder so schmerzten. So übte er eben das Buchstaben-Malen. Das Schreibgerät lag stets parat. Hätte er damit doch nur halb so viel Erfolg wie mit den Eroberungen! Aber die Finger wollten und wollten dem Kopf nicht folgen. Die Pranken des Zwei-Meter-Mannes waren einfach zu grob und ungelenk, um den Griffel sauber zu führen. Sie sperrten sich gegen jeden Versuch, die zierlichen Schwünge und zarten Striche, die ihm vor Augen standen, sauber auf die Tafel zu bringen. Hiebe mit Schwert und Streitaxt gingen ihm dagegen treffsicher von der Hand. Auch ein Pferd mit leichtem Zügel oder in strengem Zug über Hunderte von Kilometern zu führen, war – verglichen mit dem Schreiben – für ihn ein Kinderspiel. Von klein auf hatte er nichts anderes getan, als Jahr für Jahr von März bis Oktober hoch zu Ross Europa in allen Himmelsrichtungen zu durchmessen. Sobald er jetzt auf den eigenen Füßen stand, plagten ihn die Schmerzen. Mit einem Fuß hinkte er sogar. Die Ärzte meinten ja, die Gicht sei schuld, dass ihm die Gelenke immer öfter die Dienste versagten. Sie hatten ihm geraten, auf Wein und Braten zu verzichten und beim Essen mageres, gesottenes Fleisch dem fetten vorzuziehen. Papperlapapp! Was hätte er denn noch vom Leben, wenn er auf die leiblichen Genüsse verzichten müsste? Schlimm genug, dass nicht mehr jede Nacht eine Frau neben ihm lag! Morgen würde er wieder in die heißen Quellen steigen. Das linderte seine Qualen. Manchmal begleiteten ihn an die hundert Leute aus seiner Gefolgschaft ins Bad und zum Schwimmen. Das aber konnte keiner so gut wie er.

Wer war das?

Karl der Große –

der Vater Europas

Geboren am 2.4.742 oder 748
vermutlich in Düren
Gestorben am 28.1.814 in Aachen

Wer war das mitten in der Nacht da unten im Hof? Rotrud? Bertha? Karl der Große konnte sich ein Schmunzeln nicht verkneifen, als er die leisen Schritte auf dem Pflaster hörte. Schlich da wieder eine seiner schmucken Töchter heimlich in ihre Kammer? Oder kam einer der Liebhaber von dort zurück? Sollten die Mädchen ruhig ihr Vergnügen haben! Hauptsache, sie kamen nicht mit Heiratswünschen an. Hergeben wollte er keine von ihnen. Nicht nur, weil er alle acht so sehr liebte. Vor allem Bertha, die am pfiffigsten war. Was erzählte sich das Gesinde? Kürzlich habe sie mitten in der Nacht den Kaplan Angilbert auf ihrem Rücken durch den Burghof zu seiner Klause getragen. Keine Fußspur des frommen Mannes im frisch gefallenen Schnee sollte am nächsten Morgen verraten, dass er mal wieder bei Bertha war … Beim Gedanken daran musste Karl der Große jetzt noch lachen. Mehr noch, wenn er sich vorstellte, der gute Alkuin hätte das gesehen. „Hütet euch vor den gekrönten Tauben, die durch den Palast flattern!", hatte sein oberster Gottesdiener am Hof die Männer vor Karls Töchtern gewarnt. Alkuin hatte ein strenges Auge darauf, dass es gottesfürchtig zuging bei seinem Herrn. Dabei musste er bei dem erst recht so manches Mal ein Auge zudrücken. Ein bisschen Spaß musste doch sein! Der liebe Gott konnte sich wahrlich nicht beklagen: Hatte doch er, Karl der Große, ihm etliche heidnische Völker als Christen zugeführt.

Selbst wenn bei seinen Töchtern die Folgen solch nächtlicher Eskapaden Monate später schreiend in Windeln lagen, focht Karl das nicht an. Das war ihm allemal lieber, als einen Schwiegersohn mit Herrschaftsansprüchen unterm Dach zu haben. Er selbst, der König der Franken und Langobarden, hatte ja neben den acht Kindern von hintereinander vier Frauen mindestens zehn Nachkommen, die nicht im Ehebett entstanden waren.

Nein, mehr Sorgen als das muntere Geflatter seiner Täubchen machte Karl dem Großen etwas anderes: Wie sollte er sein riesiges Reich nur zusammenhalten, wenn die Leute, die er unter seine Herrschaft gezwungen hatte, die Gesetze nicht lesen konnten, die für sie aufgeschrieben waren? Auch deshalb hatte Karl der Große den frommen Alkuin von der Klosterschule im angelsächsischen York an seine Residenz nach Aachen gelockt. Zusammen mit anderen Theologen sollte der Mönch dafür sorgen, dass die kaiserliche Familie und sein Gesinde endlich zu Bildung kamen. Auch das Volk sollte Lesen und Schreiben lernen, selbst wenn ihm persönlich das nicht gelang. Immerhin konnte Karl neben der westfränkischen Muttersprache Lateinisch, und Griechisch zumindest verstehen. Am Hofe wurden dank Alkuin und anderen kundigen Männern Grammatik, Rhetorik, Dialektik, Arithmetik, Geometrie, Musik und Astronomie gelehrt, die sieben Künste der Spätantike. Karl ging es dabei weniger darum, antikes Wissen ins Frankenreich zu holen, als mit der Gelehrsamkeit auch das Christentum zu verbreiten. Die Klöster wies Karl an, Schulen einzurichten. Sie sollten Freien und Unfreien gleichermaßen offenstehen.

An Bildung mangelte es nämlich – selbst bei den Priestern. Waren von ihnen einige doch sogar zu ungelehrt, um das Wort Gottes richtig unters Volk zu bringen. In Bayern, so war Karl berichtet worden, hatte kürzlich ein Priester das Gebet mit den Worten „in nomine patria et filia“ eröffnet – „das Vaterland und die Tochter im

Namen". „In nomine patris et filii" – „im Namen des Vaters und des Sohnes" – musste es doch heißen! Wenn noch nicht einmal die Priester wussten, was sie in einer Messe oder beim Gebet verlasen, machte es keinen Sinn, dies auf Lateinisch zu tun! Nein, die Menschen sollten in ihrer eigenen Sprache zu Gott beten, sein Wort verkünden und hören können. Mit dieser Anweisung setzte sich Karl der Große sogar über die Vorschrift des Papstes hinweg, Predigten nur in den heiligen Sprachen Aramäisch, Griechisch oder Lateinisch zu halten. Was kümmerte ihn der Papst! Der hatte bei ihm, dem fränkischen König, in Paderborn Zuflucht gesucht, als der Adel in Rom ihn wegen zwielichtiger Geschäfte verfolgte. Zur Belohnung setzte Leo III. Karl an Weihnachten, dem 25. Dezember 800, die Kaiserkrone aufs Haupt. Daran dachte er eher ungern zurück: Hätte er sich diese Insignie, dieses Zeichen der kaiserlichen Würde, doch gerne selbst genommen. Denn er, Karl der Große, war, wenn überhaupt, dann Imperator von *Gottes* und nicht von des *Papstes* Gnaden!

Bei der Kaiserkrönung war der Sohn Pippins des Jüngeren und dessen Frau Bertrada 52 oder 58 Jahre alt. Die Geschichtsschreiber sind sich da nicht ganz einig. Er war nun mit Gottes Segen der mächtigste Mann in dem riesigen Reich, das er in 30 Jahren erobert hatte. Es reichte vom Ebro südlich der Pyrenäen bis an die Grenzen Dänemarks, von der Atlantikküste im Westen des heutigen Frankreichs bis ans Gebiet der Böhmen und Mähren, ins Reich der Awaren in Ungarn bis südlich von Rom. Er hatte auch dem Bayern-Herzog Tassilo das Zepter abgenommen. Als größten Erfolg sah er die Christianisierung der wilden Sachsen an. Die Grenzen seines 1 200 000 Quadratkilometer großen Imperiums sicherte er mit Marken und setzte dort eigene Grafen ein. Sofern sie ihm nichts nahmen, durften die einzelnen Stämme ihre eigenen Rechte behalten.

Das Imperium Karls des Großen entsprach fast den Grenzen der heutigen Europäischen Union.

Schon als Kind war Karl gemeinsam mit seinem jüngeren Bruder Karlmann und ihrem Vater Pippin zum König der Franken gesalbt worden. Damit waren die königlichen Söhne zugleich Patricii Romanorum – Schutzherren der Römer, womit sie die weltliche Heerschar Gottes waren. Die Kirche sah ihre Macht vor allem von den Langobarden bedroht und konnte Unterstützung durch die Franken gut gebrauchen. Deren König Pippin hatte seinen Vorgänger entmachtet und ins Kloster gesteckt. Ebenso sollte Karl der Große mit Herrschern verfahren, die sich ihm und dem Christentum nicht freiwillig unterwarfen. Als „der Kurze", wie Pippin wegen seines Körperwuchses hieß, 768 starb, folgten ihm seine beiden Söhne als Regenten und teilten das Reich unter sich auf: Karlmann herrschte über das Gebiet vom Mittelmeer über Burgund bis nach Alemannien. Karls Anteil reichte von den Pyrenäen bis nach Thüringen. Nur das ewig aufständische Aquitanien sollten beide gemeinsam regieren.

Das ging nicht lange gut. Obendrein ließ Karlmann seinen großen Bruder bei einer Schlacht in Aquitanien im Stich. Ein Bruderkrieg brach nur deshalb nicht aus, weil Karlmann 771 überraschend starb – worauf Karl sich zum alleinigen König ausrufen ließ. Die Witwe Karlmanns, eine Tochter des Langobardenkönigs Desiderius, und deren Kinder schickte Karl zu ihrem Vater zurück. Die langobardische Prinzessin, die seine Mutter ihm als Gattin verschafft hatte, jagte der Sohn jetzt ebenfalls zum Teufel – angeblich, weil sie ihm immer schon zu hässlich gewesen war. Außerdem war er schon längst anderen Frauen zugetan … Himiltrud hatte ihm einen Sohn geboren, und jetzt machte er der Alemannin Hildegard schöne Augen. Sie sollte die Mutter von Rotrud und Bertha werden.

Desiderius schäumte vor Wut auf den Schwiegersohn und Zwei-Meter-Riesen aus Franken. Auch einige Ritter und Adelige murrten, dass Karl sich über den Erbanspruch von Karlmanns Söhnen

Nach dem Glauben der Sachsen stützte die Irminsul den Himmel, in dem ihre Götter (z.B. Wotan und Donar) saßen.

hinwegsetzte und das ganze große Frankenreich unter seine Fittiche nahm. Der verstand es aber, seine Vasallen mit einem Kriegszug abzulenken. Wie fast jedes Jahr legte er ihnen die Kettenhemden an: Karl zog gegen die heidnischen Sachsen nach Norden. Dort, im Sauerland, zerstörte er die riesige Festung Eresburg und legte auch gleich noch die Irminsul um. Dieser gewaltige Eichenpfahl war ein wichtiges heidnisches Heiligtum. Wenn die Irminsul fiel, so hieß es, gehe ein Reich unter. Es sollte aber noch über 30 Jahre und etliche Kriegszüge dauern, bis es Karl dem Großen tatsächlich gelang, die Sachsen endgültig unter sein Schwert und das Christenkreuz zu zwingen. Seine blutigste und grausamste Schlacht führte er dabei 782 in Verden an der Aller: Unweit von dort, an der Weser, hatten die Sachsen eins seiner Heere kurz und klein geschlagen. Karl rächte sich, indem er 4 500 seiner Gegner enthaupten ließ. Tagelang soll die Aller rot von ihrem Blut gewesen sein.

Nach der Eroberung der Eresburg eilte Karl im Winter 772/73 Richtung Süden: Der Papst hatte ihn um Hilfe gegen die Langobarden gebeten. Sie machten dem Papst Land streitig und wollten für Karlmanns Söhne die Hälfte des Frankenreiches zurückerobern. Karl sperrte Desiderius mitsamt Tochter und Enkeln ins Kloster – und setzte sich selbst die langobardische Krone aufs Haupt. Als „König der Franken und Langobarden" kehrte er in den Norden zurück.

Angeblich stieß Karl der Große bei einer Jagd in der Nähe von Aachen auf heiße Quellen. Dort ließ er seine Hauptresidenz bauen.

Überall in seinem Reich warteten Pfalzen auf ihn. So wurden die Paläste Karls des Großen genannt, dessen fränkisches Reich keine Hauptstadt besaß. Er war ja auch fast ununterbrochen unterwegs, um je nach Bedarf in Nord oder Süd, Ost oder West für Recht und Ordnung zu sorgen. Von einem regen Liebes- und Familienleben hielt ihn die ständige Reiserei nicht ab: Zu seinem Gefolge gehörte neben den Soldaten immer auch sein Hofstaat mitsamt Familie und Frauen. Erst ab etwa 795 wurde Karl der Große in Aachen sesshaft. Dort ließ er sich die größte Pfalz von allen bauen.

Königlichen Prunk und kaiserliche Pracht lehnte Karl der Große ansonsten ab. Einhard, einer seiner engsten Vertrauten und sein Biograf, lobte in der „Vita Karoli Magni" die natürliche Art seines Herrn. Stets habe sich Karl nach der Tracht der Franken gekleidet, mit Hemd und Hosen aus Leinen. Die Unterschenkel steckten in Gamaschen, im Winter wärmte ein Otter- oder Marderfell Hals und Brust. Nur zweimal habe sich Karl in Rom in eine lange Tunika geworfen: Das erste Mal, als Papst Hadrian ihn um Hilfe gegen Desiderius bat, das zweite Mal zu seiner Krönung durch Leo III. Zu Hause legte Karl sich nur an hohen Festtagen einen golddurchwirkten Umhang über die Schultern und setzte sich ein Diadem mit Edelsteinen auf den Kopf.

Zweierlei trieb Karl den Großen zu seinen Eroberungen an: Er wollte die Stämme im Osten unterwerfen und deren Menschen zum Christentum bekehren. Er selbst war tiefgläubig, den Papst sah er dabei jedoch eher als nützliches Mittel zum Zweck denn als „Stellvertreter Christi auf Erden" an. Wenn der ihn zu Hilfe rief, kam das dem Franken grad recht: So zog er 777 nach Spanien, wo der Emir Abd al Rahman die Christen im Süden der Pyrenäen bedrängte. Zwar mussten sich Karls Truppen am Ebro geschlagen geben, doch er hatte wieder einmal bewiesen, dass er der eigentliche Herrscher der Römischen Kirche war. Mit der Unterwerfung der Bayern im Jahr 788 hatte er sämtliche germanischen Stämme unter Kreuz und Krone vereint.

Wenige Tage bevor Karl der Große in Rom zum Kaiser gekrönt wurde, übergab der Patriarch von Jerusalem ihm die Schlüssel zu den heiligen Stätten – und nicht dem Papst. Der Kalif von Bagdad verneigte sich mit einem riesigen Geschenk vor ihm: Er schickte Abul Abbas nach Aachen, einen Elefanten, der zehn Jahre lang der ungewohnten Kälte im Frankenreich widerstand, bevor er starb. Karl der Große fühlte sich auch von der Ostkirche in Byzanz anerkannt.

Am 11. September 813 übergab Karl der Große seinen Kaisertitel an den einzigen noch lebenden legitimen Sohn, Ludwig den Frommen. Die Krone setzte der sich selber auf. Der Vater hatte zu verhindern gewusst, dass der Papst dies tat. Karl der Große selbst starb am 28. Januar 814 in Aachen. In der dortigen Pfalzkapelle steht noch heute sein Sarg.

Der Erfinder des „Euro"

Nur einige Jahrzehnte nach seinem Tod zerfiel das Reich Karls des Großen. Er hatte aber den Grundstein für die abendländische Kutur gelegt, indem er Bildung, Kunst und Gelehrsamkeit gefördert hat. Einige von Karls Ideen wurden erst viel später Wirklichkeit: So wollte schon er den Rhein mit der Donau verbinden. Fast 1200 Jahre später wurde der Rhein-Main-Donau-Kanal tatsächlich gebaut. Sogar einen „Euro" ließ Karl schon prägen: den karolingischen Denar, eine Silbermünze, die allerdings nicht die erwünschte Verbreitung fand. Mehr Erfolg hatte der fromme Alkuin, dem Karls flatterhafte Täubchen so viele Sorgen machten: Er entwickelte auf kaiserlichen Wunsch die karolingische Minuskel, die erste einheitliche westeuropäische Schrift. Fragmente davon sind in der Computerschrift Antiqua wiederzufinden. In Erinnerung an Karls Europa-Gedanken zeichnet die Stadt Aachen jedes Jahr eine Persönlichkeit, die sich um das Europa von heute verdient gemacht hat, mit dem Internationalen Karlspreis aus. Die Medaille ziert sein Konterfei.

Die Dame im Schach

Beim Schachspiel kann die Dame den König retten. Sie darf Schritte tun, die keiner anderen Figur auf dem Feld erlaubt sind. Der Höchste im Spiel kann sich bestenfalls plump ein Feld vorwärts, rückwärts oder zur Seite vor seinen Feinden in Sicherheit bringen. Sie dagegen prescht vor, um ihren Herrscher zu retten – manchmal in eine Richtung, mit der der Gegner gar nicht gerechnet hat. Dann muss sie nur noch das Fußvolk hinter sich bringen. So ähnlich agierte vor rund 600 Jahren ein erst 17-jähriges, tapferes Mädchen auf einem echten Schlachtfeld. Mit ihrem Mut verhalf sie dem völlig verzagten König ihres Landes zur Krone. Seine Armee hat sie mutig zu Siegen geführt, die niemand mehr für möglich gehalten hatte. Sie befreite eine ganze Stadt von deren Besatzern. Es gelang ihr zwar nicht, den feindlichen König vollends mattzusetzen. Doch sie gab ihrem eigenen das Selbstvertrauen zurück. Der hat es ihr nicht vergolten und ließ sie am Ende schmählich im Stich. Ihr Leben lang hat sie beteuert, dass Gott ihr den Auftrag gegeben habe, mit des Königs Soldaten gegen die Besatzer ins Feld zu ziehen. Dafür hat sie mit einem qualvollen Tod bezahlt. Denn so etwas zu behaupten galt als Ketzerei. Sie wurde zur Hexe erklärt und auf dem Scheiterhaufen verbrannt.

Ein Vierteljahrhundert nach ihrem Tod hat das Land, für das sie kämpfte, sie nachträglich freigesprochen. Noch heute wird sie dort als Nationalheldin verehrt. Jahrhunderte später hat ein Nachfolger des Papstes, dessen Kirche ihren Tod verschuldet hat, sich reuig vor ihr verneigt und sie heiliggesprochen. Sie wurde zum Mythos, um sie ranken sich auch viele Legenden. Eine davon ist, dass sie das Vorbild für die Figur der Dame im Schach war. Das stimmt so zwar nicht. Doch das Bild hätte gut auf sie gepasst.

Wer war das?

Jeanne d'Arc –

die Heilige aus Domrémy

Geboren am 6.1.1412 in Domrémy
Gestorben am 30.5.1431 in Rouen

Nie würden sie das erlauben, die Eltern, niemals! Weder, dass sie alleine die 600 Kilometer nach Chinon reiten würde – schließlich war Krieg –, noch, dass sie sich in Begleitung von Männern auf diese Reise begab. Sie war ja ein Mädchen. Und deshalb für jeden Mann eine Herausforderung. Aber Gott hatte ihr doch den Auftrag gegeben! Was also tun? Die 17-jährige Jeanne bat ihren Onkel, sie zu sich zu holen. Die Tante war schwanger. Da konnte die ihre Hilfe im Haushalt sicher gut brauchen … Und tatsächlich lud der Onkel Jeanne ein. Dagegen konnten die Eltern nichts sagen. Sie ahnten ja nicht, auf welchen Weg sich ihr Kind da begab. Auch den Onkel weihte Jeanne erst nachträglich darin ein, was sie wirklich plante: Sie wollte den König von Frankreich retten. Gott habe ihr dazu den Auftrag erteilt. Der Onkel versprach, ihr zu helfen. Und die Mission der Jeanne d'Arc begann.

Wenige Wochen später ritt Johanna tatsächlich, in Männerkleidern und Stiefeln, mit kurz geschorenem Haar, begleitet und beschützt von sechs Reitern, in Richtung Chinon. Dort, unweit der Residenz des noch ungekrönten Königs von Frankreich, quartierte sich das Bauernmädchen in einem Gasthof ein. Dem Regenten ohne Insignien der Macht ließ sie eine Nachricht zukommen, dass sie unbedingt im Namen Gottes mit ihm sprechen müsse: Sie solle ihn, Karl VII., zur Krönung nach Reims geleiten und außerdem Frankreich von den Engländern befreien. Viele Franzosen glaubten in der Tat, dass nur noch ein Wunder ihr Land in diesem hundertjährigen Krieg gegen die Engländer würde retten können. Doch dieses Wunder sollte durch ein einfaches Bauernmädchen geschehen, das sich selbst „La Pucelle", die Jungfrau, nannte? Das klang unglaublich. Erst zögerte Karl VII. Doch dann ließ er sich auf das Wagnis ein.

Als viertes von wahrscheinlich fünf Kindern und erste von zwei Töchtern des Bauern und Ortsvorstehers Jacques d'Arc und dessen Frau Isabelle war Jeanne d'Arc am 6. Januar 1412 im lothringischen Domrémy zur Welt gekommen. „Sie war wie die anderen", sollten die Leute aus dem Dorf später über sie sagen. Wie die anderen, das hieß: Sie war gottesfürchtig und fleißig und ging der Mutter in Haus und Garten zur Hand. Die Zeiten waren schwer: Mehrmals schon waren plündernde Soldaten durch Jeannes Heimatort gezogen. Und sie musste sich mit Eltern, Geschwistern und den anderen 250 Dorfbewohnern in Sicherheit bringen. Frieden? Das war für die Menschen ein weit entfernter Traum. Kein Wunder, dass hanebüchene Geschichten wie diese kursierten: Eine Frau habe Frankreich verraten. Deshalb werde eine Jungfrau die Franzosen befreien. Die Worte gefielen Jeanne. Vielleicht prägte sie sich diese zu gut ein …

Mit der Verräterin war Isabella von Bayern gemeint. Sie war die Witwe Karls VI., des Vaters des jungen Dauphin, des Thronerben Karl VII. Dem war die Krönung nach dem Tod des geisteskranken Vaters verwehrt geblieben. Auch weil seine Mutter im Jahr 1420 einem Vertrag zugestimmt hatte, in dem die Burgunder dem englischen König Heinrich V. die französische Krone versprachen. Mit einem Federstrich hatte Isabella den Thronanspruch ihres Sohnes verschenkt. Dessen Truppen hielten zwar noch den Süden des Landes, doch Nordwest-Frankreich und Paris waren fest in der Hand der englischen Soldaten. Karl VII. war, obwohl erst 26 Jahre alt, ein mutloser, gebrochener Mann. Da kam plötzlich dieses Bauernkind und versprach ihm, mit Gottes Hilfe sein Reich zurückzuerobern! War nicht schon jeder Funken Hoffnung eine Chance?

Jeanne war nicht ganz „wie die anderen". Denn seit ihrem dreizehnten Lebensjahr hörte sie Stimmen. Das erste Mal geschah es im Garten ihres Vaters. Die Kirchenglocken läuteten, als plötzlich jemand Unsichtbares zu ihr sprach. Gleichzeitig sah sie „eine große Helligkeit", wie sie selbst das nannte. Das ging ihr jetzt öfter so. Beim dritten Mal habe sie „die Stimme eines Engels" erkannt. So schilderte sie später, wie ihre göttliche Berufung im Jahr 1425 begann. Die Stimmen hätten sich schließlich als Erzengel Michael, die heilige Katharina und Margarete zu erkennen gegeben. Doch sollte sie Stillschweigen darüber bewahren. Erst hielten die Heiligen sie dazu an, ein gottesfürchtiges Leben zu führen. Doch dann, als Jeanne 16 Jahre alt war, hätten sie ihr folgenden Auftrag erteilt: Sie solle Karl VII. nach Reims führen, wo die Krönungskirche der französischen Regenten stand. Und sie solle Frankreich von den Besatzern befreien.

Am 25. Februar 1429 gewährte ihr Karl VII. endlich die erbetene Audienz. Um die 17-Jährige erst mal in Augenschein zu nehmen, schickte Karl einen Mann aus dem Hofstaat vor, der behauptete, der Dauphin zu sein. Doch Jeanne ließ ihn stehen und ging zielstrebig auf den echten Thronerben zu. Sie hatte ihn noch nie zuvor gesehen. Karl war erstaunt, in welch wohlgesetzten Worten dieses ungebildete Bauernmädchen zu ihm sprach. Ging das wirklich mit rechten Dingen zu oder war da der Teufel am Werk? Im 15. Jahrhundert war das eine wichtige Frage. Es war das Zeitalter der Inquisition. Da gerieten Frauen schnell in den Verdacht, eine Hexe zu sein. Drei Wochen lang ließ Karl Johanna von Theologen und kirchlichen Rechtsgelehrten vernehmen und prüfen. Selbst einer Untersuchung, ob sie den Namen „La Pucelle" – Jungfrau – zu Recht trug, musste sich das Mädchen unterziehen. Denn der Teufel hatte nicht die

Die Inquisition im Mittelalter verfolgte jeden, der im Verdacht stand, ein Ketzer (also Irrgläubiger) zu sein. Die Opfer wurden gequält und umgebracht.

Macht, eine Jungfrau in seine Fänge zu bekommen. Schließlich gab die Kirche ihren Segen zu Jeannes Mission.

Im April rüstete Karl VII. ein Heer für „La Pucelle“, wie sie inzwischen jeder nannte. Ihr selbst wurde eine Rüstung auf den Leib geschmiedet, wie die Soldaten sie trugen: an die 40 Kilogramm schwer. Selbst ein männlicher Ritter musste sich vorsehen, dass dieses Gewicht ihn nicht vom Pferderücken zog. Doch das zierliche Mädchen saß stets aufrecht im Sattel und stürmte den anderen Reitern voran. Die Kunde von der ungewöhnlichen Kämpferin in Gottes Namen ging wie ein Lauffeuer durch das Land. Als Erstes begleitete Jeanne im Mai einen Versorgungszug für die von den Engländern belagerte Stadt Orleans. Die 30 000 Bewohner dort drohten zu verhungern. Die Stadt südlich von Paris war für die Franzosen von großer strategischer Bedeutung. Eine Brücke führt dort über die Loire. Würde Orleans fallen, wäre den Franzosen der Weg in den Süden verstellt.

Das mutige Mädchen hatte den Engländern zuvor noch einen Brief geschrieben, in dem sie sie aufforderte: „Geht zurück in euer Land. Ich bin hierher von Gott, dem König des Himmels, gesandt, um euch Mann für Mann aus ganz Frankreich zu schlagen.“ Durch eine Lücke im Süden gelangte ihr Trupp tatsächlich in die Stadt – ein Fahnenjunker trug das eigens genähte weiße Banner der Jungfrau voran. Jubelnd fiel die Bevölkerung dem Mädchen in der Rüstung zu Füßen. Doch noch war keine Schlacht geschlagen, die Stadt nicht befreit.

Am 7. Mai ließ die Jungfrau die Fanfaren zum Angriff auf die Festung der Engländer vor den Stadtmauern blasen: So aussichtslos das Vorhaben erschien – die Jungfrau hatte das französische Heer in ihren Bann gezogen. Jeanne packte mit an, als die Männer eine Sturmleiter an die Mauern der feindlichen Festung legten. Da sauste ein Pfeil durch eine offene Stelle der Rüstung in ihren Hals. Jeanne schrie auf, wurde zur Seite getragen und ließ sich den Pfeil aus der Wunde ziehen. Wenig später sah man wieder ihr weißes Banner – und wieder feuerte ihr Mut die Leute Karls VII. zu einem neuen Angriff an. Schließlich gaben die Engländer die Festung auf. Nach nur einem Tag, am 8. Mai 1429, war Orleans frei – am darauffolgenden hatten die Engländer auch ihre anderen Stellungen in der Nähe verlassen. Diesen Sieg hatte nicht strategisches Geschick den Franzosen gebracht, sondern der eiserne Wille eines 17-jährigen Mädchens, das von unerschütterlichem Sendungsbewusstsein getrieben war.

Am 17. Juli 1429 sank Jeanne, ihr weißes Banner neben sich aufgebaut, schluchzend vor ihrem König in die Knie, um ehrfürchtig seine Beine zu umfassen: Der Erzbischof von Reims hatte Karl VII. soeben in der Kathedrale die Krone aufs Haupt gesetzt. Johanna hatte den einen Teil ihres Auftrags erfüllt – und Frankreich den rechtmäßigen König zurückgegeben. Nun musste sie das Land noch befreien. Sie bedrängte den König, sie nach Paris ziehen zu lassen. Doch Karl VII. zögerte – er wollte jetzt lieber mit den Burgundern verhandeln, statt die Engländer mit Waffengewalt aus dem Land zu vertreiben. Schließlich – im September des gleichen Jahres – ließ er „La Pucelle" doch gegen die besetzte Metropole ziehen. Doch diesmal scheiterte Jeanne. Am Bein schwer verwundet, wurde sie vom Schlachtfeld getragen. Schließlich gaben die Franzosen auf. Im Jahr darauf durfte Johanna im nordfranzösischen Compiègne noch einmal eine Schlacht für den König schlagen. Doch dabei zog sie ein Burgunde vom Pferd, „La Pucelle" wurde gefangen genommen. Zweimal versuchte sie zu fliehen, einmal, indem sie sich von einem 20 Meter hohen Burgturm stürzte. Wie durch ein Wunder schlug sie unten unverletzt auf, wurde aber wieder festgenommen.

Karl VII. machte keinen Finger für seine göttliche Kriegerin krumm. Keinen Franc ließ er springen. Das taten stattdessen die Engländer: Für 10 000 Franc kauften sie die Jungfrau den Burgunden ab und brachten sie nach Rouen. Dort sollte ihr der Bischof von Beauvais, Pierre Cauchon, wegen Ketzerei den Prozess machen. Statt – wie bei Kirchenverfahren sonst üblich – in einem Kloster, wurde Jeanne in den Kerker im Stadtschloss gesperrt, statt von Frauen von männlichen Wärtern bewacht.

20 Wochen lang wurde sie jetzt von Universitätsprofessoren, Domherren und Geistlichen verhört. 60 Beisitzer sollten sie allein durch ihre Anwesenheit einschüchtern – was ihnen aber mitnichten gelang. Ganz im Gegenteil: Dieses einfache Bauernmädchen konterte selbst die geschicktesten Fangfragen mit so großer Klug- und Gelassenheit, dass sich mancher Zuhörer klammheimlicher Bewunderung nicht erwehren konnte. Gefragt, ob sie gewiss sei, sich im Stande der Gnade zu befinden, antwortete sie: „Wenn ich es nicht bin, möge mich Gott dahin bringen, wenn ich es bin, möge mich Gott darin erhalten." Das war mehr als klug von ihr gesagt: Hätte sie zugegeben, im Stand der Gnade zu sein, wäre dies Ketzerei gewesen. Hätte sie die Frage verneint, wäre dies einem Schuldeingeständnis gleichgekommen.

Ihre Ankläger durchforsteten Johannas ganzes Leben, von der frühen Kindheit bis zur Gegenwart, um Anzeichen von Hexerei, Beweise für Gotteslästerung oder Volksverführung zu finden. Wegen der Stimmen, die sie hörte, warf man ihr vor, Dämonen anzubeten. Als „La Pucelle" ankündigte, sie werde sich nur einem Urteil Gottes beugen, war es um sie geschehen: Damit hatte sie die Autorität der Kirche infrage gestellt. Diese Aussage musste die nunmehr 19-Jährige direkt auf den Scheiterhaufen führen. In Todesangst schwor Johanna schließlich ab. Stattdessen wurde sie nun wegen Ketzerei zu lebenslanger Haft verurteilt.

Zwar wurde Jeanne im Kerker nicht angerührt, doch zur Sicherheit legte sie niemals die Männerkleider ab.

Doch wieder sperrte man die Jungfrau in einen weltlichen Kerker. Um dort einer Vergewaltigung zu entgehen, zog Jeanne, die in Ketten vor ihren Wärtern liegen musste, erneut Männerkleider an.

Denkbar ist aber auch, dass man ihr die Röcke weggenommen hatte. Als Cauchon erfuhr, dass Jeanne erneut keine Frauenkleider trug, wurde wegen Rückfalls in Ketzerei das Urteil neu gesprochen: Jeanne d'Arc sollte brennen! Am 30. Mai 1431 wurde die „Jungfrau von Orleans", als die sie in die Geschichte einging, barfuß, in ein grobes Nesselhemd gekleidet, auf einem Karren zum Marktplatz von Rouen gebracht. Tausende Schaulustige warteten dort schon auf sie. Jeanne d'Arc wurde auf den Scheiterhaufen geführt, das Feuer entzündet. Einige Zuschauer hielten sich die Ohren zu. Sie wollten die gellenden Schmerzensschreie des Mädchens, die das Stimmengewirr der vielen Menschen nicht überdecken konnte, nicht hören. Augenzeugen sagten danach, sie hätten die Seele Johannas zum Himmel fahren sehen. Ihre Asche wurde in die Seine gestreut.

Denkmal am Scheiterhaufen

Der Prozess gegen Jeanne d'Arc wurde 24 Jahre nach ihrem Tod noch einmal aufgerollt – und sie wurde posthum freigesprochen. Am 7. Juli 1456 wurde sie offiziell rehabilitiert. Die Kirche hielt sich noch jahrhundertelang bedeckt. Erst 1909 wurde Johanna von Orleans von Papst Pius X. seliggesprochen, am 16. Mai 1920 schließlich von Benedikt XV. zur Heiligen erklärt. Gegen ihre Richter aber ging niemand vor. An der Stelle, wo auf dem Marktplatz von Rouen ihr Scheiterhaufen brannte, steht heute ein Denkmal, das an das kleine Bauernmädchen aus Domrémy und die meistverehrte Frau der Franzosen erinnert.

Geistesblitz und Donnerschlag

Reich hätte er werden können. So gut hatte sein Vater alles eingefädelt. Das Studium der sieben freien Künste – Grammatik, Rhetorik, Logik, Arithmetik, Geometrie, Musik und Astronomie – lag schon hinter ihm. Mit dem Titel Magister Artium war der Weg für ein Hauptstudium frei. Der Vater wollte, dass er nun Jurisprudenz – Rechtswissenschaften – erlernte. Denn einem Rechtsgelehrten winkte eine sichere Beamtenlaufbahn. Das Geld fürs Studieren war da: Der alte Herr – einer Bauernfamilie entstammend – hatte es als Bergmann zu einigem Wohlstand gebracht. Er hatte eisern gespart und sich in eine Kupfererzmine einkaufen können. Um das tägliche Brot für die elfköpfige Familie brauchte er sich keine Sorgen mehr zu machen.

Doch es sollte ganz anders kommen: Nach nur zwei Monaten schmiss der junge Mann sein Jura-Studium hin. Nicht weil es ihm zu trocken oder er selbst zu faul zum Büffeln war. Nein, ein Gewitter warf den Studiosus völlig aus der Bahn. Es war abends an einem 2. Juli, als der junge Mann nach einem Besuch zu Hause zu Fuß auf dem Rückweg in die Universitätsstadt war. Wenige Stunden vor dem Ziel begann ein Gewitter zu toben. Als dicht neben dem 21-Jährigen ein Blitz in den Boden fuhr, packte den Burschen Todesangst. Er schrie zum Himmel um Hilfe – und legte ein folgenschweres Gelübde ab. 15 Jahre danach gestand er, es habe ihn später gereut. Doch versprochen war versprochen! Und so begab er sich schon zwei Wochen später hinter Klostermauern. Dort allerdings plagten den jungen Mann noch viel schlimmere Ängste. Bis ihn eine Erkenntnis wie ein Blitz durchzuckte, die für die Welt weit gewaltigere Folgen haben sollte als der grelle Vorbote eines kräftigen Donnerschlags.

Wer war das?

Martin Luther –
der Reformator der Kirche

Geboren am 10.11.1483 in Eisleben
Gestorben am 18.2.1546 ebenda

Mit einer Bulle, einem besonderen Siegel, wurden Erlasse, Ge- oder Verbote des Papstes versehen, denen unbedingt Folge zu leisten war.

Gut möglich, dass sich einigen der Studenten beim Blick ins Feuer vor dem Wittenberger Elstertor an diesem 10. Dezember 1520 die Haare aufgestellt haben. Sollte nicht der, der da soeben die Flammen mit Gedrucktem fütterte, selbst auf dem Scheiterhaufen brennen? Gut möglich, dass auch Martin Luther solches dachte, als er die päpstliche Bulle und Bücher, in denen das Kirchenrecht niedergeschrieben war, ins Feuer warf. Wenn, dann dürfte dies seine Wut nur noch mehr angefacht haben. Der Papst in Rom, seine verlogenen Gefolgsleute, die die einfachen Menschen in Angst und Schrecken hielten und ihnen mit hanebüchenen Versprechen das Geld aus der Tasche zogen, die maßten sich an, mit einer Verfügung über ihn zu richten?! Der Teufel sollte sie holen! Nein, vor denen ging er gewiss nicht in die Knie. Dass er damit den endgültigen Rausschmiss aus der römischen Kirche und die Verurteilung als Ketzer heraufbeschwor, war dem 37-jährigen Pfarrer inzwischen auch egal. Keinen Fingerbreit würde er von seiner Überzeugung abweichen, dass das christliche Evangelium die einzig gültige Richtschnur war, um Gottes Gnade zu erlangen – und nicht die Anweisungen aus Rom. Auch an seinen anderen 94 Thesen, mit denen er die kirchliche Obrigkeit so gegen sich aufgebracht hatte, würde er festhalten. Darunter auch diese: „Die werden samt ihren Meistern zum Teufel fahren, die vermeinen, durch Ablassbriefe ihrer Seligkeit gewiss zu sein." Als ob das Seelenheil käuflich wäre!

Tatsächlich dauerte es keine vier Wochen nach der Bücherverbrennung, und Martin Luther wurde von Papst Leo X. aus der römischen Kirche ausgeschlossen. Viereinhalb Monate später, am 26. Mai 1521, belegte ihn Kaiser Karl V. durch das Wormser Edikt mit der Reichsacht. Damit war Martin Luther vogelfrei. Das hieß: Er hatte jeden Rechtsschutz verloren. Jeder im Reich war aufgefordert, ihn zu jagen und der Obrigkeit auszuliefern. Wäre dies geschehen, hätte er wirklich auf dem Scheiterhaufen der Inquisition gebrannt.

Martin Luther war in tiefem Glauben an Gott aufgewachsen. Als eins von neun Kindern des Ehepaares Hans und Margarete Luder war er am 10. November 1483 in Eisleben in Thüringen zur Welt gekommen. Luther nannte sich Martin erst später – möglicherweise nach dem griechischen Wort „eleutheros", der Befreite. Die Familie war fromm, auch wenn dem Vater die Pfaffen zuwider waren. Die Mutter erzog die Kinder in strenger Gottesfurcht. Ein Jahr nach Martins Geburt war die Familie nach Mansfeld umgezogen. Der Junge besuchte erst die dortige Schule, dann wechselte er an die Domschule nach Magdeburg und fand schließlich Unterkunft bei einer wohlhabenden Patrizierfamilie in Eisenach. An der dortigen Lehranstalt sollte er seine Lateinkenntnisse vervollständigen. Im Frühjahr 1501 schließlich schrieb er sich an der Landesuniversität von Erfurt für das Studium der sieben Künste ein, um nach dem Magister mit Jura fortzufahren. Nach einem Besuch zu Hause bei den Eltern kam es im Juli 1505 zu jener Gewitternacht, in der Martin in Todesangst zum Himmel flehte: „Hilf du, heilige Anna, ich will ein Mönch werden!"

War es wirklich das Gewitter, das den Studenten so in Furcht und Schrecken versetzt hatte? Oder brach sich da in dem jungen Mann etwas ganz anderes Bahn? Zwei Jahre zuvor hatte er sich am eigenen Degen so schwer verletzt, dass er fast verblutet wäre. Erst vor wenigen Wochen waren zwei Mitstudenten und zwei Professoren – möglicherweise an der Pest – gestorben. Zwei Wochen nach der Gewitternacht trat Luther in den Orden der Augustinereremiten, einer besonders strengen Bruderschaft im Erfurter Kloster, ein. Später erzählte er, angesichts des Blitzes habe ihn entsetzliche Furcht davor gepackt, unvorbereitet vor den Herrgott treten zu müssen.

Diese Angst vor dem Jüngsten Gericht und der Strafe Gottes für ein sündhaftes Leben konnte ihm auch das Klosterleben nicht nehmen. Schließlich lehrte die Kirche, dass selbst wer frei von Sünde war, nach dem Tod erst im Fegefeuer seine Seele läutern müsse, um Gottes Gerechtigkeit erlangen zu können. Wie aber, so quälte sich Luther, könne er als kleiner Mensch denn überhaupt ein gottgefälliges Leben führen? So verzweifelt war er ob dieser Frage, dass ihn sein Beichtvater Johann von Staupitz ermahnte: „Musst nicht mit solchem Humpelwerk und Puppensünden umgehen und aus einem jeglichen Bombart (lauten Pups) eine Sünde machen!“ Echte Sünden, die der Vergebung Christi bedürften, seien es, seine Eltern zu ermorden, Gott zu lästern, zu verachten oder die Ehe zu brechen.

Staupitz erkannte aber auch, dass dieser Mönch hochbegabt war. Schon nach zwei Klosterjahren wurde er zum Priester geweiht und danach zum Theologiestudium nach Wittenberg entsandt. 1512 erwarb Luther den Doktortitel der Theologie und durfte selbst Vorlesungen halten. Zuvor war er im Auftrag des Klosters nach Rom gereist. Dort hatte er das übliche Bußprogramm absolviert: Er hatte sich in die lange Schlange der Gläubigen eingereiht, die vor Gottesfurcht zitternd auf den Knien die heilige Treppe zum Lateran, dem päpstlichen Palast, hochkrochen. Er hatte um Vergebung seiner und seiner Mitbrüder Sünden gebetet. Und er hatte einen Ablassbrief gekauft, damit seine verstorbenen Großeltern schneller aus dem Fegefeuer kämen.

Mit diesen Ablassbriefen machte die Kirche gute Geschäfte. Papst Leo X. brauchte viel Geld – er wollte sich eine prächtige Kirche, den Petersdom, bauen. Landauf, landab knöpften Bußprediger und Bettelmönche mit Ablassscheinen den Menschen Geld fürs Jenseits ab, obwohl die im Diesseits häufig kaum genug zum Beißen hatten. Viele kirchliche Würdenträger dagegen lebten in Saus und Braus und genossen die weltlichen Freuden. Auch diese Seite der heiligen Stadt bekam Luther zu sehen.

Aus seiner inneren Not, wie der Mensch sich Gottes Gnade verdienen könne, hatte er keinen Ausweg gefunden. Bis ihm in seiner Wittenberger Klause endlich ein erlösendes Licht aufging. Dazu verhalf ihm ein Satz im Römerbrief des Apostels Paulus: „Die Gerechtigkeit Gottes wird in ihm (dem Evangelium) offenbart." So war das also! Die Gnade Gottes war ein Geschenk an die Menschen und nichts, was sie sich durch gute Taten verdienen konnten. Das Einzige, was Gott verlangte, war, dass der Mensch an ihn und seine Gnade glaubte. Mit dem Turmerlebnis, das er irgendwann zwischen 1515 und 1517 hatte (das genaue Datum ist nicht bekannt), setzte Luther die Reformation in Gang. Denn das war es, was er nun wollte: die Kirche reformieren – sie zurückführen zur Botschaft des Evangeliums, weg von der Irrlehre, dass Seelenheil käuflich sei.

Die erlösende Erkenntnis kam Luther in einem Turm des Wittenberger Klosters. Deshalb heißt das Ereignis „Turmerlebnis".

Genau dies, nämlich dass jeder Gläubige sich sogar von der Strafe für richtig große Sünden mit einem Ablass freikaufen könnte, pries in den Tagen von Luthers Turmerlebnis ein Bußprediger den Menschen ganz besonders eifrig an. Mit dem Spruch „Sobald die Münz' im Kasten klingt, die Seele aus dem Feuer springt" zog Johannes Tetzel durch die Lande und trieb so Geld für Albrecht von Brandenburg ein. Der hatte sich hoch verschuldet, um sich die Erzbischofswürde von Mainz zu kaufen. Luther erboste dies so, dass er 95 Thesen gegen diesen verlogenen Ablass-Schacher verfasste. Am 31. Oktober 1517 wurden sie in Wittenberg an die Tür der Schloss-

Der 31. Oktober wird noch heute als Reformationstag gefeiert, weil mit dem Thesenanschlag die Reformation begann.

kirche geschlagen – so wird es in einigen Quellen dargestellt. In einer These rechnete er mit Tetzel direkt ab. In ihr heißt es: „Die Meinung, dass der päpstliche Ablass stark genug sei, einen Menschen von der Sünde zu erlösen, falls er sogar, wenn's möglich wäre, die Mutter Gottes geschändet hätte, ist heller Wahnsinn." Genau dies hatte Tetzel verkündet.

Bei seinen Kollegen in Wittenberg fand Luther Beifall. Sie ließen seine Thesen, mit denen er eigentlich nur einen kirchlichen Disput in Gang setzen wollte, drucken und verteilen. Die Stadt wurde daraufhin von Studenten schier überrannt. Alle wollten Luthers Vorlesungen und Predigten hören. Für die Kirche dagegen war der Anschlag der Thesen ein Anschlag auf Rom. Der Erzbischof von Mainz schwärzte den Wittenberger beim Papst als Ketzer an – und der forderte ihn zum Verhör nach Rom. Luther weigerte sich zu kommen – unterstützt von Sachsens Kurfürst Friedrich dem Weisen. Der schlug vor, Luther beim Reichstag in Augsburg zu vernehmen, wo ohnehin ein päpstlicher Gesandter zugegen war. Luther schlotterten die Knie, als er sich dort zwei Tage lang den Fragen stellte. Keiner konnte ihm Paroli bieten. Trotzdem wurde er als Ketzer schuldig gesprochen. Da aber hatte er sich bereits heimlich davongemacht. Sein Kurfürst dachte nicht daran, den Kirchenrebellen auszuliefern.

Luther dagegen legte noch nach: Er stellte die Obrigkeit des Papstes infrage – und zweifelte bis auf die Taufe und das Abendmahl die anderen fünf Sakramente (Beichte, Firmung, Ehe, Priesterweihe und Krankensalbung) als von Jesus Christus eingesetzte Handlungen an. Damit widersprach er den kirchlichen Dogmen, den als unumstößlich geltenden Glaubensgrundsätzen. Nun, im Juni 1520, drohte der Papst ihm mit der Bulle, der Verfügung „Exsurge Domine" – „Erhebe Dich, Herr" –, den Kirchenbann und die Verbrennung all seiner Schriften an, wenn er nicht binnen 60 Tagen widerrufe. Luther warf stattdessen in Wittenberg die päpstliche Bulle und die Kirchenrechtsbücher in die Flammen – und predigte weiter. Am 3. Januar 1521 schloss der Papst ihn aus der Kirche aus. Hätte er ihn zu fassen bekommen, hätte er Luther töten lassen. Und wieder weigerte sich Friedrich der Weise, sein störrisches Landeskind auszuliefern.

Nun forderte Kaiser Karl V. Luther auf, beim Reichstag in Worms Rede und Antwort zu stehen. Kurfürst Friedrich sicherte das Kommen des unbequemen Theologen zu, wenn der Kaiser versprach, dass dieser – egal wie die Vernehmung ausgehen sollte – freies Geleit bekam. Am 17. und 18. April 1521 wurde Luther dort vernommen. Einen Widerruf lehnte er wiederum ab. Stattdessen soll er am Ende die berühmten Worte gesprochen haben: „Hier stehe ich und kann nicht anders. Gott helfe mir. Amen." Der Kaiser sprach die Reichsacht über ihn aus. Kurfürst Friedrich hatte dies geahnt – und längst die Entführung des Kirchenrebellen geplant. Auf der Rückreise nach Wittenberg wurde Luthers Kutsche „überfallen" – und der „Gefangene" als „Junker Jörg" auf der Wartburg in Eisenach vor den kaiserlichen Häschern versteckt.

Mit seiner Bibelübersetzung legte Luther den Grundstein für eine einheitliche deutsche Schriftsprache. Bis dahin schrieb man Lateinisch.

Zehn Monate lebte der „Junker" dort. Und nahm ein Werk in Angriff, das weit über Kirchenfragen hinaus gewaltige Auswirkungen auf die deutsche Kultur haben sollte: Er übersetzte das Neue Testament der christlichen Bibel ins Deutsche – und zwar in ein Deutsch, das jeder verstand. Er selbst sagte dazu, man müsse beim Übersetzen der Mutter im Hause, den Kindern auf der Gasse und dem gemeinen Mann auf dem Markt „auf das Maul sehen". Bis dahin gab es die Bibel nur in den drei heiligen Sprachen Hebräisch, Lateinisch und Griechisch. Die einfachen Leute konnten sie deshalb nicht lesen. Das änderte sich nun – und nahm den Kirchenoberen ein Stück Macht. Nun hatten sie nicht mehr die Deutungshoheit über die Bibel. Die Leute konnten sich selbst ihre Gedanken darüber machen. Schon vorher hatte Luther – anders als die Priester sonst – die Gläubigen in seine Gottesdienste mit einbezogen. Auch eine ganze Reihe deutscher Kirchenlieder hatte er bereits verfasst. Für die Übersetzung des Alten Testaments, das er 1534 fertigstellte, sollte er zwölf Jahre brauchen.

Trotz des Reichsbanns wurden Luthers Texte in Deutschland weiter verbreitet. Etliche Fürsten fanden in ihnen auch ein Stück „evangelische Freiheit" gegenüber dem Kaiser. Was Luther nicht ahnte und wollte: dass einige von ihnen und vor allem die Bauern diese Glaubensfreiheit zum Anlass nahmen, auch gegen die weltliche Obrigkeit anzurennen. Als es in Wittenberg zu Tumulten kam, verließ „Junker Jörg" gegen den Rat des Fürsten die Wartburg, legte die Mönchskutte wieder an und eilte dorthin. Nach seinem Verständnis gab es – wie im Römerbrief des Paulus – „keine Obrigkeit außer von Gott". Der weltlichen hatte ein Christ unbedingten Gehorsam zu leisten, es sei denn, sie stifte ihn zu Gesetzesverstößen an, predigte er. Zu spät! Kirchen, Klöster und Burgen wurden gestürmt, geplündert und brannten, im ganzen Land wütete ein Bauernkrieg, der am Ende, 1525, 100 000 Menschen das Leben gekostet hatte. Luther schalt zwar die Fürsten wegen ihrer Schinderherrschaft, sprach den Bauern aber das Recht ab, sich in ihrem Widerstand auf das Evangelium zu berufen. Schließlich forderte er die Fürsten zum Kampf „wider die räuberischen und mörderischen Rotten der Bauern" auf. Sie sollten die Aufständischen „würgen und stechen", totschlagen wie „einen tollen Hund". Der Bauernkrieg wurde niedergeschlagen.

Luther setzte sich indessen weiter von den Kirchengesetzen ab: Am 13. Juni führte er die 26-jährige Katharina von Bora zum Traualtar. Die war, gemeinsam mit elf anderen Nonnen, aus ihrem Orden und dem Kloster in Nimbschen bei Grimma geflüchtet. Damit verstieß Luther gegen den Zölibat, die Pflicht zur Ehelosigkeit für

Priester, und schaffte ihn auch gleich ab. Allerdings betonte der 41-Jährige: „Ich empfinde nicht fleischliche Lust noch Hitze, sondern ich verehre meine Frau." Das Ehepaar bekam drei Töchter und drei Söhne. Die Familie wohnte im verlassenen Wittenberger Kloster. Kurfürst Johann, der Nachfolger des inzwischen gestorbenen Friedrich des Weisen, hatte es Luther zur Verfügung gestellt.

Einige Landesfürsten hatten sich mittlerweile Luther angeschlossen und vom Papst losgesagt, womit die Geschichte der evangelischen Landeskirchen begann. Doch Papst und Kaiser gaben noch längst nicht nach. 1529 versuchte der Reichstag in Speyer erneut, das Wormser Edikt der Acht durchzusetzen. Daraufhin verließen Luthers Anhänger unter Protest die Versammlung. 1530 legte Luthers Freund Philipp Melanchthon beim Augsburger Reichstag mit dem „Augsburger Bekenntnis" die Leitlinien des evangelischen Glaubens vor. Der Reformator selbst saß derweil auf der Coburger Veste. Wegen des Reichsbanns, der nach wie vor galt, konnte er sich in Augsburg nicht blicken lassen. Kaiser und Rom lehnten die Anerkennung dieser Leitlinien natürlich ab. Wie weiterhin mit den Abweichlern zu verfahren sei, sollte das nächste Konzil entscheiden. Die evangelischen Fürsten und Städte schlossen sich derweil in Schmalkalden zu einem Bund zusammen. Luther musste dieses Treffen wegen großer Schmerzen, die ihm Nierensteine bereiteten, vorzeitig verlassen. In den nächsten Jahren veröffentlichte er immer neue Anklagen gegen die „Feinde Christi", zu denen er nun offen das „Papsttum zu Rom, vom Teufel gestiftet", aber auch die „Juden und ihre Lügen" zählte. Er rief sogar dazu auf, den Juden das Bleiberecht in Deutschland zu versagen – weil sie Christus nicht anerkannten. 1544 weihte er in Torgau den ersten evangelischen Kirchenbau ein. Er selbst war inzwischen ein schwer kranker Mann. Im Februar 1546 riefen ihn die Grafen von Mansfeld nochmals an seinen Geburtsort Eisleben. Dort sollte er einen Streit unter ihnen

Wegen des Fürstenprotestes beim Reichstag in Speyer heißen die evangelischen Gläubigen Protestanten.

Die Hasstiraden gegen die Juden sind das düstere Kapitel in Luthers Schriften. Die evangelische Kirche distanzierte sich später davon.

schlichten. Seiner Frau Katharina schrieb er: „Wenn ich wieder nach Wittenberg komm, so will ich mich alsdann in den Sarg legen und den Maden einen feisten Doktor zu fressen geben.“ Katharina bekam ihren Mann bereits in der Totenkiste zurück: Er war am 18. Februar 1546 in Eisleben gestorben. Vier Tage später wurde er in Wittenberg zu Grabe getragen.

Krieg im Namen des Herrn

Den Krieg um seine Religion hat Luther nicht mehr miterlebt: Der brach ein halbes Jahr nach seinem Tod aus, als Kaiser Karl V. gegen Luthers Glaubensanhänger im „Schmalkaldischen Krieg“ ins Feld zog. 1547 eroberten die kaiserlichen Truppen den Geburtsort der Reformation, Wittenberg. Erst acht Jahre später und 34 Jahre nach dem Wormser Edikt wurde mit dem „Augsburger Religionsfrieden“ den Lutheranern Gewissensfreiheit gewährt – allerdings zugunsten der Fürsten: Nun galt „cuius regio – eius religio“ (wessen Land, dessen Religion). Die Landesfürsten bestimmten, welchem Glauben ihre Landeskinder angehören mussten. Die Kirche war von da an gespalten. Doch auch dieser Frieden währte nur ein halbes Jahrhundert – dann schlugen die Mächtigen beider Konfessionen auch im Namen des Herrn im Dreißigjährigen Krieg mit Waffen aufeinander ein.

Ein Gesicht in den Händen der Welt

Hunderttausende nahmen sie in die Hand. Die meisten Menschen wussten vermutlich noch nicht einmal, wer sie da von der weltweit meistverbreiteten Münze ansah. Fast zwei Jahrhunderte wurden mit der Münze, die ihr Antlitz zeigt, nicht nur in Europa, sondern auch in Afrika, im Orient und sogar in Indien Geschäfte gemacht. In einigen Ländern wurde noch vor rund 50 Jahren damit bezahlt. In vielen Schmuckschatullen liegt die Münze, häufig in Gold oder Silber gefasst. Viele Frauen haben sie auf ihrer Brust getragen. Besonders wertvoll waren Colliers, bei denen gleich mehrere Münzen in Reih und Glied aneinanderhingen. Das Antlitz besagter Dame ziert den meistgeprägten Taler der Welt. Auch das ist besonders an ihm: Das erste Mal wurde bei ihm auch der Rand eingekerbt. Das sollte Schlitzohren daran hindern, ihn abzuschleifen, um sich am Staub des Edelmetalls zu bereichern. Münzsammler und Experten erkennen sofort, aus welcher Prägereihe welchen Jahres das jeweilige Exemplar stammt. Denn Porträt und Pose der berühmten Frau darauf änderten sich mehrmals.

Die unterschiedlichen Auflagen zeigen, wie alt und von welchem Stand die Gezeigte bei der jeweiligen Prägung war. Nebeneinandergelegt ist es fast so, als würden die Taler aus ihrer Lebensgeschichte erzählen. Seit ihrem Tod wurde nur noch die Münze aus dem Sterbejahr nachgeprägt: Sie zeigt die Herrscherin im Witwenschleier, den sie nach dem Tod ihres Mannes nie wieder abgelegt hat. Drum herum läuft eine Inschrift: Ein M, dann ihr zweiter Vorname, gefolgt von D G R IMP HU BO REG. Die Buchstaben kürzen ihre lateinischen Titel ab und verraten, welchen Rang sie 40 Jahre lang hatte.

Wer war das?

Maria Theresia –
die ungekrönte Kaiserin

Geboren am 13.5.1717 in Wien
Gestorben am 29.11.1780 ebenda

„Ich nehme Josepha, weil sie, wie man mir gesagt hat, wenigstens schöne Brüste hat."

Ein solcher Brief vom eigenen Sohn! Wie ärgerte sich Maria Theresia über den Flegel. Er wusste doch, wie sie diese Worte verdrießen würden, sittenstreng, wie sie war. Sie ließ Damen, die auf den Bällen in Wien zu tief dekolletiert erschienen, unsanft aus dem Saal entfernen. Kein Erbarmen kannte sie mit käuflichen Liebesmädchen: Auf Befehl der Kaiserin wurden sie festgenommen, kahl geschoren, ausgepeitscht und eingesperrt. Ausgerechnet mit solchem Gesindel und den Kammerjungfern am Hof vergnügte sich ihr leiblicher Sohn, der Erzherzog Joseph, während er die eigene Ehefrau angeblich kein einziges Mal angerührt hat. Seine Mutter hatte die Braut, Maria Josepha, die Tochter des verstorbenen Kaisers Karl VII., für ihn ausgesucht, um die Wittelsbacher enger ans Haus Habsburg zu binden. Erzherzog Joseph, der nach dem Tod seiner ersten eine neue Frau brauchte, musste sich fügen. Obwohl er schimpfte, die Braut sei „klein und dick" und habe „hässliche Zähne". Dafür hat er seiner Mutter später, als er nach dem Tod seines Vaters Kaiser Franz I. Stephan mit ihr regierte, das Leben durch seine Sturheit schwer gemacht.

Maria Theresia, verehrt als Kaiserin des Heiligen Römischen Reiches Deutscher Nation, obwohl sie „nur" die Frau des Kaisers war, Erzherzogin von Österreich und Königin von Ungarn und

Böhmen, war eine ungewöhnliche Frau. Mit hängenden Schultern waren die Wiener von dannen gegangen, als die große Glocke des Stephansdoms am 13. Mai 1717 ihre Geburt verkündete. „Nur" ein Mädchen! Sie hatten so gehofft, Elisabeth Christine von Braunschweig-Wolfenbüttel würde Kaiser Karl VI. einen zweiten Sohn gebären. Der erste, Leopold, war im ersten Lebensjahr gestorben. Als hätte Karl VI. so was geahnt, hatte er 1713 die Pragmatische Sanktion erlassen: Mit ihr wurde die rein männliche Thronfolge abgeschafft. Der Kaiser wollte dem Haus Habsburg Zepter und Krone sichern. Deshalb bekamen auch die Töchter Anspruch auf den Thron.

Nicht alle Fürsten stimmten der Pragmatischen Sanktion zu. Maria Theresia bekam das noch zu spüren.

Das „Resl", wie das Volk sie nannte, lachte und tanzte gern. Sie liebte das Spiel – besonders mit Karten. Aufgewachsen war Maria Theresia in der Hofburg zu Wien und der Sommerresidenz Favorita. Schüchtern war sie nicht: Mit sechs tanzte sie in der Oper, mit elf sang sie Kantaten vor Publikum, mit 15 stand sie in einer Komödie auf der Bühne. Später, als Kaiserin, ging sie nur noch ins Theater, um zu überprüfen, dass dort nichts Anstößiges zu sehen war. Was die guten Sitten anbelangte, verstand sie keinen Spaß.

Maria Theresia setzte eine „Keuschheitskommission" ein, die Jagd auf Ehebrecher machte.

Maria Theresia beherrschte fünf Sprachen: Neben Deutsch hatte sie als Kind Französisch, Spanisch, Italienisch und Lateinisch gelernt. Schließlich lebte sie in einem Vielvölkerstaat, der von Schlesien bis Triest, von Vorarlberg bis Siebenbürgen reichte. Unter ihres Vaters und ihrer Herrschaft lebten Armenier und Serben, Ungarn, Lothringer, Italiener und Spanier. Sie lernte auch Religion, Geschichte und Mathematik, nicht aber Verwaltung, Recht, Staatsführung, Finanzwesen und Kriegsstrategie. Der Vater hielt das für überflüssig, obwohl sie seine Thronfolgerin war. Dabei hatte er ihr das Land in marodem Zustand hinterlassen. Aber das „Resl" hatte sicheren Machtinstinkt und war von scharfem Verstand.

Früh schon war ausgemacht, wen sie heiraten sollte: Maria Theresia war gerade sechs Jahre alt, da zog der künftige Ehemann, der

Maria Theresias Ehemann wurde aus politischen Gründen ausgesucht. Ihre eigenen Kinder hat sie ausschließlich unter diesem Gesichtspunkt unter die Haube gebracht.

neun Jahre ältere Franz Stephan von Lothringen, in der Wiener Hofburg ein. Beider Eltern hatten dies ausgehandelt, um die Verbindung der Häuser Habsburg und Lothringen noch enger zu gestalten. Erzogen wurde Franz nun vom Kaiser. Der ging davon aus, dass die Tochter die Krone bekommen, der Schwiegersohn aber das Sagen haben würde. Es kam genau umgekehrt.

1736 führte Franz Stephan von Lothringen die 19-Jährige zum Traualtar. Kurzzeitig zog das Paar nach Florenz, weil Franz Stephan Großherzog der Toskana war. Doch bald schon wurde Maria Theresia in Wien gebraucht: Am 20. Oktober 1740 starb ihr Vater. Weinend brach die da zum vierten Mal schwangere künftige Herrscherin an seinem Totenbett zusammen. Die Ärzte sorgten sich um das ungeborene Kind – dennoch bestieg sie zwei Tage später den Thron. So sollte es die nächsten 16 ihrer 40 Regierungsjahre bleiben: Entweder war sie mit einem ihrer 16 Kinder schwanger oder hatte ein Neugeborenes an der Brust. Das hielt sie weder vom Regieren noch vom Reisen ab.

Ärger gab es um die Kaiserkrone. Denn die beanspruchte Kurfürst Karl Albrecht von Bayern für sich. 1742 ließ er sich zu Kaiser Karl VII. von den Kurfürsten wählen und krönen. Preußens König Friedrich II. wiederum nutzte Österreichs desolate Lage, um mit Truppen nach Schlesien zu ziehen. Weshalb die Regentschaft der Erzherzogin mit Krieg begann. Der Bayer Karl Albrecht wiederum war gen Wien marschiert. Deshalb musste Maria Theresia ins ungarische Pressburg – das heutige slowakische Bratislava – fliehen. Sie erhielt die dortige Königskrone und flehte, ihr viertes Kind, den gerade geborenen Joseph, auf dem Arm, den Reichstag um Hilfe an. 1745, nach dem Zweiten Schlesischen Krieg, war ihre reichste Provinz für Österreich verloren. Nur mit Tränen und letztlich einem Verbot hatte sie ihren Mann davon abhalten können, selbst in die Schlacht zu ziehen.

1745 starb Kaiser Karl VII. Sein Sohn Maximilian III. lehnte die Nachfolge ab. Nun konnte die Krone nach Österreich kommen. Maria Theresias Mann Franz I. Stephan wurde zum neuen Kaiser gewählt. Als er nach der Krönung im Frankfurter Dom unter Glockengeläut zum Römer, dem Rathaus, ritt, stand „seine" Kaiserin im Fenster eines Hauses am Straßenrand. Ihr „Franzl" streckte ihr Reichsapfel und Zepter entgegen. Da hat sie laut gelacht. So jedenfalls schilderte Johann Wolfgang von Goethe später die Szene.

In Österreich aber regierte sie. Maria Theresia ließ Schulen bauen, stoppte das „Bauernlegen" und lockerte die Leibeigenschaft. Sie verbot körperliche Strafen wie Zunge-Ausreißen oder Brennen mit glühenden Eisen. Auch den Tod durch Vierteilen bei lebendigem Leib schaffte sie ab. Sie setzte eine „Sittenpolizei" ein und sanierte die Staatsfinanzen. Keine Kosten scheute Maria Theresia bei ihrer neuen Residenz: Sie ließ Schloss Schönbrunn umbauen. 1746 zog die Familie in dieses „Versailles der Habsburger" mit 1441 Sälen und Zimmern um.

Das Bauernlegen gab den Gutsherren das Recht, ihre Bauern wie ein Stück Land zu kaufen und zu verkaufen.

Den Verlust Schlesiens verwand die Habsburgerin nicht. Sie verbündete sich mit der russischen Zarin Elisabeth und Frankreichs König Ludwig XV. gegen die verhassten Preußen. Sich mit dem Franzosen zusammenzutun fiel der sittenstrengen Maria Theresia schwer, denn die französische Politik wurde eigentlich von der Mätresse des Königs, Madame Pompadour, gemacht. Der Coup kam dem Preußen-König zu Ohren. Um der Habsburgerin zuvorzukommen, begann Friedrich der Große 1756 den dritten Krieg um Schlesien. Er dauerte sieben Jahre, am Ende war Schlesien für Österreich verloren.

Zwei Jahre später – 1765 – verlor die Kaiserin auch ihren Mann. Am 18. August brach Franz I. Stephan nach einer Theateraufführung zusammen und war wenige Stunden später tot. Aus Trauer ließ sich die 48-jährige Witwe die Haare abschneiden und legte den Witwenschleier um. Sie trug ihn bis zu ihrem eigenen Tod. Nun regierte sie mit ihrem Sohn, dem Kaiser Joseph II. Gegen ihren Willen begann der den Bayerischen Erbfolgekrieg, um an Niederbayern zu kommen. Erst Geheimverhandlungen Maria Theresias mit ihrem Erzfeind Friedrich II. machten dem Blutvergießen ein Ende. Das hat ihr der Sohn nie verziehen.

Die einst fröhliche Frau war still und ernst geworden. Die Pocken hatten ihr schwer zugesetzt und sie war nicht mehr gesund. Einst war sie hübsch und schlank, jetzt beklagte sie sich: „Ich bin fett geworden." Im November 1780 vergnügte sich Maria Theresia trotz scheußlichen Wetters in Schönbrunn bei einer Fasanenjagd. Dabei erkältete sie sich schwer. Am 29. November 1780 war die Kaiserin ohne Krone tot. Neben ihrem Franzl fand sie in einem Doppelsarkophag in der Kapuzinergruft der Begräbniskirche der Habsburger in Wien ihren Frieden.

Die Schwiegermutter Europas

Nicht nur der älteste Sohn Joseph musste sich bei seiner Heirat den Wünschen der Mutter fügen: Maria Theresia hat wie kaum sonst jemand bei der Partnerwahl ihrer Kinder Politik gemacht. Sie wurde spöttisch „Schwiegermutter Europas" genannt. Josephs Bruder Leopold musste die spanische Königstocher Maria Ludovika ehelichen, Erzherzog Ferdinand bekam Herzogin Beatrix von Modena-Este. Die Töchter Marie Christine und Maria Amalia wurden die Frauen von Albert von Sachsen und Ferdinand I. von Parma, Erzherzogin Maria Karolina wurde mit Ferdinand I. von Neapel-Sizilien getraut. Berühmt wurde Maria Antonia. Sie nannte sich nach der Hochzeit mit Ludwig XVI. von Frankreich Marie-Antoinette. Sie starb 1793 in der Französischen Revolution wie ihr Gatte unter der Guillotine.

Kleiner Mann mit Größenwahn

„Si Babbu ci vidia!" – „Wenn Vater uns jetzt sehen könnte!", flüstert der kleine Mann bei der Prozession seinem Bruder in ihrer korsischen Muttersprache zu. Doch da muss er schnell seiner Frau unter die Arme greifen. Diese gehässigen Biester! Haben seine Schwestern doch tatsächlich kurz die schwere Schleppe fallen lassen und die Schöne so ins Straucheln gebracht! Wütend zischt er ihnen ein paar bissige Worte zu. Fast drückt den kleinen Mann auf den dünnen Beinen die Last seines mit Hermelin gefütterten Krönungsmantels zu Boden. Wie oft hat das Paar mit verkleideten Holzpuppen für diesen Auftritt vor über 8 000 Würdenträgern geübt! Jetzt ist es so weit. Bei der vierstündigen Zeremonie in der Pariser Kathedrale Notre-Dame kann er einige Male das Gähnen nicht unterdrücken. Endlich hat der Papst die Messe beendet, salbt den beiden Scheitel und Hände und segnet die Kronen. Nun erhebt sich der so Geweihte, schreitet zum Altar und greift nach dem goldenen Lorbeerkranz. Er setzt sich selbst die Krone auf. Jetzt ist er Kaiser! Dann lässt er seine Frau vor sich auf den Altarstufen niederknien und krönt auch sie.

Nicht jedem gefiel diese Zeremonie. Einige Tage nach der Feier bekam er vom Schöpfer der Nationalhymne seines Landes diese wütenden Zeilen: „Sie werden zugrunde gehen und, was schlimmer ist, Frankreich mit sich ins Verderben stürzen." In der Tat hinterließ er auf seinen Schlachtfeldern drei Millionen tote Soldaten – und wurde schließlich auf eine gottverlassene Insel verbannt. Seinen Größenwahn focht das nicht an. Seine Feinde, so ließ er aufschreiben, hätten ihm eine Krone verliehen, die viel größer sei als die des französischen Throns. „Es ist jene, die der Retter der Welt trug – eine Dornenkrone."

Wer war das?

Napoleon Bonaparte I. –

Held von Paris und Albtraum Europas

Geboren am 15.8.1769 in Ajaccio auf Korsika
Gestorben am 5.5.1821 auf St. Helena

Als sei er noch in Amt und Würden, stand Napoleon Bonaparte vor dem Tisch und diktierte. Vor Kurzem noch hatte er als französischer Kaiser Europa beherrscht. Jetzt musste er sein Leben fernab jeder Zivilisation in einem umgebauten Schweinestall fristen. Verbannt von seinen Feinden ins Nirgendwo einer öden Insel weit draußen im südatlantischen Ozean. Das nächste Festland war Afrika – und 1800 Kilometer weit entfernt. An eine Flucht von Sankt Helena war nicht zu denken. Immerhin: Trotz der ärmlichen Umgebung servierten ihm seine Diener das Essen in der grünen kaiserlichen Livree. Die Handvoll Offiziere, die ihn hatten begleiten müssen, trugen nach wie vor ihre Paradeuniformen. Ein paar Damen waren auch zugegen. Sie waren gar nicht entzückt, wenn unter Tischen und Betten die Ratten tanzten. Nur der Hausherr bewahrte Haltung. Als stünde er in seinem Arbeitszimmer in Paris, diktierte er seinem Adjutanten: „Dank der Verfolgung, die ich zu erleiden habe, werde ich heute zum Messias! … Wäre Jesus Christus nicht am Kreuz gestorben, man hätte ihn nicht zum Gott gemacht.“

Mon Dieu, lieber Gott! Musste nicht jeden Moment der Blitz vom Himmel auf ihn niederfahren, um diesem seinem gotteslästerlichen Größenwahn ein Ende zu machen? Nun, in gewisser Weise sollte der Verbannte recht behalten: Nur wenige Jahre später erhoben die Franzosen Napoleon tatsächlich zu einer gottgleichen Heldenfigur. 19 Jahre nach seinem Tod in dem Longwood House genannten Gefängnis auf Sankt Helena ließen sie Bonapartes Gebeine ausgraben und nach Paris zurückholen. Im Invalidendom steht Napoleons Sarkophag. Seit dem 15. Dezember 1840 ist er dort aufgebahrt. Die französische Hauptstadt ist mit ihren zahllosen nach ihm und seinen Taten benannten Plätzen, Straßen und Gebäuden ein einziges Denkmal für den größten Helden und Herrn der blutigsten Kriege der Grande Nation. Für einen, der in zehn Jahren eine ganze Generation junger Männer verschlissen und Europa mit Blut getränkt hat? Nein, die Ehre gilt der anderen Seite seiner Persönlichkeit, dem anderen Napoleon: dem, der vor 200 Jahren Frankreich und dem Kontinent ein neues politisches Gesicht, der Welt mit seinem „Code Napoleon" das erste Bürgerliche Gesetzbuch gegeben und Europa damit trotz aller Kriege auch ein Stück weiter auf den Weg zur Rechtsstaatlichkeit gebracht hat.

1815 hatten ihn die Briten aus gutem Grund auf das gottverlassene Sankt Helena verbannt. Ihnen hatte er sich in seiner letzten Schlacht in der Nähe des belgischen Waterloo geschlagen geben müssen. Nun wollten sie verhindern, dass Napoleon je wieder lebend einen Fuß auf europäisches Festland setzen würde. Einmal war das schon misslungen. 1813 hatte Napoleon bei Leipzig die Völkerschlacht verloren. Er musste abdanken und wurde ein Jahr später nach Elba verbannt. Nach nur wenigen Monaten war er wieder da. Ein kleiner Trupp Getreuer hatte ihn zurück an die französische Küste gerudert. Von dort war Napoleon erneut nach Paris marschiert – und zurück an die Macht. Eine begeisterte Armee hatte sich unterwegs wieder um ihn geschart. Sein englischer Gegner Wellington hat einmal über das Charisma des Feldherrn Napoleon gesagt: „Seine Anwesenheit auf dem Schlachtfeld ersetzt 40 000 Soldaten."

In der Völkerschlacht bei Leipzig besiegten Preußen, Österreicher, Russen und Schweden die französischen Truppen. Napoleon musste fliehen.

Diesmal währte seine Regentschaft aber nur mehr hundert Tage. Dann versetzten ihm die Briten und Preußen bei Waterloo den letzten, vernichtenden Schlag. Danach wurde Napoleon im September 1815 nach Sankt Helena gebracht. Dort lebte er noch sechs Jahre, bis er mit nicht ganz 52 am 5. Mai 1821 starb. Diesmal kam er als toter Held zurück nach Paris. Seitdem liegt ihm Frankreich zu Füßen.

Dabei war Napoleon Bonaparte eigentlich gar kein Franzose: Geboren wurde er als zweiter Sohn von acht überlebenden Kindern des Anwalts und Landwirts Carlo di Buonaparte und dessen Frau Letizia Ramolino am 15. August 1769 in Ajaccio. Die Familie gehörte dem korsischen Landadel an. Erst im Jahr zuvor war die Mittelmeerinsel französisch geworden. Der kleine Napoleon wurde „rabulione" genannt – „der seine Nase überall hineinsteckt". In Temperament und Tatendrang war er ganz anders als sein stiller, älterer Bruder Giuseppe, der sich später auf Napoleons Geheiß Joseph nannte. Als der Vater 1785 starb, wurde dem damals 16-jährigen Jüngeren deshalb auch die Verantwortung für die Familie übertragen.

In seinem neunten Lebensjahr kam Napoleon zusammen mit Giuseppe in ein französisches Internat. Erst dort lernte der Junge Frankreichs Sprache. Die Mitschüler hänselten ihn deshalb. Doch bald verstummte ihr Spott, weil der kleine Korse nicht nur klug, sondern auch mutig war: Einmal, als er zur Strafe auf Knien sein Essen einnehmen sollte, lehnte er dies mit den Worten ab: „Wir knien nur vor Gott!" Napoleon verschlang Bücher – nicht genug lesen konnte er über Alexander den Großen und Caesar. Mit beiden sollte die Welt ihn später in einem Atemzug nennen. Im Eiltempo absolvierte Napoleon die Militärschule in Brienne und schloss ein Studium auf der Pariser École militaire du Champs-de-Mars in Paris in Rekordzeit ab. Mit 16 wurde er Frankreichs jüngster Offizier. Die ersten Kommandos führten den Korsen in seine

Heimat und nach Sardinien. Als sich die Franzosen 1789 zur Revolution erhoben, flohen viele adelige Offiziere. Ganz anders Napoleon: Er unterstützte die Ideen der Aufständischen. Obwohl selbst Aristokrat, war er ein glühender Anhänger der Freiheitsparolen des Philosophen Jean-Jacques Rousseau, die auch den Revolutionären geistiges Futter waren. Napoleon stieg zum Hauptmann auf und holte sich vier Jahre später erste militärische Lorbeeren: Er verjagte die Engländer aus dem belagerten Toulon. Danach wurde er – mit 25 – zum Brigadegeneral ernannt. Ein Jahr später richtete Napoleon in Paris ein Blutbad an: Er ließ mit Kanonen einen Aufstand und 400 Königstreue niederschießen. Politisch hatte er allerdings auf den falschen Freund gesetzt: Als der Revolutionsführer Maximilian Robespierre wegen seiner Terrorpolitik hingerichtet wurde, landete auch der junge General hinter Gittern und wurde aus der Armee verbannt. Ein anderer mächtiger Revolutionär, Paul Barrass, rehabilitierte ihn und kümmerte sich auch anderweitig: Barras machte den hitzköpfigen Korsen mit einer seiner Geliebten, Josephine de Beauharnais, bekannt und führte ihn so in die bessere Gesellschaft ein. Die 32-jährige Madame, die von der Südseeinsel Martinique stammte und den Vater ihrer zwei Kinder unter der Guillotine verloren hatte, war die Attraktion der Pariser Salons. Sie hielt anfangs allerdings wenig von dem nur 1 Meter 64 kleinen, schlampig gekleideten Mann mit den strähnigen Haaren. Sie machte sich lustig über diesen „gestiefelten Kater". Doch die verführerische Frau mit zweideutigem Ruf war in Geldnot und brauchte einen neuen Versorger. Da kam Napoleon gerade recht. Für ihn wurde sie, obwohl er auf andere Vergnügungen nicht verzichtete, die Liebe seines Lebens. Auch wegen ihr ließ er später seine Armee während des Ägypten-Feldzugs im Stich: Er musste im heimischen Ehebett nach dem Rechten sehen.

„Ihre Küsse", so schrieb Napoleon an Josephine, „verbrennen mein Blut."

Am 9. März 1796 wurde Josephine seine Frau – sehr zum Missfallen der Familie Bonaparte, die inzwischen auch in Frankreich lebte: Für Mutter und Schwestern war und blieb sie „la putana" – die Hure. Die Schwägerinnen ließen Josephine ihre Verachtung sogar bei der Krönungsfeier am 2. Dezember 1804 in Notre-Dame spüren, als sie die künftige Kaiserin fast zum Straucheln brachten.

Die Flitterwochen fielen aus. Napoleon musste gleich nach der Heirat nach Norditalien marschieren, als Kommandeur einer nach den Revolutionswirren demoralisierten, halb verhungerten Truppe. Viele der 41 500 Soldaten trugen Lumpen statt Uniform, manche liefen mit Strohpantoffeln an den Füßen. Ihr General besorgte ihnen als Erstes Schuhe, Fleisch, Wein und Brot – und kämpfte mit ihnen Seite an Seite von Sieg zu Sieg gegen Österreich, die Piemontesen und den Papst, dessen Städte und schließlich Staat er besetzte. Nach 13 Monaten stand Napoleon 1797 mit seinen Truppen in Leoben unweit von Wien. Österreich musste sich geschlagen geben und stimmte einem Waffenstillstand mit der Revolutionsarmee zu. Danach trat Napoleon in Ägypten an, um den Briten den Handel mit Indien abzuschneiden. Er selbst träumte davon, „König des Orients" zu werden. Daraus freilich wurde nichts. Immerhin wandelte er hier auf den Spuren seiner Idole Caesar und des ersten Herrschers von Weltmacht, Alexanders des Großen. Als Napoleon in Kairo einzog, ließ er sich dort in einem Marmorpalast nieder. Französische Wissenschaftler sollten in seinem Auftrag Pyramiden, Mumien und Hieroglyphen studieren. Doch die Briten versenkten bei Abukir Frankreichs Flotte. Von der anderen Seite griffen die Türken an. Schlechte Nachrichten kamen obendrein aus Paris: nicht nur, dass Josephine ungeniert neuen Liebschaften nachging. Auch Putsch-Gerüchte kamen Napoleon zu Ohren. Und die übrigen europäischen Mächte verstärkten erneut ihre Kriegskoalition gegen die Franzosen. Napoleon eilte ohne seine Soldaten zurück – und wurde in Paris trotz der Niederlage wie ein Held empfangen.

Frankreich war fast bankrott, die Menschen hungerten – auch nach einem starken Führer, den sie in Napoleon sahen. Der setzte in einem Staatsstreich das Revolutionsdirektorium ab – und sich selbst am 10. November 1799 als Ersten von drei Konsuln als Quasi-Alleinherrscher für die nächsten zehn Jahre ein. Die anderen beiden sollten ihn nur beraten. Caesar ließ grüßen – mit dem Titel „Konsul" hatte sich der Korse bei dem Römer bedient. „Die Revolution ist vorbei – ich bin die Revolution!", verkündete der Konsul – und baute Frankreich um. Napoleon gab dem Land eine neue Verwaltung, machte Bildung zum Staatsziel, richtete Gymnasien für die Kinder der Beamten, des Bürgertums, der Unternehmer und Militärs ein. Er gründete eine Nationalbank, die mit Krediten der Wirtschaft auf die Beine helfen sollte. Er ließ das Land mit dem modernsten Straßennetz Europas durchziehen und baute Kanäle. Selbst mit der Kirche schloss Napoleon Frieden und machte den katholischen Glauben zur Staatsreligion. Und er schrieb den Code Civile, bald Code Napoleon genannt, das erste Bürgerliche Gesetzbuch der Welt. Es hat bis heute seine Gültigkeit nicht verloren. 1802 ließ sich Napoleon durch eine Volksabstimmung zum „Konsul auf Lebenszeit" wählen. Zwei Jahre danach votierten die Franzosen für das Erbkaisertum.

Der Kern des Code Civile: Alle Menschen haben das Recht auf Freiheit und Eigentum und sind vor dem Gesetz gleich.

Napoleon gestand dem Volk Bildung und Wohlstand zu. Mit Freiheit aber hatte er wenig im Sinn – und gegen oppositionelle Umtriebe seinen Polizeiminister Fouché. Der ließ die Bürger bespitzeln und zensierte die Zeitungen. Ein missglücktes Bombenattentat gegen Bonaparte konnte er aber nicht verhindern. Wider besseres Wissen machte Napoleon erst die Linken und Jakobiner dafür verantwortlich, dann die Bourbonen, die alten Anhänger der Monarchie. Er ließ den Herzog von Enghien als Attentäter aus dem badischen Ettenheim nach Frankreich entführen und erschießen. Das war ein schwerer Verstoß gegen die Souveränität Deutschlands und eine ungeheuerliche Provokation der europäischen Herrschaftshäuser, die einer Kriegskoalition gegen Frankreich Aufschwung gab.

Napoleon wurde im November 1804 vom Papst zum Kaiser gemacht, am 2. Dezember 1804 setzte er sich in Notre-Dame selbst die Krone aufs Haupt. Nun trug er den Titel, für den der römische Imperator Caesar Pate stand. Der Kaiser rüstete zu neuem Krieg: Weil die Engländer den Handel mit Frankreich blockierten, stellte Napoleon seine Truppen an der Küste gegenüber der britischen Insel auf, verlor aber die Seeschlacht bei Trafalgar. Von der anderen Seite her marschierten Russland und Österreich gegen Frankreich. Für die Gegner überraschend kehrten die Truppen des Franzosen England den Rücken und eilten nach Osten. In Ulm mussten die Österreicher kapitulieren, im mährischen Austerlitz schlug Napoleon die Russen in die Flucht. 1806 schließlich führte er seine Truppen triumphierend durch das Brandenburger Tor. Während Napoleons Marsch hatten sich die Fürstenstaaten vom Heiligen Römischen Reich Deutscher Nation losgesagt und zum Rheinbund zusammengeschlossen. Der unterstützte Napoleon nun mit Nachschub an Soldaten, und Österreichs Regent Franz II. legte seinen Kaisertitel ab. Um die Beziehungen zu Frankreich zu verbessern, bot der Ex-Kaiser 1809 dem Franzosen seine 18-jährige Tochter, die Erzherzogin Marie Louise, als Gattin an. (Von Josephine hatte sich Napoleon damals gerade scheiden lassen, weil sie ihm keinen Thronerben gebar.) Die Ehe wurde 1810 geschlossen.

Und weiter ging's mit der Unterwerfung Europas: Preußen verlor alles Land westlich der Elbe, Napoleon machte daraus Westphalen. Seinen Bruder Jerome setzte er dort als König ein. In Spanien hatte er so schon den älteren, Joseph, untergebracht. Napoleon selbst schwang sich nun zum Herrscher des ganzen Kontinents auf. Nur vorübergehend hielt die Versöhnung mit dem russischen Zaren, der

„Frieden von Tilsit": Alexander I. scherte aus Napoleons Kontinentalsperre aus, die den Handel mit den Briten verbot. Der Zar ließ englische Schiffe unter amerikanischer Flagge in Russlands Häfen einlaufen.

Also marschierte Napoleon jetzt gegen den Zaren – für den der russische Winter den Krieg gewann: Die russische Armee lockte die für die erbarmungslose Kälte nicht gerüstete französische Armee immer tiefer ins Land und hinterließ „verbrannte Erde": Alles, was die Franzosen an Nahrung und Wasser hätten brauchen können, hatten die Russen zerstört oder vergiftet. Als sie Moskau erreichten, war dort nichts mehr zu holen: Die Stadt war niedergebrannt. Napoleon musste umkehren – sein verbliebenes jämmerliches Häufchen wurde von den Kosaken zurück nach Westen getrieben. In Russland hatte der Kaiser nicht nur eine halbe Million Soldaten verloren – auch sein Mythos als unbesiegbarer Feldherr war tot.

Schon vor der ersten Feindbegegnung waren 100 000 von Napoleons Soldaten an Hunger, Hitze und Durst gestorben.

Dennoch stellte Napoleon noch einmal eine Armee auf die Beine. Mit ihr zog er 1813 bei Leipzig zur Völkerschlacht gegen die verbündeten Gegner – ohne Erfolg. Im Frühjahr 1814 wurde er von den Siegern nach Elba verbannt. Im März 1815 kehrte er zu seiner „Regierung der 100 Tage" nach Paris zurück – und wurde schließlich bei Waterloo endgültig geschlagen. Mit 52 Jahren starb Napoleon auf Sankt Helena. Einer seiner Generäle, der mit ihm in die Verbannung gegangen war, gab später die von Bonaparte im Schweinestall des Longwood House diktierten Lebenserinnerungen als Buch heraus. Am Ende hat sich Napoleon darin doch noch demütigere Gedanken als die über „seine" Dornenkrone gemacht und gestaunt: „Ich habe mit all meinen Armeen und Generälen nicht ein Vierteljahrhundert lang mir auch nur einen Kontinent unterwerfen können. Und dieser Jesus siegt ohne Waffengewalt über die Jahrtausende, über die Völker und Kulturen!"

Zwischen Abscheu und Respekt

„Jeder Zoll ein Gott!" Selbst Heinrich Heine, dieser große deutsche Dichter und Spötter des 19. Jahrhunderts, lag Napoleon zu Füßen. Dabei hat Heine nichts so sehr gehasst wie Despoten und deren Größenwahn. Noch heute erstaunt, wer alles dem Mythos Napoleon erlag und noch heute erlegen ist, obwohl er ein Regime des Schreckens führte und Millionen Menschenleben in seinen Schlachten vernichtet hat. Doch er hat auch einige der Ideen der Französischen Revolution weitergetragen. Er schuf in Frankreich die Grundlagen für ein noch immer modernes, liberales Recht, gab den Ländern, die er unterwarf, Verfassungen und prägte Frankreichs Bildungssystem bis in die Gegenwart. Wegen seiner Kriegsstrategien zollen ihm noch heute Militärs ihren Respekt. Seine Schlachtpläne sind auch im 21. Jahrhundert Bestandteil des Ausbildungsprogramms an der amerikanischen Militärakademie West Point. Schaudern aber rufen Napoleons Motive hervor: Er hat nicht aus Menschenliebe oder -freundschaft gehandelt. Es ging ihm – wie Diktatoren immer – um die eigene Macht.

Sehnsucht nach Kniephof

Manchmal hielt er es vor Sehnsucht kaum mehr aus. Dann setzte sich der kleine Junge an eins der Fenster, die den Blick gen Südwesten auf die Felder freigaben, und dachte an Kniephof. Wie ihm das fehlte! In den alten Eichen auf dem elterlichen Gut herumzuklettern. Die Fischteiche, in denen er sich oft nasse Hosen geholt und deshalb anschließend den tanzenden Rohrstock zu spüren bekommen hatte. Was war der Rohrstock gegen die Rapierstöße hier, wenn ihn die Erzieher in den Plamannschen Anstalten manchmal morgens mit groben Degenstößen aus dem Schlaf rissen. Wie wunderbar war es gewesen, zu Hause in Pommern durch die Wiesen zu toben und sich im kniehohen Gras zu verstecken. Wenn er jetzt am Ende der Berliner Wilhelmstraße durchs Fenster sah, wie ein Gespann Ochsen Ackerfurchen zog, schossen dem Knirps vor Kummer die Tränen in die Augen.

Seine Sehnsüchte und Sorgen vertraute der Siebenjährige in krakeliger Schrift und abenteuerlicher Rechtschreibung der Mutter im April 1822 in einem seiner Briefe an. Er fühlte sich eingesperrt in dieser Schule. Als Erwachsener nannte er sie ein „Zuchthaus". Nicht nur mit morgendlichen Degenstößen hatten die Lehrer ihre Schützlinge in dem Internat „roh misshandelt", der ganze Tag sei ausgefüllt gewesen mit „widernatürlicher Dressur". Diese „demagogischen Turner" hätten den Adel und deshalb auch ihn gehasst. „Meine Kindheit hat man mir in der Plamann'schen Anstalt verdorben", beklagte er in seinen Memoiren. Ob in diesen bitteren Berliner Jahren die Saat für seine Sturheit, Härte und Entschlossenheit gelegt worden war, sich nie wieder irgendjemandem zu beugen? Fast 30 Regierungsjahre lang glückte ihm das. Erst als ein neuer Kaiser sich seinem eisernen Willen widersetzte, trat er zurück.

Wer war das?

Otto von Bismarck –

der Eiserne Kanzler

Geboren am 1.4.1815 in Schönhausen bei Stendal
Gestorben am 30.7.1898 in Friedrichsruh bei Hamburg

„Du bist mein Anker an der guten Seite des Ufers. Reißt der, so sei Gott meiner Seele gnädig." Solch zärtliche Zeilen von einem so bärbeißigen Mann! Was unter diesem dicken Schädel, dem bei öffentlichen Auftritten die metallene Pickelhaube ein martialisches Aussehen gab, für liebevolle Gedanken steckten! Welch zarte Seele sich in der so mächtigen Gestalt verbarg, deren ohnehin grimmiges Gesicht ein gewaltiger Schnauzbart noch grimmiger erscheinen ließ! Der Sohn Otto von Bismarcks hat zwei Jahre nach dem Tod seines Vaters dessen „Briefe an seine Braut und Gattin" und damit ein Stück Liebesliteratur des 19. Jahrhunderts öffentlich gemacht. Den Deutschen gewährte er damit einen Blick auf die weiche Seite des „Eisernen Kanzlers". So wurde Bismarck später wegen seiner Kriegspolitik genannt. Die herzlosen Lehrer der Plamannschen Zuchtanstalt in Berlin hatten es in den fünf Internatsjahren nicht geschafft, Otto mit ihrem Drill die Gefühle von Grund auf auszutreiben. Auch der gestrengen Mutter gelang es nicht, sein Herz zu verhärten. Bitter erinnerte er sich, sie habe immer gewollt, „dass ich viel werden sollte … Und es schien mir oft, dass sie hart, kalt gegen mich sei". Das sagte der alte Bismarck über die Frau, der er als Siebenjähriger noch den ganzen Schmerz einer Kinderseele in seinen Briefen anvertraut hatte. Später hat er sie gehasst. Schließlich hatte sie ihn aus der Kniephofer Kindheitsidylle vertrieben.

Otto von Bismarck liebte das Pommersche Gut, auf dem er bis zu seinem sechsten Lebensjahr aufwachsen durfte. Geboren wurde Otto Eduard Leopold am 1. April 1815 in Schönhausen bei Magdeburg. Ein Jahr später zog die Familie nach Kniephof um. Es war eins von drei Gütern, die sein Vater Ferdinand von Bismarck erworben hatte. Nicht lange konnten sich Otto und sein fünf Jahre älterer Bruder Bernhard dort zwischen Wald, Wild und Weiden austoben. Die Mutter bestand darauf, dass die Söhne beizeiten eine ordentliche Ausbildung bekamen. Sie selbst kam aus einer Gelehrten- und Beamtenfamilie. Zwar war Wilhelmine Mencken durch die Heirat mit dem Grafen von Bismarck zu Adel gekommen, doch das Landleben schmeckte ihr nicht. Deshalb schickte sie die Buben in eine andere Welt, ins Internat nach Berlin. Sie sollten studieren und eine Beamten-Karriere machen. Otto schaffte es nach ganz oben. Doch das hat die Mutter nicht mehr miterlebt. Da war sie schon tot.

Bismarcks Großvater mütterlicherseits hatte Friedrich dem Großen als Kabinettsrat gedient.

Nach der Tortur auf den Plamannschen Anstalten kam Otto ins „Graue Kloster“: Dieses Gymnasium wurde wegen der grauen Kutten seiner Franziskanermönche so genannt. Es war die Eliteschule Berlins für die Kinder hoher preußischer Beamter. Für Otto folgten wilde Jahre in Göttingen. Dort war der Junker, der adelige Gutsbesitzersohn, bald bekannt wie ein bunter Hund. Bei seinen Streifzügen ließ sich der Jura-Student meist von einem riesigen Rüden namens Ariel begleiten. An den Wirtshaustischen war er ein gern und oft gesehener Zechkumpan. Häufig zog er das Pauken, das studentische Fechten, dem Büffeln im Hörsaal vor. Stets zu Jungmänner-Unfug aufgelegt, wurde er einmal sogar für elf Tage in den Karzer, die Arrest-Zelle der Universität, gesperrt.

Dem 20-Jährigen graute es vor einer Zukunft in verstaubten Beamtenstuben. So ein Leben sei kläglich, schüttete er einem Freund das Herz aus. Schon beim Gedanken daran fühle er sich, als habe er eine „körperlich und geistig eingeschrumpfte Brust“. Es nutzte nichts: Nach dem Studium ging's für ein Jahr ans Berliner Stadtgericht, dann zur Referendarzeit ins Regierungspräsidium von Aachen. Dort verliebte sich Bismarck in eine junge Britin und setzte sich mit ihr nach Wiesbaden ab. Die beiden vergnügten sich im Spielcasino und Bismarck häufte immense Schulden an. Auch die Liebe verlor er. Ohne sie und ohne Geld kehrte er 1837 nach Kniephof zurück.

Nach einem Intermezzo in Potsdam hängte er den Beamtenrock erneut an den Nagel und vertauschte ihn freiwillig für ein Jahr mit der Soldatenuniform. Als 23-Jähriger sagte Otto dem Staatsdienst endgültig Ade und zog sich mit den Worten „Ich will Musik machen, wie ich sie für gut erkenne oder gar keine" aufs Land zurück. Nach dem Besuch der landwirtschaftlichen Akademie in Greifswald und dem Tod der strengen Mutter Anfang 1839 bewirtschaftete Otto gemeinsam mit dem Bruder die drei väterlichen Güter in Pommern, Jarchelin, Külz und Kniephof. Das Studium war freilich nicht spurlos an ihm vorübergegangen – bald höhnte Bismarck über sein Leben: „Mein Umgang besteht in Hunden, Pferden und Landjunkern." Bei denen sei er angesehen, weil er „Geschriebenes mit Leichtigkeit lesen", aber ebenso Wildbret zerlegen könne. Weil er sich jederzeit wie ein Mensch kleide, ruhig und dreist reite, schwere Zigarren rauche und „Gäste mit freundlicher Kaltblütigkeit unter den Tisch trinke". Aber auch der Bildungshunger hatte Bismarck gepackt. Er beschäftigte sich mit Literatur, Kunst, Religion und Philosophie. Die Leute auf dem Land nannten ihn den „tollen Bismarck" und meinten mit „toll" ein bisschen verrückt: Den einen Tag konnte er es nicht wild genug mit Gelagen und Liebschaften treiben, am nächsten verschwand er hinter seinen Büchern.

Das Interesse an Glauben und Religion hatte ihm eine Frau eingepflanzt, die sich auch in anderer Hinsicht seiner Seele annahm: Marie von Thadden, die Braut eines Freundes, machte von Bismarck mit dem „Anker" seines späteren Lebens, mit Johanna von Puttkamer, bekannt. 1847 nahm er Johanna zur Frau. Sie bekamen drei Kinder: Marie, Herbert, der später zum Herausgeber von Bismarcks Briefen wurde, und Wilhelm. Die Familie hatte sich in Schönhausen niedergelassen – und der junge Graf sich der Politik zugewandt: Er wurde Mitglied im preußischen Landtag und vier Jahre später, im Mai 1851, als Preußens Vertreter in den Frankfurter Bundestag entsandt.

Bismarck gründete den „Verein zur Wahrung der Interessen des Grundbesitzes".

Schnell machte sich der Landjunker als Vertreter der äußersten Rechten einen Namen und wetterte gegen liberales, demokratisches Gedankengut. Er war überzeugt, dass Monarchie und Adel von Gott gewollt waren. Als im März 1848 die Revolution von Frankreich auf die deutschen Staaten übersprang und die Menschen auf den Straßen mehr Rechte und Freiheiten, Verfassungen und gar ein gesamtdeutsches Parlament forderten, hätte der Heißsporn sie am liebsten sofort mit eigenen Händen und Waffen mundtot gemacht. Er schäumte vor Wut, als sich Friedrich Wilhelm IV. nach der deutschen Revolution 1848 vor den 254 Toten in Berlin verbeugte und einigen der Forderungen der Straße nachgab. Am liebsten wäre er mit seinen Landjunkern zum Putsch gegen den König nach Berlin gezogen. Einen einheitlichen deutschen Nationalstaat lehnte Bismarck entschieden ab. Sollte Preußen etwa seine Macht mit Österreich teilen? Absurd! Die deutschen Fürstentümer, Königreiche und Österreich vertraten ihre gemeinsamen Interessen zu dieser Zeit im Deutschen Bund. Doch letztlich machte jeder seine eigene Politik. Weil dies dem Handel und der Industrialisierung hinderlich war, schwirrte die Idee eines einheitlichen nationalen Staates durchs Land. Bismarck dagegen forderte: Preußen müsse Preußen bleiben! Gott sei Dank hatte Friedrich Wilhelm IV. es abgelehnt, die preußische Königs- mit einer deutschen Kaiserkrone zu vertauschen. Für Bismarck hätte die den „Ludergeruch der Revolution" an sich gehabt.

Als Abgesandter Preußens vertrat Bismarck von 1851 bis 1859 Preußens Interessen im Frankfurter Bundestag. Dort verhandelte der Deutsche Bund über die gemeinsamen Belange. Bismarck war dort mehr gefürchtet als beliebt, beeindruckte aber durch seine Reden und sein diplomatisches Geschick.

1857 wurde Friedrich Wilhelm IV. nach einem Schlaganfall geisteskrank und sein Bruder Wilhelm übernahm als Prinzregent die Regierungsgeschäfte. Ein Jahr später löste er den König ab. Wilhelm I. suchte den Ausgleich mit den liberalen Kräften im Land – und schob den Störenfried Bismarck 1859 als Gesandten ins russische Petersburg ab. Für einen Diplomaten war das ein Posten von allererstem Rang. Der neue König hatte sich damit einen Scharfmacher vom Halse geschafft. Bismarck litt wie ein Hund – nicht nur vor Heimweh. Er wurde krank. Monatelang plagte ihn eine Lungenentzündung und er klagte, seine Nerven seien „bankrott". 1862 wechselte er als Botschafter nach Paris. Doch nicht für lange: Denn nun brauchte König Wilhelm I. doch die Hilfe dieses politisch so entschiedenen Mannes. Die liberale Mehrheit im preußischen Landtag lehnte den Wunsch des Königs nach einer Militärreform und Verstärkung des Heeres ab. Bismarck sollte ihm nun helfen – und wurde 1862 vom König zum preußischen Ministerpräsidenten und zum Außenminister ernannt. Dies hatte der Graf zur Bedingung gemacht.

Mit einem Trick setzte Bismarck die Heeresreform durch und sich gemeinsam mit dem König über die Verfassung hinweg. Er erfand die „Lückentheorie". Sie besagte, dass die Regierung auch dann handeln müsse, wenn sie sich mit dem Parlament nicht einigen könne. Hauptsache sei, dass der Staat handlungsfähig bleibe. Einen Ölzweig schwenkend, ließ Bismarck vor Preußens Abgeordneten die Muskeln spielen: „Nicht auf Preußens Liberalismus sieht Deutschland, sondern auf seine Macht." Den folgenden Worten verdankte er den Beinamen „Eiserner Kanzler“: „Nicht durch Reden und Majoritätsbeschlüsse werden die großen Fragen der Zeit entschieden – sondern durch Eisen und Blut.“ Mit Eisen meinte er Gewehr- und Kanonenkugeln, mit Blut die Soldaten.

Bald kam es dazu: Dänemark wollte den Norden Schleswig-Holsteins an sich reißen. 1864 sprachen die Waffen. Preußen holte den Sieg für den Deutschen Bund. Doch Österreich und Preußen konnten sich nicht einigen, wer nun welchen Landesteil verwalten sollte. 1866 begann deshalb der Deutsche Krieg. Das Verhältnis zwischen den beiden Staaten war ohnehin angespannt gewesen. Einige kleinere Länder schlossen sich Preußen an, und Österreich wurde besiegt. Der Deutsche Bund zerbrach. Preußen setzte sich an die Spitze des neu gegründeten Norddeutschen Bundes, der aus 17 Kleinstaaten bestand – und Bismarck wurde zu dessen Kanzler ernannt.

Vier Jahre später war er mitschuldig am verheerendsten seiner Kriege, weil er den französischen Nachbarn vor den Kopf stieß. Folgendes war geschehen: Die preußische Hohenzollern-Familie wollte eines ihrer Mitglieder zum spanischen König erheben. Frankreichs Kaiser Napoleon III. befürchtete deshalb, sein Land werde dann von Preußen umzingelt sein, und protestierte dagegen. Der Preußen-König riet der Verwandtschaft, von ihren Plänen Abstand zu nehmen. Das war Napoleon nicht genug. Durch einen Gesandten, der Wilhelm I. während dessen Kur in Bad Ems aufsuchte, forderte er eine schriftliche Verzichtserklärung. Der wiederum verfasste über diesen Vorgang einen Bericht und ließ diesen als Depesche nach Berlin schicken. Diese „Emser Depesche“ wurde von Bismarck in verschärfter Form veröffentlicht. Welch Affront gegen Frankreich! Kurzerhand erklärte Napoleon Deutschland am 19. Juli 1870 den Krieg. Die Preußen gewannen ihn, unterstützt von den süddeutschen Staaten, nach einem Jahr. 180 000 Soldaten hatten ihr Leben auf den Schlachtfeldern gelassen. Deutschland nahm Frankreich Elsass-Lothringen ab. Die deutsch-französische Erbfeindschaft war neu entfacht. Dieses Feuer sollte, durch zwei Weltkriege im folgenden Jahrhundert zusätzlich genährt, noch lange brennen.

Noch während des Krieges wurden Rufe nach einem nationalen Einheitsstaat laut. Diesmal drängte auch Bismarck Wilhelm I., sich die Kaiserkrone zu nehmen – und setzte sich durch. Am 18. Januar 1871 war das Deutsche Reich besiegelte Sache – und Preußens König wurde zum Deutschen Kaiser ernannt.

Die Kaiser-Krönung wurde zur nächsten Demütigung der Franzosen. Während die deutschen Armeen weiter aufrückten, fand sie ausgerechnet im Spiegelsaal von Versailles statt. Der war Symbol für die absolutistische Herrschaft von Frankreichs früheren Regenten. Wilhelm I. hätte gern darauf verzichtet – und strafte seinen Reichskanzler während der Zeremonie durch Nicht-Beachtung: Er würdigte Bismarck bei der Krönung keines einzigen Blicks. Danach schritt er an dem Mann in der weißen Kürassieruniform, der inmitten von Fürsten, Prinzen, Ministern und Militärs stand, vorbei, als wäre der Luft.

Der Kaiser wäre lieber König geblieben.

Als Reichskanzler war Bismarck jetzt nur noch dem Kaiser Rechenschaft schuldig, ansonsten hatte er freie Hand. Der „Eiserne“ begann im Zweiten Deutschen Reich – nach dem Heiligen Römischen Reich Deutscher Nation – „durchzuregieren“. Bismarck rief zum Kulturkampf gegen die katholische Kirche auf. Er befürchtete, deren Würdenträger und Anhänger würden den Papst mehr als den Kaiser verehren. Er verbot den Orden der Jesuiten, untersagte Priestern bei Strafandrohung politische Reden von der Kanzel, ließ Bischöfe verhaften, unterwarf die Pfarrerausbildung staatlichen Regeln und erließ das „Brotkorbgesetz“: Das hieß so, weil er die Zuschüsse des Staates an die Kirche strich und ihr damit den „Brotkorb“ höher hängte. Die Sozialisten waren die Nächsten, die der Kanzler zu Reichsfeinden erklärte. Zwei missglückte Attentate auf Wilhelm I. kamen ihm da gerade recht: Obwohl Bismarck wusste, dass die Sozialisten nichts damit zu tun hatten, nahm er die Attentate zum Anlass, die „Sozialistengesetze" zu erlassen. Er befürchtete, die Arbeiter und Leute auf der Straße würden gegen den neuen autoritären Staat rebellieren. Mit den Sozialistengesetzen wollte er jeglichen Anfang einer Arbeiterbewegung im Keim ersticken: Ihre Vereine konnten jetzt ohne Begründung verboten werden, Versammlungen und Demonstrationen willkürlich aufgelöst, Schriften jeder Art beschlagnahmt werden. Gleichzeitig musste Bismarck das Volk ruhigstellen und den Zulauf zu den Sozialdemokraten stoppen. Deshalb begründete der Kanzler ein weltweit einzigartiges Sozialsystem. Er richtete eine Kranken-, Unfall-, Renten- und Invaliditätsversicherung ein. 1890 wollte er die Sozialistengesetze weiter verschärfen. Doch diesmal wurde er vom Reichstag gestoppt, in dem die Sozialdemokraten in der Zwischenzeit verstärkt vertreten waren. Inzwischen war Wilhelm I. gestorben. Dem neuen Kaiser, Wilhelms Enkel Wilhelm II., war Bismarck zu mächtig und stark. Als der Kanzler am 20. März 1890 entnervt seinen Rücktritt erklärte, nahm der Kaiser dies ohne Wimpernzucken hin. Ein britisches Magazin kommentierte den Vorgang mit der berühmten Karikatur: „Der Lotse geht von Bord." Sie zeigt einen müden Bismarck auf der Treppe eines Dampfers, während Kaiser Wilhelm II. gelangweilt von der Reling aus zusieht.

Bismarck zog sich nach Friedrichsruh bei Hamburg zurück, wo er mit seiner Frau ein neues Domizil bezogen hatte. Dort verfasste er seine Memoiren – und musste im November 1894 seinen „Anker" zu Grabe tragen. „Was mir blieb, war Johanna", hatte er verbittert nach seinem Abschied aus der Politik gesagt. Nun hatte er auch sie verloren. Vier Jahre später, am 30. Juli 1898, folgte er ihr und wurde in Friedrichsruh neben ihr begraben.

Linkenhasser und Kultfigur

An Otto von Bismarck scheiden sich noch heute die Geister: Für die einen ist der „Eiserne Kanzler“ ein die Linken hassender Reaktionär, der die Bürger in ihren Freiheitsrechten drangsalierte und die Demokratisierung des Landes ausgebremst hat. Für die anderen ist er der geniale Erfinder eines noch heute weltweit vorbildlichen Sozialsystems. Zum ersten Mal verhinderten diese Versicherungen, dass für einen Arbeiter Krankheit oder ein Unfall gleichbedeutend waren mit dem Absturz in Armut und Not. Der einheitliche deutsche Nationalstaat machte das Land auch wirtschaftlich stärker. Gleichzeitig nahm Bismarck durch geschickte Bündnisse Russland, Österreich und Italien die Angst vor dem mächtig gewordenen Nachbarstaat.

Im Deutschen Reich selbst wurde Bismarck schon kurz nach seiner Entlassung zur Kultfigur: Das Land wurde mit Bismarck-Denkmälern und -Türmen überzogen, die größtenteils noch heute stehen. Allerdings gab es nur ein einziges Monument, das den „Eisernen Kanzler“ nicht staatsmännisch streng, sondern als lockeren Studenten zeigte, dem sein Hund Ariel zu Füßen lag: Es stand an der Rudelsburg in Sachsen-Anhalt. Den Sockel gibt es noch. Die Statue selbst wurde nach dem Zweiten Weltkrieg zertrümmert und die Einzelteile in der Saale versenkt.

Das beleuchtete Stopfei

Das wär's doch: Man müsste die Schornsteine mit der Kanalisation verbinden und die rußigen Abgase direkt nach unten absaugen. Das würde die Verschmutzung der Luft gewaltig verringern und die Lungen der Menschen schonen. Eine Aktennummer bekam diese Erfindung: A 80913 V/241. Doch weiter hat es der Antrag des damals 31-Jährigen beim deutschen Patentamt nicht geschafft. Nicht viel besser ging es ihm mit seiner Idee für ein von innen beleuchtetes Stopfei. Damit könnte man verhindern, dass sich die Frauen bei der Wäschereparatur an den dunklen Winterabenden ihre Augen verdarben. Selbst das Patent auf die Ersatzwurst aus Sojamehl, die den Hunger im Ersten Weltkrieg hätte lindern können, verweigerten ihm die fantasie- und mutlosen deutschen Behörden. Immerhin erkannten die Ämter in Wien, Budapest, Brüssel und London seine Extrawurst als schutzwürdig an. Als die Amerikaner ihre erste Rakete ins All schossen, schimpfte er, den Antrieb dafür habe er schon 50 Jahre zuvor erfunden. „Aber die Leute im Reichspatentamt waren zu dumm, das zu verstehen." Bewundern können Besucher seines einstigen Wohnhauses noch heute die aus einer mit Schnur und Leukoplast an der Stehlampe neben seinem Bett befestigte Eieruhr. Sie diente ihm als Zeitschaltuhr zum Stromsparen. Denn allzu häufig fielen ihm abends über einem Krimi die Augen zu.

Als Erfinder ging er nicht in die Geschichte ein, als findiger Fuchs schon. Dass sein einstiges Zuhause zur Wallfahrtsstätte der Deutschen wurde, hat aber einen anderen Grund. Er hat länger als andere deutsche Politiker Stadt- und Staatsgeschichte geschrieben. Er hat über 14 Jahre lang die neu gegründete Bundesrepublik regiert. Nach den düsteren Jahren der Hitler-Diktatur waren Ideen besonders gefragt. Und die hatte er.

Wer war das?

Konrad Adenauer –

der erste deutsche Bundeskanzler

Geboren am 5.1.1876 in Köln
Gestorben am 19.4.1967 in Rhöndorf

Wenigstens mit seinem Schrotbrot hatte Konrad Hermann Joseph Adenauer als Erfinder Erfolg. 10 000 Laibe gingen im Kriegssommer 1916 jeden Tag als Ersatz für das knapp und unbezahlbar gewordene rheinische Schwarzbrot in Köln über die Ladentische. Auf die Tantiemen aus seinem Patent auf das Nahrungsmittel aus Mais-, Reis- oder Kartoffelmehl und Kleie verzichtete Adenauer generös. Dabei war der stellvertretende Oberbürgermeister von Köln als Pfennigfuchser bekannt. Auf der anderen Seite hatte er durchgesetzt, dass er ein extrahohes Gehalt bekam. Doch jetzt ging es darum, die leeren Mägen der Kölner Bürger zu füllen. Gleich in den ersten Tagen des Ersten Weltkriegs hatte Adenauer, der für Finanzen, Personal und Ernährung zuständig war, die Stadtverordneten herumgekriegt, einen Kredit über sechs Millionen Reichsmark abzusegnen. Für das Geld hortete er Etliches, was den Lebenserhalt der Bevölkerung absichern und der Vorsorge für die Zukunft dienen könnte: Linsen, Erbsen, Möhren, Salz, Schmalz, Sauerkraut, Wurst und Petroleum. Er funktionierte die städtische Festhalle zum Stall für 1000 Stück Vieh um und pachtete Wiesen und Weiden zur Aufzucht von Kälbern und Milchkühen. Bei den Kölnern hat ihm seine Hamsterei den Spitznamen „Graupenauer" und als Amtsträger das Eiserne Kreuz am weißen Band eingebracht. Diesen Orden bekamen sonst nur Soldaten.

1917 wurde Konrad Adenauer der mit damals 41 Jahren jüngste Oberbürgermeister im gesamten Preußenstaat. 32 Jahre später – Gleichaltrige läuteten da längst den Lebensabend ein – wurde Adenauer zum ersten Bundeskanzler der neu gegründeten Bundesrepublik gewählt. Die eine entscheidende Stimme, die ihm die erforderliche absolute Mehrheit im ersten Deutschen Bundestag brachte, war seine eigene. Eigentlich gehört es sich nicht, sich selbst zu wählen. Aber alles andere, so bekannte das Schlitzohr später, wäre ihm wie Heuchelei vorgekommen …

Über 14 Jahre blieb Konrad Adenauer in diesem Amt. Als er zurücktrat, war er 87. Das war 1963. 30 Jahre zuvor hatte er noch geglaubt, nun sei es mit ihm und der Politik aus und vorbei. Damals, 1933, hatten ihn die Nationalsozialisten gerade aus dem Kölner Rathaus vertrieben. Ein Freund meinte zwar, der Nazi-Spuk sei nach spätestens zwei Jahren aus und vorbei. Doch das konnte den 57-Jährigen nicht trösten: „Zwei Jahre! Um Gottes willen! Dann bin ich ja zu alt, um wieder einsteigen zu können!“, klagte er. Es kam dann alles ganz anders, auch für ihn.

„Man muss die Dinge geduldig wachsen lassen!“ Das hatte der alte Justizrat Konrad Adenauer seinem am 5. Januar 1876 geborenen Filius eingeschärft, als der noch ein kleiner Junge war. Konrad Adenauer senior hatte damit bei den gärtnerischen Versuchen des Sohnes Geduld angemahnt. Denn der mühte sich vergeblich, auf seinem Beet im elterlichen Vorgarten in der Kölner Balduinstraße aus Stiefmütterchen und Geranien eine „viola tricolor Adenaueriensis“ zu züchten. Immerhin wurde Jahrzehnte später eine Rosensorte nach ihm benannt. Adenauer gärtnerte sein Leben lang. Geduld wurde ihm aber noch in ganz anderer Hinsicht abverlangt, und das bereits nach der Schulzeit. Der Vater hatte ein sicheres Beamten-Salär. Doch es war recht knapp, um damit eine sechsköpfige Familie zu ernähren. Die Mutter besserte das Haushaltsgeld mit dem Nähen von Wachstuch-Schürzen auf. Er selbst, erzählte Adenauer gern, habe mit einem seiner zwei Brüder das Bett teilen müssen. Für ein Studium des dritten Sohnes reichte das Geld nicht aus. Nicht ganz freiwillig trat Konrad also nach dem Abitur eine Banklehre an. Er war froh, als er dann überraschenderweise ein Stipendium für begabte Beamtenkinder bekam. Niemand wusste so recht, worin seine Begabung bestand: Denn die einzige Eins im Abiturzeugnis stand hinterm Singen. Sei's drum: Jedenfalls konnte er nun Jura studieren. Das tat er erst in Freiburg, dann in München und Bonn. Aus der erträumten Richter-Laufbahn wurde nichts, weil seine Examensnote – eine Vier – zu schlecht dazu war. Stattdessen wurde Konrad Assistent bei der Kölner Staatsanwaltschaft. Nach zwei Jahren nahm er eine Stelle in der Anwaltskanzlei eines einflussreichen Rathaus-Politikers an. Der war Mitglied der Kölner Zentrumspartei und fädelte ein, dass sein junger Mitarbeiter 1905 als Beigeordneter ins Stadtparlament kam. Es war der Auftakt einer großartigen Politiker-Laufbahn.

Auch privat hatte Konrad Adenauer Glück: 1908 heiratete er Emma Weyer, mit der er drei Kinder bekam. Sie stammte aus einer alteingesessenen Kölner Familie mit besten Verbindungen. Sie war auch mit den Wallraffs verwandt – und die stellten den Oberbürgermeister: Der, „Onkel Max", hat den Mann seiner Nichte zwei Jahre später zu seinem Stellvertreter ernannt. Als Max Wallraff 1917 als Staatssekretär nach Berlin gerufen wurde, rückte Adenauer in dessen Amtssessel nach. Bei den Kölnern hatte sich der neue Oberbürgermeister durch seine listige Lebensmittel-Hamsterei beliebt gemacht. Privat wurde ihm in dieser Zeit einiges abverlangt: 1916 war seine Frau gestorben und der nun 40-Jährige stand allein mit drei Kindern da. Sie erlebten ihn als fürsorglichen, ja zärtlichen Vater. Ein halbes Jahr vor seiner Oberbürgermeister-Wahl hatte ihn ein schwerer Unfall für Wochen aus dem Gleis geworfen. Adenauer war

Opfer eines Zusammenstoßes seines Dienstwagens mit der Kölner Straßenbahn geworden. Ausgerechnet eine Straßenbahn! Hatte er doch als Schüler eine „Vorrichtung, die das Überfahrenwerden durch Straßenbahnwagen absolut sicher verhindert" erfunden. Doch auch diese Idee war nirgendwo angekommen … Dem Unfallwagen entstieg er mit zerschmettertem Jochbein und zertrümmertem Kiefer. Adenauer musste mehrfach operiert werden. Zurück blieb ein nun auch optisch markanter Charakterkopf. Er selbst verglich sich mit einem Hunnen, von anderen wurde er wenig schmeichelhaft „Lama", „Mongole" oder gleich „Dschingis Khan" genannt.

Ein amerikanischer Politiker fragte Adenauer einmal, ob unter seinen Vorfahren wohl ein Indianer wäre …

Als Oberbürgermeister prägte Adenauer das Gesicht seiner Stadt: Er gründete die Kölner Universität neu, belebte die Messe wieder, ließ eine neue Rheinbrücke errichten und den Hafen ausbauen und – der Gärtner ließ grüßen – das ehemalige Festungsgelände in einen üppigen Grüngürtel umwandeln. Das alles kostete viel Geld. Aber Adenauer hatte jedes Mal mit Finten und Finessen die nötige Mehrheit im Stadtrat hinter sich gebracht. Sein Meisterstück war die moderne Hängebrücke über den Rhein: Vor allem die Kommunisten im Parlament lehnten die gewagte Konstruktion als viel zu teuer ab. Daraufhin erzählte der OB den Stadtverordneten bei einem nächtlichen Weingelage, derartige Brücken seien im russischen Leningrad derzeit der allerletzte Schrei … Er bekam die Stimmen der Linken. Adenauer siedelte auch neue Industriebetriebe in seiner Heimatstadt an. Am bedeutendsten davon waren die Werke des Autoherstellers Ford. Er wollte die Rheinstadt zum Zentrum des Westens machen und einen Gegenpart zur Reichsmetropole schaffen. Denn Berlin und Preußen hat Adenauer nie gemocht. Ließ sich eine Reise dorthin nicht umgehen, zog er spätestens in Magdeburg die Vorhänge seines Zugabteils zu, um sich den Blick auf die „asiatische Steppe" zu ersparen.

Der Ruf, ein Separatist zu sein, hing Adenauer lange an. Den Vorschlag Moskaus, das geteilte Deutschland als entmilitarisierten Staat wieder zu vereinen, lehnte er ab.

Geschickt manövrierte Adenauer seine Stadt durch die wirresten Zeiten: Während der Novemberrevolution nach dem Ende der Kaiserzeit ließ er sich vom Arbeiter- und Soldatenrat zu dessen Beauftragtem machen und stellte den Revolutionären sogar Räume im Rathaus zur Verfügung. Er unterstützte die Bürgerwehr und gab den Fischen im Rhein zu trinken: Adenauer befürchtete, die Stadt könne bei Unruhen außer Kontrolle geraten. Deshalb ordnete er an, die Weindepots des Heeres aufzulösen. So flossen 300 000 Liter Rebensaft in den Rhein. Als das Rheinland nach dem Ersten Weltkrieg besetzt wurde, schickte Adenauer den anrückenden Briten ein Telegramm mit der Bitte entgegen, sie sollten sich doch beeilen. Damals handelte sich Adenauer erstmals den Ruf ein, ein Separatist zu sein, der das Rhein-Ruhr-Gebiet von Deutschland abspalten wolle. Er schlug nämlich vor, aus der Region einen eigenen Bundesstaat zu machen. Damit wollte er Gelüsten Frankreichs zuvorkommen, sich das linksrheinische Gebiet einzuverleiben.

Der Privatmann Adenauer nahm sich 1919 eine neue Frau. Er war beim allmorgendlichen Harken der Kartoffelbeete im heimischen Garten der Tochter des Nachbarn, Auguste Zinsser, nähergekommen. Im August wurde „Gussie" seine zweite Frau. Sie machte ihn zum Vater vier weiterer Kinder. Und wieder sollten ihm neue Familienbande später von Nutzen sein: Gussies Cousine Ellen war mit dem Amerikaner John McCloy verheiratet. Der wurde nach dem Zweiten Weltkrieg als Hoher Kommissar der amerikanischen Besatzungsmacht nach Deutschland entsandt. Adenauer nutzte als erster Kanzler der neu gegründeten Bundesrepublik die amerikanische Verwandtschaft.

Doch bis dahin war noch Zeit: Erst kamen die Nazis – und mit ihnen das Aus für den Kölner OB. Im Februar 1933 sagte sich der NSDAP-Führer und Reichskanzler Adolf Hitler in der Rheinstadt zu einer Wahlkundgebung an. Die Nazis dekorierten die Rheinbrücke mit ihren Hakenkreuzfahnen. Adenauer hängte sie wieder ab und verweigerte die Erlaubnis, den Fluss zu illuminieren. Er lehnte es auch ab, zu Hitlers Auftritt zu kommen. Daraufhin marschierten NS-Propaganda-Truppen durch die Stadt und skandierten Hetzparolen gegen deren Oberbürgermeister. Vor seinem Wohnhaus postierten sich Mitglieder der SA, Hitlers bewaffneter „Sturmabteilung". Diese Kampf- und Schlägertruppe terrorisierte jeden, der nicht für Hitler war. Adenauer wurde mehrfach gewarnt, die Nazis würden ihn umbringen lassen. Er bekam von allen Seiten Druck und wurde schließlich am 13. März 1933 aus dem Amt gejagt. Freunde hatten ihm vorher zum Rücktritt geraten. Adenauer verlor auch seinen Posten als Präsident des Preußischen Staatsrats.

Der Preußische Staatsrat, dem Adenauer seit 1921 vorgesessen hatte, vertrat in der Weimarer Republik die Interessen der Provinzen in Berlin.

Sicherheitshalber tauchte er nun ganz ab: Adenauer versteckte sich fast ein Jahr lang im Kloster der Benediktiner von Maria Laach in der Eifel. Wenn er verreiste, suchte er irgendwo heimlich Unterschlupf und wurde dennoch von der Gestapo, Hitlers „Geheimer Staatspolizei", vorübergehend verhaftet. Danach lebte er mal hier, mal da, quartierte sich in Krankenhäusern und einmal in einem Priester-Erholungsheim ein. Auch in Rhöndorf, seinem späteren Wohnort, ließ er sich schon ein erstes Mal nieder: Er bezog ein Haus mit Fenstern zum Wald, um notfalls schnell und unentdeckt entkommen zu können. Die SA ließ ihn erst in Ruhe, nachdem sich ein Freund für ihn eingesetzt hatte. Adenauer setzte sogar gerichtlich durch, dass er eine Entschädigung für sein von den Nazis beschlagnahmtes Eigentum bekam. Von dem Geld baute er sich in Rhöndorf ein eigenes Haus. Dort bastelte der Zwangspensionär in den nächsten Jahren an seinen Erfindungen herum, zog Gemüse und hielt ein Schaf. Wegen dieses Tieres, genannt „Nelke", legte sich der Querkopf mehrmals mit seinen Nachbarn an: Denen gefiel nicht, dass er das Tier des Öfteren zum Grasen jenseits der eigenen Gartengrenze anpflockte …

Aus der Politik hielt sich der über 60-Jährige fern. Mehrfach blitzten Bekannte mit Versuchen ab, ihn für den Widerstand gegen Hitler anzuwerben. Trotzdem wurde Konrad Adenauer nach dem missglückten Attentat auf den Diktator am 20. Juli 1944 verhaftet und eingesperrt. Auch diesmal ließ er sich etwas einfallen: Der Häftling täuschte einen Herzanfall vor und ließ sich in ein Krankenhaus bringen, aus dem ihm die Flucht gelang. Nun verhafteten die Nazis seine Frau Gussie und drangsalierten sie so lange, bis sie das Versteck ihres Mannes in einem abgelegenen Haus im Westerwald preisgab. Davon erholte sich Auguste Adenauer nie wieder. Sie war von da an bis zu ihrem Tod 1948 schwer krank. Adenauers Söhne waren im Zweiten Weltkrieg Soldaten. Sie beschwerten sich über die Gefangennahme ihres Vaters und fragten mit einem offiziellen Schreiben an die Regierung an, wie ein Soldat gute Dienste leisten könne, wenn die Eltern grundlos verhaftet würden. Daraufhin kam Konrad Adenauer im November 1944 frei.

Am 15. März 1945 marschierten die Amerikaner in Rhöndorf ein. Vier Tage später standen sie bei Konrad Adenauer vor der Tür: Sie fuhren ihn im offenen Jeep durch die Trümmer seiner Stadt – und setzten ihn erneut als Kölner Oberbürgermeister ein. Sofort begann Adenauer wieder Lebensmittel für seine Bürger zu „hamstern“. Im Juni übernahmen die Briten die Kontrolle über Köln – und Adenauer war sein Amt wieder los. Denn die Engländer setzten ihn nach drei Monaten wegen „Unfähigkeit“ ab. Mehr noch: Adenauer durfte Köln nicht einmal mehr betreten, obwohl Gussie dort im Krankenhaus lag. Bis heute ist unklar, warum dies geschah und die Briten ihm sogar jede politische Tätigkeit untersagten. Möglicherweise hatte sich der OB den Unmut der Briten durch Kontakte zu Franzosen zugezogen oder damit, dass er Interviews zu außenpolitischen Fragen gab, in denen er mit Kritik an der Besatzungsmacht nicht sparte.

Als die deutschen Parteien neu gegründet wurden, schloss sich der nun 70-jährige Adenauer der CDU an und machte dort eine Blitzkarriere: Im Februar '46 wurde er ihr rheinischer Vorsitzender, im Oktober Chef ihrer nordrhein-westfälischen Landtagsfraktion. Als die westlichen Alliierten – die USA, Großbritannien und Frankreich – zwei Jahre später die Deutschen aufforderten, sich ein eigenes Grundgesetz zu erarbeiten, wurde Konrad Adenauer zum Präsidenten des dafür eingerichteten Parlamentarischen Rats. Am 8. Mai 1949 war das Grundgesetz fertig, am 23. Mai wurde es verkündet. Ein Bravourstück hatte Adenauer bei der Frage um den künftigen Regierungssitz geleistet: Der Rheinländer bootete die Mitbewerber Frankfurt und Stuttgart aus und setzte durch, dass Bonn Bundeshauptstadt wurde. Berlin kam ja, weil geteilt, nicht infrage. Die künftige deutsche Politik-Zentrale lag nun auch nah an seinem Wohnort ... Am 14. August 1949 wählten die Deutschen den ersten Bundestag. Die CDU gewann und mit ihr Adenauer. Er wurde ihr erster Bundeskanzler. Dreimal wurde er wiedergewählt und blieb 14 Jahre im Amt. Nach der Hälfte der vierten Amtsperiode trat er am 15. Oktober 1963 zurück. Das hatte die CDU ihrem Koalitionspartner FDP so zugesagt. Konrad Adenauer war nun 87 Jahre alt. Der CDU stand er drei weitere Jahre vor, dann machte er Jüngeren Platz. Umgeben von seinen sieben Kindern, starb Konrad Adenauer am 19. April 1967 in seinem Haus in Rhöndorf zwischen Reben und Rhein. 20 Außenminister, 15 Staatspräsidenten und Regierungschefs, über hundert Botschafter verbeugten sich im Kölner Dom vor seinem Sarg. Begraben wurde Deutschlands erster Bundeskanzler auf dem Rhöndorfer Waldfriedhof. Sein Haus ist heute eine Touristenattraktion: Im Badezimmer liegt noch seine Zahnbürste und steht eine Flasche „4711", das Kölner Parfüm, das er sein Leben lang trug.

Der Parlamentarische Rat war ein aus den elf Landtagen gewähltes Gremium, das über den Entwurf für das Deutsche Grundgesetz abstimmte.

Der Patriarch von Bonn

„Zeiten einer politischen Katastrophe sind besonders geeignet, etwas Neues zu schaffen." Das sagte der Kölner Oberbürgermeister Konrad Adenauer, als seine Stadt nach dem Ersten Weltkrieg das erste Mal von Siegern besetzt war. Umso mehr galt dies, als die Welt und Deutschland die viel größere Katastrophe der Hitler-Diktatur und des verheerendsten Krieges aller Zeiten hinter sich hatten.

Nicht jedem gefiel, wie rigoros Adenauer als erster deutscher Bundeskanzler seinen Verfassungsauftrag und sein Recht, die Richtlinien der Politik zu bestimmen, umsetzte und für sich in Anspruch nahm. Er selbst gab zu: „Ich bin im Gebrauch der Macht nicht pingelig." Kritik löste aus, dass er ehemaligen Nazis wieder Ämter gab. Er bügelte sie mit den Worten ab: „Sie können schmutziges Wasser nicht wegschütten, wenn Sie noch kein frisches haben." Adenauer band die Bundesrepublik fest an den Westen an, söhnte Deutschland mit Frankreich aus und machte die Republik als Bollwerk gegen den Kommunismus zum Juniorpartner der USA. Er betrieb die Gründung der Montanunion, des ersten gemeinsamen Marktes für Kohle und Stahl, und der Europäischen Wirtschaftsgemeinschaft und ist damit einer der Väter der heutigen EU. Auf heftigsten Widerstand im eigenen Land stieß er, als er Deutschlands Wiederbewaffnung und den Beitritt zur NATO durchboxte. Er war überzeugt, nur aus einer Position der Stärke heraus werde es jemals zur Wiedervereinigung des geteilten Deutschland kommen. Heute ist es müßig, darüber zu streiten, ob das gleiche Ergebnis mit einer anderen Politik auch oder vielleicht sogar früher zu haben gewesen wäre.

Hinter Gittern und auf Klippen

Manchmal schaufelten die Wärter einen Häftling bis zum Hals tief im Sand ein und überließen ihn dann der glühenden Sonne. Wer Durst hatte, musste den Mund aufmachen, und sie pinkelten hinein. Ihm solches anzutun, wagte allerdings keiner. Nicht, weil er ein Prinz war, sondern aus Angst vor Meuterei und internationalen Protesten. Denn er war der prominenteste Gefangene der Welt. Über 10 000 Tage, davon 27 Jahre am Stück, hat er hinter Gittern, die längste Zeit davon auf der berüchtigten Gefangeneninsel im Atlantik verbracht. Umgeben von eisigem Wasser und tückischen Strömungen, war schon der Versuch einer Flucht von vornherein aussichtslos. Er war kein Mörder, kein Schwerstkrimineller, kein Terrorist. Sein „Verbrechen" war der Kampf um Menschlichkeit, dafür, dass kein Schwarzer mehr wie ein Tier behandelt wurde, sondern jeder die gleichen Rechte bekam. Nicht Hass trieb ihn an. Er wollte nur, dass es keinen Unterschied mehr zwischen Menschen schwarzer, weißer oder sonst einer Hautfarbe gab.

Bevor sich die Tür seiner Zelle in dem Inselgefängnis am 12. Juni 1964 hinter ihm schloss, sagte der Häftling Nummer 466/64: „Ich habe gegen die Vorherrschaft der Weißen und ich habe gegen die Vorherrschaft der Schwarzen gekämpft. Eine demokratische und freie Gesellschaft, in der alle friedlich und mit gleichen Möglichkeiten miteinander leben können, hat mir stets als Ideal vorgeschwebt. Wenn es sein muss, bin ich bereit, für dieses Ideal zu sterben." Er sei überzeugt davon, dass in jedem Menschen die „Flamme der Güte" brennt. In ihm brannte sie lichterloh: Endlich in Freiheit, lud er den Staatsanwalt, der dreißig Jahre zuvor seinen Tod gefordert hatte, zum Essen ein.

Wer war das?

Nelson Mandela –

der berühmteste Häftling der Welt

Geboren am 18.7.1918 in Qunu/Transkei
Gestorben am 05.12.2013 Houghton Estate, Johannesburg, Südafrika

„Beim Schreiben dieses Briefes sehe ich Dein schönes Foto. Ich staube es jeden Morgen sorgfältig ab, denn es gibt mir das angenehme Gefühl, als ob ich Dich streichle wie damals. Ich berühre sogar Deine Nase mit meiner, um den elektrischen Funken wieder einzufangen, der mein Blut früher jedes Mal in Wallung brachte." Als Nelson Mandela diese zärtlichen Worte schreibt, sitzt er bereits seit zwölf Jahren in Haft. Zwölf Jahre, in denen er nur alle sechs Monate einen Brief schreiben und empfangen durfte. In dem es ihm pro Halbjahr knappe 30 Minuten erlaubt war, Besuch zu empfangen. Nicht immer war das seine geliebte Winnie. Oft konnte sie gar nicht kommen. Weil sie selbst hinter Gittern saß oder dem Bann unterlag. Dann durfte sie nicht reisen und die tausend Kilometer, die sie trennten, hinter sich lassen. Wenn Winnie kam, konnte Nelson ihre Nase auch nur durch eine Scheibe mit der seinen berühren – durch kaltes Glas, durch das genau wie vom Papier des Fotos nur in der Fantasie der ersehnte elektrische Funke übersprang. Das alles, weil er ein Schwarzer war. Weil er dafür kämpfte, dass die 30 Millionen Menschen seiner Hautfarbe in seinem Land nicht länger wie Tiere behandelt wurden. Dass jeder von ihnen die gleichen Rechte wie die fünf Millionen Weißen bekam, die in Südafrika das Sagen hatten.

Jahrzehntelang waren Nelson und Winnie Mandela das tragischste Liebespaar der Welt. Nur dürftige vier Jahre konnten sie nach ihrer Heirat 1958 wie ein Ehepaar leben. Die restliche Zeit musste sich Mandela verstecken, war auf der Flucht und saß in Gefängnissen – am längsten im schlimmsten von allen, auf Robben Island. Die ganze Insel war eine Haftanstalt – neun Kilometer draußen im Atlantik vor der Tafelbucht von Kapstadt. Tagsüber mussten die Häftlinge Steine klopfen. Nachts lag der Gefangene Nummer 466/64 wie die anderen auch in seiner 2 Meter 45 langen und 2 Meter 15 breiten Zelle auf einer zwei Zentimeter dünnen Schlafmatte. Eine Decke, ein kleiner Schrank und ein Eimer, der als Toilette diente, war alles, was Nelson Mandela dort 18 Jahre lang, von 1964 bis 1982, umgab. Danach wurde er für weitere neun Jahre erst in das Hochsicherheitsgefängnis von Pollsmor, das ihm gegen Robben Island wie ein Fünf-Sterne-Hotel vorkam, dann nach Paarl gebracht. Und das auch nur, weil die Welt das Unrecht, das ihm und den anderen Schwarzen widerfuhr, nicht mehr schweigend hinnahm. Weil viele Menschen den Kauf von Waren aus Südafrika boykottierten. Weil sich eine Regierung nach der anderen gegen die unmenschliche Rassentrennung des Apartheidsstaates stellte.

Nelson Mandela wurde zum Symbol des Freiheitskampfs der Schwarzen.

1976, in dem Jahr, in dem Winnie die zärtlichen Zeilen von Mandela bekam, schrie die Welt auf vor Entsetzen über diesen Unrechtsstaat: Am 16. Juni hatten Polizisten und Soldaten in der Schwarzen-Vorstadt South West Township „Soweto" bei Johannesburg 100 schwarze Schulkinder getötet und Tausende angeschossen. 15 000 junge Leute hatten an diesem Tag demonstriert, weil sie künftig statt Englisch Afrikaans, die Sprache der Unterdrücker, lernen sollten. Bilder von dem Blutbad gingen um die Welt. Seitdem skandierten Menschen rund um den Erdball „Free Mandela" – „Lasst Mandela frei". Der Slogan galt dem berühmtesten Gefangenen der Welt und war zugleich ein politisches Signal.

Afrikaans ist aus der Sprache der Kapholländer entstanden. So wurden die Siedler genannt, die sich im 17. Jahrhundert in Südafrika niedergelassen hatten.

Die weißen Südafrikaner hätten den Schwarzen am liebsten sogar ihre afrikanischen Namen abgenommen.

Geboren wurde Nelson Mandela am 18. Juli 1918 in dem Dörfchen Qunu nahe Umtata in der Transkei als Rohlihlahla Mandela. Rohlihlahla heißt Unruhestifter. Diesen Namen gaben Häuptling Mgadla Henry Mphakanyiswa und dessen Frau Nosekeni Fanny ihrem kleinen Prinzen. Denn das war Rohlihlahla als Sohn des Führers des Thembu-Stammes vom Volk der Xhosa. Auch ein Prinz musste sich ins Dorfleben fügen: Der fünfjährige Rohlihlahla wurde als Schaf- und Kälberhirte auf die Felder geschickt. Mit sieben durfte er zur Schule gehen: Da wurde aus Rohlihlahla Nelson. Seine erste Lehrerin, die Nonne einer Missionsstation, benannte ihn um. Als Rohlihlahla neun Jahre alt war, starb sein Vater, und der „Bürgermeister" von Mqhekezweni, Jongintaba, nahm ihn auf. Der „weißen" Kultur begegnete Nelson erstmals mit 16: Da durfte er aufs Thembu-College, die Clarkebury Boarding Institution, gehen. Den ersten Schultag dort vergaß der einstige Hirtenjunge nie: Er trug das erste Mal in seinem Leben feste Schuhe. Er sei, schrieb Mandela in seinen Memoiren, die Treppen mit einem Klack-klack-klack hinaufgestiefelt, „wie ein frisch beschlagenes Pferd". In dieser Schule wurden die jungen Schwarzen mit der sogenannten zivilisierten Kultur vertraut gemacht. Weil Nelson ein Häuptlingssohn war, durfte er danach an der einzigen rein schwarzen Hochschule, der Universität von Fort Hare, Englisch, Anthropologie, das ist die Lehre von der Entwicklungsgeschichte des Menschen, Politik und Verwaltung studieren. Dort freundete er sich mit Oliver Tambo an. Beruflich und politisch wurde der sein Weggefährte und später Präsident der Schwarzen-Partei ANC, des African National Congress. Hier kam Mandela mit der schwarzen Opposition gegen die weißen Unterdrücker in Kontakt.

In Fort Hare holte ihn aber auch ein alter afrikanischer Brauch wieder ein, der für ihn eher unerfreulich war: Sein Ersatzvater Jongintaba hatte für Nelson ein Thembu-Mädchen als künftige Ehefrau ausgesucht und bereits den Brautpreis bezahlt. Der 23-Jährige nahm Reißaus – und floh nach Johannesburg.

Das war für den Jungen vom Land eine fremde Welt: Die großen Häuser, breiten Straßen und großen Parks beeindruckten ihn. Zum ersten Mal aber bekam er hier die Rassentrennung hautnah zu spüren: Er sah die Gettos der Schwarzen, armselige Hütten in abgetrennten Stadtvierteln. Er spürte, wie demütigend es war, sich nicht auf die Bänke der Weißen setzen zu dürfen, im Bus Extra-Plätze einnehmen zu müssen, nicht gemeinsam mit Weißen baden gehen zu können. Er hörte, dass ein Schwarzer bestraft wurde, wenn er ein weißes Mädchen ansprach. Und er erfuhr, wie schwer es war, Arbeit zu finden. Zu Hilfe kam ihm ein Cousin. Der machte ihn mit dem schwarzen Immobilienmakler Walter Sisulu bekannt. Sisulu verschaffte Nelson einen Job als Bote in einer Anwaltskanzlei – und einen Platz an der Witwatersrand-Universität, wo Nelson nun Jura studierte. Bei Sisulu begegnete Mandela seiner ersten Liebe, der Krankenschwester Evelyn Mase. 1944 heiratete er sie. Sie bekamen vier Kinder. Und Mandela wurde politisch aktiv: Er gründete die Jugendorganisation des ANC.

Bei Mandela sammelte sich das Unrecht, das Schwarzen widerfuhr: Mit Oliver Tambo hatte er 1952 die erste „schwarze" Anwaltskanzlei eröffnet. Dort suchten Menschen Hilfe, die wegen der rigiden Passgesetze innerhalb Südafrikas nicht reisen konnten, wohin sie wollten, oder Bauern, denen Weiße das Land abgenommen hatten. Er erfuhr von den Schikanen, denen Schwarze ausgesetzt waren, wenn ihr Ausweis nicht den Stempel eines weißen Arbeitgebers trug. Wer schwarz und arbeitslos war, galt als halber Verbrecher. Aber Mandela fand auch unter Weißen Freunde. Deshalb wandte er sich ab von dem Flügel des ANC, der für ein rein schwarzes Afrika kämpfte. Mandela unterstützte jeden Satz der berühmten Freiheitscharta des ANC, in der es hieß: „Wir, das Volk von Südafrika, erklären, dass Südafrika allen gehört, die darin leben, Schwarzen und Weißen." Nach dem Vorbild des indischen Freiheitskämpfers Mahatma Gandhi rief Mandela die Schwarzen zu gewaltlosem Widerstand auf. Das brachte ihn vor Gericht und 21 anderen Schwarzen neun Monate Zwangsarbeit. Die Strafe wurde aber zur Bewährung ausgesetzt. Es folgte sein erster „Bann", das heißt, Mandela durfte nicht mehr öffentlich auftreten und Johannesburg nicht verlassen. 1956 wurde er zusammen mit hundert anderen Schwarzen, Indern, einigen Weißen und Mischlingen als Hochverräter und Verschwörer gegen die Regierung verhaftet und vor Gericht gestellt. Gegen Kaution kam Mandela frei. Der Prozess zog sich über fünf Jahre hin. Mandela musste zu jeder Verhandlung in Pretoria erscheinen. Und das war fünf Fahrstunden von Johannesburg entfernt.

In dieser Zeit verließ Evelyn Mandela ihren Mann. Sie warf ihm vor, sich mehr um die Politik als um die Familie zu kümmern. Ihre Ehe wurde nach 13 Jahren geschieden. Doch dann begegnete Nelson der Liebe seines Lebens: Nomzamo Winnifred Madikizela. Winnie war die erste schwarze Sozialarbeiterin in einem Johannesburger Krankenhaus. 1958 heirateten sie. Ihre beiden Töchter bekamen den Vater aber nur für kurze Zeit zu Gesicht: Denn 1961 ging der Schwarzen-Führer in den Untergrund. Zwar war Mandela zuvor vom Vorwurf des Putsch-Versuches von 1956 freigesprochen worden. Die Konflikte im Land hatten sich aber so zugespitzt, dass der ANC verboten worden war. Vorausgegangen war ein Massaker der Polizei in Sharpeville, einer Schwarzen-Stadt 50 Kilometer vor Johannesburg. Dort hatten die Uniformierten blindwütig in eine Schwarzen-Demonstration gefeuert, Hunderte von Menschen verletzt und 69 erschossen.

Landesweit protestierten die Schwarzen auf den Straßen. Die Regierung rief den Notstand aus – und Mandela verlor den Glauben daran, dass der Kampf gegen die Apartheid ohne Gewalt zu gewinnen sein würde. Er tauchte unter – und reiste, getarnt als Chauffeur weißer Freunde, durchs Land. Er wurde zum Mitbegründer einer militärischen Gruppe, die sich „Umkhonto We Sizwe", „Speer der Nation", nannte. Heimlich reiste Mandela nach Algerien, Tansania und England, um Hilfe auch durch Waffen zu organisieren. In Äthiopien lernte er, Bomben zu bauen, und bereitete sich auf Anschläge gegen Einrichtungen der Weißen vor. Zurück in Südafrika, ging er der Polizei in die Fänge. Diesmal wurde er der Sabotage angeklagt. Darauf stand die Todesstrafe. Der Prozess dauerte drei Jahre. Im Juni 1964 fiel der Urteilsspruch gegen ihn und sechs Mitangeklagte: lebenslang! Am 12. Juni 1964 trat Nelson Mandela seine Haftstrafe auf der ehemaligen Robbeninsel Robben Island an.

Die Zeit in Untersuchungshaft nutzte Mandela für ein Fernstudium an der Universität von London.

Die „politischen" Gefangenen wurden dort anfangs besonders schikaniert – bis Mandela mit den Wärtern zu verhandeln begann. Er setzte durch, dass die Häftlinge Sport treiben, sich zu Diskussionen treffen und nach der Arbeit im Steinbruch gemeinsam lernen durften. Wer lesen und schreiben konnte, brachte dies denen bei, die dessen nicht mächtig waren. Es gab Vorträge über Geschichte und Literatur. Mandela selbst las Sagen und Gedichte der Buren, der holländisch-stämmigen Weißen in Südafrika, um die „Seele des Feindes" besser kennenzulernen. Bald „studierten" sogar Wärter an dieser „Gefängnisuniversität". Denn so wurde der Knast auf den Klippen von seinen Bewohnern genannt.

War diese „Uni" den Machthabern in Pretoria ein Dorn im Auge? Oder wollte Südafrika sein Image aufpolieren? Jedenfalls wurde Nelson Mandela 1982 von Robben Island weg und in das Poolsmor-Gefängnis bei Kapstadt gebracht. Und die Regierung machte dem prominenten Häftling ein Angebot: Man könnte ihn freilassen, wenn er im Gegenzug jeglicher Gewalt abschwor und versprach, sich politisch nicht mehr zu engagieren. Der Schwarzen-

Führer lehnte ab. Ein Nein zur Gewalt kam für ihn nur infrage, wenn sich auch die Weißen dazu verpflichteten. Doch irgendetwas musste geschehen: Das Land war in Aufruhr. Der ANC hatte dazu aufgerufen, Südafrika unregierbar zu machen. Sogar der Justizminister wollte jetzt mit Mandela verhandeln. Der ließ sich unter der Bedingung darauf ein, dass der ANC nichts davon erfuhr. Er wollte verhindern, dass die Organisation bei einem Scheitern der Verhandlungen ihr Gesicht verlor.

Man kam sich nicht näher und Südafrika erschien in den internationalen Medien nur noch als hochexplosives Pulverfass – bis zum 11. Juni 1988: Da feierten im Londoner Wembley-Stadion Zigtausende und weltweit zur gleichen Zeit Milliarden Menschen vor den Fernsehgeräten zehn Stunden lang ein gigantisches „Free Mandela"-Fest. Die größten Rockstars traten dort für den Häftling 220/82 auf. Das war die Nummer, die Mandela im Poolsmor-Gefängnis trug.

Der Ruf „Lasst Mandela frei!" ging um die ganze Welt.

Wenige Wochen später zog Nelson Mandela noch einmal um: Diesmal ins Victor-Vester-Gefängnis in Paarl, wo ihm ein kleines Haus mit Garten und Swimmingpool zur Verfügung stand. Anfang des folgenden Jahres wurde der inzwischen weißhaarige Schwarze eines Tages mit einem maßgeschneiderten Anzug versorgt. Der Gefängnisdirektor höchstpersönlich band dem 71-Jährigen die Krawatte. Dann wurde der prominente Häftling ins Tuynhuys zum Amtssitz des südafrikanischen Staatspräsidenten Pieter Botha gebracht. Es folgten weitere Gespräche. Nach 220 Tagen öffneten sich endgültig für Mandela die Gefängnistore. Noch am Abend dieses 11. Februar 1990 wurde er, nach 27 Jahren Haft, nach fast 10 000 Tagen, von einer jubelnden Menschenmenge vor der City Hall, dem Rathaus von Kapstadt, empfangen. Er war frei – und mit ihm alle anderen politischen Gefangenen in Südafrika. Ermöglicht hatte dies der neue Präsident Frederick Willem de Klerk, der Pieter Botha abgelöst hatte. Ihm hatte Mandela alles abgerungen, wofür er sein Leben lang gekämpft hatte: das Ende der Rassentrennung, die Wiederzulassung des ANC und der anderen verbotenen Schwarzen-Parteien und als Wichtigstes freie, demokratische Wahlen nach dem Motto „one man, one vote" – jede Stimme zählt gleich viel, egal ob von einem Schwarzen oder einem Weißen abgegeben. Südafrika hatte den ersten Schritt auf dem Weg vom Apartheidsstaat zur Demokratie getan, auch wenn noch viele Hürden zu überwinden waren. Die Gewalt – auch zwischen konkurrierenden Schwarzen-Organisationen – hatte noch kein Ende. 1993 wurde Nelson Mandela und Frederick Willem de Klerk der Friedensnobelpreis verliehen. Im April 1994 fanden schließlich die ersten freien Wahlen statt: Nelson Mandela wurde mit großer Mehrheit zum ersten schwarzen Staatspräsidenten Südafrikas gewählt.

Sein Kampf hatte ihn aber nicht allein 27 Jahre seiner Freiheit gekostet: Bitter enttäuscht trennte sich Mandela nach seiner Freilassung von Winnie. Seine Frau hatte, während er im Gefängnis saß, seinen Kampf „draußen" weitergeführt und war zum weiblichen Idol der Schwarzen geworden: „Queen of Africa" – „Königin Afrikas" wurde sie respekt- und liebevoll genannt. Dafür wurde sie von der Polizei schikaniert und gequält. An manchen Tagen wurde ihr Haus viermal auf den Kopf gestellt. Rund dreißigmal musste sie selbst ins Gefängnis, um nach jeder Freilassung von den Schwarzen noch mehr verehrt zu werden. Doch diese Prominenz stieg Winnie zu Kopf: Sie benahm sich immer öfter wie eine echte, exzentrische „Queen". Sie umgab sich mit einer dubiosen „Leibwache", dem berüchtigten „Mandela Club". Dessen junge, gewaltbereite Männer provozierten Schlägereien mit anderen Schwarzen. Sie misshandelten Jugendliche, von denen einige unter nie geklärten Umständen verschwanden. Etliche wurden ermordet. Winnie selbst wurde später wegen Entführungen und Folter vor Gericht gestellt. Tief enttäuscht verließ Mandela seine Frau, 1996 wurde die Ehe auch formal geschieden. Als First Lady stand dem Staatspräsidenten Mandela seine Tochter Zenani zur Seite – bis er in der 27 Jahre jüngeren Graca Machel eine neue Liebe fand. Am 18. Juli 1998, seinem achtzigsten Geburtstag, heiratete Nelson Mandela die Juristin und Witwe des früheren Präsidenten von Mosambik. 1999 gab er das Präsidentenamt an einen Nachfolger ab. Er starb am 5. Dezember 2013.

Modell Mandela – Modell Südafrika

Nicht nur das Ende der Apartheid ist Nelson Mandelas Verdienst, er fand auch einen Weg, weiße und schwarze Südafrikaner zur Versöhnung zu führen. Nach all dem Unrecht, das die Weißen den Schwarzen angetan hatten, rechnete alle Welt damit, dass jetzt ein Bürgerkrieg ausbrechen würde. Mandela aber setzte eine Kommission zur Wahrheitsfindung und Versöhnung (Truth and Reconciliation Commission) ein, der 17 Leute angehörten. Täter, die sich ihr stellten, konnten dort ihre Motive erklären und sich zu ihrer Schuld bekennen, Opfer ihren Schmerz, ihre Verbitterung und ihre Rachegefühle abladen. Das Motto hieß: Vergeben ohne zu vergessen. Oft spielten sich vor dieser Kommission erschütternde Szenen ab – aber es funktionierte. Ganz nach Mandelas Überzeugung: „Nur ein Mensch ohne Hass ist frei!“ Die UNO hat das „Modell Südafrika“ als Weg zur Konfliktlösung in anderen Staaten übernommen.

Forscher und Erfinder

Gute Geschäfte mit dem Glauben an Gott

Mit Gott und dem Glauben lässt sich gut Geld verdienen! Vor allem, wenn man (wie er) wusste, wonach Volkes Seele gerade verlangt: Wie alle sieben Jahre stand die Große Wallfahrt nach Aachen an. Zigtausende würden sich dorthin auf die Beine machen. Schließlich versprach diese Pilgerreise göttlichen Ablass von den Strafen für die irdischen Sünden. Das Geschäft mit den „Heiltumsspiegeln" lief wie geschmiert! Er kam kaum nach mit dem Schleifen der Gläser und Gießen der zierlichen Rahmen aus Blei und Zinn. Mit diesen Spiegeln, so hieß es, könne man die Strahlen der heiligen Reliquien einfangen und mit nach Hause tragen. Immer zur Wallfahrt wurden diese heiligen Hinterlassenschaften – das Kleid von Maria, die Windeln von Jesus, das Lendentuch Christi und das Stück Stoff, in dem einst das Haupt von Johannes dem Täufer lag – in der Aachener Pfalzkapelle zur Schau gestellt. Nicht nur für die Stadt und die Kirche waren ihr Abglanz und der Ablass ein gutes Geschäft – auch für ihn hier in Straßburg.

Der Goldschmied und Edelsteinschleifer hatte zudem einen Stempel graviert, der den Kirchenleuten das mühsame Schreiben der Ablassbriefe von Hand ersparte. Die Nachfrage nach diesen beschrifteten Papierchen war groß. Versprach doch der Papst in Rom jedem, der ein solches kaufte, Rettung vor dem Fegefeuer. Die Stempel gingen wie geschnitten Brot. Unseren Goldschmied und Edelsteinpolierer brachten sie noch auf eine ganz andere Idee. Deren Folgen sollten die Welt revolutionieren wie nichts seitdem und nichts in den davorliegenden 1500 Jahren seit der christlichen Heilsbotschaft. Um den Gewinn daraus wurde er zwar betrogen. Dafür hat er mit seiner Erfindung viel mehr als nur das Wort Gottes unters Volk gebracht.

Wer war das?

Johannes Gutenberg

und das „Werk der Bücher“

Geboren um 1400 in Mainz
Gestorben am 3.2.1468 ebenda

Was hätten seine Zeitgenossen wohl dazu gesagt? Dieser Prozesshansel, dieser Heiratsschwindler, dieser Bankrotteur und Pechvogel wurde 500 Jahre nach seinem Tod von amerikanischen Historikern zum „wichtigsten Mann des zweiten Jahrtausends“ gekürt! Dabei hatten die Mainzer noch nicht einmal das Grab ihres größten Sohnes in der 1742 zerstörten Franziskuskirche gerettet. Und das, obwohl zur gleichen Zeit ein Göttinger Geschichtsprofessor die letzten Zweifel hinweggefegt hatte, dass Johannes Gutenberg tatsächlich der Schöpfer des „Werks der Bücher“ und Vater der ersten gedruckten Bibel war! Um dieses Verdienst wurde der Mainzer Patriziersohn schon zu Lebzeiten betrogen. Die Erben dieser Betrüger hatten ihm noch 300 Jahre lang die folgenreichste Erfindung der Welt streitig gemacht. Erst seit 1741 ist bewiesen: Henchen Gensfleisch zur Laden alias Johannes Gutenberg ist tatsächlich der Erfinder des Drucks mit beweglichen Lettern, kurz Buchdruck genannt. „Gutenberg“ nannte sich der um 1400 geborene Gensfleisch erst von 1420 an, weil am Mainzer „Gutenberg“ sein Elternhaus stand. Das belegt eine Gerichtsakte aus diesem Jahr. In ihr geht es, wie in fast allen der wenigen von seinem Leben übrig gebliebenen Dokumente, um Geld. In diesem Fall um das Erbe seines Vaters, der 1419 gestorben war.

Im 15. Jahrhundert benannten sich die Menschen häufig nach ihren Straßen und Häusern.

Henchen, Hennes oder Johannes war das dritte Kind des wohlhabenden Mainzer Kaufmanns Friele Gensfleisch zur Laden und dessen zweiter Frau, der Krämertochter Else Wirich. Als Handelsherr war Friele Gensfleisch ein Patrizier, also Angehöriger des Standes, der im Mittelalter gemeinsam mit dem Adel den Rat der 6 000-Einwohner-Stadt stellte. Mainz war reich, weil sich am Zusammenfluss von Rhein und Main wichtige Handelswege kreuzten. Als Hennes noch ein kleiner Junge war, bahnte sich Streit zwischen Patriziern und Handwerkern an: Deren Zünfte machten den Händlern ihre Vorrechte streitig. 1411 kam es nach einer Bürgermeisterwahl fast zum Krieg in der Stadt. Viele Patrizier fürchteten um ihr Leben. 117 Familien flohen aus Mainz, darunter die des Friele Gensfleisch. Er siedelte mit Frau und Kindern vorübergehend um nach Eltville, wo Else Wirich ein Anwesen besaß. Wie die Gensfleischs dort lebten, ist nicht bekannt. Auch nicht, wie Henchen alias Johannes zu Bildung kam. Auf jeden Fall muss er neben Lesen, Schreiben und Rechnen auch Latein gelernt haben. Andernfalls hätte er seine spätere Arbeit nicht zustande gebracht. Möglicherweise hat er sogar studiert: Die wohlhabenden Mainzer schickten ihre Söhne dafür meistens nach Erfurt. Und im Verzeichnis der dortigen Universität findet sich für 1418/19 ein Eintrag über einen „Johannes de Alta villa“, also „Johannes von Eltville“.

Wo der junge Mann die nächsten Jahre verbrachte, ist unbekannt. Weitere Gerichtsakten berichten, dass 1430 eine Katherine von Delkenheim ihm und seiner Mutter eine jährliche Leibrente von 13 Gulden überschrieb. Seit 1433, dem Todesjahr Else Wirichs, bezog Johannes aus deren Erbe eine Rente. Im Jahr danach taucht Gutenbergs Name dann in Akten der Stadt Straßburg auf. Im Vorort St. Argobast lebte er die nächsten zehn Jahre. Und offenbar hatte er inzwischen das Handwerk eines Goldschmieds und Edelsteinpolierers erlernt: Jedenfalls unterwies Gutenberg als „Freimeister“ dieser Künste einen gewissen Andreas Dritzehn. Freimeister waren Handwerker, die nicht Mitglied der Zünfte waren. Mit Dritzehn und zwei anderen Gesellen betrieb er das Geschäft mit den Wallfahrtsspiegeln. Der „private“ Johannes musste in Straßburg erneut vor Gericht: Eine gewisse „Ennelin zu der Iserin Thüre“ und deren Mutter Ellewibel hatten den Patriziersohn wegen eines angeblich gebrochenen Eheversprechens verklagt. Wie das ausging, wissen wir nicht.

In seiner Straßburger Zeit dachte der Mainzer darüber nach, wie man Ablassbriefe und anderes schneller drucken könnte: zum Beispiel auch das Buch der Bücher, die Bibel. Einzelne Blätter zu bedrucken war kein Problem: Dafür wurden die Buchstaben in Holzplatten geschnitzt, die dann, mit Farbe übergossen, abgezogen wurden. Dieses Verfahren war aber mühsam und die hölzerne Druckvorlage schnell abgenutzt. Auf die Idee, es mit metallenen Lettern zu versuchen, kam Gutenberg vielleicht bei der Arbeit an seinen „Pilgerspiegeln“. Deren Rahmen waren aus Zinn und Blei. In Straßburg experimentierte er mit verschiedenen Legierungen herum und erfand so den gravierten Stempel für die Ablassbriefe.

Die gingen gut. Um wie viel besser, so überlegte Gutenberg, müsste sich dann das gedruckte Wort Gottes verkaufen lassen! Bislang wurde jeder einzelne Buchstabe der Bibel mühsam von Mönchen mit Feder und Tinte abgeschrieben. Es dauerte drei Jahre, bis eine einzige Ausgabe fertig war. Für das gemeine Volk war der Erwerb unerschwinglich. Nur Kirchenleute, Fürsten und Reiche konnten sie kaufen. Gutenberg beauftragte seinen Goldschmiede-Kollegen Hans Dünne, für ihn mehrere metallene Gerätschaften „zu dem trucken“ herzustellen. Auch kaufte er größere Mengen Blei, um einzelne Lettern zu gießen. Die, so überlegte er, könnte er immer wieder neu zusammensetzen und damit viele verschiedene Texte herstellen und etliche Seiten bedrucken. Was er noch brauchte, war eine Presse. Die guckte er sich bei den rheinischen Winzern ab. Zum Drucken wurde eine schwere Platte mit einer Schraubspindel aufs Papier gepresst. Ein Tischler namens Conrad Saspach fertigte alles dafür Nötige für ihn an. Möglicherweise hat Gutenberg seine Erfindung bereits in Straßburg ausprobiert.

Das Einzige, was von ihm dort übrig blieb, sind aber wieder nur Akten vom Gericht, in denen es erneut um den schnöden Mammon geht: Hinter Geld war Gutenberg her wie der Teufel hinter der Seele. Einmal nahm er sogar den Mainzer Stadtschreiber Nicolaus von Wörrstadt als „Geisel“, weil ihm sein Geburtsort 310 rheinische Gulden an Renten und Zinsen schuldete. Eine mit dem Schuldner in Verbindung stehende Person in „Schuldhaft“ zu nehmen, war im Mittelalter gang und gäbe, um säumige Zahler zum Begleichen offener Rechnungen zu zwingen. Ein andermal verklagten ihn die Brüder Jörg und Claus Dritzehn. Sie wollten Schadensersatz für Geld, das ihr verstorbener Bruder Andreas angeblich in eine von Gutenberg gegründete „Gesellschaft“ gesteckt hatte. Auch diese „Gesellschaft“ hat vermutlich seiner Erfindung, der „geheimen“ oder „schwarzen Kunst“ des Druckens, gedient. Die Gebrüder Dritzehn blitzten jedoch vor Gericht mit ihrer Klage ab.

1448 war Gutenberg wieder zurück in Mainz. Dort begann er, im heimischen Anwesen eine Druckerei einzurichten. Dafür lieh er sich Geld von seinem Schwager Arnold Gelthus. Dann zog er in den Humbrechtshof um und ging ein Geschäft mit dem Kaufmann und Advokaten Johann Fust ein. Die Händel mit ihm sollten ihn sieben Jahre später um sein Lebenswerk bringen. Fust lieh Gutenberg Geld: Erst 800 Gulden, damit er das nötige Gerät für seine Druckerei anfertigen lassen konnte. Die Werkstatt selbst wurde als Sicherheit für Fusts Darlehen eingesetzt. Wenige Jahre später musste Gutenberg bei seinem Partner einen zweiten Kredit in gleicher Höhe aufnehmen. Fust war ein gerissener Kerl – und Gutenberg ziemlich naiv: Sein Gläubiger hatte ihm den eigenen Schwiegersohn Peter Schöffer als Gesellen und damit als Spion in die Werkstatt gesetzt. Der

Die Schrifttype, die Gutenberg verwendete, wird Textura genannt, weil ihr Schriftbild einem Gewebe (lat. textura) gleicht.

Das Helmaspergersche Notariatsdokument wurde nach dem Tod Gutenbergs zum entscheidenden Beweis, dass er tatsächlich der Erfinder des Buchdrucks mit beweglichen Lettern war.

verfolgte Schritt für Schritt mit, wie sein Meister das „Werk der Bücher“ erstellte – und konnte es am Ende selbst. Der Verdacht liegt nahe, dass Fust das von Anfang an so geplant und das ganze Geschäft äußerst klug eingefädelt hat. Ein Nachfahre Schöffers hat Gutenberg später die Erfindung des Buchdrucks streitig gemacht und behauptet, dieser Ruhm stehe seinem Großvater zu.

Die Werkstatt war dank Fusts Geld eingerichtet – und Gutenberg fing mit der Arbeit an der Bibel an. Das zu druckende Buch der Bücher sollte den von Hand geschriebenen Ausgaben möglichst ähnlich sein. Die waren kostbare Kunstwerke und jedes sah anders aus. Deshalb fertigte der Meister nicht nur eine metallene Matrize von jedem der 26 Buchstaben des Alphabets an, sondern goss 290 verschiedene Typen und davon insgesamt 100 000 Stück, die er zu immer wieder neuen Ligaturen zusammensetzen konnte. Ligaturen werden die verschiedenen Buchstabenverbindungen genannt. Gutenberg setzte seine Bibel in zwei Kolonnen von je 42 Zeilen auf - jeder der 1282 Seiten. Er wollte 180 Ausgaben drucken. Zeitweise arbeiteten zwölf Drucker an sechs Pressen daran. Trotzdem dauerte alles viel länger als geplant – und als Fust versprochen. Der Druck der 180 Exemplare zog sich über drei Jahre hin. Im November 1455 aber, kurz bevor Gutenbergs Werk fertig war, forderte Fust plötzlich sein Geld zurück und obendrein Zinsen. Für die Gesamtsumme, 2026 Gulden, hätte man damals eine ganze Straße in Mainz rechts und links mit Häusern bebauen können. Mit dem Erlös aus dem Verkauf dieser ersten Bibel-Auflage hätte Gutenberg den Kredit ohne Probleme zurückzahlen können. Doch der Traum war vorher aus: Das „Helmaspergersche Notariatsinstrument“ vom 6. November 1455, ein gerichtliches Dokument, ausgestellt von dem Notar Helmasperger, verpflichtete Gutenberg, seine gesamte Druckerei aus dem Humbrechtshof samt allen Gerätschaften und den fast fertiggestellten Bibeln an Johann Fust abzutreten. Der setzte den Druck der Bücher mit seinem Schwiegersohn Peter Schöffer fort und machte schließlich ein glänzendes Geschäft.

Der eigentliche Schöpfer dieser Bibel kehrte in sein Elternhaus zurück und versuchte sich dort mit einer neuen kleineren Druckerei über Wasser zu halten, indem er vor allem Ablassbriefe, Kalender und andere Verzeichnisse herstellte. Nicht geklärt ist bis heute, ob das „Catholicon“, ein lateinisches Wörterbuch, das vor allem der Bibelübersetzung diente, aus dieser gutenbergschen Werkstatt stammt.

Mit dem Meister selbst ging es aber noch weiter bergab. Der Grund dafür war, dass sich zwei Männer um das erzbischöfliche Amt in Mainz stritten. Die Patrizier dort hatten sich vorschnell auf die Seite des vom Papst kaltgestellten Dieter von Isenburg geschlagen. Dessen Kontrahent, Adolf von Nassau, stürmte 1462 mit seinen Soldaten die Stadt. Von Isenburgs Anhänger wurden mit Gewalt vertrieben. Gutenberg war rechtzeitig nach Eltville geflohen. Dort fand er Unterschlupf bei Verwandten und richtete sich im Bechtermünzer Hof eine neue Druckerei ein. Seine Mainzer Gesellen wurden in alle Winde zerstreut – und mit ihnen das von Johannes Gutenberg erfundene neue Handwerkswissen.

Der neue Herr in Mainz, Adolf von Nassau, wusste allerdings die Leistung des ersten Buchdruckers zu schätzen. Er verlieh Gutenberg den Titel eines „Hofmanns“ und holte ihn nach Mainz zurück. Außerdem sprach er ihm ein Deputat zu: Die Stadt Mainz zahlte ihm nun 2 180 Liter Korn und 2 000 Liter Wein pro Jahr. Auch freie Kleidung gehörte dazu. Damit hatte der inzwischen 65-Jährige für den Rest seines Lebens ein Einkommen. Möglicherweise pendelte er in diesen drei Jahren zwischen Eltville und Mainz hin und her. Als sein letzter Wohnort in Mainz gilt der Algesheimer Hof. In den Kirchenbüchern findet sich ein Eintrag, nach dem Hennes Gensfleisch „uff sant blasius tag“ 1468, also am 3. Februar, verstarb. Er wurde in der Mainzer Franziskanerkirche beigesetzt, sein Grab aber später zerstört.

Die wichtigste Erfindung der Welt

Die Gutenberg-Bibel ist noch immer das wohl schönste Buch der Welt. Von ihr sind zwölf auf Pergament, also Tierhaut, und 34 auf Papier gedruckte Exemplare erhalten. In einem kann man sogar auf dem Bildschirm „blättern": Auf der Website www.gutenbergdigital.de kann jeder in einer Gutenberg-Bibel lesen. Kaum eine Erfindung in der Geschichte hat sich so schnell verbreitet und so viel in Gang gebracht wie die des Johannes Gutenberg: Kein halbes Jahrhundert nach seinem Tod gab es bereits 1120 Druckereien in 260 europäischen Städten. Im Jahr 1500 waren 40 000 Buchtitel in einer Auflage von über 10 Millionen Exemplaren im Umlauf. Was aber weit wichtiger ist: Der Buchdruck half, das Bildungsmonopol der Kirche und Mächtigen zu brechen. Schon im Streit um die Macht in Mainz wurden mithilfe der gutenbergschen Lettern Flugblätter gedruckt. Martin Luthers Thesen und vor allem seine Bibel-Übersetzung fanden durch den Buchdruck schnelle Verbreitung. Auch naturwissenschaftliche Erkenntnisse waren bald für jedermann nachzulesen. Mit Büchern kamen Bildung und Wissen zu den Menschen – dadurch wurden sie befähigt, ihre Rechte durchzusetzen und ihre Angelegenheiten selbst in die Hand zu nehmen.

Die Werke der Augen

Die Händler kannten ihn schon: Wenn dieser schöne Mann mit den gelockten Haaren auf den Markt kam, kaufte er lebende Vögel. Aber nicht, um sie zu schlachten, köstlich zuzubereiten und dann zu verzehren. Die Marktleute in Mailand oder Florenz hätten sich vor Lachen auf die Schenkel geklopft, hätten sie geahnt, was er mit dem Federvieh vorhatte: Er eilte hinaus aufs Land, öffnete die Türen der Käfige und den soeben erworbenen Tieren den Weg zurück in die Freiheit. Dabei beobachtete er genau, wie sie die Flügel auf- und niederschlugen, sich in die Lüfte erhoben und flogen, bis seine Augen sie aus dem Blick verloren. Zu Hause skizzierte er dann sorgfältig ihre Bewegungen und zerbrach sich den Kopf darüber, warum sie nicht vom Himmel fielen.

Mancher Vogel musste allerdings dran glauben und wurde vom Maestro in Einzelteile zerlegt. Dann hielt er mit Schreibkiel und Tinte fest, wie die Vogelfedern beschaffen, an den Flügeln befestigt und von welchen Muskeln diese bewegt worden waren. Winzig klein, von rechts nach links und in Spiegelschrift, notierte er alles über den „Flug der Vögel". Endlos viele Blätter hat der Linkshänder beschrieben, nicht nur mit Gedanken zum Fliegen. Rund 7000 davon sind erhalten – genug, um zu beweisen, wie genial er war. Und das auf vielen Gebieten. Er lüftete nicht nur das Geheimnis des Vogelflugs: Er untersuchte auch Tiere, Pflanzen, Steine, Wolken, Wasser und Erde, um zu wissen, was hinter all diesen Dingen steckt, wie sie zusammenhängen und jedes für sich funktioniert. Dabei machte er nicht einmal vor menschlichen Leichen halt, die er, weil es verboten war, heimlich öffnete. „Die Werke, die das Auge den Händen befiehlt, sind zahllose", staunte er. Diesen „Befehlen" kam er in besonderer Weise nach.

Wer war das?

Leonardo da Vinci –

das malende Universalgenie

Geboren am 15.4.1452
in Anchiano bei Vinci/Italien
Gestorben am 2.5.1519
in Amboise/Frankreich

Leonardo da Vinci konnte staunen wie ein Kind. Sein Leben lang hat der Italiener mit wissbegierigen Augen auf und in die Welt gesehen und deren „Befehle" befolgt: Von allem wollte er wissen, was dahintersteckt. Ganz wie ein Kind, das alles, was ihm in die Finger kommt, zerlegt und sich so die Welt erschließt. Er kam dabei auf die genialsten Ideen und konstruierte die unglaublichsten Maschinen, wenn auch meist nur auf dem Papier. Es ging ihm da nicht anders als beim Malen, das ihn berühmt gemacht hat: Leonardo da Vinci hat nur die wenigsten seiner Werke zu einem Ende gebracht, weil er, sobald er wusste, wie etwas funktionieren könnte, das Interesse daran verlor. So kam es, dass viele Dinge, für die er bereits Pläne entworfen hatte, Jahrhunderte später noch einmal erfunden wurden: zum Beispiel ein Fluggerät samt Fallschirm. Der Schirm wurde nachgebaut und hat funktioniert. Er entwarf einen Schaufelraddampfer, ein Unterseeboot, eine Bohrmaschine, ein „Maschinengewehr", den ersten Braten-Drehspieß der Welt, den die vom Feuer aufsteigende Hitze bewegte, und sogar eine moderne Stadt auf zwei Ebenen mit unterirdischer Kanalisation. Er dachte sich aus, wie man den Fluss Arno umleiten, Florenz durch eine Wasserstraße mit dem Meer verbinden und eine Brücke über das Goldene Horn am türkischen Bosporus, der das Mittelmeer vom Schwarzen Meer trennt, spannen kann. Er bildete als

Erster das Innere des menschlichen Körpers naturgetreu ab. Er war der Entstehung des Lebens im weiblichen Unterleib auf der Spur und zeichnete einen Fötus, ein werdendes Kind, exakt so, wie es in der Gebärmutter liegt. Als Modell diente ihm dafür allerdings eine trächtige Kuh. Seine Zeichnungen erlaubten den Ärzten des 15. und 16. Jahrhunderts den Blick unter die Haut und in die Körper ihrer Patienten. Da Vinci erkannte, was dahintersteckt, wenn ein Mensch an Altersschwäche stirbt: In der Leiche eines Greises legte er die verkalkten Blutgefäße frei, die er mit den offenen eines toten Kindes verglich. So stieß er bereits vor 500 Jahren auf die Arteriosklerose. Er war wirklich ein Universalgenie.

Einen Namen aber machte sich Leonardo als Maler durch sein Spiel mit Licht und Schatten und der Perspektive. Er hauchte dem Dargestellten Leben ein, indem er ihm räumliche Tiefe gab und mit seinem „sfumato" die Konturen verschwimmen ließ. Besonders gelang ihm das bei seinen beiden berühmtesten Gemälden: dem „Letzten Abendmahl" und der „Mona Lisa". Das Porträt der „Gioconda" genannten unbekannten Schönen mit dem geheimnisvollen Lächeln zieht noch heute ihre Betrachter nicht nur im Pariser Bildertempel Louvre in Bann. Dort hängt das Original, das ihr Schöpfer nie aus der Hand gegeben hat und zeit seines Lebens, wo immer er auch war, bei sich trug. Eine Zeit lang hieß es sogar, er habe sich im Antlitz der Mona Lisa selbst porträtiert.

Angeblich ist die „Mona Lisa" die Frau des florentinischen Tuchhändlers Francesco del Giocondo, der das Porträt in Auftrag gab, es aber nie bekam.

Mit seinem besonderen Blick auf das Leben und seine Dinge erschloss sich Leonardo da Vinci die Welt des Wissens. Die Schulbildung des Dorfjungen war nur dürftig. Die vielen Rechtschreibfehler zeugen davon. Leonardo schrieb spiegelverkehrt. Wenn er in Klöstern und Palästen malte, ließen ihn die Herrschaften manchmal spüren, dass er sich mit ihrer Bildung nicht messen konnte. Er nannte sie dafür abfällig „Trompeten und Rezitatoren der Werke anderer". Schließlich taten sie nicht mehr, als Worte zu wiederholen, die ihnen noch nicht einmal selbst in den Sinn gekommen waren! „Wer disputiert und sich auf Autorität beruft, verwendet nicht seinen Geist, sondern sein Gedächtnis", schimpfte Leonardo. Ihm war der Zugang zu Universitäten und ehrenhaften Ämtern versperrt, weil er unehelich geboren und damit nach damaligem Sprachgebrauch ein „Bastard" war. So einer hatte keinen Zugang zu den Tempeln des Wissens. Das eignete er sich auf andere Weise an: Sein Lehrbuch war viel umfangreicher als jedes gedruckte – es war die Natur.

Sein Name sagt, woher er kam: Leonardo da Vinci wurde am 15. April 1452 in dem Dorf Anchiano bei Vinci zwischen Florenz und Pisa geboren. Sein Vater Ser Piero entstammte einer Juristen-Familie und war als Notar ein angesehener Mann. Die Mutter Caterina war eine Magd – und für Ser Piero nur ein flüchtiges Abenteuer. Kurz nach Leonardos Geburt heiratete der Vater die 17-jährige Florentinerin Albiera Amadori und zog mit ihr in deren Heimatstadt. Albiera sollte die erste von vier jungen Frauen Ser Pieros sein, wobei ihm erst die dritte und vierte zu ehelichen Nachkommen, neun Söhnen und zwei Töchtern, verhalfen. Caterina heiratete einen Ofenbauer aus dem Nachbardorf und Leonardo wuchs im Elternhaus seines Vaters in Vinci auf. Sein Großvater und dessen anderer Sohn Francesco zogen den Jungen groß. Der Onkel vererbte ihm die Liebe zur Natur: Er streifte mit dem Kind durch die Wiesen, Hügel und Berge. Dorthin zog es Leonardo auch später immer wieder zurück. An seiner Mutter hing er sehr. Als Kind hatte er sie nur manchmal besuchen dürfen. In ihren letzten Lebensjahren nahm er Caterina bei sich in Mailand auf, wo sie auch starb.

Als Leonardo 15 Jahre alt war, holte ihn der Vater nach Florenz. Ser Piero hatte ihm dort bei dem Bildhauer und Maler Andrea del Verrocchio eine Lehrstelle verschafft. Verrocchio erkannte schnell Leonardos Begabung. Trotzdem musste dieser anfangs dem Meister mit niedrigen Arbeiten dienen: den Boden fegen, Gips anrühren, Pinsel auswaschen. Er lernte aber auch, wie man Farben und Firnis herstellt. Die Werkstatt war – wie damals üblich – für Leonardo und seine Kollegen auch Wohnung. Zu Verrocchios besten Kunden gehörte die Florenz beherrschende Familie der Medici. Doch nicht nur edle Stücke zum Schmuck der Paläste stellte der Künstler her. Er verdiente sein Geld auch damit, dass die Lehrlinge Truhen verzierten oder Pferdedecken färbten. Leonardo durfte dem Maestro aber bald bei richtigen Kunstwerken helfen, Steine für Skulpturen behauen oder Metall in Formen gießen. Der junge Mann grübelte über Studien zu Proportionen und versuchte, geometrisch exakte Pläne zu entwerfen und statische Berechnungen anzustellen. Endlich drückte ihm der Meister auch einen Pinsel in die Hand: Leonardo sollte einen Engel auf Verrocchios Bild der „Taufe Christi" malen. Das Ergebnis war so eindrucksvoll, dass sein Lehrer danach nie wieder selbst gemalt haben soll. Leonardo notierte später: „Mittelmäßig ist der Schüler, der seinen Meister nicht übertrifft." 1472 wurde Leonardo in die Lukas-Gilde der Florentiner Maler aufgenommen. Damit war seine Lehrzeit beendet. Er blieb aber noch einige Jahre in Verrocchios Diensten, der für ihn mehr Ziehvater als Lehrherr geworden war.

Natürlich bestand das Leben des jungen Mannes nicht nur aus Arbeit: Manchmal trieben er und die anderen Gesellen es ziemlich bunt. Einmal wurde Leonardo sogar der Sodomie angeklagt. So wurden damals homosexuelle Handlungen genannt, die zwar strafbar, in Florenz aber durchaus üblich waren. Leonardo wurde freigesprochen. Bei nächtlichen Streifzügen und fröhlichen Festen fiel der junge Mann aus Vinci nicht nur durch sein außergewöhnlich gutes Aussehen auf: Er hatte auch eine schöne Stimme und verstand es, verschiedene Instrumente zu spielen. Er war gern gesehener Gast bei den feinen Leuten, für die er auch Gärten und Dekorationen für deren ausschweifende Feste entwarf. Damit zog er die Aufmerksamkeit des späteren Herzogs von Mailand, Ludovico Sforza, auf sich. Jedenfalls holte der da Vinci 1482 an seinen Hof, wenn am Anfang auch nur als Musikant. Leonardo hatte ihm seine Dienste als Architekt und Ingenieur angeboten. Vielleicht war er enttäuscht, dass er nicht zu den jungen Künstlern gehörte, die nach Rom gerufen wurden, um die gerade fertiggestellte Sixtinische Kapelle auszumalen.

Oder war Leonardo gar nicht der Schöngeist, als den wir ihn heute vor allem verehren? Mehr Zeit als mit der Malerei verbrachte er nämlich damit, sich martialische Waffen und Kriegsgeräte auszudenken: So entwarf er einen Panzer, an dessen Seiten sich beim Fahren scharfe Messer wie Sicheln drehten. Sie würden alles niedermähen, was ihnen vor die Sensen kam. Oder eine Art Maschinengewehr sowie Geschosse, die modernen Granaten schon sehr ähnlich waren. Selbst ein U-Boot hat da Vinci konstruiert. Mit diesem Tauchgerät wäre es möglich gewesen, hinterhältig aus den Tiefen des Meeres gegnerische Schiffe zu beschädigen und zu versenken. Neben die Pläne für dieses U-Boot notierte da Vinci allerdings: „Wegen der Bösartigkeit der Menschen will ich sie weder öffentlich machen noch verbreiten.“ Einen Ingenieur mit kriegstauglichen Ideen konnte Sforza gut brauchen, drohte Mailand doch Krieg mit Venedig.

Mailand und die Pest, die dort gerade unzählige Menschen das Leben gekostet hatte, inspirierten da Vinci vermutlich zum Entwurf einer Stadt auf zwei Ebenen. Leonardo schien erkannt zu haben, dass Schmutz und Enge in Häusern und Straßen mit schuld daran waren, dass die tödliche Krankheit so verheerend um sich griff. In seiner Stadt waren die Straßen so breit wie die Häuser hoch, um Licht und Luft Raum zu geben. Die untere Ebene sollte Händlern und dem Verkehr vorbehalten sein, während oben die Menschen lebten. Ein ausgeklügeltes Kanalsystem spülte Schmutz und Abfälle von Mensch und Vieh unterirdisch aus Häusern und Straßen.

Doch auch der Künstler kam in Mailand zum Zug: Leonardo sollte für die Sforza-Familie ein riesiges Reiterstandbild ihres Ahnen Francesco in Bronze gießen. Fertig wurde er damit aber nie. Angeblich, weil der Herzog aus dem dafür nötigen Metall Kanonenkugeln herstellen ließ. Den Ärger des Mailänder Klosters Santa Maria delle Gracie handelte sich Leonardo ein, weil er die Mönche ewig auf die Fertigstellung eines Bildes warten ließ: Deren Speisesaal sollte er mit der Darstellung des letzten Abendmahles Jesu mit seinen Jüngern ausmalen. Daraus wurde das berühmte „Cenacolo". Als am Ende nur noch der Kopf des Judas fehlte, stellte Leonardo vermeintlich die Arbeit ein. Die Mönche beklagten sich bei Sforza, der den Künstler zur Rede stellte. Der verteidigte sich, er arbeite täglich zwei Stunden daran. Das Kloster protestierte: Man habe ihn seit einem Jahr nicht mehr mit dem Pinsel im Refektorium gesehen. Woraufhin da Vinci erklärte, er sei täglich in den schäbigsten Kaschemmen Mailands unterwegs, um dort nach einer passenden Visage für den Verräter zu suchen. Bislang aber ohne Erfolg. 1497 war dieses nicht nur von den Ausmaßen her größte seiner Werke schließlich fertig. Einen Schönheitsfehler hatte es allerdings: Das Gemälde schuppte sich von Anfang an, weil die Farben, die Leonardo verwendet hatte, für den Untergrund untauglich waren. Noch heute muss das „Abendmahl" davor bewahrt werden, sich selbst zu zerstören.

Die 20 Jahre in Mailand waren die produktivsten in da Vincis Leben. Er war ständig auf der Suche nach interessanten Gesichtern, versuchte, aus deren Mienen die Gefühle zu lesen und durch die Augen der Menschen in deren Seele zu sehen. Er skizzierte Hände und Nasen, trieb sich, um die Vielfalt der Charaktere einzufangen, in den Straßen, auf Märkten und in Gasthäusern herum. 1492 zeichnete er seine berühmte Proportionsstudie des „vitruvischen Menschen": Diese Figur hat je zwei Paar Arme und Beine, die sie in einen Kreis und ein Quadrat ausstreckt. Leonardo folgte dabei der Beschreibung des vollkommenen menschlichen Körpers durch den Architekten Vitruv, der um Christi Geburt lebte. Von ihm hat die Figur ihren Namen.

Leonardos Proportionsstudie des „vitruvischen Menschen" ziert auch die italienische Ein-Euro-Münze.

Da Vinci beobachtete die Natur, notierte Überlegungen zum Strömungsverhalten des Wassers in Flüssen und Meer, machte sich Gedanken darüber, wie Steine entstehen, und staunte, dass er in den Bergen Muscheln fand. War Noahs biblische Sintflut auch über Italien gekommen oder war das Land aus einem anderen Grund früher vom Meer überspült? Er entwarf Geräte zur Messung von Luftdruck und Auftrieb und ging den Gesetzen der Schwerkraft nach. Und er zerbrach sich den Kopf, was der Sinn der Wissenschaft sei. Er zeichnete Flaschenzüge und Schrauben, Federn und Zahnräder, Kugellager und Gliederketten, setzte sie aber nie in die Praxis um. Er fand sogar heraus, warum der Himmel blau ist: Es sei nicht dessen eigene Farbe, schrieb er, „sondern es kommt von der warmen Feuchtigkeit, die in winzigen, nicht wahrnehmbaren Teilchen verdampft" und von den Sonnenstrahlen getroffen werde. Er philosophierte, dass ein Stern erst zum Stern werde, weil unser Auge ihn wahrnimmt. Solche Gedanken hatten sich 2000 Jahre zuvor schon die Philosophen in Griechenland gemacht. Leonardo kam zu der Erkenntnis, dass die Wahrheit im Sehen liege: „Das Auge irrt sich weniger als der Geist." All die Jahre begleiteten ihn Gedanken über den Flug der Vögel: Fast ein Vierteljahrhundert bastelte Leonardo an Geräten herum, die den Menschen durch die Lüfte tragen sollten. Er entwarf Flügel und ein Boot, das sich rudernd in der Luft bewegen kann. Sein „Drehflügler" kam von der Idee her unseren heutigen Hubschraubern bereits sehr nahe.

Da Vinci ist der berühmteste Künstler der Renaissance. Die Epoche heißt so, weil sich die Menschen auf die Antike zurückbesannen, diese also „wiedergeboren" wurde.

1499 kehrte Leonardo nach Florenz zurück, weil Mailand vom französischen Heer besetzt wurde. Drei Jahre später arbeitete er für den mächtigen Cesare Borgia in Rom als Kriegsingenieur, um 1503, diesmal auf Wunsch der Franzosen, nach Mailand zurückzukehren und sich in die Dienste König Ludwigs XII. zu stellen. Inzwischen hatte er angefangen, Leichen zu sezieren: Heimlich, weil vom Papst streng verboten, schnitt er sie auf, legte Muskeln und Organe frei, die er mit Wachs ausgoss, damit sie sich länger hielten. Was er vorfand, Gehirne, Herzen, Lungen, Därme, hielt er in faszinierend genauen Skizzen auf dem Papier fest, um anschließend zu studieren, wie das eine mit dem anderen zusammenhing und der menschliche Körper funktioniert. Nach einem aber suchte er vergeblich: der menschlichen Seele.

1513 rief ihn Papst Leo X. nach Rom. Wieder wurde Leonardo enttäuscht: Statt eines künstlerischen Auftrags sollte er Sümpfe trockenlegen. So folgte er vier Jahre später der Einladung König Franz' I. nach Frankreich. Für ihn sollte er ein großes Schloss und eine Parkanlage entwerfen. Der „erste Maler, Architekt und Ingenieur des Königs", so sein Titel, wohnte auf Schloss Cloux bei Ambois im Tal der Loire. Sein Lieblingsschüler Francesco Melzi begleitete ihn dorthin. Nach einem Schlaganfall fiel dem inzwischen 65-jährigen Leonardo das Malen zunehmend schwer. Bei seinen letzten künstlerischen Arbeiten stand ihm Melzi zur Seite. Bald aber konnte der Meister den Pinsel nicht mehr führen. Er machte sich stattdessen an Berechnungen und Pläne, wie man den nahe gelegenen Fluss schiffbar machen könnte, und konstruierte die Schleusentore dafür. Im April 1519 schrieb da Vinci sein Testament. Er vermachte seinen gesamten künstlerischen und wissenschaftlichen Nachlass dem treuen Schüler Melzi.

Am 2. Mai 1519 schloss Leonardo da Vinci für immer seine Augen, die ihm (und durch seine Malerei auch uns) einen besonderen Blick auf die Welt gewährten.

Der Jules Verne der Renaissance

Hätten die Forscher und Erfinder der Jahrhunderte nach Leonardo da Vinci dessen Pläne und Konstruktionen gekannt, sie hätten sich viel Arbeit erspart. Einige seiner Skizzen und Berechnungen sind so exakt, dass sie tatsächlich als Vorlage für moderne Maschinen getaugt hätten: zum Beispiel die für einen „Roboter", hinter dessen Geheimnis Ingenieure erst im vergangenen Jahrhundert kamen und den sie dann nachbauten. Er kann tatsächlich Arme, Schultern und Handgelenke bewegen. Auch ein durch Sprungfedern angetriebenes „Auto" wurde ins Rollen gebracht. Da Vinci hat seine Zeichnungen nie veröffentlicht. Seinen Zeitgenossen wäre etliches sicher vorgekommen wie uns die Visionen des futuristischen Schriftstellers Jules Verne oder abenteuerliche Fantasiemaschinen eines Science-Fiction-Films. Dem Universalgenie genügte es zu wissen, dass er eine technische Lösung für ein Problem oder eine Idee gefunden hatte. Ans Geschäftemachen dachte er dabei nie. Fast die Hälfte seiner 13 000 Skizzen ging verloren, die übrig gebliebenen Blätter sind rund um die Welt zerstreut. Die größte Sammlung, der Codex Atlanticus, kam auf Irr- und Umwegen zurück nach Mailand. Dort sind die 1 000 Seiten in einer Bibliothek ausgestellt. In Leonardos Heimatort Vinci gibt es ein Museum über ihn und sein Werk. Dort stehen die Nachbauten einiger seiner Entwürfe.

… und hinter den Sternen Gott

Unter Ächzen und Stöhnen mühten sich die altehrwürdigen Herren vom Markusplatz aus die engen Treppen des fast 100 Meter hohen Campanile hinauf. Was hatte ihnen dieser Professor aus Padua versprochen? Durch sein merkwürdiges Rohr könnten sie vom Glockenturm von San Marco aus die Schiffe weit draußen im Meer sehen. Und das lange bevor irgendwer im Hafen nur ahnte, dass da überhaupt eines Kurs auf Venedig nahm. Das durfte man sich nicht entgehen lassen! Manche munkelten ja hinter vorgehaltener Hand, durch dieses geheimnisvolle Fern-Sehgerät könne man sogar Gott hinter den Sternen schauen … Der Allmächtige steh uns bei! Durfte man so etwas überhaupt denken?

Den ein oder anderen überlief ein leises Schaudern und er bekreuzigte sich, wenn er das hörte. Das mit den Schiffen freilich würde Venedig einen gewaltigen Vorteil gegenüber Feinden verschaffen. Für den Gelehrten, der die Herren durch das Gerät schauen ließ und es dann den Stadtherren schenkte, machte sich das mehr als bezahlt: Sein Gehalt an der zu Venedig gehörenden Universität Padua wurde verdoppelt. Wenig später wurde er nach Florenz gerufen und dort zum „Ersten Mathematiker und Philosophen des Großherzogs der Toskana“ ernannt. Das traf sich gut: Waren doch die Venezianer dahintergekommen, dass das Fernrohr gar nicht seine Erfindung war. Er hatte es nur, wenn auch enorm verbessert, nachgebaut. Für Aufsehen sorgte seine Schrift „Sternenbote“. In ihr hatte er niedergeschrieben, wie der Himmel wirklich aussah: Er warf die Gestirne endgültig aus ihrer bisher für wahr gehaltenen Bahn – und verstieß die Erde aus dem Mittelpunkt des Alls. Und mit ihr die Menschen. Dadurch aber stellte er die göttliche Ordnung, wie die Kirche sie lehrte, infrage.

Wer war das?

Galileo Galilei

und der Fahrplan der Planeten

Geborcn am 15.2.1564 in Pisa
Gestorben am 8.1.1642 in Arcetri bei Florenz

Sollten sie ruhig alle zum Schiefen Turm rennen … Galileo Galilei saß derweil an diesem Maitag im Jahr 1589 seelenruhig in seinem Studierzimmer in Pisa und versuchte, die Beschleunigung eines Gegenstands beim Fallen zu berechnen. Er wusste ja, was bei dem Versuch herauskommen würde. Mit folgender Behauptung hatte der junge Student nicht nur Kommilitonen und Professoren seiner Universität gegen sich aufgebracht: Wenn eine Kugel aus Holz und eine ebenso große aus Blei zum selben Zeitpunkt und aus derselben Höhe zu Boden fallen, kommen sie gleichzeitig unten an. Seine Gegner wollten nun mit einem Versuch vom Schiefen Turm aus beweisen, dass das Unsinn war. Deshalb das Gedrängel und Geschrei dort draußen. Zweimal ließen die Dummköpfe die beiden unterschiedlichen Kugeln fallen, weil der erste Versuch anders ausgegangen war als von allen erwartet. Aber auch beim zweiten Wurf war nur ein einziger Aufprall zu hören. Das konnte doch nicht sein! Hatte nicht der griechische Philosoph und Naturforscher Aristoteles schon vor fast 2000 Jahren festgestellt: Je schwerer ein Gegenstand ist, umso schneller wird sein Fall? Sollte der 25-jährige Galileo den größten Gelehrten aller Zeiten widerlegt haben? Das würde ja auch dessen andere Weisheiten infrage stellen! Auf denen aber ruhte das ganze Welt- und Gottesbild – und damit die Macht der Kirche!

Ob das Ereignis am Schiefen Turm wirklich stattgefunden hat, wissen wir nicht. Die Überlieferung stammt von Vincenzio Viviani, einem Schüler Galileo Galileis. Ihm hatte der Meister die Geschichte so erzählt. Auf jeden Fall bekam Galileo im selben Jahr an der Universität von Pisa einen Lehrstuhl als Professor für Mathematik. Das war ungewöhnlich für einen gerade 25-Jährigen. Mit Aristoteles und seinen Anhängern, allen voran der Kirche in Rom, legte sich der durchaus gottesfürchtige Galileo in den folgenden Jahren aber noch viel heftiger an …

Er konnte nicht anders: Sein Vater Vincenzo hatte den Sohn von klein auf gelehrt, außer an Gott nichts zu glauben, was nicht zu beweisen war. Vincenzo Galilei selbst war Musiker und versuchte, mithilfe der Mathematik hinter das Geheimnis der Töne zu kommen. Galileo war das erste seiner und Giulia Galileis sieben Kinder und am 15. Februar 1564 in Pisa zur Welt gekommen. Der Vater schickte Galileo auf die Klosterschule der Jesuiten. Da der Junge sehr begabt im Rechnen und interessiert an Astronomie und Astrologie war, sollte er Medizin studieren. Ärzte erstellten ihren Patienten damals auch Horoskope, um den Verlauf von Krankheiten aus den Sternen zu lesen. Ein Blick nach oben sorgte dann allerdings dafür, dass Galileos Laufbahn eine ganz andere Richtung nahm: Als er 19 war, beobachtete er während einer Messe im Dom, wie unter der Decke des Gotteshauses ein Kronleuchter hin- und herschwang. Bald wurde dessen Ausschlag zwar geringer. Die Zeit, bis der Leuchter aber vom jeweils äußersten rechten zum äußersten linken Punkt gelangte, dauerte immer gleich lang, auch wenn sich die zurückgelegte Strecke verringerte. Zu Hause stellte Galileo Versuche mit selbst gebastelten Pendeln an. Das Ergebnis blieb dasselbe. Seltsam!

Von da an stürzte sich Galileo ins Studium der Mathematik, Mechanik und Physik. Er las die Werke von Archimedes und Aristoteles und probierte, ganz wie der Vater ihn das gelehrt hatte, aus, ob

Galilei konnte selbst keine Versuche im luftleeren Raum machen. Die Vakuumpumpe wurde erst 1650 vom Magdeburger Otto von Guericke erfunden.

deren „Gesetze" auch stimmten. Er baute schiefe Ebenen und setzte Kugeln auf deren Bahn. Dabei kam er zu dem Schluss, dass ein rollender Gegenstand nicht deshalb zum Stillstand kam, weil eine von außen einwirkende oder ihm innewohnende Kraft sich verzehrte. Vielmehr bremste der Widerstand der Reibung sie ab. Dann aber, so dachte er weiter, dürfte es beim Fall im luftleeren Raum keine Rolle spielen, wie schwer ein Gegenstand war. Ob eine Feder oder ein Stück Blei – beides müsste im Vakuum gleich schnell fallen, weil es dort keinen Luftwiderstand gab.

Galilei hatte sich an der Universität mittlerweile auch der Mathematik und Physik zugewandt. Nach dem Pisa-Test am Schiefen Turm wurde er 1589 zum Professor ernannt. Sein Gehalt war allerdings dürftig, sodass er nebenbei Schülern Privatunterricht gab und Horoskope erstellte. Einem Ruf der Republik Venedig, als Professor nach Padua zu kommen, folgte er 1592 gern: Dort verdiente er mehr. Geld kam auch durch seine Erfindungen in die Kasse, zu denen ein Thermometer gehörte. Er konstruierte eine hydrostatische Waage, mit der man den Auftrieb im Wasser und damit das spezifische Gewicht von Gegenständen messen kann. Und er erfand mit dem Proportionalzirkel ein mathematisches Universalgerät: Man kann mit ihm das Verhältnis von Strecken zueinander bestimmen und es als Rechenschieber einsetzen. Noch in Pisa hatte Galilei eine Schrift über die Bewegung – „de motu" – veröffentlicht. Er berechnete die Kurve, die eine Kanonenkugel beschreibt, wenn sie sich nach dem Abschuss zugleich vor- und abwärts bewegt. Dem Militär riet er, Geschosse, die ein fernes Ziel erreichen sollen, mit einem Steigungswinkel von 45 Grad abzufeuern, weil sie dann die größtmögliche Flugbahn nehmen.

1599 wurde die Haushälterin Marina Gamba die Geliebte des 35-Jährigen. Sie bekam zwei Töchter und einen Sohn von ihm. Heiraten wollte Galilei sie aber nicht. Er wollte nicht ein Leben lang für sie bezahlen! Die Töchter steckte er ins Kloster. Und als er 1610 an den florentinischen Hof gerufen wurde, ließ er Marina samt Sohn in Padua zurück. Wenigstens den Sohn hat er später als seinen leiblichen anerkannt.

Noch in Padua hatte Galilei erfahren, dass der holländische Brillenmacher Hans Lippershey ein Rohr mit zwei Linsen gebaut hatte, mit dem man weit Entferntes besser sehen konnte. Er baute selbst mehrere Rohre, die die Dinge erst ums Neun-, dann ums Sechzig- und schließlich ums Tausendfache vergrößerten. Mit einem solchen Fernrohr lockte er die venezianischen Senatoren und den Dogen, den Führer der Stadtrepublik, auf den Glockenturm der San-Marco-Kirche. Er selbst sah mit wachsendem Staunen ins All: Auf dem Mond entdeckte er Schluchten, Berge und Meere. Der war also mitnichten, wie Aristoteles behauptet hatte, glatt und rund! Galilei hatte doch gesehen, dass „am vierten oder fünften Tage nach Neumond seine Grenzlinie zackig" war. Durchs Fernrohr entdeckte er die Jupitermonde. Die Milchstraße stellte sich ihm als Sternenhaufen dar und er sah, dass die Venus wie der Mond in Phasen vors Auge trat. Der Saturn zeigte ihm seine Ringe und die Sonne ihre Flecken.

Zu Ehren seines Florentiner Schülers Herzog Cosimo di Medici nannte Galilei die Jupitermonde „Mediceische Planeten".

Dies alles veröffentlichte Galilei in der Schrift „sidereus nuntius" – „Sternenbote" –, die er dem Florentiner Herzog Cosimo di Medici widmete. Der holte ihn daraufhin nach Florenz und machte ihn zum Ersten Mathematiker seines Hofes. Im Winter 1611/12 hielt Galilei Vorträge in Rom und wurde zum Mitglied der dortigen Akademie der Wissenschaften ernannt. Allerdings bahnte sich bald Ungemach an: Galilei verhehlte nicht, dass er der Lehre des polnischen Gelehrten Kopernikus zuneigte, der ein Jahrhundert zuvor als Erster davon sprach, dass nicht die Erde, sondern die Sonne im Mittelpunkt des damals bekannten Alls stehen könnte. Kopernikus behauptete sogar, dass nicht die Sonne um die Erde, sondern die

Aristoteles (384–322 v. Chr.) glaubte, dass Sonne, Planeten und Sterne an großen Kugeln befestigt um die Erde kreisen, die im Mittelpunkt des Universums steht.

Erde um die Sonne kreiste. Beweisen konnte er das aber nicht. Galilei versuchte sich daran – und hob damit die Welt aus den Angeln, in der sie seit Ptolemäus hing: Der hatte eineinhalb Jahrtausende zuvor mit Verweis auf Aristoteles behauptet, die Erde sei das Zentrum des Alls, um das sich die anderen Planeten und die Sonne in Kreisen drehten. Die Kirche griff diese Lehre gern auf. Stellte sie doch auch die Krönung der Schöpfung, den Menschen, in den Mittelpunkt der Welt. Zum Alten Testament passte es ja auch: Dort heißt es, Josua, der das Volk Israels nach Moses' Tod ins verheißene Land führte, habe befohlen: „Sonne, bleib stehen über Gibeon" und weiter: „… und die Sonne blieb stehen." Das bedeutete doch, dass sie sich sonst bewegte!

Galilei hatte aber gesehen, dass auch die Venus sich um die Sonne drehte, weil sie regelmäßig die Form einer zu- und abnehmenden Sichel annahm. Wie der Mond, der sich um die Erde bewegt und von dem wir immer nur die von der Sonne angestrahlte Hälfte sehen. Galilei berichtete dem Papst von seinen Entdeckungen und erklärte sie zum Beweis dafür, dass sich auch die Erde um die Sonne dreht. Dem Widerspruch der Theologen hielt er entgegen, die Bibel sage nichts über Naturwissenschaften aus. Deshalb könnten deren Erkenntnisse nicht im Widerspruch zum Wort Gottes stehen. Papst Urban VIII. hörte durchaus wohlwollend Galileis Thesen, andere Wissenschaftler aber waren empört und hetzten die Kirche gegen den Mann aus Florenz auf. Schließlich musste Galilei vor der Inquisition Rede und Antwort stehen. Dieses Gremium von Kirchenmännern ging gegen Gotteslästerer und -leugner vor, die die Wahrheiten der Bibel infrage stellten. Konnten diese den Vorwurf der Ketzerei nicht widerlegen und weigerten sich, ihren Überzeugungen abzuschwören, drohte ihnen Folter oder sogar der Tod. Das blieb Galilei erspart, doch wurde ihm verboten, seine Ansichten weiter zu verbreiten. Noch schien er unter der schützenden Hand von Urban VIII. zu stehen. Galilei forschte weiter. 1623 erfand er sein „Occhialino", eine kleine Brille, mit der man winzige Dinge groß sehen kann. Es war das erste Mikroskop. Er beschrieb dieses Gerät in seiner nächsten Schrift „Saggiatore" – dem „Probierer"–, die er dem Papst widmete.

Doch neun Jahre später zog Urban VIII. seine Hand zurück. 1632 hatte Galilei einen „Dialog über die Weltsysteme" veröffentlicht. Darin unterhält sich ein Anhänger des Kopernikus, Salviati genannt, mit einem Gegner, „Sagredo", und einem unparteiischen Dritten über den Stand der Gestirne. Dieser Dritte, von Galilei „Simplicio" genannt, war, wie der Name schon sagte, recht simpel gestrickt. Die Kirche hatte erlaubt, dass Galilei den „Dialog" drucken ließ. Er hatte nur versprechen müssen, dass Kopernikus mit seinem Weltbild nicht den Vorrang erhielt. Salviati aber brillierte mit den besseren Argumenten. Schlimmer noch war, dass der Simplicio dem Papst sehr ähnlich war, zumal Galilei ihm ein Zitat Urbans VIII. in den Mund gelegt hatte.

Den „Dialog" hatte Galilei auf Italienisch und nicht wie sonst üblich in lateinischer Sprache geschrieben. So konnte ihn jeder lesen.

Diesmal wurde Galilei verhaftet und erneut vor die Inquisition gebracht. Er musste im Büßergewand in der römischen Basilika Santa Maria sopra Minerva vor den Richtern niederknien, gestehen, dass er mit der Behauptung, die Erde drehe sich um die Sonne, gegen Gott und Glauben verstoßen habe – und widerrufen. Am Ende sagte er: „Ich, Galileo Galilei, habe abgeschworen." Obwohl die Richter ahnten, dass das ein Meineid war, ließen sie Milde walten. Statt ihn auf dem Scheiterhaufen brennen zu lassen, verurteilte die Inquisition Galilei dazu, drei Jahre lang jede Woche die sieben Bußpsalmen zu beten, und stellte ihn unter Hausarrest. Erst in der Villa Medici, der Botschaft der Toskana in Rom, dann kam er in Siena unter die Aufsicht des Erzbischofs Asciano Piccolomini. Im Dezember 1633 durfte Galilei in seine Villa in Arcetri an der Stadtgrenze von Florenz zurückkehren, Besuch aber nur empfangen,

„Eppur si muove" – „Sie bewegt sich doch!", soll Galilei nach seinem Meineid gemurmelt haben. Dafür gibt es aber keinen Beleg.

wenn der örtliche Inquisitor das vorher erlaubte. „Ich fühle mich aus den Reihen der Lebenden verbannt", klagte Galilei, dessen Sehkraft obendrein schwand. Die Sonne hatte wohl seine ungeschützten Augen ruiniert. 1637 senkte sich völlige Dunkelheit über ihn. Galileo Galilei starb am 8. Januar 1642.

Die Kirche bewegte sich doch – nach 360 Jahren

Galileo Galilei wollte weder die Bibel anzweifeln noch sie widerlegen. Er war überzeugt davon, dass beides nebeneinander bestehen könne: das Wort Gottes und die Wahrheiten der Natur. Man musste den Text der Bibel ja nicht wortwörtlich auslegen. Auf diese Weise verstieß er gegen eine für unumstößlich erklärte Glaubensweisheit der katholischen Kirche, nach der der Text so zu gelten hatte, wie er niedergeschrieben war. Damit sicherte sich Rom freilich auch die Hoheit darüber, ihn auszulegen. Galileis „Dialog" kam auf den Index, das Verzeichnis der von der Kirche verbotenen Schriften. Bis 1822 war es jedem Gläubigen der Papst-Kirche verboten, darüber zu reden, dass die Erde sich um die Sonne dreht. 13 weitere Jahre später ließ die Kirche immerhin die Veröffentlichung von Galileis Schriften zu. Dass Galilei Unrecht widerfahren war, räumte sie erst Ende des 20. Jahrhunderts ein. 1979 wurde der Prozess gegen den Astronomen noch einmal aufgerollt. Am 7. November 1992 schließlich rehabilitierte Papst Johannes Paul II. den großen Wissenschaftler.

Der Apfel der Erkenntnis

Manchmal schlichen sich seine Studenten heimlich davon. Dann hatte sich der grauhaarige Mann am Pult wieder in Formeln und Gleichungen verstiegen, denen keiner mehr folgen konnte. Er merkte nicht einmal, wenn er vor einem leeren Hörsaal dozierte. Über seinen Zahlen vergaß er alles um sich herum, selbst zu essen oder sich zu waschen. Trotzdem war der junge Professor mit dem wirren Schopf nicht nur an der Universität von Cambridge ein höchst geachteter Mann. Sein Vorgänger, selbst ein angesehener Professor, hatte für den erst 27-Jährigen extra seinen Lehrstuhl frei gemacht. Er hatte erkannt, dass ihm mit dem einstigen Studenten ein mathematisches Genie gegenüberstand.

Genies sind manchmal ziemlich verschroben. So exakt unser Forscher der Welt mit Formeln eine Ordnung gab, so chaotisch ging es in seinem Studierzimmer zu. Die Berechnungen, die ihn berühmt machen sollten, wären beinahe im Papierwust auf und unter seinem Schreibtisch verloren gegangen. Erst als ein Kollege ihn drängte, sie für die Wissenschaft und Nachwelt aufzuschreiben, fing er an, sie zusammenzusuchen. Dieser Freund sorgte dafür, dass eines der wichtigsten Werke der Naturwissenschaft entstand.

Er selbst war hin- und hergerissen zwischen bescheidener Scheu und wütendem Größenwahn. Er hat herausgefunden, was die Erde am Himmel hält und warum uns der Mond nicht auf den Kopf fallen kann. Jeder Schüler lernt die von ihm entdeckten Gesetze. Mancher Lehrer versucht, dem lernenden Nachwuchs die Physik mit der Geschichte über den Apfel schmackhaft zu machen: Ein solcher, so heißt es, sei eines Tages auf dem Kopf des Genies gelandet. Das erst habe ihn auf die Idee gebracht, darüber nachzudenken, warum die Sterne nicht wie Äpfel vom Himmel fallen.

Wer war das?

Isaac Newton

und die Kräfte des Himmels

Geboren am 4.1.1643
in Woolsthorpe/England
Gestorben am 31.3.1727
in Kensington/London

Noch nicht einmal zum Schafehüten taugte dieser Bengel! Da kehrte er abends aufs Gut nach Woolsthorpe zurück und konnte keine Antwort auf die Frage geben, wo die Hälfte der Herde, geschweige denn der Hütehund abgeblieben war! Nein, es hatte wirklich keinen Sinn mit ihm. Aus Isaac würde niemals ein guter Bauer werden. Vielleicht hatte sein Onkel William ja recht. Seit Langem schon drängte er Hannah Newton, den Jungen studieren zu lassen, statt ihn in Stall und Scheune zu stecken. Schließlich gab die zweifache Witwe nach. Wohl auch, um sich selbst den ständigen Ärger über ihren Ältesten zu ersparen. Wenn die Mutter ehrlich war, musste sie zugeben, dass es ihr Sohn in seinem bisherigen Kinderleben nicht leicht gehabt hatte – und dass sie daran nicht unbeteiligt war. Vielleicht war er deshalb so still und sonderbar …

Isaacs Vater war schon ein Vierteljahr tot, als sein Sohn am 4.1.1643 im englischen Woolsthorpe das Licht der Welt erblickte. Obendrein wurde Isaac Newton junior zwei Monate zu früh geboren. Nur mühsam fand er den Weg ins Leben. Als er drei Jahre alt war, machte sich die Mutter davon: Hannah heiratete ein zweites Mal. Ihr neuer Mann war Pfarrer, doch Barnabas Smith hatte kein Interesse an ihrem Sohn. Deshalb brachte Hannah ihn bei ihren

Eltern unter. Auch dort, vor allem beim Großvater James, war Isaac nur gelitten. Umso mehr freute er sich auf den Schulbesuch. Obwohl die Lehranstalt in Grantham nicht weit entfernt von Woolsthorpe lag, wurde für Isaac dort ein Quartier gesucht. Er traf es gut: Der Apotheker am Ort, sein Onkel William, nahm ihn zu sich und gab dem Kind endlich so etwas wie eine Familie. Der Onkel hatte eine große Bibliothek, mit der sich für Isaac eine neue Welt öffnete. Weniger freundlich nahmen Mitschüler und Lehrer den in sich gekehrten Jungen auf. Das änderte sich erst, als er die Windmühle von Grantham im Kleinformat, aber originalgetreu nachgebaut hatte, eine Sonnenuhr konstruierte und schließlich zum Klassenbesten aufgestiegen war. Selbst Schuldirektor Henry Stokes wurde jetzt auf ihn aufmerksam.

Doch dann wurde Hannah zum zweiten Mal Witwe und kehrte mit einem Halbbruder und zwei Halbschwestern nach Woolsthorpe zurück aufs newtonsche Gut. Sie war jetzt eine wohlhabende Frau. Aus ihrem Ältesten wollte sie einen tüchtigen Bauern machen, der eines Tages das Gut übernehmen sollte. Also musste der Zehnjährige die Schule verlassen. Doch Schweine züchten und Schafe hüten – das war so gar nicht nach Isaacs Art. Statt auf dem Feld oder der Weide fand ihn die Mutter häufig in Gedanken versunken unter einem Baum sitzen. Die Welt um sich herum hatte er vergessen. Aber Onkel William sei Dank: Er überredete Hannah, den Jungen zurück zur Schule zu schicken, wo ihn diesmal der Direktor persönlich unter die Fittiche nahm. Stokes machte Isaac auch den Weg zum Studium in Cambridge frei.

Trotz ihres Reichtums hielt die Mutter Isaac knapp. Wie die weniger begüterten Studenten musste er sich den Aufenthalt im Trinity College als Kammerjunge eines älteren Kommilitonen verdienen: Dazu gehörte, täglich dessen Schuhe zu putzen, die Kleider in Ordnung zu halten, das Zimmer aufzuräumen und den Nachttopf zu leeren. Den Spaß am Studium der Philosophie, der Mathematik und Theologie ließ Isaac sich dadurch aber nicht verdrießen. Er büffelte Griechisch und Latein, lernte, die Bibel auf Hebräisch zu lesen, und stürzte sich in die Lektüre der antiken Gelehrten. Er vertiefte sich in die wissenschaftlichen Werke der Astronomen Kopernikus, Kepler und Galilei und alles, was er an naturphilosophischen Abhandlungen in die Finger bekam. Auch Astrologie und Alchemie, diese geheime Lehre, wie aus bestimmten Stoffen Gold herzustellen sei, interessierten ihn. Sein Leitspruch beim Lernen war: „Plato ist mein Freund, Aristoteles ist mein Freund, aber mein bester Freund ist die Wahrheit."

In einem Notizbuch hielt er seine eigenen Gedanken darüber, nach welchen Gesetzen die Welt funktionierte, fest. Doch dann bekam Isaac Newton die Folgen der Pest zu spüren. Allein in London raffte der Schwarze Tod in der Mitte des 17. Jahrhunderts Zigtausende Menschen dahin. Schulen und Universitäten wurden geschlossen. 1665 schickte das Trinity College seine Studenten nach Hause. Die nächsten zwei Jahre verbrachte Newton im heimischen Woolsthorpe. Es wurde die fruchtbarste Zeit seines Lebens: Auf dem Gut selbst, in Ställen, auf Äckern und Wiesen war der 22-Jährige selten zu sehen. Er saß – manchmal tage- und nächtelang – über seinen Schreibtisch gebeugt, rechnete und schrieb und merkte gar nicht, dass sein Zimmer langsam im Chaos versank: Schmutziges Geschirr und abgelegte Kleider türmten sich zu Bergen. Der Fußboden wuchs mit kreuz und quer über- und durcheinander liegenden Papieren zu. War er an einer Rechnung gescheitert oder verwarf einen Gedanken, wischte er die soeben beschriebenen Blätter einfach vom Tisch.

In dieser Zeit auf Woolsthorpe soll sich die berühmte Geschichte mit dem Apfel zugetragen haben: Eines Tages hatte sich der Stubenhocker tatsächlich in den Garten verirrt. Unter einem Baum plumpste ihm dort ein Apfel auf den Kopf oder neben seinen Füßen zu Boden. Jedenfalls soll ihm das Anstoß gewesen sein, darüber nachzudenken, warum Gegenstände immer senkrecht nach unten und nie zur Seite fallen. Nur am Himmel ging es anders zu: Der Mond zog dort unermüdlich seine immer gleichen Bahnen und stürzte nicht ab. Die anderen Planeten verhielten sich ebenso. Isaac überlegte, woran das wohl lag. Große Massen wie Erde und Mond schienen sich anzuziehen, stießen aber nicht aneinander. Offensichtlich wirkten zwei Kräfte gleichzeitig auf die Himmelskörper ein, die bestimmten, welche Richtung ein jeder nahm. Jeder einmal in Bewegung gesetzte Körper hatte grundsätzlich den Drang, diese Bewegung auf ewig in gerader Linie fortzusetzen. Die Anziehungskraft der Erde aber schien den Mond von dieser Geraden abzulenken und zu zwingen, um unseren Planeten zu kreisen. Diese Kraft müsste man doch messen können! Newton fand die Formel dafür: Sie war gegenüber dem Quadrat der Entfernung der Körper voneinander jeweils umgekehrt proportional.

Newtons Gesetze werden auch die Newtonschen Axiome genannt. Ein Axiom ist ein Grundsatz, der zwar nicht bewiesen werden kann, aber nachweislich immer stimmt.

Newton fasste seine Erkenntnisse in drei Gesetze. Das erste besagt, dass jeder Körper grundsätzlich in seinem Zustand beharrt: Ein ruhender ruht, ein einmal in Bewegung gesetzter bewegt sich ununterbrochen in einer geraden Linie fort, solange nicht eine andere Kraft ihn zwingt, diesen Zustand zu ändern.

Newton heißt eine Maßeinheit: Ein Newton ist die Kraft, die aufgewendet werden muss, um ein Kilogramm um einen Meter pro Sekunde zu beschleunigen.

Das zweite Gesetz war die Formel, nach der ein Körper seine Bewegung ändert: Er tut dies immer proportional zur und in Richtung der Kraft eines anderen Gegenstandes, die auf ihn einwirkt. Diese „Kraft“ ist dabei das Produkt aus Masse und Beschleunigung.

Das dritte Gesetz ist leicht nachzuvollziehen: Jeder Gegenstand, der einen anderen drückt oder zieht, wird ebenso stark von seinem Gegenüber gedrückt oder gezogen. Diese Kraft ist zum Beispiel zu spüren, wenn man mit der Hand fest gegen eine Wand drückt – sie „drückt“ zurück. Newton leitete daraus das Gesetz „Aktion gleich Reaktion“ ab. Jede Kraft stößt auf eine gleich große Gegenkraft. Bei seinen Berechnungen kam Newton auf die Infinitesimalrechnung, das Rechnen in Richtung immer kleiner werdender Zahlen.

In Woolsthorpe probierte Newton noch etwas anderes aus: Vom Jahrmarkt hatte er sich ein Prisma mitgebracht, ein dreikantig geschliffenes Glas. Diese Gläser waren ein beliebtes Spielzeug, weil sich Licht darin in den buntesten Farben zeigte. Durch einen Schlitz im Fensterladen seines Zimmers ließ Newton nun einen Lichtstrahl durch sein Prisma fallen und stellte erstaunt fest, dass das ursprünglich weiße Licht auf der gegenüberliegenden Wand als Streifen aus rotem, orangefarbenem, grünem, gelbem, blauem und violettem Licht ankam. Dann stellte er ein zweites Prisma zwischen das erste und die Wand – und das Licht kam dort wieder als weißer Strahl an. Newton hatte die Spektralfarben entdeckt und schloss daraus, dass Licht gar nicht weiß war, sondern aus einem Bündel vieler Farben bestand. Er behauptete weiter, dass Licht sich als winzig kleine Teilchen im Raum bewegt.

Über seine Erkenntnisse schwieg Newton sich vorerst aus. In seiner Brust steckten zwei Seelen: Die eine bestand aus dem Bedürfnis, mit sich und seinen Gedanken alleine zu bleiben. Die andere war von brennendem Ehrgeiz: Er brach in wütenden Jähzorn aus, wenn ihm jemand widersprach oder es wagte, sich mit ihm anzulegen. So kanzelte er später einen Kollegen öffentlich als „Halbwissen schwafelnden Mathematiker“ ab, weil der ihm vorwarf, bei ihm abgeschrieben zu haben. Newton setzte noch eins drauf und schrieb ihm, er selbst habe bei seiner Forschungsarbeit „auf den Schultern von Riesen gestanden“ – damit meinte er wohl: Ich habe es nicht nötig, bei einem Zwerg wie dir abzuschreiben! Das war gemein, weil der Kollege von der Körpergröße her zu kurz gekommen war. Newton wohlgesonnene Biografen legten ihm das Zitat anders aus: Ohne die Vorarbeit bei der Beobachtung der Planeten durch Kopernikus oder Galilei wäre er nie so weit gekommen.

1667 kehrte Newton ins Trinity College zurück, zwei Jahre später machte sein Professor den Lehrstuhl für Mathematik und Physik für ihn frei. Nach seiner Entdeckung über die Beschaffenheit des Lichts baute Newton ein Spiegelteleskop. Mit ihm waren die Farbfehler eines Linsen-Fernrohrs zu vermeiden, weil die zwei Spiegel in dem Rohr das Licht zurückwarfen und nicht – wie die Linsen – brachen. Selbst der englische König war begeistert von Newtons Teleskop und sorgte dafür, dass er in die Royal Society, eine Vereinigung prominenter Wissenschaftler, aufgenommen wurde.

Isaac wandte sich jetzt anderen Fragen zu: Er beschäftigte sich mit Theologie und Chemie. Er schloss sich den Arianern an, einer Sekte, die die Dreifaltigkeit Gottes als Vater, Sohn und Heiligem Geist, wie die Kirche sie lehrte, verneinte. Das war nicht ungefährlich und hätte Newton fast den Lehrstuhl gekostet. Seinen Ruf als Wissenschaftler setzte er aufs Spiel mit dem, was er heimlich tat: Newton stellte alchemistische Experimente an und zerbrach sich den Kopf darüber, wie er künstliche Lebewesen wie Basilisken oder Homunculi, also Menschen, schaffen könnte. Das aber wurde erst in unserem Jahrhundert bekannt. Für die Aufzeichnungen darüber hatte er geheime Schriftzeichen verwandt, damit niemand sie entziffern konnte.

Die Newtonschen Gesetze zur Mechanik und Schwerkraft schlummerten derweil in seinem ungeordneten Papierwust vor sich hin. Dem Astronomen Edmond Halley ist es zu verdanken, dass sie als geordnetes wissenschaftliches Werk an die Öffentlichkeit kamen: Halley kam bei Überlegungen über den Einfluss der Sonne auf den Lauf der Planeten nicht weiter – und fragte Newton um Rat. So ganz nebenbei teilte der ihm mit, dass er das längst berechnet habe. Halley bedrängte ihn, ein Buch darüber zu schreiben. Erst zögerte Newton, dann arbeitete er fast Tag und Nacht, bis schließlich 1687 seine „Philosophiae naturalis principia mathematica“, „Die mathe-

Der Halleysche Komet ist nach Edmond Halley benannt. Der hatte berechnet, dass dieser Komet regelmäßig wiederkehrt.

Woher die Schwerkraft kommt, fand erst Albert Einstein im 20. Jahrhundert heraus.

matischen Prinzipien der Naturphilosophie", kurz „Principia" (Grundlagen) genannt, fertig waren. Halley ließ dieses wichtigste Werk der Physik drucken und begründete damit Newtons Weltruhm. Auf eine Frage wusste allerdings auch Newton keine Antwort: Woher die Anziehungskraft der Himmelskörper kam. So schrieb er sie Gott zu, für dessen Existenz er bis ans Ende seines Lebens Beweise suchte.

Über den Menschen Isaac Newton ist aus dieser Zeit wenig bekannt: Wir wissen weder über Frauenbekanntschaften noch, ob er je über eine Ehe nachgedacht hat. Nach dem Tod seiner Mutter 1679 hat er zumindest die Familienbande enger geknüpft: Er lebte ein Jahr in Woolsthorpe, um Hannahs Nachlass zu regeln, und freundete sich mit seiner Stiefschwester und deren Familie an. Deren Tochter und ihr Mann lebten später in London und nahmen sich des im Alter gebrechlich gewordenen Newton an.

Seit Anfang der 90er-Jahre war Isaac Newton häufig krank – es wird nicht ausgeschlossen, dass er sich bei seinen alchemistischen Experimenten mit Quecksilber oder anderen Chemikalien vergiftet hatte. Außerdem plagten ihn Depressionen – er selbst beschrieb 1693 als „schwarzes Jahr". Möglicherweise war er niedergeschlagen, weil ihn ein nicht nur in der Wissenschaft nahestehender Freund verlassen hatte. Jedenfalls wollte er jetzt weg von Cambridge und suchte eine Stellung in London, die er auch fand. Englands Währung hatte in dieser Zeit durch Falschmünzerei dramatisch an Wert verloren. Newton stellte Berechnungen darüber an, wie die Menge des Geldes und die Menge der Waren den Wert einer Währung bestimmten, und schlug vor, das überflüssige, falsche Geld durch die Prägung neuer Münzen wertlos zu machen. 1696 wurde er daraufhin zum „Warden of the Mint", zum Aufseher der staatlichen Münze ernannt. Bislang hatte Newton mit irdischen Dingen wenig im Sinn gehabt, jetzt zeigte er sich von zupackender Art: Er machte unerbittlich Jagd auf Fälscher. Einen, der es besonders dreist trieb und sogar behauptete, Mitarbeiter der Münze seien schuld am dramatischen Wertverfall des Geldes, verfolgte er gnadenlos, bis der am Galgen hing. Als der Direktor der Münze 1700 starb, wurde Newton sein Nachfolger. Seinen Professorenhut hängte er nun an den Nagel.

Seiner Reputation tat das keinen Abbruch – im Gegenteil: 1703 wurde Newton zum Präsidenten der Royal Society ernannt, 1705 von der britischen Königin Anne als erster Wissenschaftler zum Ritter geschlagen. Nun gehörte der Bauernjunge aus Woolsthorpe dem Adel an und durfte sich Sir Isaac Newton nennen. In diesen Jahren fing er einen erbitterten Streit mit einem der hervorragendsten deutschen Denker und Mathematiker, mit Gottfried Wilhelm Leibniz, an. Der nämlich hatte zur gleichen Zeit wie er die Infinitesimalrechnung erschaffen. Newton entblödete sich nicht einmal, ein – von ihm selbst unter anderem Namen geschriebenes – Gutachten der Royal Society beizubringen, in dem er Leibniz Lüge vorwarf. Der Streit der beiden Gelehrten endete erst 1716 mit Leibniz' Tod.

Bei der Infinitesimalrechnung gab die Nachwelt Leibniz den Vorzug, weil er den Rechenweg klarer dargestellt hat.

Newton selbst teilte sich in den letzten zehn Jahren seines Lebens das Heim mit seiner Halbnichte und deren Mann, von dem die wenigen Aufzeichnungen über den Menschen Isaac stammen. So hat der einstige Arianer wohl vor seinem Tod diesem Glauben doch noch abgeschworen und sich wieder der Lehre von der Dreifaltigkeit Gottes angeschlossen. Er starb am 31. März 1727. Beigesetzt wurde Isaac Newton, wo sonst nur die englischen Könige ihre letzte Ruhestätte fanden: in der Londoner Westminster Abbey. Der englische Dichter Alexander Pope widmete dem großen Wissenschaftler ein Gedicht. Darin heißt es: „Natur und deren Gesetzte lagen in dunkler Nacht. Gott sprach. Es sei Newton! Und sie strahlten voller Pracht."

Ein Kieselstein im Meer der Wahrheit

Kurz vor seinem Tod hat sich Isaac Newton noch einmal in Bescheidenheit geübt. Er sagte: „Ich bin nur wie ein kleiner Junge gewesen, der am Meeresstrand spielt und sich freut, wenn er einen besonders glatten oder schönen Kieselstein findet – und der große Ozean der Wahrheit lag unentdeckt vor mir." Damit schloss er sich dem Gedanken eines der größten griechischen Philosophen in der Antike, Sokrates, an. Der hatte 2000 Jahre zuvor festgestellt: „Ich weiß, dass ich nichts weiß." Und meinte damit, das Universum des Wissens ist so unendlich groß, dass es wohl nie ein Mensch durchmessen kann. Und doch ist Newton einer der „Riesen", auf dessen Schultern sich andere stellen und damit selbst noch Größeres leisten konnten. Die Forscher vor Newton hatten beobachtet, „wie" die Welt ist, dass und welche Himmelskörper sich umeinander drehen. Newton fand heraus, warum sie das tun und welche Kräfte das bewirken. Und er hat Formeln entdeckt, wie man diese Kräfte berechnen kann. Er hat bewiesen, dass die Welt nach mathematischen Gesetzen funktioniert, und damit die theoretische Physik, wie wir sie heute noch üben, in Gang gesetzt.

Von Menschen und Affen

Diese Nase! Nein, diese Nase gefiel Robert FitzRoy gar nicht! Konnte ein Typ mit solch groben Gesichtszügen der Richtige sein? Der Kapitän hatte die Angewohnheit, bei einem Menschen von der Form des Gesichtserkers auf dessen Charakter und Qualitäten zu schließen. Und das Riechorgan seines Gegenübers zeigte ihm einfach zu wenig Energie und Entschlossenheit. Andererseits war ihm der vier Jahre jüngere Mann nicht unsympathisch. Er schien ein Gentleman und keineswegs dumm zu sein … Und eigentlich suchte er für sein Vorhaben ja keinen Macher, sondern einen intelligenten Gesprächspartner, der ihn davor bewahren könnte, nicht wie sonst so häufig auf seinen langen Fahrten übers Meer in Depressionen zu verfallen. FitzRoy gab sich einen Ruck – und schlug ein. So konnte der Knubbelnäsige wenig später mit dem Käpt'n eine Reise antreten, die nicht nur ihn berühmt machen sollte.

Die beiden Männer kamen gut miteinander aus: Nur ein einziges Mal gerieten sie sich so sehr in die Haare, dass der Schiffsführer kurz davor war, seinen Passagier von Bord zu werfen. Bei dem Streit ging es um Sklaven. Gott sei Dank legten sie ihn dann doch friedlich bei. Denn der Mann, um den es hier geht, hat aus seinen Beobachtungen am anderen Ende der Welt Schlüsse gezogen, mit denen er nicht nur im Buch der Biologie ein neues Kapitel aufschlug. Seine Erkenntnisse zwangen Menschheit und Wissenschaft dazu, die Entwicklung des Lebens auf der Erde völlig neu zu denken.

Damit hat er sich allerdings nicht nur Anerkennung verschafft. Seine Gegner warfen ihm vor – und einige tun das heute noch –, er habe Gott als Schöpfer der Welt infrage gestellt, was er so nicht tat. Zeitungen zeigten ihn in Karikaturen als einen Zwitter aus Mensch und Affe.

Wer war das?

Charles Darwin

und die Schöpfung Gottes

Geboren am 12.2.1809
in Shrewsbury/England
Gestorben am 19.4.1882
in Down bei London

Eine Weltreise über mehrere Jahre – was das kosten würde! Was fiel diesem Nichtsnutz von Sohn eigentlich noch alles ein? Robert Darwin war außer sich. Was hatte er Charles nicht schon alles bezahlt. Erst das Internat. Wie fad der die Schule fand, zeigten seine Noten. Dann ein Studium der Medizin. Dessen Abschluss scheiterte an der ersten Operation: Einen solchen Anblick, so teilte Charles dem Vater mit, könne er kein zweites Mal ertragen. Danach Theologie. Als Pfarrer hätte er genug Zeit, nebenbei der Vogeljagd, dem Käfersammeln und überhaupt seinen Interessen an Gottes schöner Natur nachzugehen. Aber nein, für den Herrn Sohn musste es gleich eine Weltreise sein! Das kam ja gar nicht infrage! Zum Glück setzte sich Onkel Josiah für seinen Neffen ein: Der Keramikfabrikant Wedgewood rang seinem Schwager Robert Darwin die Erlaubnis zu der Weltreise des Jungen ab. Am Ende ließ der alte Darwin sogar die 500 Pfund für die Fahrtkosten springen. Als die „Beagle", das Schiff, das Charles Darwin ans andere Ende der Erde bringen sollte, 1836 nach fast fünf Jahren wieder im Hafen des englischen Falmouth anlegte, nahm Robert Darwin seinen Sohn voller Stolz in den Arm: Denn Charles war in seiner Abwesenheit ein berühmter Mann geworden. Von überallher, wo die „Beagle" vor Anker gegangen war, hatte er Kisten voller Pflanzen, in Spiritus eingelegter Säuger und Vögel, Reptilien und Insekten, Fische und Häute nach Hause geschickt – eine Fundgrube für die Wissenschaft! Seine Professoren-Freunde hatte Charles Darwin mit seinen Briefen aus Brasilien und Feuerland, Mauritius und Neuseeland, Tahiti und von den Galapagosinseln neugierig auf diese fremde Welt gemacht. Die wichtigste Erkenntnis seiner Reise behielt er allerdings vorerst für sich – seine Theorie über die Entstehung der Arten: Danach hatten nur diejenigen Tiere die Jahrtausende auf der Erde überlebt, denen es gelungen war, ihre Art bestmöglich der sich ständig verändernden Umwelt anzupassen. „Survival of the fittest" nannte Darwin das.

Das hörte sich spannend an, stellte aber die wortwörtliche Botschaft der Bibel über die Entstehung der Welt infrage. Nach ihr hatte Gott Himmel, Erde und alle Geschöpfe in sieben Tagen geschaffen, und zwar „ein jegliches nach seiner Art". Dass sie sich seitdem verändert hatten, war für die Kirche danach ausgeschlossen. Mit seiner Theorie brachte Charles Darwin nicht nur den eigenen Kinderglauben ins Wanken. Er setzte auch eine völlig neue Forschung in Gang. Dabei hatte sein Vater einst gebangt, aus dem Jungen würde nie etwas Rechtes werden …

Charles Darwin war am 12. Februar 1809 als zweitjüngstes von sechs Kindern im englischen Shrewsbury zur Welt gekommen. Vater Robert war Arzt und ein angesehener Mann. Dessen Frau Susannah entstammte der Wedgewood-Dynastie, einem Keramik-Unternehmen, dem ihr Bruder Josiah vorstand. Als Charles gerade acht Jahre alt war, starb seine Mutter. Deshalb kam der Junge 1818 ins Internat. Es lag nur wenige Straßen vom Elternhaus entfernt. Das ermöglichte dem Lausbuben, des Öfteren der strengen Aufsicht der Lehrer an Reverend Samuel Butlers Schule zu entkommen. Den siebenjährigen Aufenthalt dort nannte Darwin später eine „vergeudete Zeit". Statt zu lernen, strolchte er lieber durch die Gegend, sammelte Steine und Käfer, schoss auf Vögel oder tollte mit den

Hunden herum. Am liebsten verzog er sich mit einem großen Bruder ins elterliche Gartenhaus: Der, Erasmus, hatte dort ein Chemielabor eingerichtet. Die Jungen experimentierten mit Gasen. Bald wurde Charles von seinen Mitschülern nur noch „Gas Darwin" genannt. Vater Robert schimpfte mit seinem Sohn, er tauge zu nichts als „zum Schießen, für die Hunde und zum Rattenfangen". Erbost prophezeite er ihm: „Du wirst eine Schande sein für dich und die ganze Familie!"

Den Jungen kümmerte das kaum. Warum auch sollte er sich Sorgen um die Zukunft machen? Geld gab es doch genug in der Familie! Doch der Vater bestand darauf, dass Charles wie er Arzt werden sollte, und schickte ihn nach Edinburgh zum Studium der Medizin. Das Einzige, was Charles daran interessierte, war Chemie. Statt in Hörsälen oder der Studierstube zu versauern, trieb er sich lieber in der Werkstatt eines freigelassenen Sklaven aus dem südamerikanischen Guyana herum. Der brachte ihm bei, Tiere zu präparieren und auszustopfen – was Charles später sehr von Nutzen war. Oder der Student verbummelte seine Zeit im Naturkundemuseum. Dort schloss er sich dem Zoologie-Professor Robert Grant an. Grant nahm ihn mit auf Exkursionen nach Wales. Immerhin konnte Charles vor der naturwissenschaftlichen „Plinius-Gesellschaft" bald einen ersten Vortrag über seine Entdeckung einer besonderen Larve und über die Eier des Seerüsselegels halten.

Der Medizinstudent Darwin konnte die Schmerzen der Patienten bei Operationen nicht ertragen. Anfang des 19. Jahrhunderts gab es noch keine Narkosemittel.

In den Ferien spannte ihn der Vater in seiner Praxis ein – und freute sich, dass die Patienten ihn mochten. Vielleicht würde aus Charles ja doch ein tüchtiger Doktor werden? Der Traum war ausgeträumt, als der Student das erste Mal am Operationstisch stand – und vor dem vielen Blut panisch das Weite suchte. Nein, zum Arzt taugte er nicht! Was dann? Robert Darwin schlug ihm nun ein Theologie-Studium vor, mit dem Charles 1828 in Cambridge begann. Zuvor hatte er zu Hause monatelang büffeln müssen, weil sein immer schon dürftiges Schulwissen mittlerweile völlig verloren gegangen war. Anfang 1831 legte Charles Darwin tatsächlich die Abschlussprüfungen ab und machte den Bachelor of Arts.

Mehr als mit Theologie hatte er sich in Cambridge mit Geologie und Biologie befasst, was seinem Leben eine ganz andere Richtung geben sollte. Er hatte den angesehenen Botanik-Professor John Henslow auf sich aufmerksam gemacht und war zu dessen Freund geworden. Henslow war gut mit dem Schiffskapitän Robert FitzRoy bekannt. Der wiederum hatte gerade den Auftrag bekommen, die Küsten Südamerikas zu vermessen, und lud Henslow ein, ihn zu begleiten. Er könne doch, so bot er ihm an, bei den Landgängen botanische Studien betreiben. Eigentlich suchte FitzRoy nur einen Gesprächspartner für die lange Zeit an Bord. Unter den ungebildeten Seeleuten seiner Besatzung war er schon manches Mal auf dem Meer in Trübsinn verfallen. Henslow sagte schweren Herzens ab, wollte er doch seine junge Frau mit dem gerade geborenen ersten Kind nicht so lange alleine zu Hause sitzen lassen. Stattdessen schlug er FitzRoy den jungen Darwin vor. Der wäre dann wegen seiner plumpen Nase fast um das Abenteuer seines Lebens gekommen …

Alexander von Humboldt hat auf abenteuerlichen Reisen durch den Dschungel als erster Europäer Südamerika erforscht.

Mit einem dicken Buch des deutschen Forschungsreisenden Alexander von Humboldt im Gepäck ging Charles Darwin im Dezember 1831 an Bord der „Beagle“. Mit 73 Mann Besatzung legte das Schiff am 27. Dezember im englischen Plymouth zu seiner Weltumrundung ab: Es ging vorbei an den Kapverdischen Inseln, die südamerikanische Ost- und Westküste entlang, über Feuerland und die Galapagosinseln nach Australien, durch den Indischen Ozean nach Mauritius und schließlich über Südafrika und Sankt Helena sowie Ascension zurück nach Europa.

Charles merkte schnell, dass er auf einem Kriegsschiff und keinem Vergnügungsdampfer gelandet war. Die Sitten auf See waren rau. Gleich am zweiten Reisetag ließ der Kapitän 134 Peitschenhiebe an vier murrende Matrosen austeilen, um die Disziplin auf seiner 27-einhalb Meter langen Brigg zu wahren. Darwin selbst gewöhnte sich nur schwer daran, seine ein Meter achtzig auf den schwankenden Planken aufrecht zu halten. Er verbrachte viel Zeit mit weit über die Reling gebeugtem Oberkörper, um seinen Kopf übers Wasser und in den Wind zu halten … Oft fanden ihn die Seeleute mit grünem Gesicht, die Hände auf den Magen gepresst, über dem Kartentisch liegend vor. In Brasilien hätte er die „Beagle" fast verlassen müssen, weil sich Darwin mit FitzRoy in die Haare geriet: Charles ereiferte sich über den Sklavenhandel – und darüber, dass der Kapitän diesen Menschenschacher in Ordnung fand. Es wurde laut zwischen den beiden – und der Kapitän befahl Darwin, umgehend von Bord zu gehen. Er dulde keinen Widerspruch auf seinem Schiff. Irgendwie rauften sich die beiden dann doch wieder zusammen, auch wenn FitzRoy Darwin von da an spöttisch einen „Philosophen" nannte.

Wie ein vergeistigter Mann sah der ganz und gar nicht aus, wenn er während der oft wochenlangen Zwischenstopps der „Beagle" zu endlosen Exkursionen verschwand. Ausgerüstet mit Geologenhammer und Botanisiertrommel, Rucksack und Machete schlug sich Darwin durch die Regenwälder Südamerikas, ritt durch die Anden oder ließ sich von Einheimischen auf Vulkane und durch Schluchten führen. Er sammelte auf und ein, was ihm an Exotischem unter die Finger kam: Käfer und Kräuter, Pflanzen und Fliegen, Schlangen und Schlinggewächse. Auf dem Schiff wurde die Beute gepresst oder gehäutet, zerrupft oder seziert, unters Mikroskop gelegt und jeder Fund akribisch katalogisiert. Notizbuch um Notizbuch füllten sich auch mit Beschreibungen des Sternenhimmels über der südlichen Erdhalbkugel, der Erlebnisse während eines Erdbebens oder darüber, wie dem Engländer angesichts eines Vulkanausbruchs zumute war, den er hautnah miterlebte.

Seine spannendsten Entdeckungen aber machte Darwin auf den Galapagosinseln. Die über 60 zum Teil winzig kleinen Eilande lagen tausend Kilometer vor Ecuador vom nächsten Festland entfernt. Beim Betreten eines der größeren, Chatam Island, notierte Darwin noch in sein Tagebuch: „Nichts kann weniger einladend sein!" Doch dann kam er aus dem Staunen nicht mehr heraus: Er fand Riesenschildkröten, deren Panzer von Insel zu Insel – je nach dortiger Vegetation – völlig verschieden waren. Er entdeckte Tiere, von denen er noch nie zuvor gehört, gelesen oder gar etwas gesehen hatte. Er beobachtete auf den verschiedenen Inseln 29 unterschiedliche Finken-Arten, von denen ihm 21 völlig fremd und deren Schnäbel von Eiland zu Eiland anders geformt und ausgestattet waren – jeweils entsprechend dem Nahrungsangebot, das den Finken auf „ihrer" Insel zur Verfügung stand. Er stieß auf zwei verschiedene Leguan-Arten, deren eine fürs Leben am und im Wasser, die andere für ein Dasein ausschließlich an Land ausgerüstet war. Wie konnte das entstanden sein?

Darwin brachte die Schildkröte „Harry" mit nach England, die sich später als „Henriette" entpuppte. Um 1860 wurde sie nach Australien umgesiedelt. Dort starb sie 2006 im Alter von angeblich 176 Jahren.

Von einem Geologen wusste Darwin, dass die Erde im Lauf der Jahrtausende durch Naturereignisse mehrfach umgestaltet worden war. Sollte das Gleiche für die Lebewesen gelten? Hatten sich die verschiedenen Geschöpfe ihrer jeweiligen, sich verändernden Umwelt angepasst? Und zwar so, dass dabei die ursprüngliche Art auf der Strecke geblieben war? In seinen Briefen nach Hause schilderte Darwin zwar die entdeckte Artenvielfalt auf den paradiesischen Inseln. Seine Gedanken über deren Entwicklung aber vertraute er nur seinen engsten Freunden an – und das auch erst später. Wusste der Theologe doch, dass er sich in krassen Widerspruch zum wortwörtlichen Verständnis der Bibel begab.

Am 2. Oktober 1836, nach vier Jahren und neun Monaten, legte die „Beagle" wieder in England an. Mit Begeisterung und Neugier wurde Darwin im Hafen von Falmouth vom Vater und von Freunden empfangen. Er siedelte sich in London an und arbeitete auf, was er auf seiner Weltreise entdeckt, erlebt und erfahren hatte. Er sichtete und sortierte die Ausbeute seiner teils schon vor ihm in Kisten und Fässern in England angekommenen Sammelwut und ließ die 1529 verschiedenen Spezies in Spiritus und die fast 4 000 etikettierten Felle, Häute und Knochen in eine Ordnung bringen. Es wurde 1845, bis seine Niederschrift der „Zoologie der Reise auf der Beagle“ fertig war. Am Ende umfasste sie fünf dicke Bände.

Inzwischen war Charles Darwin Ehemann und Familienvater geworden. Seine erste Freundin, Francis Owen, war ihm noch davongelaufen, weil er auf Spaziergängen mehr Interesse für sechsbeinige Käfer als für sie zeigte, sobald ihm ein unbekanntes Exemplar unter die Augen kam. Emma Wedgewood, die im Januar 1839 seine Ehefrau wurde, war seine Cousine – sie wusste aus den gemeinsamen Kindertagen, auf was für einen schrägen Vogel sie sich mit Charles einlassen würde. Ihr war er ein zärtlicher Mann und den sieben der zehn überlebenden Kinder ein liebevoller Vater, der, was in dieser Zeit ungewöhnlich war, immer ein offenes Ohr für sie hatte. Der erste Sohn, William Erasmus, regte Charles zu Verhaltensstudien am heranwachsenden Menschen an. Emma war eine gebildete Frau und hatte neben Charles' „Mitgift“ von 10 000 Pfund weitere 5 000 Pfund sowie eine jährliche Apanage von 500 Pfund mit in die Ehe gebracht. Ums Geld mussten sich die Darwins keine Gedanken mehr machen, wohl aber um Charles' Gesundheit: Den nun 33-Jährigen plagten Schwindelanfälle und Schmerzen am Herz. Deshalb zog die Familie 1842 in ein gemütliches Backsteinhaus im Dorf Down südlich von London um. Abends ließ sich Darwin gern auf dem Sofa liegend von Emma vorlesen oder hörte ihrem Klavierspiel zu. Das hatte sie bei dem Komponisten Chopin gelernt.

Und die Wissenschaft? Seine Theorie über die „Entstehung der Arten“ und das Überleben der der Natur am besten Angepassten hatte Darwin auf 35 Seiten flüchtig notiert. Er diskutierte darüber mit Freunden, an eine Veröffentlichung traute er sich noch immer nicht heran. Einem Freund schrieb Darwin, wenn er darüber nachdenke, komme er sich wie ein „Mörder“ vor, weil er damit seinem eigenen Kinderglauben an die Worte der Bibel das Leben nahm.

Das änderte sich, als Charles im Jahr 1858 einen Brief des jungen Naturforschers Alfred Russel Wallace bekam. Der stellte als These auf, was Darwin beweisen konnte, und bat ihn um Rat. Daraufhin beschloss Darwin, seine Erkenntnisse nun doch zusammen mit Wallace' Gedanken publik zu machen. In einem Jahr war sein Werk zu Papier gebracht. Die erste Auflage des Buches mit 1250 Exemplaren war nach einem Tag ausverkauft. Der befürchtete Proteststurm ließ nicht lange auf sich warten. Kirchenleute schmähten ihn, und Zeitungen zeigten den Forscher als finsteren Burschen mit buschigen Brauen und dem bedrohlichen Blick eines wütenden Affen. Bald war Darwins Buch weltweit bekannt. Und er legte nach: 1871 ließ er sich über „Die Abstammung des Menschen und die geschlechtliche Zuchtauswahl“ aus. Dabei ging es auch darum, dass sich Tiere ihre Fortpflanzungspartner nach bestimmten Merkmalen aussuchten, um diese an ihre Nachkommen weiterzugeben. Und Darwin verglich die Mimik des Menschen mit der anderer höherer Lebewesen, zu denen er vor allem die Affen zählte. Darwin schrieb sogar den ketzerischen Satz, „dass der Mensch von einer weniger hoch organisierten Form abstammt“. Zu Hause in Down untersuchte Darwin Orchideen und Kletterpflanzen und fand heraus, dass die Regenwürmer wichtig für die „Bildung der Ackererde“ und die Fruchtbarkeit der Böden sind.

So groß die Entrüstung über Darwins Theorien war: Als er am 19. April 1882 mit 73 Jahren an Herzversagen gestorben war, erfuhr er die größte Ehre, die einem Engländer zuteilwerden kann. Nicht nur, dass zwei Herzöge und ein Graf ihn im Namen der Regierung zu Grabe trugen. Sein Leichnam fand neben dem Denkmal von Isaac Newton, einem der größten Wissenschaftler Englands, in der Kirche der Könige, der Westminster Abbey, seine letzte Ruhestatt. Dabei hatte er zu Lebzeiten gespottet, an einem solchen Ort wolle er nie und nimmer begraben sein …

Der tragische Missbrauch von Darwins Erkenntnis

Ein Vogel, der nur Körner als Nahrung findet, braucht einen anderen Schnabel als einer, der sich von Würmern ernährt. Eine Schildkröte, deren Lebensraum fast nur aus Sand besteht, ist durch einen wüstenfarbenen Panzer besser getarnt als eine, die sich zwischen Grünpflanzen bewegt. Aus diesen Beobachtungen zog Darwin seinen Schluss vom Überleben des am besten Angepassten – dem „survival of the fittest" – und formulierte damit die Evolutionstheorie. Nach ihr ist Leben ständige Anpassung und nur der Anpassungsfähigste überlebt. Aus Darwins Wurzeln erwuchs später auch die Vererbungslehre.

Die Denkrichtung des britischen Forschers, der Darwinismus, wurde später auf das Übelste missbraucht. Adolf Hitler leitete daraus seine mörderische Rassenideologie ab, in der er die Juden zu minderwertigen Menschen erklärte. Mit Verweis darauf brachten die Nazis die Juden, aber auch Behinderte um. Von Sozialdarwinismus sprechen wir, wenn jemand den Nutzen eines Menschen danach bemisst, welchen vermeintlichen Wert dieser für die Gesellschaft hat. Es hieße, Darwin Unrecht zu tun, würde man ihn dafür verantwortlich machen.

Eine Prüfung fürs Leben

Respekt, junger Mann! Eher würde er sich die Zunge abbeißen, als einen Mitschüler zu verraten. Und das, obwohl der Lehrer tobte und drohte: Der Schüler stand vor dem Ofen des Klassenzimmers, vertieft in den Anblick einer Karikatur. Er merkte nicht, dass der Dargestellte ihm über die Schulter schaute. Der Magister zerrte den vermeintlichen „Künstler" ins Direktorat. Der Schulleiter machte dort kurzen Prozess – und schmiss den 18-Jährigen von der Lehranstalt. Dies alles geschah wenige Monate vor dem Abitur! Dabei waren die Leistungen des zu Unrecht Bestraften – bis auf einen einmaligen Ausrutscher in Physik – durch die Bank 1a. Er büffelte zu Hause weiter. Ein Jahr später wurde er gnädigerweise als Externer zum Abitur zugelassen – und hatte wieder Pech: Ausgerechnet der beleidigte Pädagoge von damals saß der Prüfungskommission vor. Er rächte sich ein zweites Mal und ließ den Abiturienten durch die Prüfung rasseln. Ohne Zeugnis der Hochschulreife hatte der junge Mann auf ein Studium an der Universität seiner Heimatstadt keine Chance. Zwei Semester hörte er sich als Gast Vorlesungen an, dann ging er nach Zürich. An der Technischen Hochschule war das Studieren auch ohne Reifezeugnis möglich. Die stattdessen nötige Aufnahmeprüfung erließ man ihm, weil er so gute Noten hatte. Er machte seinen Maschinenbau-Ingenieur und beendete ein Physikstudium als Doktor. Danach wollte er sich in Würzburg habilitieren. Doch die Universität nahm ihn nicht – wegen des fehlenden Abiturs. Schließlich konnte er sich in Straßburg den Professorentitel holen. Jahre später bot ihm ausgerechnet Würzburg einen Lehrstuhl und danach sogar den Rektorenposten an. In der Stadt am Main machte er seine bahnbrechende Entdeckung, für die er den ersten Nobelpreis, der je verliehen wurde, bekam.

Wer war das?

Wilhelm Conrad Röntgen
und der gläserne Mensch

Geboren am 27.3.1845 in Lennep/Remscheid
Gestorben am 10.2.1923 in München

Aber, aber, Herr Professor! Warum denn so bescheiden? Dass er weltberühmt geworden war, hatte Wilhelm Conrad Röntgen nicht verhindern können. Aber Auftritte in der Öffentlichkeit schreckten den 56-jährigen Physiker immer noch ab. Am wohlsten fühlte er sich in seinem Labor. Dorthin hätte er sich auch am 10. Dezember 1901 am liebsten zurückgezogen. An diesem Tag wurde ihm die höchste Ehre zuteil, die es überhaupt für einen Wissenschaftler gab: Ihm wurde in Stockholm der Nobelpreis für Physik verliehen. Es war das erste Mal, dass ein Wissenschaftler ihn bekam. Und was machte Röntgen? Er weigerte sich, anschließend vor der noblen Gesellschaft, darunter der schwedische König, den erbetenen Festvortrag zu halten. Das Preisgeld von stolzen 50 000 Kronen behielt er nicht für sich, sondern spendete es der Würzburger Universität. Ausgerechnet Würzburg! Dort hatte man wegen des fehlenden Abiturs fast seine wissenschaftliche Laufbahn verhindert. Wie gut, dass Röntgen nicht nachtragend war! Nein, Wilhelm Conrad Röntgen war niemand, dem Ruhm zu Kopfe stieg. Er blieb auch als hochdekorierter Wissenschaftler ein aufrechter, zurückhaltender und bescheidener Mann. Dabei hätte er schwerreich werden können. Er aber dachte nicht im Traum daran, für seine Entdeckung der nach ihm benannten Röntgenstrahlen ein Patent anzumelden und Geld daraus zu machen. Sein

Selbstverständnis von Wissenschaft war ein anderes: Er war der Ansicht, dass die Menschheit einen Anspruch auf Fortschritt durch Forschung hat – allemal, wenn es um medizinische Errungenschaften ging.

Seine X-Strahlen machten es möglich, einem Kranken, ohne ihn aufschneiden zu müssen, tief in den Körper zu sehen, ganz so, als sei er aus Glas. Röntgen war so bescheiden, dass es ihn sogar ärgerte, dass die Deutschen hartnäckig von „Röntgen-" statt von „X-Strahlen" sprachen. So hatte er selbst sie nach dem „X" als Zeichen für die Unbekannte in mathematischen Gleichungen benannt. Der Nobelpreis für Physik war die Krönung für ein Forscherleben, das gottlob weder der rachsüchtige Lehrer in Utrecht noch andere akademische Kleingeister verhindern konnten. In Utrecht, an der Technischen Schule der niederländischen Stadt, war 1863 das Malheur mit dem verweigerten Abiturzeugnis passiert. Als alter Mann sollte Röntgen später sagen: „Schülerexamen geben meistens keinen Anhaltspunkt. Die wirkliche Probe auf Befähigung bringt erst das spätere Leben."

Außerhalb des deutschsprachigen Raumes werden die Röntgen-Strahlen „x-ray" („X-Strahlen") genannt.

Das von Wilhelm Conrad Röntgen hatte am 27. März 1845 begonnen. Als einziges Kind des Kaufmanns und Tuchfabrikanten Friedrich Röntgen und dessen Frau Charlotte Constanze wurde er in Lennep im Bergischen Land geboren. Um die Geschäfte des Vaters Am Gänsemarkt 1 stand es allerdings nicht gut. Deshalb zog die Familie drei Jahre später ins niederländische Apeldoorn um, wo Conrad auch eingeschult wurde. Mit 16 Jahren wechselte er an die Technische Schule in Utrecht. Der gelehrige junge Mann gehörte bald zu den Besten, bis er für den despektierlichen Streich eines Mitschülers den Kopf hinhielt und deshalb von der Schule flog. Wir wissen nicht, ob die Eltern stolz auf das mannhafte Verhalten ihres Sohnes waren oder ob er deswegen zu Hause Ärger bekam. Auch bleibt ungewiss, ob der Vater versuchte, seinen Jungen vor der Rachsucht des beleidigten Pädagogen in Schutz zu nehmen. Vielleicht vertraute er einfach darauf, dass Conrad seinen Weg schon machen würde – was dann ja geschah. 1865 ging Röntgen zum Maschinenbau-Studium nach Zürich. Nach dem Abschluss als Ingenieur drei Jahre später wandte er sich der Physik zu und holte sich 1869 den Doktorhut. Promoviert hatte er über das thermodynamische Verhalten der Gase. Sein Doktorvater war der angesehene Professor für Experimentalphysik August Kundt. Kundt war nur sechs Jahre älter als Röntgen und so von seinem Doktoranden angetan, dass er ihn als Assistenten mit an die Universität nach Würzburg nahm.

Auch wenn Röntgen schon in seiner Zürcher Zeit sehr fleißig war und größte Genauigkeit, Sorgfalt und Forscher-Neugier zeigte, hatte er dort nicht nur über Büchern und Versuchsanordnungen gehockt. Gern und häufig kehrte der Student im Gasthaus „Zum grünen Glas" ein. Nicht nur zum Essen und Trinken: Er fühlte sich auch in der Nähe der drei Wirtstöchter sehr wohl. Vor allem die sechs Jahre ältere Anna Bertha Ludwig zog ihn an. Sie war eine ausgesprochen fröhliche Person, die stets für gute Laune im Schankraum sorgte. Als Röntgen, nun 24 Jahre alt, sein Maschinenbau-Diplom vorzeigen konnte, verlobten sich die beiden. Und 1872 wurde nach Apeldoorn zur Hochzeit geladen. Das Ehepaar zog nach Straßburg. Dorthin war Röntgen erneut seinem Förderer Kundt gefolgt. Eigentlich hatte er sich in Würzburg habilitieren wollen. Doch die Universität hatte ihn zwar als Kundts Assistenten akzeptiert, die Habilitation aber ließen die Professoren wegen des fehlenden Abiturs nicht zu. So musste sich Röntgen in Straßburg den Lebensunterhalt als Privatdozent verdienen, holte sich aber dort in den nächsten zwei Jahren die Voraussetzung für eine Professur. Nach einem schlecht bezahlten Intermezzo an der Landwirtschaftlichen Akademie Hohenheim ergatterte Röntgen 1879 in Gießen den ersten ordentlichen Lehrstuhl. Endlich konnte er nach eigenem Gutdünken forschen und lehren. Und das Gehalt erlaubte ihm sogar, sich eine eigene Jagd zu pachten. Röntgen war nämlich ein leidenschaftlicher Jäger. Kinder allerdings blieben dem Ehepaar Röntgen versagt. Deshalb nahm Anna 1887 die sechsjährige Tochter ihres Bruders zu sich, bald darauf wurde Josephina Bertha von den Röntgens adoptiert.

Mit und neben seinem Freund und Kollegen Kundt machte sich der Professor in Gießen als Wissenschaftler einen Namen. Röntgen kam dem fotoakustischen Effekt auf die Spur und beschrieb den sogenannten „Röntgenstrom", der die Theorie eines anderen Wissenschaftlers zum elektrisch erzeugten Magnetismus bestätigte. Was Röntgen von vielen anderen Wissenschaftlern abhob, war seine übergroße Gründlichkeit. Theorien erkannte er erst an, wenn er sie in mehrfachen Experimenten hatte beweisen können. Das hatte freilich seinen Preis: Wenn Röntgen sich in eine Frage oder ein Problem verbiss, konnte es sein, dass seine Frau ihn tage- und nächtelang nicht mehr zu sehen bekam. Zu Hause war er dann vor lauter Grübeln nicht ansprechbar. Genau dieses geschah auch, als Röntgen später die Entdeckung gelang, die ihn schlagartig auch außerhalb der Fachwelt berühmt werden ließ.

Der fotoakustische Effekt besagt, dass man Licht hören kann, wenn es durch Wärme in Schall umgesetzt wird.

Die machte er in Würzburg. Denn 1888 berief ihn genau die Universität als Professor, an der ihn Jahre zuvor noch mal die Schmach des verweigerten Abiturs ereilt hatte. Die Röntgens zogen also von Gießen um. Fünf Jahre später wurde Conrad sogar zum Rektor der akademischen Lehranstalt ernannt. In Würzburg forschte Röntgen vor allem daran, wie sich Strom in Gasen verhielt. Am 8. November 1895 machte er dazu Versuche mit Kathodenstrahlen im luftleeren Raum. Um die Wirkung dieser Strahlen besser beobachten zu können, hatte er im abgedunkelten Labor eine Röhre mit schwarzem Kartonpapier ummantelt – und stellte plötzlich fest, dass, obwohl keinerlei Licht mehr nach außen dringen konnte, ein paar herumliegende Kristalle und auch ein mit einer fluoreszierenden

Substanz beschichteter Schirm zu leuchten begannen! Röntgen traute seinen Augen kaum. Das konnte doch nur heißen, dass durch das dunkle Papier hindurch eine bislang unbekannte Strahlung nach außen drang! Was waren das für Strahlen?

Vorerst erzählte Röntgen nur seiner Frau von dem merkwürdigen Ereignis. Die Leute, so sagte er Anna, würden ihn vermutlich für verrückt erklären. In den nächsten Tagen und Wochen bekam sie ihren Conrad kaum mehr zu sehen, weil er Tag und Nacht mit den mysteriösen „X-Strahlen" herumexperimentierte. Manchmal musste sie ihm sogar das Essen vor die Labortür stellen. Röntgen hielt ein Buch von 1000 Seiten zwischen Kathodenröhre und Schirm: Der strahlte. Dann stellte er ein dickes Brett davor – der Schirm strahlte. Selbst eine 15 Millimeter dicke Aluminiumschicht hielt ihn nicht vom Leuchten ab. Erst hinter Platin und Blei war auf dem Schirm kein Schimmer mehr zu sehen. Schließlich hielt Röntgen die eigene Hand davor – und erblickte seine blanken Knochen – von Haut oder Muskeln keine Spur! Lediglich der Ehering war als schmaler Streifen über den Knochen des vierten Fingers zu sehen. Jetzt holte er Anna hinzu, ließ sie ihre Hand vor eine Fotoplatte halten und belichtete sie 23 (andere Quellen sagen 28) Minuten lang. Zurück blieb ein Foto ihres Hand- und Fingerskeletts samt Ehering. In den nächsten Wochen dokumentierte Röntgen seine Versuche und Beobachtungen schriftlich. Und er wies darauf hin, von welcher Bedeutung diese X-Strahlen für die Medizin waren.

Um das Foto von den Fingerknochen seiner Frau zu machen, ließ Röntgen Annas Hand 23 Minuten lang bestrahlen. Die zerstörerische Wirkung der Strahlen stellte sich erst später heraus.

Es erschienen erste Berichte darüber, auch in den USA. Selbst der deutsche Kaiser Wilhelm II. wurde auf Röntgen aufmerksam – und ließ sich am 13. Januar 1896 von ihm persönlich in Berlin über seine Entdeckung informieren. Zehn Tage später führte der Wissenschaftler seine Versuche erstmals öffentlich vor der Physikalisch-Medizinischen Gesellschaft vor. Die Zuhörer, darunter hohe Offiziere und fachfremde Prominente, bekamen anfangs vor Staunen den Mund nicht mehr zu, dann wollte ihr Applaus kaum enden. Zu guter Letzt bat Röntgen den angesehenen Mediziner Geheimrat Rudolph Albert von Kölliker zu sich aufs Podium und durchleuchtete dessen Hand. Das Publikum tobte – und Kölliker schlug vor, die Strahlen fortan nach ihrem Entdecker „Röntgen-Strahlen" zu nennen.

Röntgens Entdeckung war eine Sensation! Weltweit waren die Zeitungen voll davon. Eine Flut von Briefen nicht nur von Kollegen und Ärzten, auch von Privatpersonen, Geschäftsleuten und Staatsmännern brach über den Physiker herein. Weil Röntgen es ablehnte, ein Patent auf seine Entdeckung anzumelden, konnte sich, wer immer wollte, seinen eigenen „Röntgen-Apparat" bauen. Das taten nicht nur Mediziner: Das Durchleuchten mit Röntgenstrahlen wurde zum Partyspaß. Karikaturen zeigten auf Postkarten Fest- und Badegesellschaften, unter deren edlen Roben oder Schwimmkostümen die bloßen Knochen zu sehen waren.

Röntgen selbst hielt sich bestmöglich fern von allem Rummel. Er wandte sich lieber der Erforschung der physikalischen Eigenschaften von Kristallen zu und legte neben den drei Berichten über die „X-Strahlen" 53 andere wissenschaftliche Arbeiten vor. Die weitere Erforschung „seiner" Strahlen überließ er Kollegen und Medizinern, die bald dahinterkamen, dass man mit ihnen auch Gewebe zerstören kann.

Einen Ruf an die Universität Freiburg lehnte Röntgen ab, ging dann aber doch im Jahr 1900 von Würzburg fort nach München. Dort stand er die nächsten 20 Jahre dem Physikalischen Institut als Direktor vor. Am 10. Dezember 1901 reiste Röntgen nach Stockholm, um als erster Wissenschaftler überhaupt den Nobelpreis entgegenzunehmen.

Einer Karriere als Präsident der Physikalisch-Technischen Reichsanstalt in Berlin und Professor der dortigen Akademie zog er das Leben in München in der Nähe der von ihm geliebten Berge vor.

Zur Sommerfrische fuhr er nach Weilheim. Anna Bertha aber konnte bald nicht mehr reisen. Sie war schwer krank und ließ Conrad 1919 als einsamen Mann zurück. Er selbst starb vier Jahre später, am 10. Februar 1923, an einem Darmkarzinom. Gut möglich, dass seine X-Strahlen diese Krebserkrankung ausgelöst hatten.

Der ganz große Durchblick

Conrad Wilhelm Röntgens Entdeckung war für die Medizin eine Revolution. Das „Röntgen" ist aus ihr – nicht nur nach Knochenbrüchen – nicht mehr wegzudenken. In den 30er- und 40er-Jahren des 20. Jahrhunderts wurden Kontrastmittel zum Spritzen und Schlucken entdeckt, mit denen es möglich war, innere Organe darzustellen und ihr Funktionieren zu überprüfen. Als man die zerstörerische Kraft der Röntgenstrahlen erkannt hatte, wurden die Geräte dick ummantelt und Personal und Patienten zum Schutz dicke Bleischürzen umgehängt. Röntgenstrahlen konnten bald auch eingesetzt werden, um bösartiges Gewebe und Tumore zu zerstören. Die Entwicklung der Computertomografie, der Mammografie zur frühen Erkennung von Brustkrebs und der Angiografie, mit der sich Blutgefäße darstellen lassen, wären ohne Röntgen nicht möglich gewesen. Die Röntgenstrahlen dienten aber auch dem Fortschritt der Technik: Mit ihnen wird Fluggepäck durchleuchtet, werden Werkstoffe und Material auf Risse und Hohlräume überprüft. Sie weiten den Blick beim Mikroskopieren und helfen mit der sogenannten Röntgenspektroskopie bei der Erforschung des Weltalls.

Ein tonnenschweres Gramm

Was für eine Plackerei! Mühsam wuchtete die zierliche Frau Schaufel für Schaufel von dem schwarzen Zeug in riesige Wannen. Dann kochte und rührte sie die zu Pulver zermahlene Pechblende stundenlang, bis die sich endlich aufgelöst hatte. Die Brühe goss sie durch einen Filter und jagte Strom durch das übrig gebliebene Material. Dann wurde es noch mal gekocht, gerührt und gefiltert. Das Gleiche mit der nächsten Ladung, viele tausend Mal. Diese Schufterei spielte sich in einem kleinen Schuppen ab, der sich im Sommer wegen seines Glasdaches in ein Treibhaus verwandelte. Im Winter war es dafür eisig kalt. Dann gefroren die Pfützen, die sich auf dem Boden dieses „Labors" bei Regen bildeten, weil Dach und Wände undicht waren. Um wenigstens ein Gramm der gesuchten Substanz zu gewinnen, mussten acht Tonnen des Uranerzes so behandelt werden. Jahrelang plagte sich die Wissenschaftlerin, unterstützt von ihrem Mann, ab, um endlich ein winziges Klümpchen davon in Händen zu halten. Und doch sagte sie: „In diesem dürftigen alten Schuppen verbrachten wir unsere besten und glücklichsten Jahre!"

Das Ehepaar wurde reich dafür belohnt – nicht mit Geld, aber mit der höchsten Ehre, die einem Forscher zuteilwerden kann. Sie erhielt den Nobelpreis später sogar noch ein zweites Mal. Der Preis für den Erfolg war allerdings hoch: Nicht nur wegen der kräftezehrenden Arbeit. Sondern weil sie anfangs nicht wusste (und als sie es ahnte, sich dadurch nicht vom Weitermachen abhalten ließ), dass die von ihr isolierte Substanz so gefährlich strahlte, dass ihr Körper auf Dauer dabei Schaden nahm. In der Medizin wurden damit bald bösartige Zellen bekämpft. Sie selbst bezahlte erst mit Krankheiten und dem fast völligen Verlust der Sehkraft und schließlich mit ihrem Leben dafür.

Wer war das?

Marie Curie
und der Preis der Strahlen

Geboren am 7.11.1867 in Warschau
Gestorben am 4.7.1934 in Sancellemoz/ Frankreich

„Nicht böse sein! Ich hab's nicht gern getan! Es ist nicht meine Schuld!" Fast weinte das kleine Mädchen – und fügte hinzu: „Das kommt nur davon, weil es so leicht ist!" Was hatte Maria denn um Gottes willen getan? Sie hatte ihren überraschten Eltern fehlerfrei eine ganze Seite aus einem Buch vorgelesen. Und was war daran schlimm? Nun, sie war erst vier Jahre alt und fürchtete wohl, dass man sie schimpfen würde. Aber Maria! Wieso hätten Wladyslaw Sklodowski und Bronislawa Sklodowska denn böse sein sollen? Der Vater war Lehrer, die Mutter auch eine gebildete Frau und beide sicher stolz darauf, ein so begabtes Kind zu haben. Vielleicht war Maria einfach selbst ein bisschen erschrocken, dass ihr das Lesen so leicht über die Lippen ging. Die ältere Schwester Bronia hatte es ihr beigebracht – und jetzt konnte die Kleine es besser als die Große. Auch ihren Altersgenossinnen in der Schule war Maria immer zwei Jahre voraus.

Aus dem ungewöhnlichen Kind wurde eine außergewöhnliche Frau: Marie Curie, die Entdeckerin der Radioaktivität. Sie gab der atomaren Strahlung diesen Namen. Ihr eigener steht noch heute für die berühmteste Wissenschaftlerin der Welt. Zweimal bekam sie den Nobelpreis, einen für Physik und einen für Chemie. Dabei hätte sie fast nicht studieren können. Sie musste dafür ins Ausland gehen. Dort, in Frankreich, wurde aus Maria Marie. Curie ist der Name ihres Mannes, der ebenfalls ein bedeutender Wissenschaftler war.

Die Franzosen ehrten das Paar nach beider Tod durch Aufnahme in den Gedenktempel Panthéon: Diese Ruhmeshalle in Paris war eigentlich den „großen Männern“ Frankreichs vorbehalten. Marie Curie war die erste und ist noch immer die einzige Frau, die dort posthum Aufnahme fand.

Marie Curie war gebürtige Polin. Am 7. November 1867 kam sie als jüngstes Kind und vierte Tochter eines Mathematik- und Physiklehrers in Warschau zur Welt. Ihre Mutter leitete eine Zeit lang ein Mädchenpensionat, in dem die Familie anfangs auch wohnte. Später, als der Vater aus politischen Gründen seine Anstellung am Gymnasium verlor, machte er die eigene Wohnung zur Schule: Bis zu zehn junge Männer lernten und lebten bei den Sklodowskis. Die kleine Maria musste im Wohnzimmer auf dem Sofa schlafen – und morgens um sechs Uhr aufstehen, weil die Internatszöglinge dort ihr Frühstück einnahmen. Später sagte sie einmal, sie habe als Kind gedacht, die ganze Welt sei eine Schule.

Wladyslaw Sklodowski war Lehrer aus Leidenschaft: Am Familientisch wurde viel und oft über Naturwissenschaften diskutiert. Marias Wissensdurst war ohnehin kaum zu stillen: Schon als Kind vertiefte sie sich in jedes Buch, das sie zu fassen bekam. Ob Gedichte oder Romane, Abenteuergeschichten oder trockener Kram: Selbst die Fachbücher aus des Vaters Bibliothek nahm sie sich vor. Kein Wunder, dass sie dann in der Schule immer die Erste war. Für ihren Abschluss am Lyzeum bekam die erst 16-Jährige eine Goldmedaille. Umso trauriger war sie, dass sie in Warschau nicht studieren konnte: nicht nur, weil sie ein Mädchen war. Für Polen war das in ihrer von den Russen besetzten Heimat ohnehin schwer. Russische Beamte kontrollierten sogar das Alltagsleben der Polen. Selbst die Muttersprache war ihnen verboten. In den Schulen tauchten regelmäßig Inspektoren auf – und wehe, die Kinder konnten dann nicht ohne Stocken die Riege der russischen Zaren herunterbeten! Die Lehrer des Mädchenpensionats, das Maria besuchte, schickten jedes Mal sie als beste Schülerin vor. Heimlich lehrten die Erzieherinnen die Kinder ihre nationale Geschichte und Sprache. Den Abschluss machte Maria auf einer offiziellen Schule, weil nur deren Zeugnisse etwas galten.

Die Härte, die Marie Curie in ihrem späteren Leben sich selbst gegenüber zeigte, rührte vermutlich aus ihrer Kindheit: Die Mutter war kurz vor ihrer Geburt an Tuberkulose erkrankt. Dieses Lungenleiden war damals nicht heilbar. Um sie nicht anzustecken, nahm Bronislawa Sklodowska ihre vier Töchter und den Sohn niemals in den Arm. 1877 starb sie, Maria war gerade zehn Jahre alt. Mit acht hatte das Kind seine älteste Schwester Sofia an den Typhus verloren. Umso mehr sorgte in der mutterlosen Familie einer für den anderen: Maria machte mit Bronia aus, dass erst die Ältere zum Studieren ins Ausland gehen sollte, während die Jüngere dafür Geld verdiente. Später sollte es umgekehrt sein. Deshalb nahm das junge Mädchen nach dem Schulabschluss eine Stelle als Erzieherin in Warschau an, dann, 1886, ging sie zu den Zorawskis, einer Gutsbesitzerfamilie, aufs Land. Ihren Verdienst schickte Maria nach Paris, wo Bronia Medizin studierte. In dem kleinen Dorf fühlte sich Maria wohl. Die Gutsbesitzerin erlaubte ihr, in der Freizeit die Kinder der armen Zuckerrübenbauern zu unterrichten. Manchmal hatte sie 18 Schüler. Dann kam einer der älteren Söhne der Zorawskis vom Studium in Warschau nach Haus – und das Blatt wendete sich, als sich die beiden jungen Leute ineinander verliebten. Frau Zorawski machte Maria von da an das Leben so schwer, dass die 1889 aufgab und nach Hause zurückkehrte. Bereits nach dem Schulabschluss hatte die wissbegierige junge Frau eine „Fliegende Universität“ besucht: Das war eine Art illegale Hochschule, die oppositionelle Jugendliche organisierten. Sie trafen sich heimlich, um über Naturwissenschaften, Politik und soziale Fragen zu diskutieren. Ein Cousin von Maria unterhielt eine als „Museum für Industrie und Landwirtschaft" getarnte naturwissenschaftliche Schule, in der die nun 22-Jährige experimentierte. 1890 forderte Bronia ihre Schwester auf, nach Paris zu kommen. Sie hatte sich mit einem Arzt verlobt und wollte nun ihren Part des Versprechens einlösen und der Jüngeren das Studium finanzieren.

Maria Sklodowska schloss sich einer Bewegung junger Polen an, die ihr Land ohne Gewalt von den Russen befreien wollten. Dazu war Bildung nötig – nach dem Motto: Wissen ist Macht.

Ein Jahr später reiste Maria nach Paris.

Wie eine Besessene stürzte sie sich in die Physik und Mathematik. In den Nächten paukte sie Französisch. Anfangs wohnte Marie, wie sie sich jetzt nannte, bei Bronia, zog dann aber in eine schäbige Dachkammer um. Im Winter war es dort so kalt, dass das Wasser im Glas gefror. Um zu sparen, ernährte sich Marie nur von Tee und Brot. Mehrmals brach sie vor Schwäche zusammen. Trotzdem machte sie nach nur zwei Jahren an der Sorbonne mit bester Note das Physik-Examen, 1894 belegte sie in Mathematik den zweiten Platz. Dann ging sie zurück nach Polen, um sich dort mit ihrem Wissen nützlich zu machen. Oder war sie aus Paris geflohen? Im Studium hatte Marie die magnetischen Eigenschaften der Metalle untersucht und war dabei dem Physikprofessor Pierre Curie nähergekommen. Der acht Jahre ältere Mann war von der Wissenschaft genauso besessen wie sie. Schließlich machte er ihr einen Heiratsantrag. Marie lehnte ab: Ihr Platz sei in Polen. Doch Pierre ließ nicht locker. Am 26. Juli 1895 wurde in dem Pariser Vorort Sceaux aus Marie schließlich Madame Curie.

Pierre Curie leitete in Paris das Labor der Schule für industrielle Physik und Chemie. Auf sein Bitten hin stellte das Institut Marie für ihre Doktorarbeit einen Schuppen im Hof zur Verfügung. Kurz zuvor hatte der Physiker Henri Becquerel rätselhafte Strahlen im Uran entdeckt. Marie wollte nun untersuchen, woher die kamen. Sie nannte das Phänomen Radioaktivität. In dem Schuppen zerlegte Marie nun Mineralien in die einzelnen chemischen Elemente. Da-

Nach Henri Becquerel ist die Maßeinheit für radioaktive Strahlung benannt.

bei entdeckte sie, dass nicht nur Uran, sondern auch Thorium strahlt. Sie untersuchte Pechblende. Dieses Uranerz fällt als Abfall in Bergwerken an. Erstaunt stellte sie fest, dass es weit stärker strahlte, als nach seinem Urananteil zu erwarten war. Dabei fand sie eine bis dahin unbekannte Substanz. Ihrer Heimat zu Ehren gab sie ihr den Namen Polonium. Dann stieß sie auf ein weiteres Element, das Radium. Es strahlte noch um ein Vielfaches stärker, obwohl es nur in Spuren in der Pechblende vorkam. Vier Jahre lang leistete Marie die beschriebene Schwerstarbeit. Dann, am 28. März 1902, hatten sie und ihr Mann endlich ein zehntel Gramm reines Radiumsalz isoliert. 1903 bekam sie – zusammen mit ihrem Mann und Henri Becquerel – den Lohn für ihre Entdeckung: den Nobelpreis für Physik.

Marie Curies Vater nannte das Radium „das kostspieligste Element der Welt", weil sie in dessen Isolierung so viel Arbeit gesteckt hatte.

Bei ihrer Arbeit hatten Pierre und Marie Curie sich an den Stellen, die mit dem radioaktiven Material in Berührung kamen, regelrecht die Haut verbrannt, die dann nur sehr langsam heilte. Einmal machte Pierre sogar bewusst einen Selbstversuch und brachte damit die Medizin auf die Idee, mit Radium bösartige Zellen zu zerstören. Die Curies kümmerten sich nicht darum, dass sie ständig diesen aggressiven Strahlen ausgesetzt waren. Dabei waren sie beide nur noch erschöpft. Oft taten ihnen die Gelenke weh und sie schliefen schlecht, was nicht nur an der vielen Arbeit lag. Als der Nobelpreis verliehen wurde, konnten beide nicht nach Stockholm reisen und holten das erst nach eineinhalb Jahren nach. 1903 verlor Marie auch ein ungeborenes Kind. Es wäre ihr zweites gewesen: Im September 1897 war bereits Irène zur Welt gekommen, die Pierres Vater betreute. Der war Witwer geworden und ermöglichte Marie, weiter ihrer Arbeit nachzugehen. Im Dezember 1904 kam die zweite Curie-Tochter Eve zur Welt, die später über das Leben ihrer Mutter ein Buch schreiben sollte. Um die Ausbildung der beiden Töchter kümmerte sich Marie intensiv: Der Unterricht an einem Mädchen-Ly-

Irène Joliot-Curie wurde wie ihre Mutter Forscherin und erhielt 1935 gemeinsam mit ihrem Mann Frédéric Joliot den Nobelpreis für Chemie.

zeum war ihr nicht gut genug. Deshalb organisierte sie mit Kollegen eine Privatschule, in der die Wissenschaftler wechselweise ihre Kinder bei sich zu Hause unterrichteten.

Mit dem Preisgeld aus Stockholm statteten die Curies endlich ein richtiges Labor für sich aus. Pierre konnte die neuen Arbeitsräume aber nicht mehr beziehen: Am 19. April 1906 geriet er auf der Straße unter ein Pferdefuhrwerk und war sofort tot. „Mein Leben ist zerstört", schrieb Marie einer Freundin. Ihr fehlte nicht nur der geliebte Mann, sondern auch der wichtigste Kollege. Was sie früher mit ihm besprochen hatte, vertraute sie jetzt ihrem Tagebuch an: Dort schilderte sie auch die bitteren Gefühle, die sie empfand, als sie nun seinen Lehrstuhl für Physik an der Universität bekam: „Ein paar Idioten gratulierten mir!" Mit ihrer Forschung begründete sie nun die Strahlenchemie. Wegen deren Nutzen für die Medizin wurde sie drei Jahre später mit dem Nobelpreis für Chemie geehrt. Nur die Akademie der Wissenschaften weigerte sich, sie als Mitglied aufzunehmen. Weil sie eine Frau war!

Marie Curie war die erste Frau, die an der Pariser Sorbonne Vorlesungen halten durfte. Das war 1908.

In Paris machten ihr zur selben Zeit schmutzige Schlagzeilen das Leben schwer, weil sie eine Liebesbeziehung zu einem verheirateten Kollegen begonnen hatte. Der hatte sich zwar schon vorher von seiner Familie getrennt. Trotzdem war ihr Verhältnis ein Skandal. Die Beziehung zerbrach daran. Auch körperlich war Marie am Ende und musste für eine Nierenoperation ins Krankenhaus. Kaum wieder auf den Beinen, forschte sie weiter. 1914 richtete die Universität für sie eine eigene chemisch-physikalische Abteilung ein, das Radiuminstitut. Dann unterbrach der Erste Weltkrieg ihre Arbeit. Marie Curie entwickelte stattdessen eine mobile Röntgenstation. Mit nun 47 Jahren lernte sie Auto fahren, um diese Geräte an die Front zu bringen. Sie brachte den Ärzten in den Lazaretten dort das Röntgen bei, damit diese Knochenbrüche und Granatsplitter in den Körpern verwundeter Soldaten leichter finden konnten.

Nach dem Krieg reiste Madame Curie zu Vorträgen in aller Welt: 1921 wurde sie sogar vom amerikanischen Präsidenten Warren G. Harding eingeladen. Amerikanische Frauen spendeten für ihre Forschungen Geld und kauften ihr ein Gramm des sündhaft teuren Radiums.

Die jahrelange hohe Strahlenbelastung forderte jetzt bei der Forscherin ihren Tribut: Marie Curie konnte nur noch schlecht hören und sehen und war häufig zu Tode erschöpft. Zwischen 1923 und 1930 wurde sie fünfmal an den Augen operiert. 1932 gab sie die Leitung des Radiuminstituts an ihre Tochter ab. Dass Irène und deren Ehemann Frédéric Joliot 1935 den Nobelpreis für die künstliche Erzeugung von Radioaktivität bekamen, erlebte Marie Curie nicht mehr mit: Sie war am 4. Juli 1934 in einem Sanatorium im französischen Sancellemoz gestorben. 1995 wurden Pierre und Marie Curies Urnen in das Panthéon überführt.

Wohl und Wehe von Wissenschaft

Das Radium hätte Marie und Pierre Curie reich machen können. Doch das war nicht ihr Verständnis von Wissenschaft: Zur „Wohltat für die Menschheit“ könne Wissenschaft nur werden, wenn der Mensch sie „um ihrer selbst und ihrer Schönheit willen“ betreibe und nicht deren Nützlichkeit oder gar persönlicher Vorteile wegen, meinte Marie.

Das ewige Kind

Er hasste Zähneputzen, weil, wie er meinte, „Schweineborsten sogar Diamanten zerstören". Sein Äußeres war ihm egal. Die Hemdsärmel schnitt er ab, wenn sie ihn beim Arbeiten störten. Seine Jacketts waren verschlissen, die Hosen zu kurz. Sogar zur Nobelpreisverleihung in Stockholm trug er einen schäbigen Anzug und hatte keine Socken an. Seine Frau gab es bald auf, ihn zu einem gepflegteren Erscheinungsbild zu erziehen. Immerhin versprach er ihr, künftig die Haarbürste einzusetzen. Was freilich bei seinem wirr vom Kopf abstehenden Schopf vergebliche Liebesmüh war. Zumal er die Angewohnheit hatte, beim angestrengten Nachdenken wie ein Kind mit den Fingern Locken zu drehen. Beides tat er häufig.Schließlich war Kopfzerbrechen sein Metier. Mit seinem Einsatz für den Frieden schuf sich der Wissenschaftler nicht nur Freunde. Weil er Jude war, musste er vor den Nazis aus Deutschland fliehen. Die Amerikaner nahmen ihn erst begeistert auf, dann bespitzelten sie ihn. Seine große Schwäche waren die Frauen. Nur um ihre Ehe zu retten, nahm seine zweite Gattin die wechselnden Liebschaften schließlich hin.

Ihn scherte nie, was andere über ihn dachten. Spottete er doch selbst am liebsten über die eigene Person. So hat er sich als junger Mann, als er endlich sein eigenes Geld verdiente, einen „Tintenscheißer mit ordentlichem Gehalt" genannt. An seinem 72. Geburtstag streckte er den Fotografen die Zunge heraus. Das Bild ging um die Welt und machte ihn vollends zum Popstar der Wissenschaften. Seine geniale Entdeckung kommentierte er so: Die Frage nach Raum und Zeit hätten sich normale Erwachsene schon als Kinder gestellt. Er habe erst als solcher damit begonnen und sei dann „naturgemäß tiefer in die Problematik eingedrungen als ein gewöhnliches Kind".

Wer war das?

Albert Einstein

und das Geheimnis von Raum und Zeit

Geboren am 14.3.1879 in Ulm
Gestorben am 18.4.1955 in Princeton/USA

Ja, wollte das Albertle denn gar nicht sprechen? Jetzt war der Bub schon zweieinhalb Jahre alt und brachte noch immer kein Wort heraus. Umso erstaunter waren seine Eltern, als das Erste, was er dann von sich gab, ganze Sätze waren. Die sagte er dafür gleich zweimal: erst leise, dann laut. Ganz so, als wolle er ausprobieren, ob es richtig war, was er formulierte.

Mit dem Ersten, womit Albert Einstein später als Wissenschaftler von sich reden machte, zündete er gleich ein Feuerwerk der Erkenntnis. Er selbst fragte sich allerdings, „ob der Herrgott mich vielleicht an der Nase herumgeführt hat" und heimlich über ihn lache. Das war 1905. Dieses Jahr ging als „annus mirabilis", als Wunderjahr, in die Wissenschaftsgeschichte ein. Einstein war damals ein kleiner Patentbeamter in Bern. Dieser „Tintenscheißer mit ordentlichem Gehalt", wie er sich nannte, bewies die Existenz der Moleküle und setzte die Quantenmechanik in Gang. Er bewies, dass sich Licht in Quanten und Wellen fortbewegt, und setzte dem Ganzen mit der Relativitätstheorie die Krone auf. Damit warf Albert Einstein die bisherige Physik aus der Bahn und gab dem Kosmos eine neue Gestalt. Sein $E = mc^2$, Energie gleich Masse mal Lichtgeschwindigkeit im Quadrat, ist nicht nur die berühmteste Formel der Welt. Sie ist auch die schwierigste und hat schon viele kluge Köpfe (k)irregemacht. Das Verrückteste an ihr ist, dass sie stimmt – obwohl sie gedanklich kaum jemand nachvollziehen kann. Nicht nur Menschen, die sich ohnehin schwertun mit Physik, kapitulieren vor ihr. Und dabei dachten am Anfang seines Lebens alle, das Albertle sei etwas zurückgeblieben …

Geboren wurde Albert Einstein in der schwäbischen Kleinstadt Ulm. Dort warf er am 14. März 1879 seinen ersten Blick ins Leben. Sein Vater Hermann handelte mit Bettfedern. Er und seine Frau Pauline waren Juden, lebten aber nicht nach ihrer Religion. Als Einjähriger siedelte Albert das erste Mal um: Sein Vater stieg in München ins Installationsgeschäft eines Vetters ein. 1881 kam mit Maria, genannt Maya, Alberts Schwester zur Welt. Sie war die einzige Frau, die ihm sein ganzes Leben lang nahestand. Als sie im Alter nach einem Schlaganfall Hilfe brauchte, stand Einstein ihr bis zum Tod zur Seite. Dabei war er damals selbst schon schwer krank.

Für wilde Jungenstreiche war Albert als Kind nicht zu haben. Stattdessen legte er stundenlang Puzzles und baute bis zu 14 Stockwerke hohe Kartenhäuser. Sein Schlüsselerlebnis hatte er als Vier- oder Fünfjähriger. Da, so erzählte Einstein, habe ihm der Vater einen Kompass gezeigt und er das erste Mal gedacht, in und hinter allen Dingen müsse tief versteckt noch etwas anderes sein. Warum sonst sollte sich die Nadel unter dem Glas so seltsam „benehmen"? Als Sechsjähriger wurde er gleich in die zweite Klasse eingeschult. Eigentlich war Lernen für ihn ein Kinderspiel, das ihm die Lehrer aber vergällten. Ihnen genügte es, wenn die Schüler alles auswendig lernten. Albert hasste das. Er wollte die Dinge doch richtig entdecken! Auch der Kasernenhofton und Drill an der Lehranstalt waren ihm zuwider. „Ich denke, dass man selbst einem Raubtier seine Fressgier wegnehmen könnte, wenn es gelänge, es mithilfe der Peitsche fortgesetzt zum Fressen zu zwingen", spottete er später. Als er 15 war, raunzte ihn ein Gymnasiallehrer an: „Ihre bloße Anwesenheit verdirbt mir den Respekt in der Klasse!" Am besten wäre, er würde gehen. Noch am selben Tag ließ sich Albert vom Hausarzt eine halbjährige Schulpause wegen erschöpfter Nerven verordnen. Dann packte er die Koffer und reiste nach Italien. Dorthin, nach Mailand, hatte es wenige Wochen zuvor seine Eltern und die Schwester verschlagen. Die Firma des Vaters hatte Pleite gemacht und Einstein senior suchte jetzt sein Glück im Süden. Wegen der Schule musste Albert allein in München bleiben. Seine Eltern waren wenig begeistert, als er plötzlich vor ihnen stand. Er konnte ja kaum Italienisch – und Geld gab's auch keins.

Es wird gern erzählt, dass Albert Einstein in Mathe eine Sechs hatte. Das stimmt zwar, allerdings war in der Schweiz die Sechs die beste Note.

Zum Glück boten Verwandte an, dem Jungen ein Studium in Zürich zu finanzieren. Am dortigen Polytechnikum brauchte er kein Abitur, musste allerdings eine Aufnahmeprüfung machen – bei der er, außer in Physik und Mathe, mit Glanz und Gloria versagte. Den Physikprofessor hatte er aber so sehr beeindruckt, dass der Albert ermöglichte, in nur einem Jahr an der Kantonsschule von Aarau das Abitur zu machen. In Aarau ging Einstein bei der Familie des Lehrers Jost Winteler in Pension. Seine Gastmutter Pauline schloss er so sehr ins Herz, dass er sie noch Jahre später „liebes Mamerl" nannte. Marie, die Tochter des Hauses, wurde sein erstes „Schätzchen", bald aber von Mileva Marić abgelöst.

Vor Beginn des Studiums in Zürich legte Einstein die deutsche Staatsangehörigkeit ab, damit das Militär nicht sein Studium unterbrach.

Mileva hatte Einstein in Zürich kennengelernt, wo er von 1896 bis 1900 studierte. Am Polytechnikum ging es ihm wenig besser als an der Schule: Die Vorlesungen langweilten ihn und er hatte keinen Respekt vor den Professoren. Wenn er auffiel, dann durch häufiges Schwänzen, wofür er vom Direktor einen „Verweis wegen Unfleiß" bekam. Nur die theoretische Physik machte Einstein Spaß, vor allem die Lehre über die Gase, elektromagnetischen Felder und Mechanik. Spannend fand er die wissenschaftliche Meinung, dass die Erde von einem nicht näher definierten „Äther" umgeben war, in dem sich die Energie fortbewegte. Durch diesen vermeintlichen Äther marschierte Einstein zur Relativitätstheorie …

… und mit ihm die Kommilitonin Mileva. Alberts Mutter war empört, als er ihr berichtete, er habe ein „gescheites Luder" kennengelernt. Sie schimpfte, er brauche eine Frau und kein „Buch wie du!". Sie ahnte ja nicht, wie gern ihr Sohn in diesem „Buch" blätterte. Als Mileva für ein halbes Jahr in Heidelberg war, schickte ihr Einstein in Briefen nicht nur seine wissenschaftlichen Gedanken, sondern auch zärtlichstes Geschnäbel hinterher. Sogar „Schnadahüpfl", in Mundart geschriebene Scherze, dichtete Albert für sie: „Mei Doxerl sei Schnaberl, des mecht i gern hern, und nachher ihm's lustig mit meinem versperrn …" Als sie für eine Prüfung büffelte, munterte ihr „Johannzel" sie auf: „Wenn ich Ihnen nur ein bissel beistehen könnte, seis auch nur, um ein wenig Abwechslung zu bringen, seis in den Studien, oder seis als Johann mit allen hübschen Kleinigkeiten, die so dranhängen."

Eine Heirat scheiterte vorerst am Geld: Nach dem Lehrerexamen hatte sich Einstein vergeblich im gesamten deutschsprachigen Raum um eine Stelle beworben. Mileva tröstete ihn: „Mein Schatz, du hast ein böses Maul und bist obendrein ein Jude!" An wechselnden Orten schlug er sich mehr schlecht als recht als Privatlehrer durch. Sie selbst fiel zweimal durchs Examen und reiste im Sommer 1901 enttäuscht zu ihren Eltern ins serbische Novi Sad. Dort brachte sie im Januar 1902 Lieserl zur Welt. Seine Tochter hat Albert Einstein vermutlich nie gesehen. Bis heute ist unbekannt, was aus ihr wurde. Es heißt, die Familie habe die „Schande", das unehelich geborene Kind, zur Adoption weggegeben. Mileva verwand das nie. Einstein bekleckerte sich auch später nicht mit Vaterruhm gegenüber ihren beiden Söhnen.

1902 war der junge Physiker nach Bern gezogen, wo er endlich eine feste Anstellung fand. Er wurde „technischer Experte III. Klasse" am „Eidgenössischen Amt für geistiges Eigentum" mit einem Jahresgehalt von 3500 Franken. Mileva kam nach, endlich wurde

Für die Entdeckung des fotoelektrischen Effekts bekam Albert Einstein 1921 den Nobelpreis für Physik.

Treffen zwei Blitze beide Enden eines fahrenden Zuges, nimmt eine unbewegt davorstehende Person sie als gleichzeitig wahr. Für eine Person im Zug hat der vordere Blitz zuerst eingeschlagen.

geheiratet. In Bern diskutierte Einstein mit Studienfreunden in der von ihm gegründeten (Freizeit-)„Akademie Olympia" über philosophische und naturwissenschaftliche Fragen. Seine Erkenntnisse zur Wärmelehre veröffentlichte er zuweilen in dem Fachblatt „Annalen der Physik". Und dann bahnte sich das „annus mirabilis", das Wunderjahr, an.

„Was machen Sie denn, Sie eingefrorener Walfisch, Sie geräuchertes, getrocknetes, eingebüchstes Stück Seele?" So begann der Brief, in dem er einem Freund 1905 seine bahnbrechenden Entdeckungen ankündigte. Es war die Ouvertüre für einen Paukenschlag, zu dem Einstein in vier Beiträgen für die „Annalen" ausholte: Im ersten griff er die Quantenformel des Physikers Max Planck auf und bewies, dass Licht sich tatsächlich in einzelnen Energiepaketen und in Wellen bewegt. Mit diesen Photonen war es möglich, kleine Teilchen, Elektronen, aus Metallen zu schlagen. Im zweiten und dritten beschrieb er, dass und wie Atome in Molekülen zusammenhängen. Den vierten betitelte er „Zur Elektrodynamik bewegter Körper" – es war die Spezielle Relativitätstheorie. Nach ihr gelten die gleichen physikalischen Gesetze nur in jeweils gleichförmig bewegten Systemen. Allein die Lichtgeschwindigkeit ist absolut und überall gleich. Raum und Zeit dagegen sind abhängig vom jeweiligen Bezugssystem. Später entwickelte Einstein daraus die Allgemeine Relativitätstheorie, nach der die Schwerkraft der Sonne Raum und Zeit „krümmt". Bei einer Sonnenfinsternis im Jahr 1919 bewiesen Messungen, dass seine Theorie stimmte und die Sonne das Licht der Sterne tatsächlich ablenkt, sie also nicht dort stehen, wo wir sie sehen. Die Zeitungen titelten: „Revolution in der Wissenschaft. Alle Lichter hängen schief am Himmel".

Das Jahr 1905 machte Einstein weltberühmt. 1906 erhielt er die Doktorwürde. 1908 habilitierte er sich in Bern und bekam 1909 einen Lehrstuhl in Zürich. 1911 wurde er Professor in Prag. 1914 holte Max Planck das Genie nach Berlin. Dort, an der Preußischen Akademie der Wissenschaften, war er von den ungeliebten Lehrveranstaltungen befreit und konnte ungestört forschen. Zwei Jahre später wurde er zum Vorsitzenden der Deutschen Physikalischen Gesellschaft und 1917 zum ersten Direktor des neu gegründeten Kaiser-Wilhelm-Instituts für Physik.

Mit Einsteins Privatleben dagegen ging es bergab. Prag fand er „wenig heimelig", was auch damit zusammenhing, dass Mileva immer misstrauischer wurde. Sie hatte allen Grund dazu: Bei einer Reise nach Berlin war Einstein seiner Cousine Elsa über die verwandtschaftlichen Bande hinaus nähergekommen. Zurück in Prag, schrieb er ihr: „Ich habe dich in diesen wenigen Tagen so lieb gewonnen, dass ich dir's kaum sagen kann." Mileva beschrieb er als den „sauersten Sauertopf, den man sich vorstellen kann". Nur widerwillig zog sie 1914 mit ihm und den Söhnen nach Berlin. Sie musste sich schriftlich verpflichten, dass sie auf „alle persönlichen Beziehungen" verzichten würde, die nicht „aus gesellschaftlichen Gründen" notwendig waren, und künftig „weder Zärtlichkeiten von mir zu erwarten noch irgendwelche Vorwürfe zu machen" habe.

Noch im Sommer kehrte Mileva mit den Söhnen nach Zürich zurück. 1919 wurden die Einsteins geschieden – und Elsa Alberts zweite Frau. Vorher hatte der Herr Professor allerdings noch deren Tochter aus erster Ehe den Hof gemacht … Immerhin ließ Einstein seine erste Familie finanziell nicht im Stich: Würde er, womit jeder fest rechnete, den Nobelpreis bekommen, sollte Mileva das Preisgeld erhalten. So kam es dann auch. Aber auch Elsa stand eine schwierige Ehe bevor: Die Einsteins kauften sich in Caputh bei Potsdam ein Sommerhaus und ein Boot. Wenn Albert mit Elsa im „Tümmler" auf der Havel segelte, wusste sie nur zu genau, dass sie auf der heimlichen Liebesbarke ihres Mannes saß. Erst warf sie ihm seine Affären vor, dann schwieg sie, um ihn nicht ganz zu verlieren.

Für seine Forschungen bekam Einstein in Potsdam einen eigenen Turm. Er wurde 1922 speziell für seine physikalischen Messungen gebaut und steht heute noch.

Einstein verzog sich in den unruhigen Berliner Jahren nicht im wissenschaftlichen Elfenbeinturm: Soeben hatte der Erste Weltkrieg begonnen und das Genie war angeekelt vom Hurra-Geschrei vieler Kollegen. Einem Freund schrieb er, man sehe in solchen Zeiten, „welcher traurigen Viehgattung man angehört". Und während 93 Professoren in einem „Aufruf an die Kulturwelt" den Kämpfen applaudierten, formulierte er mit drei anderen einen „Aufruf an die Europäer" für den Frieden. Immer wieder verurteilte er öffentlich diesen Krieg, womit er sich neue Feinde schuf. Alte hatte er ja schon: Er war schließlich Jude – und die Antisemiten hetzten längst gegen ihn, etwa in der „Arbeitsgemeinschaft deutscher Naturforscher zur Erhaltung reiner Wissenschaften e.V.". Ein gewisser Adolf Hitler schrieb 1921 im judenfeindlichen „Völkischen Beobachter", dass Wissenschaft, die von „Hebräern" gelehrt werde, für diese nur „Mittel zur planmäßigen Vergiftung der Volksseele" sei. Kurz darauf wurde Hitler Vorsitzender der NSDAP – und plante den Marsch nach Berlin. Als Einstein endlich, nach mehrfachen erfolglosen Nominierungen, 1921 den Nobelpreis für Physik bekam, zeigten die Nazis den Preis allerdings noch als Aushängeschild für die deutsche Wissenschaft vor. Die Nachricht aus Stockholm erreichte den Physiker auf hoher See: Er war damals gerade auf Vortragsreise nach Japan. Weltweit war Einstein längst ein gefragter und bewunderter Gelehrter. In Palästina unterstützte er die Gründung einer hebräischen Universität in Jerusalem. Einen jüdischen Nationalstaat aber lehnte er entschieden ab: Das Volk Israel solle sich lieber mit den Palästinensern vertragen. Als Einstein 1929 in Berlin die „Goldene Max-Planck-Medaille" der Kaiser-Wilhelm-Gesellschaft erhielt, spielte er bereits mit dem Gedanken, Deutschland den Rücken zu kehren. Immer wieder hielt Max Planck ihn davon ab. Dann, 1933, griffen die Nazis nach der Macht und Hitler wurde Reichskanzler. Jetzt reichte es: Einstein hielt sich

Vergeblich bemühte sich Max Planck, Einstein in die 1946 neu gegründete Max-Planck-Gesellschaft zu holen. Der wollte aber mit dem „Land der Massenmörder" nichts mehr zu tun haben.

gerade in den USA auf – und beschloss, nicht wieder in sein Geburtsland zurückzukehren. Er setzte nie wieder einen Fuß auf deutschen Boden.

Eine neue und letzte Heimat fanden die Einsteins in Princeton/New Jersey. Der Wissenschaftler blickte von dort voller Sorgen auf Europa und die Politik. 1938 hatten Otto Hahn und Lise Meitner den Weg zur Kernspaltung frei gemacht. Als Hitler 1939 Polen den Krieg erklärte, schrieb Einstein dem amerikanischen Präsidenten einen verhängnisvollen Brief: Er warnte Roosevelt, die Deutschen könnten Atomwaffen bauen. Stattdessen taten das nun die Amerikaner. 1945 warfen sie die schreckliche Bombe über dem japanischen Hiroshima und dann über Nagasaki ab. Zigtausende Menschen starben sofort, Hunderttausende an den Folgen. Einstein war entsetzt: Das hatte er nicht gewollt! Seit 1940 war Einstein zwar amerikanischer Staatsbürger, wohl gelitten war er in den USA aber nicht: zumindest nicht in der Regierung. Denn er forderte lautstark, alle Waffen abzuschaffen. Außerdem könne nur eine Weltregierung Frieden schaffen. Washington sah in ihm jetzt einen Staatsfeind und Kommunisten. Er wurde von Polizei und Geheimdiensten beobachtet und überwacht.

1939 kam Einsteins Schwester Maya nach Princeton, wo sie 1951 im Haus ihres Bruders starb. Sein Sohn Hans Albert lebte seit 1937 in Kalifornien.

So sehr sich Einstein politisch engagierte, so sehr zog er sich als Privatmann zurück. 1936 war Elsa gestorben. Maya folgte ihr nach einigen Jahren. Er selbst war krank und hatte schmerzhafte Verwachsungen im Darm. Seine Aorta war krankhaft erweitert. 1952 sorgte sein Name noch einmal für Schlagzeilen: Da war Israels erster Präsident Chaim Weizmann gestorben – und Vertreter des jungen Staates trugen Einstein die Nachfolge an. Er winkte ab und brütete lieber weiter über einer Weltformel, die das Zusammenspiel von elektromagnetischen Strahlen und Gravitation erklären konnte. Er fand sie nicht und nach ihm bis heute keiner. Am 13. April 1955 brach Albert Einstein zusammen: Seine Aorta war angerissen. Am

15. wurde er ins Krankenhaus gebracht. Die Ärzte rieten zur Operation. Doch der 76-Jährige lehnte ab: „Es ist geschmacklos, das Leben künstlich zu verlängern. Ich habe meinen Anteil getan. Es ist Zeit zu gehen." Das tat er drei Tage später: Einstein starb am 18. April 1955.

Wo steckt das Genie?

Albert Einsteins Leichnam wurde verbrannt, die Asche an einem unbekannten Ort verstreut. So hatte der größte Physiker aller Zeiten das vor seinem Tod angeordnet. Sein Gehirn jedoch hatte ein Pathologe vorher entnommen: Er wollte herausfinden, ob und wo im Denkorgan das Genie eines Menschen sitzt. Doch den Zellen war die Geisteskraft nicht anzusehen.

Auch wenn kaum jemand Einstein so richtig versteht: Die Welt profitiert noch heute von ihm. Ohne ihn gäbe es keine Atomphysik, wäre der Mensch nie zum Mond gekommen, stünde die Technologie nicht dort, wo sie ist. Inzwischen hoffen die Forscher sogar, eines Tages mithilfe von Einsteins Erkenntnissen zu beamen. Die Wissenschaft nennt das Quantenteleportation. Wie weit und wohin auch immer die Wissenschaft ins All vorstößt: Albert Einsteins Geist wird ihr dabei immer über die Schulter sehen.

Lob der Faulheit

Acht Stunden Latein in der Woche! Nichts hasste der Schüler mehr als den Unterricht bei diesem verknöcherten Lehrer. Nicht einmal „im stärksten Berliner Bombenkrieg“ habe er solche Ängste ausgestanden „wie in der allmorgendlichen Lateinstunde, wenn jeder bangte, ob er heute drankäme“. So schimpfte er noch als alter Mann über das verhasste Fach. Wenn anschließend der Mathematiklehrer das Klassenzimmer betrat, kam das den Schülern wie eine Erlösung vor. Der überhörte geflissentlich das leise Schnarchen, mit dem sich manche Buben von der Grammatik und den Vokabeln erholten. Erschöpft lümmelten sie auf ihren Bänken herum, will man der Karikatur glauben, in der unser Erfinder diese Szene festgehalten hat. Überhaupt erzählen viele Zeichnungen, Holzschnitte und Ölgemälde davon, was er in seinem Leben sah, und vor allem, was ihm im Kopf herumging. Das Rechnen fiel ihm eigentlich nicht schwer. Aber später war ihm auch die Mathematik so verhasst – oder er einfach zu faul zu der Arbeit mit Zahlen –, dass ihn seine Abneigung dagegen auf eine geniale Idee brachte. Von Beruf war er Bauingenieur. Er arbeitete als Statiker bei einer Flugzeugwerft und musste dort jeden Tag von morgens bis abends rechnen. Dafür war ihm einfach die Zeit zu schade. Deshalb überlegte er, ob nicht eine Maschine den Menschen dieses Addieren, Subtrahieren, Malnehmen und Teilen abnehmen könnte. Er fing das Tüfteln an. Am Ende stand ein Monstrum aus Schrott im Wohnzimmer seiner Eltern. Heute passt „seine“ Maschine in eine Aktentasche und ist aus unserem Leben nicht mehr wegzudenken. Seine Erfindung hätte ihn zum reichsten Mann der Welt machen können. Aber als Unternehmer fehlte es ihm an Geschick, Glück und Einfallsreichtum – und er musste seine Fabrik verkaufen.

Wer war das?

Konrad Zuse

und das mechanische Gehirn

Geboren am 22.6.1910 in Berlin
Gestorben am 18.12.1995 in Hünfeld

Was war bloß bei den Zuses los? Die Nachbarn wunderten sich. Erst waren fast zwei Jahre lang junge Männer in deren Wohnung in der Berliner Methfesselstraße ein und aus gegangen. Manchmal blieben die auch über Nacht. Und Frau Zuse erzählte, sie hätten für den Sohn die gute Stube geräumt. Angeblich, weil Konrad den Platz für eine „Erfindung" brauchte. Jetzt kamen endlich kein Blechgeklapper und keine Sägegeräusche mehr aus der Wohnung. Dafür schien dort drüben tatsächlich mit Gerassel und Getöse eine Maschine zu laufen. Es war Konrad Zuses Universalrechengerät, ein Monstrum von den Ausmaßen eines Konzertflügels und einer Tonne Gewicht. So sperrig war das Ding, dass es den Zuses niemals gelungen wäre, es aus ihrem Wohnzimmer rauszuschaffen. Das Problem erledigte schließlich der Krieg: 1944 wurde das Haus, in dem die Zuses wohnten, von einer Bombe getroffen und die Maschine „Z1" (= „Zuse 1") dabei zerstört. Z2 und Z3, den ersten wirklich betriebsfähigen Computer der Welt, ereilte das gleiche Schicksal. Die hatte Konrad schon in einer richtigen Werkstatt auf der gegenüberliegenden Straßenseite gebaut. „Zuse 4" schließlich konnte er, wenn auch unter abenteuerlichen Umständen, aus dem im Bombenhagel versinkenden Berlin in Sicherheit bringen. Nach dem Krieg baute er seine Computer in Serie. Dann machten ihm vor allem die Amerikaner die Geschäfte kaputt.

Aber den Rang als Erfinder des Computers konnte niemand Konrad Zuse nehmen.

Geboren wurde Konrad Zuse am 22. Juni 1910 in Berlin. Sein Vater war ein Postbeamter. Als Konrad zwei Jahre alt war, wurde der ins ostpreußische Braunsberg versetzt. Also zogen die Zuses, Vater Emil, die Mutter Maria, Konrad und seine zwei Jahre ältere Schwester Lieselotte, dorthin. In Braunsberg kam Konrad auf das Gymnasium: Das „Hosianum“ war eine strenge Lehr- und Zuchtanstalt, die junge Männer vor allem auf das Studium der Theologie vorbereitete. Dort hatte Konrad seine unangenehmen Erlebnisse mit dem Lateinunterricht. Seine Abneigung gegen den Lehrer beruhte auf Gegenseitigkeit: Einmal spottete der vor der ganzen Klasse, eigentlich müsste der Zuse „Suse“ heißen. Das Elend hatte aber ein Ende, als Konrads Vater als Oberpostmeister nach Hoyerswerda befördert wurde. In dem naturwissenschaftlichen Reform-Realgymnasium dort waren die Erziehungsmethoden moderner. Und Latein zu Konrads Glück nicht mehr so wichtig. 1928 machte er das Abitur.

Auch sonst fand der Junge das Leben in Hoyerswerda spannender als in Braunsberg. Konrad interessierte sich für Technik. In der Gegend von Hoyerswerda gab es Braunkohlegruben und ein großes Aluminiumwerk, und Konrad trieb sich mit Begeisterung zwischen den riesigen Baggern und Kränen herum. Zu Hause zeichnete er diese Ungetüme und baute sie dann aus den Teilen seines Metallbaukastens maßstabgetreu nach. In Braunsberg hatte ihm der Lateinlehrer manchmal das Schulbuch um die Ohren gehauen, weil er es mit Lokomotiven und Eisenbahnzügen verziert hatte. Die Lehrer in Hoyerswerda dagegen lobten ihn für sein Talent als technischer Zeichner. Einmal entwarf Konrad eine Stadt für 35 Millionen Einwohner, die er „Metropolis“ nannte. Später malte er Bilder in Öl – am liebsten Hochhäuser und Stahlgerüste.

Nach dem Abitur konnte er sich lange nicht entscheiden, ob er

Kunst oder Maschinenbau studieren sollte. Er entschied sich für Maschinenbau, wechselte aber schon bald zur Architektur. Auch das gefiel ihm nicht und er blieb schließlich beim Bauingenieurswesen hängen. Das Konstruieren machte ihm Spaß. Und er hoffte, dass er in diesem Beruf später auch seine künstlerische Kreativität würde ausleben können. Die Familie war inzwischen nach Berlin zurückgekehrt, weil der Vater pensioniert worden war. Konrad wohnte weiter bei den Eltern und schloss sich dem akademischen Studentenverein „Motiv“ an. Er entwarf und baute Kulissen für das Vereinstheater. Er stellte sich auch selbst auf die Bühne – und die Leute lachten sich kaputt über sein komisches Talent. Zu Hause übte er sich schon mal als Konstrukteur. Zuse baute einen „Mandarinenautomaten mit Geldrückgabe“. Der funktionierte allerdings nie richtig. Die Maschine warf zwar wie vorgesehen die Früchte aus, spuckte aber meistens alle Münzen wieder zurück. Dann tüftelte er an einem Fotoapparat. Der sollte nach dem Knipsen auch gleich die Bilder entwickeln. Als Studienarbeit entwarf er das Modell für ein „Elliptisches Kino“, in dem die Sicht von jedem Platz aus gleich gut war.

Nach dem Examen wurde „Kuno“, wie seine Freunde ihn nannten, Statiker bei den Henschel-Flugzeugwerken – und langweilte sich zu Tode: Statt etwas zu konstruieren, brütete er jeden Tag über endlosen Zahlenkolonnen. Was für eine Zeitverschwendung! So kam er auf die Idee, ein, wie er es nannte, „mechanisches Gehirn“ zu konstruieren. Er würde eine Rechenmaschine bauen! Neben der Arbeit in der Werft ging das aber nicht. Konrad kündigte. Erst waren die Eltern entsetzt, doch dann unterstützten sie ihn. Weil jetzt sein Einkommen in der Familienkasse fehlte, ging der Vater sogar wieder arbeiten. Schwester Lieselotte steuerte einen Teil ihres Lohnes bei. Und „Kuno“ konnte Freunde und Kollegen für seine Idee begeistern. Jeder half ihm, so gut es ging: Einer schleppte aus der Bibliothek die Werke des Mathematikers Gottfried Wilhelm Freiherr von Leibniz an. Der hatte bereits im 17. Jahrhundert eine „Sprossenradmaschine“ zum „automatischen“ Rechnen gebaut und dafür die Dualzahlen erfunden: Wenn man alle Zahlen mit den Ziffern 0 und 1 darstellte, konnte so eine Maschine leicht über die Zehnerhürde springen. Zuse lernte, dass für den Betrieb seiner Rechenmaschine zwei Befehle genügen würden: Ja und Nein für Strom ein, Strom aus. Ein Freund schnitt Tausende von Blechstreifen mit der Laubsäge aus und stanzte Löcher hinein. Ein anderer feilte Stahlstifte zu Zylindern, die ein dritter zwischen die Blechstreifen klemmte. Das waren die Relais, die Schaltstationen für die Rechenmaschine. Die jungen Männer suchten auf Schrottplätzen nach Teilen, die Zuse brauchen könnte, und kauften Alteisenhändlern die Relais von ausgedienten Telefonen ab. Als Lochstreifen, von denen der Computer die Befehle „ablesen“ sollte, dienten Zuse 35-Millimeter-Filmstreifen, die seine Truppe mit dem Handlocher präparierte. Später, im Krieg, schlachteten Zuses Mitarbeiter sogar die Wracks von Flugzeugen aus, die über Berlin abgeschossen worden waren. Die Trümmer waren Fundgruben an Metall, elektrischen Widerständen, Wickel- und Drehkondensatoren und was es sonst noch an moderner Technik gab. Einmal, so erzählte Zuse später, habe er sich einen halben Meter Kabel von einer abgerissenen Straßenbahn-Oberleitung abgezwackt, weil er die darin enthaltene Bronze mit hohem Kupferanteil gut brauchen konnte. Zuse wollte eine mechanische Maschine bauen. Ein Kumpel mit Spitznamen „King Kong“ riet ihm, besser Röhren zu verwenden, was der Erfinder später auch tat.

Die heutige Computersprache beruht auf dem Binärsystem von Leibniz. Die Zahlen von null bis zehn werden so dargestellt: null=0, 1=1, 2=10, 3=11, 4=100, 5=101, 6 = 110, 7=111, 8=1000, 9=1001, zehn=1010

„King Kong“, mit richtigem Namen Helmut Schreyer, war Fernmeldetechniker. Er quartierte sich sogar bei den Zuses ein, um „Kuno“ zu helfen. Und er sorgte dafür, dass der über seinen Blechen und Drähten nicht ganz die anderen Freuden des Lebens vergaß.

Während „King Kong“ nach ihren Streifzügen durchs Berliner Nachtleben manchmal morgens schwer aus dem Bett zu bekommen war, blieb Zuse bei allem Spaß solide: Er habe stets „zu den jungen Männern gehört, bei denen es den Mädchen gelang, anständig weiterzuleben“, rühmte er sich. Als er später Gisela Brandes kennenlernte, fiel ihm das allerdings schwer. Deshalb haben die beiden im Januar 1945 geheiratet. Zuse gründete mit ihr eine Familie mit schließlich fünf Kindern.

Doch zurück zu „Z1, 2, 3“: „Zuse 1“ war 1938 fertig, funktionierte aber nur schlecht. Man merkte halt doch, dass die Relais von Hand und deshalb nicht glatt genug gesägt waren. Zuses zweiter Versuch, die „Z2“, geriet ihm schon besser. Dafür wurde bereits in einer eigenen Werkstatt gehämmert, geschraubt und gesägt. Allerdings blieb ihm dafür nur abends und an den Wochenenden Zeit. Denn Deutschland hatte 1939 Polen überfallen und später dann der ganzen Welt den Krieg erklärt. Konrad Zuse musste zum Militär und marschierte als Infanterist in die Eifel. Aber er war nur kurz Soldat. Er schaffte es nämlich, dass er wegen seiner technischen Kenntnisse von den Behörden als für die Kriegsindustrie unabkömmlich erklärt wurde. Er wurde also, wie das damals hieß, „uk“ gestellt. Seine Idee war es eigentlich, eine Dechiffriermaschine zu bauen. Stattdessen bekam er den Auftrag, ein Gerät zu entwickeln, mit dem man Flugzeugflügel besser vermessen konnte. Die Luftwaffe hatte nämlich das Problem, dass die Tragflächen an vielen Maschinen „flatterten“. In seiner Firma „Zuse Apparatebau“ gegenüber der elterlichen Wohnung konstruierte er das angeforderte Gerät. Die Erfahrungen mit der „Z2“ kamen ihm dabei zugute. Auf die Mess-Uhr bekam er das Patent. Mehr genutzt hätte ihm eines auf den von ihm erfundenen Analog-Digital-Wandler, der die gemessenen Daten in Dualzahlen umschrieb. Als er das dann in Angriff nahm, war es zu spät. Da hatten sich bereits andere seiner Idee bedient und der Nachweis war nicht mehr möglich, dass er sie als Erster hatte …

Nebenbei bastelte Zuse weiter an der „Z2". 1940 führte er den Rechenautomaten der „Deutschen Versuchsanstalt für Luftfahrt" vor. Endlich stieß er auf Interesse und erhielt einen staatlichen Zuschuss, um „Z3" zu bauen. Dieser Rechner arbeitete mit 2000 Relais, die allein den Platz einer Schrankwand einnahmen. „Zuse 3" konnte binnen drei Sekunden Aufgaben in den vier Grundrechenarten lösen. Inzwischen beschäftigte der Erfinder 20 Mitarbeiter, die auch ein zweites Flügelmessgerät bauten. Die „Z3", der erste voll funktionsfähige Computer der Welt, wurde samt Bauplänen bei einem Bombenangriff zerstört.

Ein Nachbau des ersten voll funktionsfähigen programmgesteuerten Rechners der Welt, „Zuse 3", steht heute im Deutschen Museum in München.

Zwischen 1941 und 1945 entwickelte Zuse die erste Programmiersprache der Computergeschichte. Er nannte sie „Plankalkül". Und er bastelte an „Z4". Anfang 1945 lagen nach Bombenangriffen bereits weite Teile Berlins in Trümmern. Zuse wurde samt „Z4" nach Göttingen evakuiert. Doch auch dort wurde der Boden zu heiß. Das Luftfahrtministerium empfahl dem Ingenieur, mit seiner Rechenmaschine in die „unterirdischen Werke" im Harz zu ziehen. Dort, bei Nordhausen, ließen die Nationalsozialisten in weitverzweigten Stollen und Gängen Rüstungsgüter produzieren: Vor allem die streng geheimen sogenannten „Vergeltungswaffen", die Flügelbombe V1 und die Rakete V2. Zuse war entsetzt, als er nach „Mittelbau-Dora" kam: Die unterirdischen Werke entpuppten sich als ein furchtbares Arbeitslager. Unter unmenschlichsten Bedingungen schufteten hier Zehntausende von KZ-Häftlingen – wie die Welt später erfuhr, die meisten von ihnen bis zum Tod. Nein, damit wollte Zuse nichts zu tun haben!

Ein Wehrmachtslaster transportierte die „Z4" schließlich nach Süddeutschland. In den letzten Tagen des Zweiten Weltkriegs landete Zuse mit seinem Gerät im Allgäu, wo er in Oberjoch auf Wernher von Braun stieß: Der war Hitlers wichtigster Rüstungsingenieur und hatte in Peenemünde die sogenannte „Wunderwaffe“ V2 konstruiert, die dann in „Mittelbau-Dora“ gebaut wurde. Die Zuses fanden Unterschlupf in Hinterstein, einem kleinen Dorf unweit von Hindelang. „Z4“ landete in einem Schuppen.

Am 8. Mai 1945 war der Krieg vorbei und das Terror-Regime der Nazis zu Ende. In Hinterstein und Umgebung ging es, wie vielerorts im Land, chaotisch zu: 1 200 Flüchtlinge und Hunderte amerikanische Soldaten suchten hier Quartier. An einen Aufbau von „Z4“ war nicht zu denken – Arbeit hätte es für den Computer ohnehin nicht gegeben. Zuse spottete später, er hätte bestenfalls den Fettgehalt der Milch der Allgäuer Kühe errechnen können. Er versuchte, das tägliche Brot damit zu verdienen, dass er Holzschnitte anfertigte und Bilder malte, die er dann den Einheimischen und amerikanischen Soldaten verkaufte. Inzwischen hatte er ja auch einen „Zuse 1“ mit zwei Beinen produziert: Frau Zuse hatte soeben Horst, ihr erstes Kind, bekommen. 1946 zogen die Zuses nach Hopferau um – und der Erfinder begann, im Mehlraum einer Bäckerei seinen „Z4“ wieder aufzubauen. Den amerikanischen Soldaten bettelte er alte Konservendosen ab, um an das benötigte Blech zu kommen. 1947 gründete Zuse ein „Ingenieurbüro“. Die Allgäuer staunten über das Knäuel von Drähten, Widerständen und allem Möglichen, das der komische Kerl aus Berlin dort an einem Arbeitspult mit Tasten bediente. An einem kleinen Bildschirm las er Zahlen und Daten ab. Seine Kontakte zum US-Militär nutzte er, um seine Maschine in Amerika bekannt zu machen. Auch eine Schweizer Firma interessierte sich dafür. Von ihr bekam er seinen ersten kleinen Entwicklungsauftrag. Schließlich tauchte ein Professor aus Zürich in Hopferau auf – und kaufte die „Z4“ für die Technische Hochschule. Zuse bekam 30 000 Franken dafür. Damit konnte er endlich eine richtige Firma aufbauen!

Er zog dafür ins hessische Neukirchen um, in ein Dorf zwischen Fulda und Bad Hersfeld. Die Zürcher setzten die „Z4" ein, um die Festigkeit einer Staumauer zu messen. Sie ließen optische und mikroskopische Daten über die Maschine laufen. Das funktionierte gut – und sprach sich herum. Bald hatte Zuse einen Auftrag einer Wetzlarer Firma in der Tasche, dann konnte er für eine Schreibmaschinenfabrik Rechenlocher bauen. Bald beschäftigte er in Neukirchen 30 Leute. Fachpersonal gab es dort allerdings nicht. Deshalb hieß es im Dorf bald: „Schuster, Schneider und Friseure wern beim Zuse Ingenieure." Nach zwölf Jahren zählte seine Belegschaft 1000 Mitarbeiter und die Firma zog nach Bad Hersfeld um. Dort entwickelte Konrad Zuse 1957 den ersten automatischen Zeichentisch, den Graphomat Z64. Mit seiner Hilfe wurden Schnittmuster gezeichnet und direkt auf die Stoffbahnen übertragen. So konnte man Kleider in großen Stückzahlen herstellen.

Bald war Zuse aber nicht mehr der Einzige, der in Deutschland Computer verkaufte. Vor allem amerikanische Firmen drängten auf den Markt. Die boten den Kunden an, für sie Rechenmaschinen ohne Vorfinanzierung zu bauen. Da konnte Zuse nicht mithalten. Dafür fehlte ihm das Geld. Und die Banken weigerten sich, ihm für solche Geschäfte „ins Blaue" Kredite zu geben. Er brauchte einen Partner. Erst war das die Firma BBC, Brown Boveri & Company, dann, 1967, schluckte Siemens „Zuse". Damit war sein Unternehmerleben zu Ende. Selbst den Markennamen „Zuse" gab es nicht mehr.

Konrad Zuse hielt jetzt Vorträge über Computer- und Programmiertechnik. Von acht Universitäten bekam er die Ehrendoktorwürde. Und er malte wieder mehr: Seine Werke signierte er mit dem Pseudonym „Kuno See". Außerdem tüftelte er an einer neuen Idee herum: 1992 begann Zuse, seinen „Helix-Turm" zu konstruieren. So sollte ein Windrad heißen, das der Erfinder auf Wolkenkratzer montieren wollte, um damit Strom zu produzieren. Der Clou war, dass es sich automatisch jeder Windstärke anpasste. Bei Sturm schaltete sich sein „Helix-Turm" von alleine ab. 1993 bekam er sogar das Patent dafür. Gebaut wurde der Turm aber nie. Am 18. Dezember 1995 starb Konrad Zuse.

Nicht reich, aber Sieger

Jahrelang war umstritten, ob Konrad Zuse wirklich der Erste war, der einen funktionsfähigen Computer gebaut hat. Als er am Tüfteln war, bastelte zeitgleich in den USA der Mathematikprofessor Howard H.Aiken an seinem MARK 1. Erst in den frühen 60er-Jahren wurde Zuse zum Sieger erklärt: „Z3" lief bereits drei Jahre früher. Die Patentprüfung für Zuses Erfindung zog sich 26 Jahre lang hin: 1967 wurde sein Antrag mit der Begründung abgelehnt, es fehle dem „Z3" an „Erfindungshöhe". Alle Aspekte, die Zuse zusammengeführt habe, seien in den hundert Jahren zuvor schon mal formuliert worden. Wäre das Verfahren anders ausgegangen, Konrad Zuse hätte dem Computer-Milliardär Bill Gates den Rang als reichster Mann der Welt abgenommen, als der noch nicht einmal von Computern träumte.Im Büro von Gates hing angeblich jahrelang ein Porträtfoto des deutschen Computer-Pioniers. Als Zuse seine Firma aufgab, wurden in Deutschland rund 1 700 Computer verkauft. Rund zehn Jahre später gingen weltweit bereits 45 Millionen PCs über den Ladentisch, allein in Deutschland waren es drei Millionen.

Abenteurer und Entdecker

Zur falschen Zeit am falschen Ort

Jedes Kind kennt seinen Namen. In Amerika ist sogar ein Tag nach ihm benannt. Dabei war sein Leben eigentlich die Geschichte eines mehrfachen Misserfolgs: Die Menschen verehren ihn für etwas, was einem anderen schon ein halbes Jahrtausend zuvor gelang. Dort, wo er hinwollte, kam er nie an. Was er stattdessen fand, ist nach einem Mann benannt, der erst nach ihm kam. Und die Menschen, die er „entdeckte“, tragen wegen ihm einen falschen Namen. Seinen Auftraggebern brachte unser Abenteurer zwar die Macht über neue Länder. Das versprochene Gold aber blieb er ihnen schuldig.

Er selbst wurde in Ketten gefesselt zurückgebracht. Am Ende betrog ihn Spaniens König sogar um den zugesicherten Lohn. Vielleicht war es Ironie des Schicksals – Jahre zuvor hatte er dasselbe mit einem einfachen Seemann getan. Dem hätte der Finderlohn für die Entdeckung des gesuchten Landes zugestanden. Am Ende starb unser Held, ohne zu wissen, wo er auf seinen vier großen Reisen tatsächlich gelandet war.

Trotz all dieser Irrtümer fällt jedem, der das Wort „Entdecker“ hört, als Erstes sein Name ein. Mit seinen Seereisen begann ein neues Zeitalter. Er starb an Land. Doch seine Gebeine waren noch mehrmals auf großer Fahrt, bevor sie Ruhe fanden. Erst wurde er im spanischen Sevilla begraben, dann von dort nach Santo Domingo in die Karibik gebracht. Das nächste Grab sollte auf Cuba sein, von wo er schließlich – angeblich – wieder zurück nach Spanien kam. Dort, wo sein großes Abenteuer 1492 begann. Keiner weiß, ob es wirklich seine Gebeine sind, die in einem kostbaren Sarkophag in Sevillas Kathedrale liegen.

Wer war das?

Christoph Kolumbus – der Entdecker der „Indianer“

Geboren zwischen dem 25.8. und 31.10.1451 in Genua
Gestorben am 20.5.1506 in Valladolid

Was war das? Wie drei schwimmende Häuser sah aus, was da Kurs auf die Küste nahm. Neugierig rannten die nackten Menschen zum Strand. Die hölzernen Gebilde hielten an. Fremdartig gewandete Gestalten seilten sich jetzt an den Außenwänden ab. Sie kletterten in kleine Boote, die wie aufgeschlagene Kokosnuss-Schalen auf den Wellen tanzten, tauchten Ruder ein und näherten sich mit kräftigen Stößen dem Land. Wenige Minuten später standen die Fremden vor den Inselbewohnern. Einer schwenkte ein großes Tuch, das an einem Stock befestigt war. Er rammte die Stange in den Boden. Die anderen beugten ein Knie und senkten den Kopf. Sie führten ihre rechte Hand von der Stirn zur Brust, danach tippten sie auch ihre Schultern an. Hatte das Meer den Menschen neue Götter gesandt?

Vorsichtig näherten sich die Bewohner der Insel Guanahani den Ankömmlingen. Ein Mann in bunten Kleidern streckte ihnen die Hände entgegen. Er bot ihnen glitzernde Perlen an. Andere winkten den Eingeborenen mit roten Mützen. Nehmt! Nehmt!, schienen ihre Gesten zu sagen. Bald griffen die Insulaner zu. Wie freundlich diese Fremden doch waren!

Gut möglich, dass solche Gedanken den Eingeborenen von Guanahani an diesem 12. Oktober 1492 durch den Kopf gegangen sind.

Wie sollte der Schein sie trügen! Noch stürzten sie sich fröhlich lachend in die Fluten, schwammen hinaus zu den schwimmenden Häusern. Was da vor ihrer Heimatinsel geankert hatte, waren in Wirklichkeit spanische Segelschiffe. Und die waren in räuberischer Absicht hierhergekommen. Doch wer konnte das ahnen? Die Insulaner sahen sich neugierig auf den schwimmenden Holzkästen um. Sie überreichten den Seeleuten „Papageien, Knäuel von Baumwollfäden, lange Wurfspieße und viele andere Dinge noch, die sie mit dem eintauschten, was wir ihnen gaben, wie Glasperlen und Glöckchen“.

So schilderte Christoph Kolumbus, der Mann in der bunten Uniform, seine erste Begegnung mit den „Indianern“. Jetzt durfte er sich Admiral des Ozeanischen Meeres nennen! Weil er endlich – wie er glaubte – Indien gefunden hatte. Deshalb hat er die Eingeborenen der Bahama-Insel Guanahani auch Indios, Indianer, genannt. Die meisten von ihnen sollten die vermeintlichen „Götter“ nicht überleben. Dem Stamm einer anderen Insel machten die Fremden gänzlich den Garaus. Das Tuch an dem Stock, den die Ankömmlinge in die Erde gerammt hatten, war die spanische Flagge. Damit hatten die Besucher die Heimat der Eingeborenen zu ihrem Besitz erklärt. Wenig später machten sie 1600 der Insulaner zu ihren Sklaven. 550 verschleppten sie nach Spanien. Die Hälfte davon überlebte diese Reise nicht.

Der 12. Oktober 1492 war der Tag, an dem Christoph Kolumbus Amerika fand. Er nannte die Insel, auf der er landete, San Salvador, Heiliger Erlöser. Denn die Entdeckung kam dem gebürtigen Genueser und Wahl-Spanier wie eine Erlösung vor: Hatte er doch täglich damit rechnen müssen, dass auf seinen drei Schiffen Meuterei ausbrach. Nur noch schwer waren die 90 Mann in Schach zu halten gewesen. Viele von ihnen hatte Todesangst gepackt, im endlosen Ozean verloren zu sein. Bis – endlich! endlich! – am frühen Morgen dieses Oktobertages von der „Pinta“ der erlösende Ruf Rodrigo de Trianas kam: „Land in Sicht!“

Schnell eilte Kolumbus selbst an Deck seiner „Santa María“, um kundzutun: „Ich sah in der Nacht schon von dort einen Feuerschein!“ So machte er sich zum Ersten, der angeblich das vermeintlich indische Land im fahlen Mondschein in der Ferne liegen sah. Das war keine Frage der Ehre, sondern von Geld. Dem, der „Indien“ als Erster erblicken sollte, waren vom König 10 000 Maravedis – so hießen die spanischen Kupfermünzen des 15. Jahrhunderts – versprochen worden, von denen Rodrigo de Triana nun keinen einzigen abbekam.

Die Santa María war eine Karacke, die Niña und Pinta waren Karavellen. Diese Schiffe konnten auch gegen den Wind kreuzen.

71 Tage zuvor, am 3. August 1492, hatten die „Santa María“, die „Pinta“ und die „Niña“ in Palos die Leinen losgemacht, um Indien zu finden. Das war das Ziel dieser spanischen Expedition. Seit die Osmanen in Europa eingedrungen waren und das Byzantinische Reich entmachtet war, war der Landweg nach Indien und in das dahinter liegende China versperrt. Und damit auch der Zugang zu wertvollen Gewürzen, Edelsteinen, Stoffen und Gold. Kolumbus aber war schon damals davon überzeugt, dass die Erde eine Kugel ist. Er glaubte fest daran, dass man nach Osten kam, wenn man nur weit genug nach Westen reiste.

Christoph Kolumbus – oder Cristoforo Colombo, wie er mit seinem italienischen Geburtsnamen hieß – war ein erfahrener Seemann. 1451 als Sohn des Genueser Wollwebers Domenico Colombo und dessen Frau Suzanna Fontanarossa geboren, hatte er zwar das Handwerk seines Vaters erlernt, fuhr dann aber lieber, knapp 14 Jahre alt, mit Handelsschiffen aufs Meer. Das Kartenlesen hatte er sich mit Bartolomeo, einem seiner drei jüngeren Brüder, selbst beigebracht. Ein abenteuerliches Leben begann: Als Kolumbus mit 25 Jahren auf einer Handelsexpedition den Atlantischen Ozean erreichte, wurde sein Schiff von Piraten zerstört. Er selbst rettete sich schwimmend an Land – und kam so nach Portugal. Von dort aus soll er den Nordatlantik bereist haben. Es gibt Hinweise, dass er sogar bis nach Island gelangte. In dem einstigen Thule erfuhr er, dass das Meer manchmal fremdartig aussehende Tote an Land spülte. Ob die aus dem Westen kamen? Doch erst mal segelte der Genuese in Portugals Diensten die westafrikanische Küste entlang.

1479 heiratete Kolumbus Felipa Perestello, die Tochter des Gouverneurs von Porto Santo auf Madeira. Im Nachlass des Schwiegervaters stieß er auf interessante Dokumente. Sie stachelten seinen Ehrgeiz, Indien im Westen zu suchen, noch weiter an. Nach sechs Jahren Ehe starb seine Frau. Mit seinem Sohn Diego machte sich der Witwer nun nach Spanien auf. Er wollte dem dortigen Königspaar seine Pläne vortragen.

Der Genueser hatte die Reisegeschichten Marco Polos studiert. Er kannte Berichte von Gelehrten, die von einer Westroute nach Cipangu – der China vorgelagerten japanischen Insel – sprachen. Auch Berechnungen des Astronomen Ptolemäus aus dem zweiten Jahrhundert nach Christus und die seines italienischen Zeitgenossen Paolo dal Pozzo Toscanelli über den Erdumfang waren ihm bekannt. Was Kolumbus nicht wusste: Toscanellis Erdkugel war viel zu klein. Die Weltkarten des Marco Polo zeigten die Ausmaße Asiens weit größer, als der Kontinent tatsächlich ist. So kam es, dass sich Toscanelli und nach ihm Kolumbus gehörig verrechneten. Statt der vermeintlichen 4000 Kilometer zwischen den Kanarischen Inseln und Japan war die Entfernung über viermal so lang. Niemand ahnte, dass dazwischen noch ein ganzer Kontinent lag.

Es dauerte weitere acht Jahre, bis Kolumbus endlich einen Auftraggeber für seine abenteuerlichen Reisepläne fand. Erst hatte er vergeblich beim portugiesischen Hof angefragt. Auch die Spanier winkten ab, zu abenteuerlich erschien sein Plan. Zudem war das Königshaus zu dieser Zeit damit beschäftigt, die Stadt Granada im Süden des Landes von der muslimischen Herrschaft zu befreien.

Im Januar 1492 war Granada endlich erobert. Ob es die Gier nach Gold war, das Kolumbus für den Fall des Erfolges seiner Mission versprach, oder das Bestreben der frommen Königin Isabella I. von Kastilien, die Menschen des Ostens zum Christentum zu bekehren – jedenfalls sagten sie und König Ferdinand II. von Aragon Kolumbus nun doch ihre Unterstützung zu. Der italienische Seefahrer wurde zum Admiral ernannt und ihm der Posten des Vizekönigs des zu erobernden Landes in Aussicht gestellt. Außerdem sollte er zehn Prozent aller edlen Metalle bekommen, die er fand.

Eilig heuerte Kolumbus eine Mannschaft an. Beim Auslaufen in Palo im August 1492 versprach er, in drei Wochen am Ziel zu sein. Tatsächlich trieben die Schiffe über zwei Monate auf den endlosen Weiten des unbekannten Ozeans. Kein Wunder, dass die Seeleute murrten. Die Vorräte wurden knapp. Und was, wenn der Ozean kein Ende mehr nahm? Vergeblich hatte Kolumbus versucht, seine Leute mit einem gefälschten Logbuch zu täuschen. Er hatte die zurückgelegten Strecken viel kürzer angegeben, als sie waren. „Nur zwei Tage noch!“, hielt er die Besatzungen ein letztes Mal hin – bis dann endlich die Erlösung am Horizont aufgetaucht war: San Salvador. Bis heute ist umstritten, ob sein San Salvador die Insel ist, die auch heute diesen Namen trägt. Möglicherweise waren Kolumbus und seine Leute als Erstes auf dem heutigen Samana Cay an Land gegangen.

Von San Salvador segelte Kolumbus weiter nach Cuba und Haiti, das er Hispaniola nannte. Dort kenterte seine Santa María auf einem Korallenriff. Aus dem Holz des zerstörten Schiffes ließ Kolumbus eine Festung erbauen. Da gerade Weihnachten war, gab er ihr den Namen „La Navidad“. Hispaniola wurde die erste spanische Kolonie, Kolumbus ihr Vizekönig. 38 Leuten befahl er, dort zu bleiben, und rüstete sie mit Waffen aus. Sie sollten die eingeborenen „Indianer“ zur Goldsuche antreiben. Er selbst segelte nach Spanien zurück, wo er begeistert empfangen wurde. Ein Gemälde zeigt den triumphierenden Kolumbus beim Empfang durch das Königspaar in Barcelona: Stolz präsentiert er bunte Papageien, Kokosnüsse, Mais, Süßkartoffeln und mit Federn geschmückte Indianer.

Die Indianer musste Kolumbus zurückbringen. Königin Isabella wollte keine Gefangenen.

Für Kolumbus sollte es die erste und letzte Heldenfeier gewesen sein. Er reiste noch dreimal ins vermeintliche Indien, ohne auch nur einmal den Spaniern die erwarteten Reichtümer mitzubringen. Mehr noch schadete ihm, dass er die eigenen Leute auf den von ihm besiedelten Inseln nicht in den Griff bekam. Zur zweiten Fahrt brach der Entdecker mit einer gewaltigen Flotte von 17 Schiffen und 1 500 Menschen, darunter 20 Landwirte, am 25. September 1493 vom südspanischen Cadiz aus auf. Diesmal ging es weiter nach Süden auf die Insel Dominica – so benannt, weil die Ankunft dort an einem Sonntag war. Danach machte Kolumbus Guadeloupe, Martinique, Antigua und St. Nevis zu spanischem Eigentum.

Seine Festung Navidad in Hispaniola aber fand er in Trümmern vor. Kein Einziger von seinen Leuten lebte noch. Wie mussten die Spanier gewütet haben, dass die von Kolumbus selbst als unschuldig, freundlich und friedlich beschriebenen „Indianer“ die Fremden allesamt umgebracht hatten! Der Vizekönig ließ im Norden der Insel ein neues Fort errichten. Diese Siedlung wurde zu Ehren der Königin „Isabella“ genannt. 1494 erreichte Kolumbus Cuba. Er hoffte, dieses Mal aufs indische Festland gelangt zu sein. Doch wieder musste er feststellen, dass es nur eine Insel war. Seinen Leuten verbot er bei Androhung drastischer Strafen, von diesem Misserfolg auch nur ein Sterbenswörtchen zu berichten. Wer dagegen verstieß, dem sollte die Zunge herausgerissen werden …

Bald beschwerten sich Abgesandte des spanischen Königshauses über den Admiral: Er sei arrogant und unfähig, eine Kolonie zu verwalten. Bei seiner Rückkehr nach Europa 1496 fiel der Empfang für den Vizekönig merklich kühler aus. Trotzdem finanzierte ihm das Königspaar eine dritte Fahrt. Als Gefangener der eigenen Mannschaft, in Ketten gefesselt, wurde er nach Spanien zurückgebracht. Wieder hatte es einen Aufstand gegeben. Nun wurde ihm auch der Titel des Vizekönigs aberkannt und ein anderer als Gouverneur nach Hispaniola entsandt.

1502 erlaubten Ferdinand und Isabella dem Admiral der Weltmeere eine vierte Expedition, bei der er endlich das Festland erreichte. Seine Karavellen legten in Honduras, Nicaragua und Costa Rica an. Kolumbus glaubte noch immer, in Indien gelandet zu sein. Vergeblich suchte er nach der Mündung des Ganges. Krank und erschöpft musste er diese letzte Expedition 1504 abbrechen. Als er nach Spanien zurückgekehrt war, lag Isabella im Sterben. Der König aber verwehrte dem gescheiterten Indien-Reisenden die versprochene Pension. Am 20. Mai 1506 starb Kolumbus 55-jährig in Valladolid.

Ein Portugiese fand Kolumbus' Land

Christoph Kolumbus hat nie erfahren, dass er der Entdecker eines neuen Kontinents war. Diese neue Welt – Amerika – wurde 1507 nach einem anderen italienischen Seefahrer, dem Florentiner Amerigo Vespucci, benannt. Der war noch zu Lebzeiten von Kolumbus die südamerikanische Küste entlanggesegelt.

Den Seeweg nach Indien, den Kolumbus so vergeblich gesucht hatte, fand ausgerechnet ein Portugiese: Vasco da Gama, dessen Land mit Spanien im Wettstreit um die Macht lag. Er hatte die Südspitze Afrikas, das Kap der Guten Hoffnung, umschifft und war dann nach Osten gefahren. 1498 erreichte er das indische Calicut.

Gift-Tod im Meer des Friedens

Von wegen „Mar Pacifico" – friedliches Meer! Hätte der Mann gewusst, was ihn hier noch erwarten sollte, niemals hätte er diese verdammten Gewässer so freundlich benannt! Aber so schrecklich waren die Erlebnisse der letzten Monate gewesen, dass er beim Anblick des offenen Meeres, das sich da vor ihm auftat, voller Glück und Dankbarkeit auf die Knie sank und zu weinen begann. Glaubte er doch, jetzt hätten er und seine Mannschaft den schwierigsten Teil ihrer Expedition endlich hinter sich gebracht. Aus Hunger hatten sie Schiffsratten, Leder und Pinguine gegessen. Jetzt gab es Hoffnung: Nur noch einen Monat, und das Ziel dieser langen Fahrt wäre endlich erreicht.

Welch ein Irrtum! Das Vierteljahr, das in Wirklichkeit noch vor ihnen lag, sollte noch schlimmer werden. Seine Leute, zermürbt von Hunger und Durst, waren der Verzweiflung nah: Weit und breit in allen vier Himmelsrichtungen Wasser, Wasser, Wasser. Unter ihnen lauerte ein Abgrund von 11 000 Metern bis zum Meeresboden. Hätten sie gewusst, dass sie genau dort den Ozean kreuzten, wo er am tiefsten war, wäre wohl Panik ausgebrochen.

Nachdem sie endlich wieder Land entdeckt hatten, währte das Leben unseres Abenteurers nicht mehr lange. Bei dem Versuch, die Bewohner der heutigen Philippinen-Insel Mactan zum Christentum zu bekehren, wurde er von vergifteten Pfeilen durchbohrt und getötet. Er erfuhr nicht mehr, was er mit seiner Expedition bewiesen hatte: dass die Erde tatsächlich eine Kugel war. Er selbst kam nicht mehr in seine spanische Wahlheimat zurück. Trotzdem gilt er als der Mann, der diese Kugel als Erster umrundet hat. Dem Pazifik blieb der Name, den er ihm gab.

Wer war das?

Ferdinand Magellan – als Erster einmal um die Erde

Geboren 1480 in Sabrosa
Gestorben am 27.4.1521 auf Mactan

Was sollten sie davon noch träumen! Eine Tafel, „beladen mit Geflügel, süßen Kartoffeln, vielen Ananas, die die köstlichsten Früchte sind, die sich finden lassen, dem Fleisch des Tapir, das dem des Rindes ähnelt, Zuckerrohr und zahllosen anderen Dingen". So schwärmte Antonio Pigafetta in seinem Tagebuch von dem Gelage. Zu diesem Festmahl war Kapitän Fernão Magalhães, wie Ferdinand Magellan in seiner portugiesischen Muttersprache heißt, mit der Besatzung seiner fünf Schiffe in Rio de Janeiro geladen.

Wenig später mussten sie „Gänse, die nicht fliegen können" und „Seewölfe ohne Beine" essen, um nicht zu verhungern. Pigafetta meinte damit Pinguine und Robben. Doch es kam noch viel schlimmer: Schiffsratten wurden zur begehrten Delikatesse. Danach waren Sägespäne das Einzige, womit sich die Männer ihre Mägen füllten. Um überhaupt etwas zwischen die Zähne zu bekommen, weichten sie am Ende sogar die Lederriemen der Schiffstakelage in Salzwasser ein, um sie dann zu verzehren.

Antonio Pigafetta war ein italienischer Edelmann. Seinen Aufzeichnungen ist zu verdanken, dass die Menschheit überhaupt erfuhr, wie die erste Weltumseglung des Ferdinand Magellan von 1519 bis 1522 vonstattenging. Er gehörte zu den nur noch 18 von ursprünglich 234 Mann, die lebend wieder am Ausgangspunkt Spanien ankamen. Alle anderen fanden den Tod. Auch wenn die Erde durch diese Fahrt größer geworden war: Den erhofften Reichtum und die Macht über die begehrten Gewürzinseln im fernen Pazifik hat Magellans Abenteuer dem spanischen König Karl I. von Kastilien und späteren deutschen Kaiser Karl V. nicht gebracht.

Diese Inseln wollte der Abenteurer auf dem Seeweg gen Westen erreichen, um sie für die spanische Krone in Besitz zu nehmen. Die Portugiesen waren schon von Indien aus dorthin gelangt. Und mit ihnen Magellan, der selbst portugiesischer Landsmann war. Doch in seiner Heimat war er in Ungnade gefallen, deshalb bot er seine Dienste den Spaniern an. Er war ohnehin davon überzeugt, dass Spanien der eigentlich rechtmäßige Besitzer dieser Inseln war.

Die Kirche hatte die damals bekannte Welt zwischen den beiden Entdecker-Nationen der iberischen Halbinsel mit einem Federstrich aufgeteilt: Portugal sollte alles Land gehören, was auf dem Seeweg nach Osten lag, den Spaniern der Teil der Welt, der gen Westen mit dem Schiff zu erreichen war. Dass es außer dem Atlantik auf der anderen Seite der Erde einen weiteren riesigen Ozean, den Pazifik, gab, war noch unbekannt. Ebenso, dass man einmal rund um die Erde fahren konnte. Magellan aber glaubte, dass dies möglich sein müsste. Seine Kenntnisse der Astronomie und Navigation hatten ihn auf die Idee gebracht, einen solchen Weg zu suchen. Das bot er dem spanischen Königshaus an.

1480 wurde Ferdinand als Sohn des Bürgermeisters von Sabrosa in der Provinz Trás-os-Montes geboren. Seine Eltern Rui de Magalhães und Alda de Mesquita waren verarmte Landadelige aus Nordportugal. Als Ferdinand zwölf Jahre alt war, kam er als Page in die Dienste des portugiesischen Königshauses, wurde dann aber Soldat. Es war die Zeit von Vasco da Gamas Entdeckungsreise. So mancher junge Portugiese träumte davon, auch in fremde Länder zu fahren.

Für Ferdinand sollte sich dieser Traum mit 25 erfüllen. Da durfte er Francisco de Almeida, den ersten Vize-König von Portugiesisch-Indien, als Matrose in dessen Land begleiten. 1509 kämpfte Ferdinand mit bei der Seeschlacht um Diu. Mit ihr gewann Lissabon die Herrschaft über den Indischen Ozean. Ein Jahr später fuhr Magellan mit Almeida zu den Molukken. Dank seiner Fähigkeiten beim Navigieren wurde er zum Kapitän ernannt. Er hatte bei seiner Herrschaft zudem damit Eindruck geschunden, wie er einmal eine meuternde Mannschaft mit harter Hand in die Knie zwang. Auch die Grausamkeit, mit der Magellan stets mit Aufrührern umging, sollte ihn später berühmt machen.

Francisco de Almeida wurde abgesetzt. Ferdinand Magellan aber blieb in Diensten der Krone. Sein neuer Herr war nun der indische Vize-König Alfonso de Albuquerque. Mit ihm eroberte er nach sechswöchigem Beschuss 1511 die Stadt Malakka. Die Portugiesen legten dieses wichtige Zentrum des Gewürzhandels auf der malaysischen Halbinsel in Schutt und Asche.

1513 kam Magellan zurück nach Lissabon, um kurz darauf in die nächste Schlacht zu ziehen. Diesmal galt es, in Marokko einen Aufstand der Mauren niederzuschlagen. An diese Schlacht sollte sich Magellan sein Leben lang erinnern: Er wurde bei den Kämpfen so schwer am Bein verwundet, dass er von da an hinkte. Für seine Tapferkeit erwartete sich der mittlerweile 33-Jährige eine besondere Belohnung. Doch die erhoffte Beförderung nach der gewonnenen Schlacht wurde ihm versagt. Ganz im Gegenteil: Man warf ihm vor, mit den Aufständischen Geschäfte gemacht zu haben. Deshalb verweigerte ihm König Emanuel I. einen besonderen Lohn. Darüber war Magellan so verärgert, dass er seinem Land den Rücken kehrte und 1517 nach Spanien ging. Dort bot er König Karl seine Dienste an.

Spanien war zu dieser Zeit schwer verschuldet. Die Aussicht, den Portugiesen die Oberhoheit über den fernöstlichen Gewürzhandel aus den Händen zu schlagen, war deshalb verlockend. Gut möglich, dass die Liebe Ferdinand Magellans zu Beatriz Barbosa, der Tochter eines hohen Beamten in Sevilla, das Vertrauen des kastilischen Königs in den Kapitän aus Portugal noch förderte. Die beiden heirateten und bekamen ein Kind, Rodrigo. Nicht jeder am spanischen Hof aber traute dem Fremden aus Portugal über den Weg. Dieses Misstrauen sollte Magellan später auf See noch zu spüren bekommen.

1518 gewann Magellan den König dafür, fünf Schiffe für seine Expedition auszurüsten. Die „Trinidad", das Flaggschiff, dem Magellan vorstand. Die „San Antonio" mit Juan de Cartagena als Kapitän. Die „Concepçion" unter Führung Gaspar de Quesadas. Die „Victoria" unter Befehl von Luis de Mendoza und schließlich die „Santiago" mit Magellans Freund João Serrão. Magellan schloss mit dem spanischen König einen lukrativen Vertrag: Ein Fünftel der Reichtümer, die die Reise einzubringen versprach, sollte ihm gehören. Innerhalb der nächsten zehn Jahre durfte kein anderer zu den Molukken geschickt werden. Und sein Sohn sollte Gouverneur der entdeckten Länder werden.

Mit 234 Mann Besatzung verließen die Schiffe am 10. August 1519 Sevilla, fuhren den Guadalquivir hinunter und stachen am 20. September von Sanlúcar de Barrameda aus in See. Mit an Bord: der Tagebuchführer Pigafetta, der schrieb, Magellan sei „ein verschwiegener Mann" – wohl deshalb, damit seine Männer „nicht vor Staunen und Angst unwillig wären, ihn auf so einer langen Reise zu begleiten".

Nach einem Zwischenstopp auf den Kanarischen Inseln ging es an Westafrikas Küste entlang. Vor dem Golf von Guinea drehten die Schiffe nach Westen ab und erreichten Brasilien. Am 13. Dezember legten sie in der Bucht von Rio de Janeiro an. Weil es dort bei ihrer Ankunft das erste Mal seit zwei Monaten wieder regnete, hielten die Eingeborenen die Ankömmlinge für Götter – und bereiteten ihnen das eingangs beschriebene üppige Mahl. Magellan hoffte, hier die gesuchte Meerenge zu finden. Sie sollte ihn in die Gewässer führen, in denen man dann von hinten her, also von Osten, zu den Molukken kam. Doch die vermeintliche Meerenge war nur die Mündung des Rio de la Plata. Also ging es Mitte Januar weiter gen Süden – immer auf der Suche nach der Meerespassage. Ohne Erfolg.

Im März legte die Flotte in San Julián an, weil der Wintereinbruch bevorstand. Die Gegend war alles andere als einladend, sondern dunkel und trist. Die Seeleute murrten und begannen zu meutern. Die Vorräte wurden knapp. Magellan ließ die Rationen kürzen. Diesem Befehl des Portugiesen widersetzten sich die spanischen Kapitäne der Victoria, der Concepçion und der San Antonio. Der antwortete mit grausamen Strafen: Luis de Mendoza, den Kapitän der Concepçion, ließ er erschlagen und vierteilen. Gaspar de Quesada wurde hingerichtet, Juan de Cartagena an Land gebracht und dort alleine zurückgelassen.

Sieben Monate lag die Flotte vor San Julián – unterbrochen von kurzen Erkundungsfahrten. Bei einer strandete die Santiago. Ihre Besatzung floh ins Hinterland. Magellan schickte einen Suchtrupp los, der die Leute schließlich fand. Dabei kam die Südspitze Südamerikas zu ihrem Namen „Patagonien“: Die Seeleute standen dort plötzlich riesigen Männern gegenüber. Die sollen so groß gewesen sein, dass die Europäer ihnen nur knapp bis zu den Hüften reichten. Magellan nannte diese Eingeborenen „Großfüße“, was auf Portugiesisch wie „Patagonier“ klingt.

Endlich, im Oktober, stach die nunmehr aus nur noch vier Schiffen bestehende Expedition wieder in See und kam am 21. Oktober am Kap der Jungfrauen an. Dort endlich fand Magellan die gesuchte Meerespassage zwischen Patagonien und Feuerland. Auch Feuerland bekam von ihm den Namen. Der Kapitän glaubte nämlich, er habe dort von Weitem Feuer gesehen.

Die Durchfahrt war zwar nur 600 Kilometer lang, doch schwer zu beschiffen: Ein eisiger Wind blies den Seeleuten entgegen. Die Passage war felsig und eng, es herrschte dichter Nebel. Die spanische Flotte brauchte 38 Tage, um sie zu durchfahren. Sie kam ohne die San Antonio drüben an. Das Schiff hatte heimlich beigedreht und sich Richtung Heimat davongemacht. Der Seeweg rund um die Südspitze Südamerikas wurde später nach dieser ersten Durchfahrt Magellanstraße benannt.

Magellan selbst nannte die Passage zwischen Patagonien und Feuerland „Estreito de todos os santos", „Allerheiligenstraße". Während der Durchfahrt hatten seine Leute alle Heiligen um Hilfe angefleht.

Als sie – endlich – am 28. November 1520 wieder offenes Meer erreichten, war der Jubel groß. Zumal Magellan den Leuten versprach, sie würden in spätestens einem Monat Land erreichen. Sie glaubten, das Ziel sei nun nah. Stattdessen dauerte die Fahrt mehr als dreimal so lang. Heute wissen wir, dass Magellan riesiges Pech gehabt haben muss: Er hat mit seiner Flotte die an Inseln reichste Gegend aller Weltmeere durchsegelt, ist aber auf keine einzige davon gestoßen.

Halb verhungert und verdurstet sichteten die Seeleute am 6. März 1521 die Islas de Ladrones – die „Inseln der Diebe". Magellan nannte sie so, weil Eingeborene versuchten, ihnen die Beiboote zu stehlen. Eine dieser Inseln war das heutige Guam. Dort gingen die Spanier an Land. Endlich konnten sie frisches Wasser, Obst und andere Nahrung aufnehmen, bevor sie weiter zu den Philippinen fuhren. In Cebu legten sie erneut an. Magellan bekehrte den König zum Christentum. Der unterwarf sich den Spaniern. Sie sollten jetzt die Herren seines Landes sein. Das erboste die Bewohner der Nachbarinsel Mactan. Sie riefen zum Aufstand gegen Cebu und die Fremden auf. Um diesen Aufstand niederzuschlagen, setzte Magellan selbst nach Mactan über. Kaum angekommen, durchbohrte ihn ein in Gift getränkter Pfeil. Er starb am 27. April 1521. Seine Leute lockten die Mactaner mit Geschenken, um wenigstens den Leichnam ihres Generalkapitäns zurückzubekommen. Vergeblich!

Nur wenige Tage später erhob sich auch die Bevölkerung von Cebu gegen die Spanier. 30 Seeleute kamen dabei um. Die Überlebenden versenkten die Concepçion, damit sie nicht den Aufständischen in die Hände fiel, und machten sich mit der Victoria und der Trinidad davon. Nur eines der Schiffe, die Victoria, schaffte es, die ganze Erde zu umrunden. Sie kam am 6. September 1522 mit nur 18 Seeleuten wieder in Spanien an. Die Trinidad versuchte, auf demselben Weg wieder nach Hause zu segeln, auf dem sie gekommen war. Sie wurde von Piraten gekapert und erreichte die Heimat erst drei weitere Jahre danach mit nur noch fünf Mann.

Mit Magellan zur Venus

Tückische Untiefen, ständiger Sturm und dichter Nebel, dazu viele gefährlich enge Stellen, die teilweise nicht breiter als drei Meter sind: Die Magellanstraße ist nur schwer zu befahren. Trotzdem blieb sie 400 Jahre lang die einzige und wichtigste Schifffahrtsstraße zwischen Atlantik und Pazifik. Heute gehört die Magellanstraße zu Chile.

Erst mit der Eröffnung des Panama-Kanals in Mittelamerika am 15. August 1914 wurde die Seefahrt von Ost nach West zwischen diesen beiden Weltmeeren einfacher.

Im 20. Jahrhundert kam Fernão Magalhães noch einmal zu Ehren: Die Amerikaner benannten eine Weltraumsonde, die sie zur Venus schickten, nach dem Portugiesen. Diese „Magellan" trat 1990 in die Umlaufbahn des Planeten ein. Mit ihrer Hilfe war es möglich, die gesamte Oberfläche der Venus zu kartieren. Auch für diese Magellan war es eine Reise ohne Wiederkehr: 1994 verglühte sie in der Atmosphäre …

Groß, charmant und genial

Wie hasste es der französische Kaiser, zu jemandem aufsehen zu müssen! Und der Deutsche, der da vor ihm stand, war nicht nur einen Kopf größer als er, der nur 1,68 Meter maß. Mehr noch ärgerte den Großen Napoleon, dass es hieß, dieser Mann sei genauso berühmt wie er. Unglaublich! Was hatte der denn schon vorzuweisen? Statt Schlachten zu schlagen, setzte dieser Kerl sich für Sklaven in fernen Ländern ein. Statt mit Bataillonen zog er mit dem Schmetterlingsnetz und der Botanisiertrommel durch die Welt. Nicht Gold, Silber oder Macht hatte er von seinen Reisen mitgebracht, sondern Kisten voller fremder Pflanzen. Und dafür lag ihm das Volk zu Füßen? Lächerlich war das!

Eines musste der eitle Korse dem gebürtigen Berliner allerdings zugestehen: Er sah sehr gut aus! Wo immer der Mann einen Salon betrat, steckten die Damen die Köpfe zusammen. Kichernd schlossen sie Wetten ab: Wem würde es als Erster gelingen, die blauen Augen dieses Charmeurs auf sich zu ziehen? Kaum etwas war so verführerisch wie der Duft von Abenteurer- und Draufgängertum! Wenigstens auf diesem Feld hatte Napoleon nichts zu befürchten: Dem schönen Geschlecht war unser Held so gar nicht zugetan …

Als Napoleon ihn begrüßte, legte er seine ganze Verachtung in die Worte: „Sie beschäftigen sich mit Botanik? Auch meine Frau betreibt sie!“ Kaum jemand konnte unterschiedlicher sein als diese beiden Männer, zu denen die Welt des angehenden 19. Jahrhunderts aufblickte. Machtlüsterner Kriegsherr der eine, der andere ein Universalgenie, den nur eins interessierte: wie Mensch und Natur, Kosmos und Kreatur, kurzum die ganze Welt zusammenhing.

Wer war das?

Alexander von Humboldt

und das Abenteuer Wissenschaft

Geboren am 14.9.1769 in Schloss Tegel/Berlin
Gestorben am 6.5.1859 in Berlin

Das hätte schiefgehen können! Erst im allerletzten Moment bemerkte Alexander von Humboldt, dass der Strumpf, den er sich über seinen wegen der Flohstiche blutig gekratzten Fuß ziehen wollte, getränkt mit Curare war. Das gefürchtete Pfeilgift der Indianer hätte ihn binnen weniger Minuten getötet, wäre nur der kleinste Tropfen in eine der Wunden gelangt. Er musste einfach besser aufpassen auf das Zeug, von dem er gestern den ersten Schluck zu sich genommen hatte! Wie bitte? Er hatte freiwillig das Gift getrunken, das die gefährlichste Waffe der Eingeborenen im südamerikanischen Dschungel war? War der Mann noch bei Sinnen? Durchaus. Humboldt wollte mit seiner Tat beweisen, dass das Gift nur wirkt, wenn es direkt in das Blut eines Lebewesens gelangt – was ihm gelungen war.

Der Mann hatte Nerven! Vor nichts schien ihm zu grausen. Er hatte freiwillig Maden gegessen. Er wusste, wie Ameisenpaste schmeckt. Und Affenfleisch. Oder das Fett von Alligatoren. All das hatte er schon verzehrt – nicht nur, weil man, wie er in seinen Notizen vermerkte, im Dschungel hungers sterben kann. Meist war es nicht der knurrende Magen, der ihn zu solchen Essgewohnheiten zwang: Alexander von Humboldt musste einfach alles ausprobieren! So hatten er und sein Gefährte, der Arzt und Botaniker Aimé Bonpland, auch schon mal einen „Kuhbaum" angezapft, um herauszufinden, ob der Geschmack von dessen Saft tatsächlich mit Milch vergleichbar war. Er war es!

Ein andermal trat er auf einen der rätselhaften Zitteraale – der ihm daraufhin einen gewaltigen Schlag verpasste. Genau das war der Sinn des Selbstversuchs. Wollte von Humboldt doch herausfinden, wie diese fälschlicherweise als Aale bezeichneten Fische ihre Beute erlegten. Jetzt wusste er es: Sie erzeugten in ihren Körpern elektrischen Strom und setzten so jeden Angreifer außer Gefecht. Seine Erfahrung damit beschrieb von Humboldt folgendermaßen: „Ich erlitt eine so furchtbare Erschütterung, dass ich den ganzen Tag über heftigen Schmerz in den Knien und fast allen Gelenken empfand."

Einen Freund in Europa ließ er in einem seiner zahlreichen Briefe aus Venezuela wissen: „Vier Monate schliefen wir in Wäldern, umgeben von Krokodilen, Boas und Tigern, die hier selbst Canots (Kanus) anfallen. Nichts genießend als Reis, Ameisen, Manico, Pisang, Orinoco-Wasser und bisweilen Affen." Manchmal, so schrieb er, müssten sie sich in den Sand eingraben, „sodass bloß der Kopf hervorragt und der ganze Leib mit drei bis vier Zoll Erde bedeckt blieb". Dies sei der einzige Weg, den nächtlichen Attacken der Moskitos zu entgehen, die einen bei lebendigem Leibe aufzufressen drohten. Als Kind war Alexander von Humboldt stets kränklich und schwach gewesen. Jetzt betonte er: „Ich bin nie so ununterbrochen gesund gewesen als in den letzten zwei Jahren."

Es war nicht nur Abenteuerlust, die Alexander von Humboldt in den menschenfeindlichen Dschungel Lateinamerikas trieb. Mehr noch tobte in ihm ein unbändiger Forscherdrang. Sein Wissensdurst war unersättlich, nichts war ihm zu klein oder nebensächlich, als dass er es nicht im wahrsten Sinn des Wortes unter die Lupe nahm. Ob er das Leben der Blattschneiderameisen in den wegen der Gefräßigkeit dieser Tiere fast baumlosen Ebenen des venezolanischen Orinoco-Tieflandes beobachtete, die Atmung der Fische studierte, sich über die blauen Scheren der Krebse wunderte oder das Blatt einer exotischen Blume behutsam gepresst in seine umfangreiche botanische Sammlung aufnahm – von Humboldt untersuchte alles, was ihm unter Augen, Finger und Füße kam. So entdeckte er Tausende bis dahin unbekannte Pflanzen.

Er schrieb ausführliche Studien, suchte und fand von allem und über alles in Fauna und Flora Zweck, Sinn und vor allem den Zusammenhang, in dem jedes Stückchen Natur mit den anderen Wundern der Schöpfung stand. Später sollte daraus ein einmaliges, weil das größte und ausführlichste wissenschaftliche Werk werden, das es je gegeben hatte. Am Ende seines Lebens hatte von Humboldt sein ehrgeiziges Ziel erreicht: alles zu seiner Zeit verfügbare Wissen zusammenzufassen und aufzuschreiben. Bis zu seinem letzten Atemzug saß er an seinem „Kosmos“, wie er sein fünfbändiges Wissens-Werk genannt hatte. Johann Wolfgang von Goethe, Deutschlands größter Dichter, sollte einmal über von Humboldt sagen: „Sie können in einer Woche nicht so viel aus Büchern lernen, wie er ihnen in einer Stunde erklärt.“

Dabei hatte das Leben Alexanders alles andere als spannend begonnen. Nichts deutete darauf hin, dass aus dem schmächtigen Kerlchen ein solch großer Abenteurer werden sollte. Er selbst hat seine Kindheit und Jugend „trübe und öde“, sein Elternhaus, das Schloss Tegel vor den Toren Berlins, immer nur „Schloss Langweil“ genannt. Dort wurde er am 14. September 1769 geboren – im selben Jahr wie Napoleon, der ihn später so verachtete.

Sein Vater war ein preußischer Offizier. Die Mutter, wohlhabende Tochter einer Hugenottenfamilie, die wegen ihres Glaubens aus Frankreich hatte fliehen müssen, war von eiskalter Strenge. Gefühle zeigte sie nie. Alexander und sein zwei Jahre älterer Bruder Wilhelm von Humboldt wurden von Privatlehrern unterrichtet und erzogen.

Das sollte sie auf eine Laufbahn im Dienst des Staates vorbereiten. Dabei grauste es Alexander vor nichts so sehr wie davor, ein preußischer Beamter zu werden.

Letztlich gingen die Brüder dann tatsächlich andere Wege: Der eine erforschte die Natur, der andere wandte sich den Geisteswissenschaften zu. Wilhelm von Humboldt begründete das humanistische Gymnasium. Die Berliner Humboldt-Universität trägt diesen Namen, weil sie nach seinen Plänen entstand.

Beide Humboldt-Brüder wurden berühmt: der eine als Forscher, der andere als Humanist.

Als Alexander zehn Jahre alt war, starb sein Vater. Alexander wollte der nun verwitweten Mutter nicht noch mehr Kummer bereiten. Deshalb beugte er sich ihrem Wunsch und begann mit 18 Jahren, Volkswirtschaft, Ingenieurswesen und Geologie zu studieren. Er besuchte die Universitäten in Frankfurt an der Oder, Göttingen und Hamburg und schließlich die Bergbauakademie im sächsischen Freiberg. Immer aber nutzte er jede freie Minute, um in die Natur zu gehen: Er sammelte Blätter und Gräser und legte ganze Alben mit getrockneten Pflanzen an.

Wie glücklich war er, als er den Forscher Georg Forster kennenlernte! Der hatte James Cook von 1772 bis 1775 auf dessen zweiter Weltumseglung begleitet. Ihm durfte sich der junge Freiherr von Humboldt 1790 erst zu einer England-Reise und danach zu einer zweijährigen geologischen und botanischen Expedition durch Belgien, die Schweiz und Italien anschließen. Humboldt war fasziniert – trat aber, ganz braver Sohn, nach der Rückkehr 1792 eine Stelle als Beamter im preußischen Bergwerksministerium an. Er wurde als Oberbergmeister nach Bayreuth entsandt, um die Förderleistung der fränkischen Goldgruben zu erhöhen. Was muss er gelitten haben! Ständig, so schrieb er, habe er Furcht und Schmerz bei dem Gedanken empfunden, „der Hoffnung entsagen zu müssen, die schönen Sternbilder zu sehen, die in der Nähe des Südpols leuchten".

Trotzdem war er ein fleißiger Beamter. Weil ihm die Sicherheit der Bergleute am Herzen lag, erfand er Atemschutzgeräte und eine Grubenlampe für die Arbeit unter Tage. In Bad Steben gründete er 1793 aus eigener Tasche die „Freie Königliche Bergschule", die jeder Junge ab zwölf Jahren kostenlos besuchen konnte. Als Preußens Regierung ihm das Geld zurückzahlen wollte, schlug er vor, der Staat solle damit bedürftige Bergleute unterstützen.

1796 starb Maria Elisabeth von Humboldt und hinterließ ein Vermögen. Mit einem Schlag war Alexander reich und obendrein die lästige Pflicht los, den Willen der Mutter zu erfüllen. Nun konnte sich der 27-Jährige endlich seinen Traum erfüllen und auf Reisen gehen!

Auf sein neues Leben bereitete er sich durch astronomische Studien vor. Er reiste nach Paris, lernte dort den Arzt und Botaniker Aimé Bonpland kennen und plante, mit dem neuen Freund den Nil zu erkunden. Von Humboldt lernte dafür extra Arabisch und Persisch – doch der Ägypten-Feldzug Napoleons machte eine Reise ins Land der Pharaonen zu riskant. Die beiden machten sich stattdessen zu Fuß über die Pyrenäen nach Spanien auf. Sechs Wochen waren sie unterwegs.

In Madrid kam Humboldt seine adelige Herkunft zugute: Er wurde bei Hofe vorgelassen. Das Königspaar beeindruckte er durch seine Spanischkenntnisse und Bildung so sehr, dass er und Bonpland die Erlaubnis zu einer Forschungsreise in die Kolonien in Lateinamerika bekamen. Am 4. Juni 1799 bestiegen die beiden in La Coruña ein Schiff in die neue Welt. Humboldt jubelte: „Mir schwindelt der Kopf vor Freude!"

Die Männer reisten mit großem Gepäck: Sie hatten rund 50 der modernsten Instrumente dabei. Quadranten und Längenuhr, Teleskope und Theodoliten zur Winkelmessung, Hygro- und Barometer – alles, was es Ende des 18. Jahrhunderts an neuester Technik gab.

Bei einem Zwischenstopp auf der Kanarischen Insel Teneriffa bestiegen die beiden den Vulkan Teide und vermaßen dessen Klimazonen.

Korrekt gekleidet, im Gehrock, wie es sich für einen preußischen Freiherrn geziemt, bestieg von Humboldt den Teide.

Am 16. Juli 1799 kamen sie in der neuen Welt an. Indianer in Kanus lotsten die „Pizzaro“ in den Hafen des venezolanischen Cumaná. Humboldt nutzte die Gelegenheit und ließ sich von ihnen erzählen, was das für ihn unbekannte Land an Geheimnissen barg. Staunend hörte er von reißenden Flüssen, fremden Tieren und einer exotischen Pflanzenwelt. Besonders interessierten ihn die Ströme Orinoco und Amazonas: Stritten sich doch damals die Geografen, ob es eine Verbindung zwischen den beiden Gewässern gab. Da wollte er hin!

Aber erst einmal tobten Humboldt und Bonpland ihre Forscherfreude in und um Cumaná aus. Alexander war wie berauscht vom Zauber der Tropen. „Wir sind hier in dem göttlichsten und vollsten Land! Wie die Narren laufen wir umher, in den ersten drei Tagen können wir nichts bestimmen, da man immer einen Gegenstand wegwirft, um einen anderen zu ergreifen. Bonpland versicherte mir, dass er noch von Sinnen kommen werde, wenn die Wunder nicht bald aufhören“, schrieb er seinem Bruder. Die Wunder – das waren für die Europäer Papageien und Palmen, Affen und Aale und die explodierende Pflanzenpracht. Am 12. November erlebte von Humboldt obendrein einen Leoniden-Sturm – später fand er heraus, dass es dieses Himmelsereignis regelmäßig gab. Die beiden erkundeten auch die geheimnisumwitterten Höhlen von Guácharo und deren seltsame „Fettvögel“, die die Eingeborenen fürchteten.

Dann ging es nach Caracas, von wo im Februar 1800 die Orinoco-Expedition starten sollte. Noch nie war ein Europäer so weit ins Landesinnere Venezuelas vorgestoßen. Nach üppig grüner Landschaft reisten sie durch die kargen, wegen der Hitze mörderischen Ebenen der Llanos. Selten sank die Temperatur dort unter 35 Grad.

Am Apure, einem Nebenfluss des Orinoco, bestiegen sie ein großes Kanu, das Indianer für sie steuerten. Dort warteten Myriaden von Moskitos auf die menschliche Beute. Bei jeder Rast in einer Indio-Siedlung ließ sich von Humboldt geduldig von den Frauen Parasiteneier aus der Haut pulen, die die ekligen Bohrwürmer dort hinterlassen hatten. Als sie den Orinoco erreicht hatten, mussten sie bald in ein kleineres Boot umsteigen, das sie zu den Großen Katarakten, den Wasserfällen, brachte. Dort trugen sie ihr Gefährt über Land. Schließlich erreichten sie den Casiquiare-Fluss, der tatsächlich in Verbindung mit dem Rio Negro, einem Nebenfluss des Amazonas, stand: Der gesuchte Beweis war erbracht.

Als die beiden nach einem Jahr nach Cumaná zurückkamen, hatten sie 2300 Kilometer bewältigt, ein bis dahin unbekanntes Gebiet vermessen und kartiert und einen weißen Fleck auf der Landkarte beschrieben.

Doch noch eine Weltpremiere sollte Humboldt gelingen: Auf ihrer anschließenden Anden-Reise durch Kolumbien, Ecuador, Peru und Mexiko bestieg Humboldt den damals höchsten bekannten Berg der Welt. Im korrekten Gehrock zwar, aber unter unglaublichen Strapazen quälte er sich auf den 6267 Meter hohen ecuadorianischen Chimborazo. An der Schneegrenze auf 2200 Metern Höhe machten selbst die indianischen Träger schlapp. Die beiden Europäer aber hielten trotz Schwindel und Übelkeit, blutender Lippen und aufgebrochenen Zahnfleisches in Nebel, Eis und dünner Luft durch. Erst 400 Meter unterhalb des Gipfels brach der schmale Grat ab. Und damit ihre Besteigung. Trotzdem: So hoch hinaus war noch kein Mensch gelangt. 30 Jahre sollte dieser Weltrekord halten.

Der Chimborazo galt zu Humboldts Zeiten als höchster Berg der Erde.

In Peru erforschte von Humboldt die kalte Meeresströmung von Nord nach Süd, die seitdem Humboldt-Strom genannt wird. Schließlich ging es im April 1803 über Cuba in die USA. Deren Präsident Thomas Jefferson empfing die inzwischen weltberühmt gewordenen Forscher. Humboldt nahm das Treffen zum Anlass, mit ihm über das Unrecht der Sklaverei zu diskutieren. Im August 1804 trafen die Forscher wieder in Europa ein. In Bordeaux wartete auf sie, die von den Gazetten mehrmals für tot erklärt worden waren, ein begeisterter Empfang.

Humboldts wissenschaftliche Ausbeute war gewaltig. Er hatte auf der fünfjährigen Expedition Längen- und Breitengrade bestimmt, 60 000 Pflanzen benannt, entdeckt, dass das Magnetfeld der Erde von den Polen zum Äquator abnimmt, und den Grundstein für die Pflanzengeografie und Vulkanologie gelegt. Nur vor Humboldts Aufschrei gegen die Sklaverei hielten sich die europäischen Kolonialherren die Ohren zu.

Die Forschungsreise hatte Humboldts Vermögen aufgezehrt. Dafür war er aber der an Wissen reichste Mann der Welt. Sein Gefährte Bonpland verdingte sich als Gartenmeister bei Napoleons Gattin, der Kaiserin Josephine, auf Malmaison. Humboldt selbst schrieb seine Reiseerlebnisse und Forschungsergebnisse nieder und diente dem preußischen König Wilhelm III. von Paris aus als Sonderdiplomat. 1827 zog er zurück in seine Heimatstadt. Der König wollte die Berliner Akademie der Wissenschaften mit ihm schmücken. Und wieder durchbrach Humboldt Grenzen: Für jedermann, ob von Rang oder „nur“ Laufbursche und Landmädchen, hielt er öffentliche Vorlesungen ab. Das hatte es bis dahin noch nie gegeben.

Dem Forscher lag auch die Bildung des Volkes am Herzen.

Noch einmal ging Humboldt auf Reisen: Der russische Zar Nikolaus I. heuerte ihn 1829 für eine Expedition durch den Ural, die sibirische Steppe und das Altai-Gebirge bis an die chinesische Grenze an. In einem halben Jahr legte der Forscher 15 000 Kilometer zurück und entdeckte die erste Diamantenmine außerhalb der Tropen. Diese Reise machte ihm aber nur wenig Spaß, weil ihm verboten war, irgendwelche politischen Kommentare abzugeben und er deshalb ständig unter polizeilicher Beobachtung stand.

Die letzten 30 Jahre seines Lebens schrieb Humboldt seinen „Kosmos" nieder. Er korrespondierte mit allem, was in den Wissenschaften Rang und Namen hatte. Angeblich soll er in seinem Leben 50 000 Briefe geschrieben haben. Am 6. Mai 1859 legte Alexander von Humboldt in seiner Wohnung in der Oranienburger Straße 67 in Berlin endgültig die Feder aus der Hand.

Der Vater der Ökologie

Alexander von Humboldt hat bereits vor 200 Jahren erkannt, womit sich noch heute viele Menschen schwertun, während andere unermüdlich für diese Einsicht kämpfen: Die Erde ist ein großes, zusammenhängendes ökologisches System. Deshalb muss der Mensch mit allem, was auf ihr wächst und gedeiht, behutsam umgehen. Humboldt könnte der Vater aller Umweltschützer gewesen sein.

Die Schlüsse, die er aus seinen Entdeckungen zog, waren genial in jeder Hinsicht. Weil er die verschiedensten Wissenschaften zusammenführte – Biologie und Geografie, Astronomie und Botanik, Anatomie und Physik – und andere begründete, wie zum Beispiel die Vulkanologie und die Pflanzengeografie, wird er der größte deutsche Universalgelehrte genannt.

Lucky Lindys rätselhaftes Leben

Wenn der gut aussehende, drahtige Mann aus dem Haus ging, setzte er häufig eine dunkle Sonnenbrille auf und zog sich die Hutkrempe tief ins Gesicht. Hoffentlich erkannte ihn keiner! Manchmal versuchte er sogar, sich hinter einem falschen Namen zu verstecken. Dann nannte er sich Rubin Lloyd.

Seine amerikanischen Landsleute hatten ganz andere Bezeichnungen für ihn: Sie sprachen von Lucky Lindy, dem „glücklichen Lindy“, oder nannten ihn „einsamer Adler“. Manche verglichen ihn begeistert sogar mit Jesus oder Kolumbus. Er hasste das, auch wenn er natürlich stolz auf seine Leistung war. Doch damit, dass er nun kaum mehr einen Fuß unerkannt in die Öffentlichkeit setzen konnte, dass seine Fans sogar seine Frau auf Schritt und Tritt beobachteten, konnte er sich nicht anfreunden.

Es waren 33 Stunden, 32 Minuten und 30 Sekunden im Jahr 1927, die ihn in die Weltöffentlichkeit katapultiert hatten. Seitdem war er ein Star. Der erste echte Medien-Star, den die Menschen umjubelten. Als seine Geschichte verfilmt werden sollte, lehnte er es ab, die Hauptrolle selbst zu spielen. Für seine Berühmtheit zahlte er einen grausamen Preis: Sein erstes Kind wurde entführt und ermordet. Die wahren Umstände dieses Verbrechens konnten nie wirklich geklärt werden.

Fast 30 Jahre nach seinem eigenen Tod machte unser Held noch einmal von sich reden. In München tauchte plötzlich eine zweite Familie auf, von deren Existenz bis dahin niemand auch nur etwas geahnt hatte. Diesmal war die Öffentlichkeit schockiert: Der amerikanische Luftfahrt-Pionier und Volksheld hatte ein Doppelleben geführt.

Wer war das?

Charles Lindbergh – allein über den Atlantik

Geboren am 4.2.1902 in Detroit
Gestorben am 26.8.1974 auf Hawaii

Da! Das war es, wonach er zu guter Letzt in dem Lichtermeer am Boden Ausschau gehalten hatte: Sieben Buchstaben leuchteten von da unten in den dunklen Himmel, jeder davon zwischen 20 und 25 Metern hoch. Zusammengesetzt aus 200 000 Glühbirnen ergaben sie den Namen einer französischen Automarke. Diese damals neuartige Werbung zierte den Eiffelturm. Am Wahrzeichen der französischen Hauptstadt Paris konnte sich Charles Lindbergh nun orientieren und von hier aus sein Ziel, den Flughafen Le Bourget, ansteuern.

Hinter ihm lag ein Flug, auf dem er zeitweise wie blind am Himmel gehangen hatte. Ausgerüstet war er nur mit einem Kompass und Karten. Ein Funkgerät hatte er nicht dabei. So wusste er manchmal nicht, ob er noch auf Kurs oder längst von seiner Route weit abgekommen war. Stundenlang sah er unter sich nur Meer. Über und um ihn war nichts als endloser Himmel. Manchmal waren ihm die Augen zugefallen. Manchmal war er wie in Trance. Manchmal sah er vor lauter Übermüdung Gespenster.

Am Tag vor dem Blick auf den Eiffelturm, am 20. Mai 1927, war der 25-Jährige morgens um 7 Uhr 52 Ortszeit mit der einmotorigen, nach seinen Vorgaben gebauten Maschine vom Roosevelt Field unweit von New York gestartet. Jetzt, am 21. Mai, um 22 Uhr 24 Pariser Zeit, setzte er nach 33 Stunden und 32 Minuten zur Landung in der französischen Hauptstadt an.

In der „Spirit of St. Louis" flog der Amerikaner im Mai 1927 als Erster allein nonstop von New York nach Paris.

Damit hatte Charles Lindbergh als erster Mensch allein am Steuer eines Flugzeugs den Atlantischen Ozean von New York nach Paris nonstop überquert. Nicht nur das Preisgeld von 25 000 Dollar, das der amerikanische Hotelbesitzer Raymond Orteig dafür ausgesetzt hatte, war ihm jetzt sicher, sondern auch der Ruhm, ein Pionier der Luftfahrtgeschichte zu sein. Schon einige Konkurrenten waren an diesem überaus gefährlichen Abenteuer gescheitert. Zwei seiner Landsleute hatten bereits den Probeflug mit dem Leben bezahlt. Zwei Franzosen waren auf dem Weg in umgekehrter Richtung – von Paris nach New York – spurlos vom Himmel verschwunden. Er hatte es geschafft! Mit seiner einmotorigen „Spirit of St. Louis". Und ganz allein.

150 000 Menschen warteten in Le Bourget auf den Amerikaner. Als Charles Lindberghs Maschine die Landebahn berührte, waren die Massen nicht mehr zu halten. Die Menschen schrien und tobten begeistert. Tausende durchbrachen die Absperrungen und rannten auf das Flugzeug zu. Kaum hatte Lindbergh die Tür am Cockpit geöffnet, wurde er aus der Pilotenkanzel gezerrt und auf die Schultern einiger Polizisten gehoben, die den neuen Helden aus Amerika über den Köpfen der Leute hinweg durch die Menge trugen.

Und das war erst der Anfang. Mit einem Triumphzug wurde der 25-Jährige bei seiner Rückkehr in New York empfangen: Hier säumten vier Millionen Menschen die Straßen. Drei Monate lang musste Lindbergh durch 49 amerikanische Staaten und 92 Städte touren und 147 Reden halten. Er wurde mit Orden geschmückt und mit Paraden geehrt. Er konnte kaum mehr einen Schritt tun, ohne von Fotografen verfolgt zu werden. Seit dem Alleinflug über den Atlantik schien er den Medien und der Öffentlichkeit zu gehören.

Bei allem Stolz: Das war und blieb dem eher schüchternen jungen Mann ein Gräuel. Lucky Lindy, der einsame Adler, war lieber für sich allein. Am besten hoch droben am Himmel, wo er sich manchmal fühlte, als sei er „der Sterblichkeit entflohen, um auf die Erde niederzuschauen wie ein Gott".

Charles Augustus Lindbergh war als Sohn eines schwedischen Einwanderers am 4. Februar 1902 in Detroit zur Welt gekommen. Sein Vater, der dem Kind die eigenen Vornamen weitergab, war Anwalt und wurde später Abgeordneter im amerikanischen Kongress. Die Mutter Evangeline war Chemielehrerin. Charles wuchs in Little Falls im Staat Minnesota auf. Schon als Kind interessierte ihn alles, was von Motoren angetrieben wurde. Das Maschinenbaustudium schmiss er als junger Mann aber hin: Der 20-Jährige hatte sich statt in den Hörsälen in Wisconsin lieber auf und in der Nähe von Flughäfen herumgetrieben, was seinen Lehrern verständlicherweise gar nicht gefiel.

Schließlich ließ sich Charles nach einem zweijährigen Intermezzo als lustloser Student zum Piloten und Mechaniker ausbilden. Sein Geld verdiente er sich anschließend durch waghalsige Flugvorführungen mit einem Kumpel, bei denen er als Fallschirmspringer Aufsehen erregte. Ihre atemberaubendste Nummer war es, wenn er bei der Landung des Flugzeuges auf den Tragflächen stand. 1924 kaufte er sich seine erste eigene Maschine: Mit seiner Curtiss „Jenny" tingelte er durch die Lüfte übers Land. „Wenn ich zehn Jahre fliegen kann, bevor ich bei einem Absturz getötet werde, wäre dies ein Tausch für ein ganzes Leben", gab der sonst so stille Draufgänger an.

Zehn Jahre fliegen zu dürfen, war ihm so viel wert wie ein ganzes Leben.

Danach ging er zur Air Force und wurde Heeresflieger. Die Ausbildung dafür schloss Lindbergh als Bester seines Jahrgangs ab. Als Postpilot heuerte er im Anschluss bei der Robertson Aircraft Corporation an. Für sie flog er die Post von St. Louis/Michigan nach Chicago und wieder zurück.

Fünf Jahre zuvor hatte der Hotelier Orteig einen Preis von 25 000 Dollar für den Piloten ausgeschrieben, dem es als Erstem gelingen würde, nonstop, ohne Zwischenlandung, den Atlantik mit dem Flugzeug zu überqueren. Seitdem träumte Lindbergh davon, sich diese Prämie zu holen. Doch woher sollte er das Geld für ein Flugzeug nehmen, mit dem ein solches Abenteuer zu wagen war? Das Glück kam dem Postpiloten zu Hilfe. In St. Louis lernte er neun flugbegeisterte Geschäftsleute kennen, die verrückt genug waren, ihm den Bau einer geeigneten Maschine zu finanzieren. Lindbergh rechnete und zeichnete, und die Ryan Airlines konstruierten das Fluggerät schließlich nach seinen Plänen.

Am 28. April 1927 startete Charles zum Jungfernflug seiner Spirit of St. Louis. Der Vogel machte das verdammt gut! Jetzt stand dem Abenteuer nichts mehr im Weg. Am 20. Mai hob die Spirit mit Lindbergh am Steuerknüppel vom New Yorker Roosevelt Field zu ihrem Rekordflug ab. Von einem Reporter vor dem Start gefragt, wie er denn mit seinem mageren Proviant – vier Sandwiches und zwei Flaschen Wasser – auskommen wolle, soll Lindbergh geantwortet haben: „Wenn ich nach Paris komme, dann habe ich nicht mehr benötigt. Und wenn ich nicht nach Paris komme, benötige ich auch nicht mehr.“ Er kam an, total übermüdet, doch verhungert war er nicht.

Das Weihnachtsfest nach seinem Triumph feierte Lindbergh beim US-Botschafter in Mexiko, Dwight Morrow. Charles verliebte sich in dessen Tochter Anne Spencer Morrow. 1929 wurde sie seine Frau. Charles brachte ihr das Fliegen bei. Nun hatten die Amerikaner nicht nur einen Helden, sondern ein Traumpaar, von dem sie nicht genug erfahren konnten. Wollten die Lindberghs ausgehen, mussten sie sich heimlich aus ihrem Haus in der Nähe von Princeton/New Jersey schleichen, um einem Blitzlichtgewitter zu entgehen. Als ihr Sohn Charles Augustus junior am 22. Juni 1930 geboren wurde, unterbrachen die amerikanischen Radiosender sogar das Programm.

Lucky Lindy und Anne Morrow: Jetzt hatten die Amerikaner ein neues Traumpaar.

Auch Anne war Pilotin aus Leidenschaft. Schon 1929 hatte sie ihren ersten Alleinflug geschafft, sie war die erste US-Amerikanerin, die den Flugschein machte. Meistens saß sie jedoch neben ihrem Mann als Navigatorin in der Pilotenkanzel. Gemeinsam mit Charles sollte sie 1931 die „great circle route" von Kanada über Alaska nach Japan und China in einem einmotorigen Flugzeug bewältigen.

Doch dann traf die Lindberghs ein schwerer Schicksalsschlag: Ihr kleiner Junge wurde, noch keine zwei Jahre alt, am 20. März 1932 aus ihrem Haus in Princeton in New Jersey entführt. Lindbergh sollte 50 000 Dollar Lösegeld bezahlen. Das Kidnapping des Lindbergh-Babys geriet zur ersten Kriminalgeschichte der Welt, die von den Medien rund um den Erdball nahezu hysterisch verfolgt wurde. Die wildesten Spekulationen wucherten um das Schicksal des Kindes. Schließlich übergab der Fliegerheld bei einem mysteriösen Treffen auf einem Friedhof einem Unbekannten die geforderte Summe. Doch sein Kind bekam er nicht lebend zurück: Charles junior wurde 73 Tage nach dem Kidnapping tot in einem Wald unweit des Lindbergh'schen Hauses gefunden. Zwei Jahre später wurde der deutschstämmige Bruno Richard Hauptmann als Täter verurteilt und – obwohl er bis zuletzt seine Unschuld beteuerte – im April 1936 hingerichtet. Die Lindberghs bekamen fünf weitere Kinder: Jon, Land und Scott sowie die Töchter Anne und Reeve. 1935 flohen sie vor dem nicht enden wollenden Medienrummel um sie nach England.

Lindbergh inspizierte von dort aus für die US-Militärs die deutschen Flugzeugwerften. Adolf Hitler und seine Nationalsozialisten hatten in Berlin die Macht ergriffen. Die Amerikaner brauchten Informationen über die Stärke der deutschen Luftwaffe. Den Nazis kam der Held aus St. Louis gerade recht, um mit ihm Propaganda zu machen: Stolz führten sie ihm ihre Flugzeuge vor. Das Lindbergh-Ehepaar musste sich dafür verpflichten, publikumswirksam an der

Eröffnungsfeier der Olympischen Spiele 1936 in Berlin teilzunehmen.

Lindbergh lobte die Nazis und Hitler. Damit schockierte er Amerika.

Zum großen Entsetzen seiner Landsleute zu Hause zeigte Lindbergh große Sympathien für die Nazis. Zwar betonte er in Briefen: „Es ist unnötig zu sagen, dass ich die Juden-Situation nicht akzeptiere", lobte aber zugleich den „Zustand des Landes". Hitler nannte er einen „großen Mann". Stolz ließ sich der Amerikaner im Oktober 1938 von Reichsmarschall Hermann Göring das Verdienstkreuz „Deutscher Adler" umhängen und spielte sogar mit dem Gedanken, ganz nach Berlin zu gehen.

Nach der „Reichskristallnacht", wie die Nazis den Auftakt ihres Vernichtungsfeldzuges gegen die jüdischen Mitbürger am 9. November 1938 nannten, kehrte Lindbergh dann aber doch in seine Heimat zurück. Dort reagierte man schockiert, als er sich gegen den Eintritt der USA in den Zweiten Weltkrieg aussprach. Vor allem seine Begründung empörte: Er ziehe die Deutschen den „halbasiatischen Horden" aus der Sowjetunion vor. Gleichzeitig griff er die US-Regierung an, die, so Lindbergh, das Land gemeinsam mit den Briten und den Juden in den Krieg treibe. Als der einstige Star sich auch noch weigerte, den Nazi-Orden zurückzugeben, schlug die Bewunderung der Amerikaner für ihren Fliegerhelden in Abscheu um.

Erst als Japan den US-Stützpunkt Pearl Harbour im Pazifik angriff, wollte Lindbergh doch Kampfeinsätze für Amerika fliegen. Die Armee lehnte dankend ab, setzte ihn aber als Berater der Luftwaffe ein. Das blieb er auch nach dem Zweiten Weltkrieg.

1953 brachte Charles Lindbergh seine Lebensgeschichte unter dem Titel „The Spirit of St. Louis" als Buch heraus und bekam dafür den angesehenen Pulitzer-Preis. Später engagierte er sich für den Tierschutz im World Wildlife Fund. Seine Tochter Reeve erinnerte sich so an ihren Vater: „Als ich ihn am besten kannte, spät in seinem

Leben, flog er wieder um die Welt, so wie er es in jungen Jahren getan hatte. Aber diesmal, weil es um bedrohte Arten, unentdeckte Orte und Naturvölker ging."

Das war nicht die ganze Wahrheit. Reeve konnte nicht wissen, dass seit den 50er-Jahren immer wieder auch München eins der Reiseziele ihres Vaters war. Dort hatte er eine heimliche Geliebte. Die deutsche Hutmacherin Brigitte Hessheimer bekam drei Kinder von ihm, die die wahre Identität ihres Vaters erst lange nach dem Tod ihrer Eltern erfuhren. Dyrk, Astrid und David wussten nicht, dass der blonde Amerikaner, der sich Careu Kent nannte und den ihre Mutter so sehr liebte, der berühmte Charles Lindbergh war. Erst 2003, zwei Jahre nach dem Tod Brigitte Hessheimers, flog das große Geheimnis von „Careu" auf, als die Tochter Briefe von ihm fand.

Lucky Lindy alias Charles Lindbergh alias Careu Kent hatte da seine letzte Reise längst hinter sich: 1974 war der Abenteurer nach Maui auf Hawaii geflogen. Er hatte Krebs und wollte dort sterben. Am 26. August schloss er endgültig die Augen.

Ein Leben voller Lügen

Die Welt wollte es nicht glauben: Zu abenteuerlich klang die Geschichte der deutschen Lindbergh-Kinder, die 2003 für Schlagzeilen sorgte. Seit der Entführung des Lindbergh-Babys waren immer wieder Menschen aufgetaucht, die behaupteten, sein Sohn zu sein. Aber gleich drei Geschwister? Später stellte sich heraus, dass Charles heimlich noch weitere Kinder in Europa hatte, zwei davon mit der Tante der drei Münchner Geschwister, der Schwester seiner dortigen Nebenfrau. Anne Morrow Lindbergh hat nie davon erfahren: Sie starb 2001, bevor das Lebensgeheimnis ihres Mannes an die Öffentlichkeit kam.

Der war das!

Dichter und Denker

Menschen der Geschichte

Forscher und Erfinder

Abenteurer und Entdecker

Christine Schulz-Reiss, Jahrgang 1956, ist freiberufliche Journalistin. Nach dem Studium der Germanistik, Geschichte, Politik und Kommunikationswissenschaften in Erlangen und München war sie politische Redakteurin und Reporterin bei Tageszeitungen in Stuttgart und München. Seit 1991 arbeitet sie als freiberufliche Autorin für verschiedene Magazine. Nicht nur beruflich ist sie viel herumgekommen und hat bis auf Australien alle Erdteile bereist. Sie veröffentlichte zahlreiche Sachbücher für Kinder und Jugendliche, von denen etliche übersetzt wurden. Bei Loewe erschienen von ihr unter anderem mehrere Titel in der Reihe „Nachgefragt – Basiswissen zum Mitreden". „Nachgefragt: Politik" wurde 2004 für den Gustav-Heinemann-Friedenspreis für Kinder- und Jugendbücher nominiert. Christine Schulz-Reiss hat eine Tochter und lebt in der Nähe von München.

Bildnachweis

iStockphoto.com/thegreekphotoholic (S. 6)
iStockphoto.com/Andrew Howe (S. 12)
iStockphoto.com/wynnter (S. 18)
iStockphoto.com/pictore (S. 26, 192)
iStockphoto.com/GeorgiosArt (S. 36, 128, 210)
akg-images/Bildarchiv Pisarek (S. 46)
akg-images/Archiv K. Wagenbach (S. 56)
akg-images/Album/Oronoz (S. 64)
akg-images/Pictures From History (S. 74)
akg-images/AP (S. 84)
shutterstock.com/MidoSemsem (S. 92)
iStockphoto.com/ViewApart (S. 102)
iStockphoto.com/Roberto A Sanchez (S. 112)
iStockphoto.com/ZU_09 (S. 138, 202)
iStockphoto.com/traveler1116 (S. 144)
iStockphoto.com/Grafissimo (S. 154, 220)
akg-images (S. 164, 246, 292)
iStockphoto.com/ruvanboshoff (S. 174)
shutterstock.com/Everett Historical (S. 184, 238, 266, 282)
shutterstock.com/Nicku (S. 230)
akg-images/akg/Science Photo Library (S. 256)
iStockphoto.com/duncan1890 (S. 274)